Sarah Dreher

Stoner Goes West

Ein Kriminalroman

Aus dem amerikanischen Englisch
von Doris Janhsen

Orlanda Frauenverlag

Originaltitel: A Captive in Time
New Victoria Publishers, Inc., Norwich, Vermont

CIP-Titelaufnahme der Deutschen Bibliothek
Dreher, Sarah:
Stoner goes west : ein Kriminalroman / Sarah Dreher.
Aus dem amerikan. Engl. von Doris Janhsen. —
Berlin : Orlanda-Frauenverlag 1991
(Orlanda-Krimi)

ISBN 3-922166-70-9

1. Auflage 1991

Lektorat: Andrea Krug
Umschlag: Dagmar Schadenberg unter Verwendung
einer Illustration von Mirta Domacinovic
Texterfassung durch die Übersetzerin
Datenkonvertierung: Fotosatz Barbara Steinhardt, Berlin
Druck: Ebner Ulm

Für Audie
mit Dank an Lis und The Cowboy

1

Halbwach schlug Stoner auf den Alarmknopf und brachte den Wecker zum Schweigen. Ihr Körper fühlte sich an wie ein Wasserbett, jede Zelle war fest und geschmeidig und ein bißchen lebendig. Ein vertrautes Gefühl, die Nachwirkungen einer Liebesnacht. Sie öffnete die Augen.

Gwen lag neben ihr, das Haar zerzaust auf dem Kopfkissen. »Was ist los?« murmelte sie im Schlaf.

»Schlaf weiter«, meinte Stoner leise.

»Amerikanische Geschichte«, murmelte Gwen.

Stoner lächelte. »Heute ist Samstag. Du mußt nicht zur Schule.«

»Reisen.«

»Stimmt.« Sie berührte Gwens Gesicht und schob ihr Haar mit dem Finger sanft zurück. »Kesselbaum & McTavish, den Bürgerinnen und Bürgern von Boston seit 1981 in Reiseangelegenheiten zu Diensten, hat heute geöffnet. Ich muß los.«

»Yuppies«, knurrte Gwen.

»Juchhu. Samstag ist Yuppie-Tag.«

Gwen drehte sich auf den Rücken und rieb sich die Augen. »Was würdest du tun«, fragte sie schläfrig, »wenn ich aufhören würde zu unterrichten?«

»Rund um die Uhr mit dir schlafen.«

»Geht nicht.«

»Wieso nicht?«

»Für den Kaffee müßten wir 'ne Pause machen.«

Stoner grinste. »Schon kapiert.« Sie schob die Decke zurück und setzte sich auf. Der kalte Boden unter den Füßen machte sie schlagartig munter. »Irgendeine bestimmte Sorte?«

»Jamaica Blue Mountain.«

»Whoa!« meinte Stoner. »Du brauchst heute wohl Nerven wie Drahtseile.«

»Ich muß Halbjahresnoten geben. Ich glaube, ich hasse Teenager.« Gwen setzte sich auf und versuchte ihr Haar zu ordnen. »Wieso sieht mein Haar immer so aus, als hätten Eichhörnchen drin genistet?«

Stoner fuhr mit den Füßen in die Hausschuhe. »Es sieht gar nicht so aus.«

»Doch, morgens immer.«

»Mir gefällt's.«

»Du hast keinen Geschmack.«

»Was du nicht sagst.« Sie beugte sich herunter und gab Gwen einen Kuß auf die Stirn. »Ich bringe dir den Kaffee, bevor ich gehe.«

»Du verwöhnst mich.« Ihr fielen langsam die Augen zu. Ihr Gesicht wurde weich vor Trägheit. »Ich liebe dich, Stoner McTavish.«

»Ich liebe dich.«

Stoner betrachtete sie einen Moment lang. Dann zwang sie sich, dem Tag in die Augen zu sehen.

Samstag. Der Rest der Welt würde ein weiteres Wochenende genießen, während sie und Marylou, McTavish & Kesselbaum, das dynamische Duo, Schulter an Schulter mit vermurksten Reservierungen, verlorenen Gepäckstücken und Kreuzfahrten kämpften.

Sie haßte es, Kreuzfahrten buchen zu müssen. Hätte sie die Wahl, würde sie alle Charter, Europatouren, FITs und DITs und selbst die Frühjahrstouren nach Disney World erledigen, wenn ihr damit die Kreuzfahrten erspart blieben. Aber Kreuzfahrten hielten die Reisewelt schließlich in Schwung, und Marylou konnte sie nicht alle alleine machen.

Vor allem nicht in diesem Jahr.

In diesem Jahr mußten sie die Buchungen dank Hurrikan Hugo zweimal machen.

Es muß daran liegen, daß sie ihn nach einem Mann benannt haben, dachte sie, als sie unter die Dusche ging und die kalten spitzen Wasserspritzer den letzten Rest Schlaf vertrieben. Die Natur hatte ihnen das übelgenommen und ihre Wut auf ihre eigene Art ausgedrückt – indem sie die Dächer von allen Häusern riß, derer sie habhaft wurde.

Alle Kreuzfahrten in die Karibik, die sie im Mai und Juni gutgelaunt gebucht hatten, waren jetzt reine Glückssache. Damit nicht genug: Anrufe bei beliebten Urlaubsorten auf den Inseln führten zu Auskünften, die man bestenfalls suspekt nennen konnte. Niemand war bereit zuzugeben, daß sie der Urlaubssaison für dieses Jahr ade sagen konnten. Das war verständlich, aber frustrierend. Denn wenn Mr. und Mrs. US-Tourist an ihrem geplanten Urlaubsort ankamen und herausfanden, daß ihr Hotel ein einziger Trümmerhaufen war, wen würden sie dafür verantwortlich machen?

Dreimal darfst du raten! Kesselbaum & McTavish, wen sonst?

Dazu kamen die Stornierungen und Umbuchungen. Eine ungeheure Fehlerquelle, denn sie standen unter einem enormen Zeitdruck. Einmal im Jahr konnte sie das aushalten, aber zweimal?

Und der Schlamassel hatte Folgen. Man kann ruhig mal Arbeitspläne, Konten und gelegentlich selbst medizinische Diagnosen verwechseln. Aber wehe, man verwechselt Urlaubsziele. Urlauberinnen und Urlauber, die auf der Royal Viking nach Rio fahren wollen, erwarten, auf der Royal Viking nach Rio zu fahren, und wollen nicht auf der Cunard Princess mit Kurs auf Mexiko enden. Und wenn unzufriedene Urlauberinnen und Urlauber nach Hause kommen, gehen sie zuerst zu ...

Wieder richtig.

Marylou schien spielend damit fertig zu werden. Sie plapperte am Telefon munter drauf los, jonglierte mit Tickets wie mit Orangen, goß Öl auf die Wogen, ließ nebenher die Bemerkung fallen – aber unter uns, versteht sich –, daß genau dieses bislang unerschlossene Stückchen mexikanischer Dschungel innerhalb eines Jahres die Urlaubssensation der westlichen Hemisphäre sein würde, und wer würde es nicht genießen, als erste dagewesen zu sein? Gleichzeitig war sie ständig auf der Suche nach neuen ausgefallenen Restaurants, Rezepten und Männern. Und fand auch noch die Zeit, Stoner über Safer Sex aufzuklären.

Aber für Stoner war die Kreuzfahrtsaison, in Fortsetzungen, ein Alptraum. Sie lebte in der ständigen Angst, alles zu vermasseln. Konnte vor lauter Sorgen nicht schlafen. War schlecht gelaunt, reizbar und zu nichts zu gebrauchen, als zum Konsumieren alter *Cagney und Lacey*-Videos.

Am schlimmsten war St. Croix. St. Croix gab es nach Hugo praktisch nicht mehr. Sie würden sich mit einer Menge wohlhabender, enttäuschter Leute auseinandersetzen müssen. Und Enttäuschung hat auf einen Yuppie etwa dieselbe Wirkung wie Benzin auf ein Buschfeuer. Bestimmt würde Marylou ihr St. Croix nicht anvertrauen.

Stoner wickelte ein Handtuch um ihr nasses Haar und starrte in den Kleiderschrank. Der Tag verlangte etwas Praktisches, Sachliches. Ein Ich-mach-das-schon-Outfit.

Sie entschied sich für den hellen Liz Claiborne Jeans-Overall, den Gwen in der Outlet Mall in Kittery für sie ausgesucht hatte. Wenn du schon mit Yuppies zu tun hast, sagte sie sich, kannst du dich ebensogut mit Designer-Labels bewaffnen. Sie wünschte, sie hätte dem Video, das sie bei J.C. Penney gesehen hatten, mehr Beachtung geschenkt, jenem Video, das dreißig Möglichkeiten zeigte, einen Liberty Schal zu binden. Nach ihrer Rückkehr hatte sie es zusammen mit Gwen ausprobiert, aber das Beste, was sie zustande brachten, war eine Art Cowboy-Look, der für einen Banküberfall reichen würde, aber mehr auch nicht. Daraufhin brachen sie in Gelächter aus, und eins führte zum anderen, bis sie ausgestreckt auf dem Wohnzimmerboden landeten, woraufhin Gwen verkündete, es sei das erste Mal, daß sie unter einem Bridgetisch Liebe gemacht hätte.

Stoner hatte sich cool gegeben und behauptet, schon andere Frauen unter einem Bridgetisch geliebt zu haben, aber Gwen hatte das für pure Angeberei gehalten. Sie würde eine Bridgetisch-Jungfrau auf Anhieb erkennen. Also hatten sie beschlossen, sich auf, unter, über und in jedem Möbelstück in Gwens Wohnung zu lieben. Stoner fragte sich, ob dieses Verhalten für zwei Frauen Mitte dreißig angemessen war, aber Gwen hatte behauptet, sie wäre in ihren Zwanzigern zu kurz gekommen, weil sie sich für straight gehalten hätte, und sie dächte nicht daran, ihr ganzes Leben Enthaltsamkeit zu üben.

Sie beschloß, den Schal heute nicht auszuprobieren.

Unten machte Tante Hermione sich bereits in der Küche zu schaffen. Tante Hermione arbeitete auch samstags, um jenen Kundinnen und Kunden entgegenzukommen, deren Zeitplan es nicht zuließ, sich für frivole Beschäftigungen wie den Besuch bei einer Hellseherin oder die Suche nach dem Sinn des Lebens frei zu nehmen.

Stoner fuhr sich mit dem Kamm durch das feuchte Haar und trottete nach unten zum Frühstück.

Ihre Tante stand im Nachthemd am Herd und machte Rührei.

Stoner ging auf sie zu und umarmte sie von hinten. »Guten Morgen.«

»Alle Achtung!« sagte Tante Hermione. »Der Sex letzte Nacht muß großartig gewesen sein.«

»Meine Güte!« Stoner merkte, daß sie rot wurde, und wandte sich schnell ab, um den Kühlschrank zu durchstöbern.

»Was ist los, meine Liebe? Du bist rot wie ein gekochter Hummer. Hast du etwa Hitzewellen?«

Sie fand den sauber beschrifteten, luftdichten Behälter mit dem Kaffee. »Ich habe keine Hitzewellen. Für Hitzewellen bin ich mindestens zehn Jahre zu jung.« Sie holte das Glas heraus und kämpfte mit dem Verschluß. »Wie du aber auch immer redest!«

Ihre Tante schürzte die Lippen und runzelte nachdenklich die

Stirn. Sie sah aus wie eine Schnee-Eule. »Ich verstehe nicht, wieso du das so anstößig findest, Stoner. Grace meint, es macht sie an. Ich glaube, das waren ihre Worte – 'freizügige Sprache macht mich an'. Ja, genau das hat sie gesagt.«

»Na ja, du und Grace, ihr seid ...« Sie schlug den Verschluß gegen die Spüle. »... älter.«

»Um einiges. Und freizügiger. Wahrscheinlich liegt es daran, daß wir Hexen sind. Wir wissen das Leben zu genießen.« Tante Hermione häufte die Eier auf einen Teller, der bereits mit Schinken, Bratkartoffeln und Hafergrütze mit einem Klecks Butter garniert war. Sie bot ihn Stoner an. »Möchtest du? Ich kann noch einen machen.«

»Nein danke.« Sie drückte mit der Hand auf den Deckel und drehte ihn. Durch die Reibung schürfte sie sich die Haut auf. »Verdammt.«

»Wenn ich mir eine persönliche Bemerkung erlauben darf ...«

»Warum sollte mir eine persönliche Bemerkung was ausmachen? Ich lebe seit sechzehn Jahren mit dir zusammen ...«

»Siebzehn.«

»... und in diesen siebzehn Jahren hast du ununterbrochen persönliche Bemerkungen gemacht.« Wütend starrte sie das Glas an. »Was soll eine persönliche Bemerkung mehr also schon ausmachen?«

»Wenn du mit der materiellen Seite des Lebens weniger verbissen umgehen würdest, hättest du bestimmt nicht so viele Probleme damit.«

Sie holte tief Luft und drehte. Der Deckel gab nach und sprang ab. Die Kaffeebohnen spritzten in alle Richtungen. »So ist es richtig«, meinte Stoner, als sie sich bückte, um die Bohnen aufzulesen. »Gib dem Opfer die Schuld.«

»Genau das tue ich hoffentlich nicht.« Tante Hermione knabberte an einer Scheibe Schinken. »Ich finde nur, daß du mit den irdischen Dingen so oft auf Kriegsfuß stehst. Als Steinbock liebst du natürlich die Ordnung und fühlst dich zum Gegenständlichen hingezogen. Aber ich wünschte, du könntest das ein bißchen mehr genießen.«

Stoner warf die Kaffeebohnen in den Mülleimer. »Ich versuche es ja. Wirklich. Aber Gwen hätte gern Jamaica Blue Mountain und ...«

»Als Gwen das letzte Mal Jamaica Blue Mountain wollte«, meinte Tante Hermione, »habe ich einfach normalen Kaffee gemacht und einen halben Teelöffel Instant dazugegeben. Ihr ist der Unterschied nicht aufgefallen.«

Stoner mußte lachen. »Das hast du wirklich getan?«

Ihre Tante nickte.

»Kein Wunder, daß sie hier nicht einziehen will.«

»Sie will hier nicht einziehen, weil sie dir ihre Anfälle von schlechter Laune nicht zumuten will. Das hat sie mir zumindest gesagt.«

Stoner maß die Bohnen ab, gab sie in die Kaffeemühle und biß in Erwartung des Geräuschs die Zähne zusammen. »Ich hab gedacht, sie hätte Angst vor meiner schlechten Laune.«

»Na ja«, meinte Tante Hermione, während sie in ihrem Tee rührte, »wenn die Zeit reif ist, werdet ihr zusammen sein.«

Stoner stellte die Kaffeemühle an. Es klang, als würde Kies gemahlen. »Mein Gott, wie ich dieses Geräusch hasse.«

»Das war schon immer so. Selbst als Kind hast du jedes laute oder unangenehme Geräusch gehaßt.« Tante Hermione lächelte. »Jedesmal, wenn deine Mutter den Müllschlucker angestellt hat, hast du dir die Ohren zugehalten und dich davongemacht.«

»Ich hatte Angst, daß sie mich reinstecken würde«, sagte Stoner, als sie die Kaffeemaschine füllte und anstellte.

»Wieso denn das?«

»Sie hat mir mal damit gedroht.« Sie sah ihre Tante kurz an, die bereit schien, einen Mord zu begehen. »Es war nur ein Scherz.«

»Was Erwachsene amüsant finden, ist für ein Kind noch lange nicht lustig. Kinder wissen Bescheid. Sie bringen uns den Geist der Weisheit, aber wir demütigen sie bis zum Vergessen. Ich habe schon oft gedacht, daß die Welt lebenswerter wäre, wenn Kinder das Sagen hätten.«

Stoner empfand eine plötzliche Welle der Zuneigung für ihre Tante. Sie legte den Arm um sie. »Ich liebe dich, Tante Hermione. Wenn du nicht gewesen wärst, hätte ich mich wahrscheinlich schon vor meinem zwanzigsten Geburtstag umgebracht.«

Tante Hermione drückte ihre Hand. »Als ich dich bei mir aufnahm, habe ich gedacht, ich würde dich nur vor meiner erbärmlichen Schwester und ihrem Nichtsnutz von Ehemann retten. Du ahnst ja nicht, welch ungeheure Freude du mir gebracht hast.«

Einen Augenblick lang hielten sie sich umarmt. »Stoner«, sagte ihre Tante schließlich, »in den nächsten Tagen wird dir irgendwas zustoßen. Ich bin mir nicht sicher, was es ist. Ich habe nur so ein Gefühl. Bitte versprich mir, daß du dich in acht nimmst.«

Stoner wich zurück und sah sie an. »Wovor soll ich mich in acht nehmen?«

»Ich wünschte, ich wüßte es. Aber ich spüre, daß du in Gefahr bist. In einer eigenartigen Gefahr. Es ist sehr verwirrend.«

Stoner beschlich ein Gefühl der Angst. Sie versuchte es abzuschütteln. »Ich werde vorsichtig sein.« Sie zwang sich zu einem Lachen. »Ich wette, ich weiß, was es ist. Die Kreuzfahrten.«

Marylou war bis über beide Ohren mit den Kreuzfahrten beschäftigt, als Stoner sich durch die Tür des Reisebüros schob.

»Der Göttin sei Dank, die Kavallerie ist endlich da«, seufzte Marylou. Sie griff nach einem Bagel mit Frischkäse und Räucherlachs aus dem Delikatessengeschäft gleich um die Ecke.

»Tut mir leid, daß ich zu spät bin.« Stoner hängte ihren Mantel in die Kleiderkammer und überprüfte sich im Spiegel auf Windschäden. »Gwen hat bei mir geschlafen.«

»Aha. Die lustige Witwe. Erzähl mir, wie's war.«

»Ja, wir haben zusammen geschlafen. Ja, es war phantastisch.«

Marylou kam hinter dem Schreibtisch hervor und versperrte ihr den Weg. »Einzelheiten!«

»Nein.«

»Bitte.«

»Nein.«

»Du bist fast jede Nacht mit ihr zusammen. Und du erzählst mir nie was.«

»Da gibt es kaum was zu erzählen. Meistens schläft sie ein.«

»Während ihr zusammen schlaft?« Marylou war entsetzt.

»Beim Fernsehen. Sie schläft selbst bei *China Beach* ein.«

Marylou schnalzte mitfühlend mit der Zunge.

»Die Schule ist schuld. Das September-bis-Thanksgiving-Höllenmarathon an der Watertown Junior High.«

»Zwischen euch gibt es also keine Probleme?«

Stoner lächelte in der Erinnerung an diesen Morgen, an die letzte Nacht. »Wahrhaftig nicht.«

»Eine heiße Nacht, was?« Marylou leckte sich Frischkäse von den Fingerspitzen.

»So könnte man es nennen.«

»Erzählst du's mir, wenn ich alle Schiffsumbuchungen mache?«

Stoner war versucht, darauf einzugehen. »Nein.«

»Dann bleib doch, wo du bist«, meinte Marylou schmollend,

schloß die Tür zur Kleiderkammer und ließ Stoner in der Dunkelheit stehen.

Stoner öffnete die Tür und folgte ihr an den Schreibtisch.

»Du weißt, daß ich über diesen persönlichen Kram nicht reden kann, Marylou.«

»Schon gut.« Marylou wühlte in der braunen Papiertüte, bis sie ein Mohn-Bagel gefunden hatte, und gab es Stoner. »Du hättest die Gelegenheit gehabt, ein bißchen Sonne in meinen tristen grauen Tag zu bringen. Aber mach dir nichts draus. Ich werde es schon ertragen.«

Stoner brach ein Stück Bagel ab und bestrich es mit Käse. »Was ist los? Die Kreuzfahrten?«

»Die Kreuzfahrten sind unter Kontrolle. Es ist meine Mutter.«

Stoner sah auf. »Ist etwas mit ihr?«

»Ihr geht es gut. Der berühmten Psychoanalytikerin Dr. Edith Kesselbaum geht es gut. Der berühmten Psychoanalytikerin Dr. Edith Kesselbaum geht es einfach prima. Die berühmte Psychoanalytikerin Dr. Edith Kesselbaum schwebt im siebten Himmel. Alle anderen leiden, nur Dr. Edith Kesselbaum nicht.«

»Marylou ...«

»Meine Mutter«, verkündete Marylou, begleitet vom Klimpern silberner Armreifen und künstlichem Haareraufen, »hat beschlossen zu kochen.«

»Das ist doch nicht dein Ernst.«

»Meine Mutter, die Königin des Fast Food, der Liebling der Pizza Huts und Burger King's Vorzeigekind hat verkündet, daß die neunziger Jahre die Rückkehr zu Traditionellen Werten einleiten ...«

»Das war in den achtziger Jahren«, unterbrach Stoner sie.

»Du kennst meine Mutter ja. Ihre Uhr geht anders. Auf jeden Fall soll es zu Ehren von RTW – wie Max und ich es nennen – jede Woche mindestens drei gemeinsame Mahlzeiten geben, die sie zubereiten will.«

»Ich weiß nicht recht«, meinte Stoner. »Ich halte sie nicht gerade für den June-Cleaver-Typ.«

Marylou verdrehte die Augen.

Stoner kaute weiter an ihrem Bagel. »Ich gebe ihr eine Woche. Höchstens zehn Tage. Wie steht's mit Max?«

»Er ist genauso entsetzt wie ich. Aber ich glaube, er kommt langsam auf die Idee, Grillparties im Garten abzuhalten. Stoner, weißt du, was das heißt?«

Stoner schüttelte den Kopf.

»Die Kesselbaums«, sagte Marylou mit leicht hysterischer Stimme, »die Kesselbaums befinden sich im Moment an der Schwelle der fünfziger Jahre.«

»Klingt doch gut«, sagte Stoner. »In Petticoat und Riemchenschuhen wärst du doch der Knüller.«

Marylou machte ein finsteres Gesicht. »Mach dich an die Arbeit.«

Stoner ging zu dem Regal mit den Prospekten, nahm die Trans-Canada-Bahntouren aus der Abteilung Europa, wo irgend jemand sie vergessen hatte, und stellte sie in das Nordamerika-Regal, wo sie hingehörten. »Ähem, Marylou ...«

»Nein, du mußt mir heute nicht bei den Kreuzfahrten helfen.«

»Da wartet ein ganzer Stapel mit anderen Sachen auf mich, weißt du«, sagte sie schuldbewußt und warf 'Besuchen Sie das bezaubernde historische Charleston' in den Papierkorb.

»Ich weiß.«

»Vor allem FITs und DITs ...«

»Ja«, meinte Marylou. »Tatsächlich habe ich mir heute morgen, als ich durch die Tür kam, gesagt: 'Heute wäre doch der ideale Tag für Stoner, sich um die Pauschalreisen im In- und Ausland zu kümmern.' Genau das habe ich mir gesagt.«

»Ich bin gut darin. Ich liebe es geradezu, Sachen nachzuschlagen.«

»Genau.«

»Ich liebe es geradezu, mich mit Leuten zusammenzusetzen, herauszufinden, was sie wollen, und es dann in die Tat umzusetzen.«

»Deshalb bist du so gut darin«, sagte Marylou.

»Wahrscheinlich bin ich nur ins Reisegeschäft eingestiegen, um DITs und FITs zu machen.«

»Das habe ich mir immer schon gedacht.«

»Also sollte ich vielleicht ...«

»Stoner McTavish!« kreischte Marylou. »Hast du überhaupt zugehört?«

»Wie?«

»Die DITs und FITs liegen auf deinem Schreibtisch!«

»Oh.« Stoner blickte auf und grinste dümmlich. »Danke.«

»Keine Ursache. Ich habe bei dir was gut.«

Sie nahm den Martinson-Hefter und ihren Ordner über Baja California in die Hand.

»Gestern abend«, meinte Marylou düster, »ist sie zur Bücherei gegangen und hat Campbells Suppenkochbuch ausgeliehen. Vielleicht muß ich ausziehen.«

Marylou ging früh zum Lunch und erklärte, daß sie – jetzt, da dies die einzige anständige Mahlzeit am Tag sei – das Beste draus machen müßte.

Stoner winkte ihr zum Abschied und machte sich daran, eine individuelle Tour für den Mittleren Osten zusammenzustellen, die Landschaft, Geschichte, Wirtschaft und Sicherheit miteinander verband.

Die Agentin von COTAL rief an, um ihr zu sagen, daß das Informationspaket über Lateinamerika-Touren, das sie angefordert hatten, unterwegs sei.

Mike Szabo, einer ihrer liebsten Kunden, rief an. Er sei zusammen mit seiner Frau auf einer Autotour zur Westküste gewesen, als plötzlich der Cousin seiner Frau gestorben sei und sie nach Hause hätten fliegen müssen. Ob entweder sie oder Marylou jemanden kennen würden, der bereit wäre, nach Denver zu fliegen und ihr neues Auto abzuholen? Er würde für die Zeit und die Auslagen aufkommen. Stoner versprach ihm, sich zusammen mit Marylou den Kopf zu zerbrechen, sobald sie vom Lunch zurück wäre.

Das tschechoslowakische Reisebüro rief an, um ihnen mitzuteilen, daß die Lage ein wenig unsicher wäre, sie aber alles tun würden, um zu gewährleisten, daß die Touristen ihre Anschlußflüge nicht verpaßten. Der Mann fügte hinzu, daß sie trotz »administrativer Umstellungen« weiterhin an amerikanischen Geschäftsverbindungen interessiert seien.

Trump Shuttle rief an, um sie zur Feier anläßlich der neuen Flugverbindung zwischen Boston und Atlantic City einzuladen. Stoner versprach ihn zurückzurufen und fragte sich beim Auflegen, ob sie sich an einen Spielautomaten trauen könnte oder ob sie in der Hoffnung, zu plötzlichem Reichtum zu kommen und deshalb keinen weiteren Winter in der Stadt verbringen zu müssen, die Ersparnisse von Jahren verspielen würde.

Sie wollte gerade Tante Hermione anrufen und sie bitten, ein paar übersinnliche Schwingungen zu diesem Thema aufzufangen, als die Carharts hereingeschneit kamen.

Glenn Carhart war durch und durch auf High Tech getrimmt. Staubgrauer Anzug mit Weste und passendem Mantel. Stahlgraue

Augen mit einem metallischen Glitzern. Schwarzes, nach Wallstreet-Art zurückgekämmtes Haar im Wet-Look – eine Frisur, die auf Stoner immer wirkte, als sei ihr Träger entweder ein alternder Gigolo aus einem Billardsalon (einschließlich des Päckchens Lucky Strike, das im aufgerollten Ärmel des T-Shirts steckte) oder als sei er gerade im Bostoner Hafen über Bord gegangen.

Ellen Carhart verlieh dem Wort »beige« eine neue Bedeutung. Sie war groß und blond, trug formlose, ecru abgestimmte Kleider und rundete das Ganze mit hellem Makeup ab. Die Haut unter dem dicken Puder war trocken und gespannt. An ihrem Körper war jeder Knochen sichtbar. Stoner hätte Ellen Carhart gern bemitleidet, denn sie sah wirklich nicht so aus, als hätte sie viel Spaß im Leben, aber die Frau fühlte sich der breiten Masse so offensichtlich überlegen, daß Mitgefühl kaum aufkommen konnte.

Die Carharts fuhren ein schwarzes BMW-Cabrio mit CD-Player und Stereoboxen. Sie aßen nur in Restaurants mit französischen Namen, Hängepflanzen und Kleidervorschriften, und tranken für gewöhnlich Weißwein oder Perrier mit einem Spritzer Limone. Sie fuhren jedes Jahr nach St. Croix und hielten sich für zwei Wochen im Pirate's Cove auf. Das Pirate's Cove war im *Birnbaum* als »sehr teuer« eingestuft. Tatsächlich war es eine jener »Wenn du erst fragen mußt, kannst du es dir nicht leisten«-Spielwiesen. Stoner schätzte, daß sie und Tante Hermione von dem, was die Carharts in ihrem zweiwöchigen Urlaub im Pirate's Cove ausgaben, wahrscheinlich mindestens ein Jahr mehr als problemlos leben könnten. Umgeben von glitzerndem Sand und Regenwald, einheimischen Dörfern und alten Zuckerplantagen, die von der Geschichte der Sklaverei nur so strotzten, zogen sie es, abgesehen von spontanen Abstechern zur Heilquelle, vor, ihre Tage damit zu verbringen, zwischen den drei Stränden des Pirate's Cove und dem Golfplatz zu pendeln. Soweit Stoner wußte, hatten sie ihren Urlaub nie irgendwo anders verbracht. Sie hatten nicht einmal den Wunsch geäußert, ihn irgendwo anders zu verbringen.

Stoner fragte sich oft, wieso sie ihre Reisen bei Kesselbaum & McTavish buchten. Vielleicht gefiel ihnen ihre persönliche Art. Vielleicht entsprach es ihrer Yuppie-Vorstellung davon, sich gefahrlos unters gemeine Volk zu mischen. Vielleicht saßen sie mit ihren Freunden bei Weißwein und Perrier mit einem Spritzer Limone und erzählten sich köstliche Geschichten über »diese beiden Frauen aus dem Reisebüro – wirklich, ihr müßtet sie mal sehen – wie aus einem Steinbeck-Roman, drollig und volkstümlich ...«

Stoner rang sich ein Lächeln ab, das gerade noch als charmant durchgehen konnte, und sagte: »Ja, bitte?«

»Ihre Partnerin«, sagte Glenn Carhart. »Die andere ...«

»Marylou. Ja.«

»... hat darauf bestanden, daß wir mal vorbeischauen.«

Ellen Carhart schaltete sich ein. »Wir haben da ein kleines Problem mit St. Croix.«

Stoner nickte verständnisvoll. »Ja, St. Croix ist im Moment schwierig.«

»Die andere da«, übernahm Glenn das Wort. »... Marylou? ... scheint der Meinung zu sein, daß wir unsere Pläne ändern sollten.«

»Das wäre wahrscheinlich eine gute Idee.«

»Das geht auf keinen Fall«, sagte Ellen Carhart mit Nachdruck, während sie Stoners Overall abschätzte. Für einen Augenblick war sie aus dem Gleichgewicht gebracht, doch als sie erkannte, daß es sich um ein Modell vom Vorjahr handelte, nahm sie wieder ihre überlegene Pose ein.

»Wie bitte?«

»Wir fahren immer zum Pirate's Cove.«

»Ich verstehe«, meinte Stoner. »Aber ... na ja, die Situation auf St. Croix ist im Moment ziemlich chaotisch.«

»Wir haben im Pirate's Cove angerufen«, verkündete Glenn. »Im November werden sie den Betrieb wieder aufgenommen haben.«

Stoner nickte. »'Den Betrieb wieder aufnehmen' ist eine Sache. Ich meine, einige der Zimmer mögen ja wieder bewohnbar sein, aber das muß nicht heißen, daß der Betrieb wieder wie gewöhnlich läuft. Und soweit ich es beurteilen kann, ist die Vegetation auf der ganzen Insel ziemlich zerstört ...«

Ellen Carhart blitzte sie lächelnd an. Stoner fühlte sich unbehaglich. Es war eines jener Lächeln, die sagen wollten: »Ich habe hier das Sagen und werde meinen Kopf durchsetzen, egal was du dazu denkst.« Ein Lächeln wie jenes, das dieser schmierige Versicherungsvertreter ihr zugeworfen hatte, als er Tante Hermione gegen Stoners offensichtliche Einwände eine überflüssige Hauseigentümer-Versicherung verkauft hatte – ein Lächeln wie jenes, das er ihr nicht zuwarf, als er herausfand, daß Tante Hermione und Stoner für den Verbraucherschutz arbeiteten.

Stoner griff nach dem Telefon. »Ich kann versuchen, sie zu erreichen ...«

»Es ist ein Trick, stimmt's?« fragte Carhart.

»Ein Trick?«

»Um die Preise in die Höhe zu treiben. Sie haben 'Auslagen', 'ernste Verluste' ...« Er tat es mit einem Schulterzucken ab. »Hey, Geschäft ist Geschäft. Ich kann das verstehen.«

»Sie hatten einen Hurrikan«, meinte Stoner.

»Das wissen wir«, gab Ellen Carhart ungeduldig zurück. »Wir haben es im Fernsehen gesehen.«

»Dann wissen Sie ja, wie's dort aussieht.«

»Das wissen wir«, sagte Ellen. »Die Leute sind Amok gelaufen. Haben geplündert. Gestohlen. Keine Selbstdisziplin.« Sie schüttelte ihr schmuckbeladenes Handgelenk. »Na ja, genau das, was ich erwartet habe.«

»Was Sie erwartet haben?« wiederholte Stoner, die ihren Ohren nicht trauen wollte.

»Diese Eingeborenen.« Ellen Carhart schüttelte sich.

Stoner versuchte, nicht die Beherrschung zu verlieren. »Die Eingeborenen.«

»Zumindest sind wir im Pirate's Cove nicht ihren Bettelhänden ausgeliefert.«

Stoner sah in der Hoffnung auf ein Anzeichen der Verlegenheit zu Glenn hinüber. Er nickte selbstzufrieden.

»Es ist ihre Insel«, sagte Stoner mit einem letzten Rest an Selbstbeherrschung.

»Sie kommen schon zurecht«, verkündete Glenn Carhart, »mit dem guten alten Yankee-Dollar.«

»Mit dem Hurrikan sind sie offensichtlich zurechtgekommen«, warf Ellen ein. »Zumindest die, die nicht zu faul waren, in ein Geschäft zu laufen und dort zu stehlen, was immer sie wollten.«

»Ich bitte Sie!« Stoner explodierte. »Ist Ihnen schon mal in den Sinn gekommen, daß Leute, die in Armut leben und deren Existenz von der Gnade einiger Touristen mit weißer Hautfarbe und dicken Brieftaschen abhängt, vielleicht – aber auch nur vielleicht – ein bißchen Groll hegen? Und ist Ihnen schon mal in den Sinn gekommen, daß ihnen, als die Dächer von den Häusern geflogen sind, auch der Kragen geplatzt sein könnte?« Sie beugte sich vor. »Ich an Ihrer Stelle, Mr. and Mrs. White Yankee Carhart, würde mich nämlich ein klein wenig unwohl fühlen, wenn ich gerade jetzt nach St. Croix fahren sollte. Oder nach St. Thomas. Oder nach Puerto Rico. Oder an irgendeinen Ort in der Karibik. Denn, Mr. und Mrs. White Yankee Carhart, ab einem gewissen Punkt ist für jeden das Maß voll. Und offengestanden glaube ich nicht, daß 'diese Leute' reiche und bigotte Menschen wie Sie brauchen, die ihnen die Strände versauen.«

Sie verließen das Reisebüro voller Entrüstung. Stiegen in ihren falsch geparkten schwarzen BMW mit CD-Player und Stereoboxen und schossen davon, wobei sie den Wagen, der hinter ihnen geparkt hatte, mit Kies bespritzten.

Stoner schloß die Augen. »Oh, Mist.«

»Was ist los, meine Liebe?« Marylou kam frisch und vergnügt herein und griff nach den Telefonnotizen. »Waren das nicht die Carharts?«

»Ja.«

»Hast du die St.Croix-Sache geklärt?«

»Ähem ... ja, ich habe sie geklärt.«

Marylou warf ihr einen kurzen Blick zu. »Mir gefällt nicht, wie du das sagst.«

Stoner erzählte ihr, was passiert war.

Marylou schüttelte den Kopf. »Du solltest aufhören, *Designing Women* zu sehen. Womit eine Julia Sugarbaker aus Atlanta ungestraft davonkommt, kann sich eine Stoner McTavish in Boston noch lange nicht leisten.«

Stoner schlug vor, die Carharts anzurufen. Um die Sache wieder in Ordnung zu bringen.

Marylou hielt ihr statt dessen die Nachricht der Szabos hin. »Ich werde mich um die Carharts kümmern. Die Szabos brauchen ihren neuen Wagen. Fahr nach Denver.«

Die Rockies lagen weit im Westen hinter ihr. Im Osten hielt der letzte Zipfel Colorados dem zinnfarbenen Novemberhimmel stand. Kornfelder und Präriegras, angesichts des bevorstehenden Winters in silbergraue Stoppeln verwandelt, zogen sich über Meilen an beiden Seiten des Highways entlang. Eine scharfe Brise fuhr durch staubige Getreidespreu und wirbelte sie auf.

Stoner steuerte den Wagen gegen die plötzlichen Windböen an und warf einen Blick zum Himmel. Ein Schwarm Gänse, kleinen Punkten gleich, zog in einem gezackten V eilig gen Süden. Sie griff nach der Straßenkarte, die aufgeschlagen auf dem Beifahrersitz lag, und lehnte sie gegen das Lenkrad, obwohl sie wußte, daß ihr Verhalten unvernünftig und lebensgefährlich war, und sie tat es auch nur, weil sie zehn Meilen in jede Richtung sehen konnte und die Straße für sich hatte. Und wie sie die Straße für sich hatte! Sie hatte sie in den letzten drei Stunden, seit dem Lunch, für sich gehabt. Wenn sie es sich recht überlegte, konnte man den Lunch auch nicht gerade als Massenveranstaltung bezeichnen. Ein fast leeres Restaurant, das nach Chlor und WC-Luftreiniger stank - eine Kombination, bei der ihr das Essen garantiert wieder hochkam. Ein matschiger Double Cheeseburger, eine kleine Coke und pappige Pommes frites, serviert von einer Vierzehnjährigen, deren Verdienst, typisch republikanisch, unter dem Mindestlohn lag und die eigentlich in der Schule sein sollte, aber wahrscheinlich eine alleinstehende Mutter aus einer abtreibungsfeindlichen Familie war und aus einer Stadt kam, in der die Sozialleistungen den Gramm-Rudmann-Haushaltskürzungen zum Opfer gefallen waren.

Sie wischte den Staub von der Karte und stellte ihre jetzige Position fest. Anscheinend befand sie sich in der Nähe von einer von vier Städten, deren gesamte Einwohnerzahl sich auf weniger als tausend Seelen belief. Nicht daß sie vorgehabt hätte, einen kurzen Abstecher zu machen, nein danke. Aber sie begann, an Highwaytitis zu leiden, diesem schleichenden Gefühl, daß sie schon tot und zur Hölle gefahren sei, wo sie zur Strafe für ihre Sünden, die zu gräßlich und zahlreich waren, um einzeln aufgezählt zu werden, dazu verdammt war, bis in alle Ewigkeit die I-70 entlangzufahren.

Versuch es von der positiven Seite zu betrachten, sagte sie sich, als der Highway etwas querte, das vorgab, ein Feldweg zu sein, aber eher einem trockenen Flußbett glich, das nur darauf wartete, flutartig anzuschwellen, sobald sich ein geeignetes Opfer fand. Vor dir liegen Kansas, die Heimat von John Brown, sein' Leich' im Grab vergeh'nd, und die Menninger Foundation (falls die Vernunft abhebt) und Topeka. Vor allem Topeka. Topeka hat, abgesehen von der bereits erwähnten Menninger Foundation, Motels. Motels und Restaurants. Motels, Restaurants und ein Telefon. Und ein Telefon bedeutet, daß ich Gwen anrufen kann.

Sie trat aufs Gas. Vielmehr gab sie »voll Stoff«, wie es die Jungen jeden Alters nannten - eine ziemlich leichtfertige Beschreibung für ein Verhalten, das nicht nur verboten, sondern gefährlich, gedankenlos, rücksichtslos und unverantwortlich war.

Sie nahm das Gas zurück.

Die Landschaft zog in entsetzlicher Eintönigkeit vorbei.

Stoner stellte das Radio an und drückte den Suchlauf. Da wirkten die Wunder der modernen Technologie und die eindrucksvollen Leistungen des Mikrochips schon mit vereinten Kräften – und alles, was sie bieten konnten, waren ein Country-und-Western-Sender, eine Haß-Talkshow und ein Radioprediger, der anscheinend Kapital daraus schlug, leidenden Menschen zu erzählen, daß sie ihr Leiden verdient hätten, da sie der letzte Dreck seien.

Das Radio hatte einen Kassettenrekorder. Sie wünschte, sie hätte die neueste Melissa Etheridge mitgebracht. Oder zumindest ein paar frühe Stücke von Dory Previn.

Hier sind wir also, ich und sonst niemand, Mitte November mitten im Nirgendwo. Auf dem Weg nach irgendwo.

Irgend etwas kroch vor ihr über die Straße, eine undefinierbare Gestalt, die sie aus ihren Gedanken riß. Sie nahm den Fuß vom Gaspedal und verlangsamte die Fahrt. Sie kniff die Augen zusammen. Wahrscheinlich nur ein Stück Papier, das im Wind flatterte. Oder eine Feldmaus oder ein Präriehund oder vielleicht sogar ein gestreiftes Eichhörnchen – falls es hier draußen in der Ebene überhaupt Eichhörnchen gab. Leben Eichhörnchen in Gegenden, in denen es keine Bäume gibt? Wenn ja, gefällt es ihnen? Unterscheidet sich ihr Bewußtsein von dem der Waldhörnchen, Holzstapelhörnchen und Maisspeicherhörnchen? Ob sie sich, falls sie aufeinandertrafen, nach fünf Minuten nichts mehr zu sagen hätten?

Die schwarze Gestalt blieb genau in der Mitte ihrer Spur stehen und schien sie direkt anzusehen.

Sie trat voll auf die Bremse.

Natürlich ging der Motor aus.

Das kleine Tier, das sich als Schlange entpuppte, senkte den Kopf und glitt gelassen von der Straße. Es verschwand in einem Dickicht stoppeliger Getreidehalme.

Na ja, dieser Gnadenakt sollte mein karmisches Strafmaß um ein paar Lebzeiten reduzieren.

Sie drehte den Zündschlüssel und wurde von Stille begrüßt.

Sie drehte ihn ganz zurück und versuchte es erneut.

Nichts.

Verdammt.

Sie knipste das Warnblinklicht an – wenigstens funktionierte die

Elektrik noch – und stieg aus dem Wagen, um einen Blick unter die Motorhaube zu werfen.

Der Motor war genauso neu wie der Wagen und roch nach Öl und verbrannter Farbe. Er roch nicht nach ausgelaufenem Benzin.

Stoner prüfte das Öl – alles in Butter, wie man so schön sagt – und griff nach dem Kühlerdeckel, als ihr Schutzengel ihr auf die Schulter tippte und sie daran erinnerte, daß es keine gute Idee war, bei einem heißen Motor den Kühlerdeckel aufzudrehen. Ganz und gar keine gute Idee.

Sie ließ die Motorhaube zufallen und setzte sich wieder in den Wagen. Die Benzinuhr zeigte einen halbvollen Tank an. Die Temperatur war nicht höher als sie sein sollte. Alles andere schien auch normal zu sein.

Großartig. Mit dem Wagen ist alles in Ordnung, bis auf die Tatsache, daß er nicht anspringt.

Aber er könnte bald gar nicht mehr in Ordnung sein, wenn er weiterhin bei Einbruch der kalten Dunkelheit am Rande Colorados mitten auf der I-70 stand.

Sie legte den Leerlauf ein, öffnete die Tür, stieg aus und schob den Wagen an den Straßenrand.

Was nun?

Nun ja, man könnte darauf warten, daß er von selbst wieder in Ordnung kommt. Autos sind für spontane Akte der Selbstheilung bekannt.

Allerdings stellen sich diese spontanen Akte der Selbstheilung meist nur ein, wenn drei junge Automechaniker um den Wagen herumstehen und man ihnen dieses »komische Geräusch« vorführen will, das einen fast um den Verstand gebracht hat.

Man könnte ja einen Barmherzigen Samariter anhalten. Der wird sich dann wahrscheinlich als ein Axtmörder auf der Suche nach seinem nächsten Opfer entpuppen.

Oder man kann zwanzig Anstandsminuten abwarten und dann loslatschen.

Sie nahm die Straßenkarte in die Hand und betrachtete sie finster. Sie wünschte, sie wüßte, wie weit sie von der Zivilisation entfernt war. Selbst von einer rückständigen Zivilisation. Zumindest war sie in einer Farmgegend, in der es – wenn sie nur eine noch so kleine Stadt finden würde – eine Werkstatt geben mußte.

Der letzte Orientierungspunkt, an den sie sich erinnern konnte, war der südliche Arm des Republican River (kein gutes Omen). Aber das war mehr als eine Stunde her.

Und das bedeutete, daß das Tageslicht in kürzester Zeit nachlassen würde.

Es war jetzt schon kalt. Zu kalt für ihre Daunenweste. Eine Daunenweste war perfekt für Herbstdemonstrationen, dafür, Tee ins Cambridge Women's Center zu bringen oder auf einen Drink, ein kurzes Billardspiel oder einen kleinen Engtanz mit Gwen zu Indigo hinüberzulaufen, aber für einen Tag in der großartigen Novembernatur von Colorado war sie ganz offensichtlich nicht geeignet.

Sie beschloß, ihren Koffer aus dem Kofferraum zu holen und ihren Parka zu suchen. Damit würde etwas Zeit vergehen.

Es reichte für etwa fünf Minuten.

Sie überlegte, trotz des kläglichen Angebots das Radio anzustellen, entschied sich aber dagegen. Es könnte eine lange Nacht werden. Dann würde sie den Strom brauchen.

Sie summte vor sich hin und trommelte mit den Fingern auf das Lenkrad. Damit vergingen etwa neunzig Sekunden.

Sie holte einen Notizblock aus ihrem Rucksack, fand aber keinen Stift. Damit vergingen maximal zwei Minuten.

Stoner seufzte und stieg wieder aus dem Wagen. Sie ging den Seitenstreifen auf und ab, zählte kaputte Bierflaschen und Dosen und zerknüllte Zigarettenpäckchen.

Es wurde dunkel.

Die Zeit der Angst.

Hier draußen würde die Nacht schnell und unerbittlich hereinbrechen. Keine lange, zögernde Dämmerung, die es einem erlaubte, das letzte Stück Rasen zu mähen, das Werkzeug zu finden, das man im Garten vergessen hatte, oder ein letztes Hot dog auf den Grill zu werfen.

Es wurde einfach Nacht, plötzlich und furchtbar.

Aus unerfindlichen Gründen sank die Temperatur plötzlich ab.

Verdammt.

Sie ging zum Wagen zurück und versuchte es noch einmal. Nichts. Sie überprüfte alle Anzeigen, Skalen, Knöpfe und LCD-Anzeigen und blätterte das Handbuch und die Anleitung für Fehlermeldungen durch.

Nichts.

Mist, Mist, Mist.

Im Osten verlor der Himmel schnell seine Farbe. Im Westen saugte die untergehende Sonne die rotgesäumten Wolken an und zog sie zum Horizont. Ein sattes Purpurrot drang durch die schieferfarbene Tünche. In einer Stunde würde sie nichts mehr sehen können.

Das Vernünftigste wäre es, sitzenzubleiben und auf einen Wagen oder einen LKW oder selbst auf die Polizeistreife zu warten. Aber es könnte Stunden oder Tage dauern, bis irgend jemand auftauchte. Nach dem, was sie heute an Verkehr gesehen hatte, könnte es Frühjahr werden, bevor Hilfe auftauchte. Nach dem, was sie heute an Verkehr gesehen hatte, war Armageddon bereits eingetreten, und sie war die einzige, die auf der Erde noch übrig war. Außerdem mußte sie etwas tun. Sie konnte hier nicht einfach herumsitzen und auf Rettung hoffen. Manche Leute, das wußte sie, hielten es für eine absolut legitime Tätigkeit, aus Vernunftsgründen an einem Platz sitzenzubleiben und auf Rettung zu hoffen. Wäre die Frage »Was ist in dieser Situation zu tun?« das Thema von *Family Feud*, so wäre Sitzenbleiben und Abwarten sicherlich die Antwort Nummer Eins.

Aber ihr war auch klar, daß sie, wenn sie hier herumhockte und nichts unternähme - auch wenn die meisten Leute das für eine Tätigkeit hielten -, völlig den Verstand verlieren würde. Denn es war ihr noch nie im Leben passiert, daß ihr jemand einfach so zur Hilfe kam. Anderen Leuten eilte man zur Hilfe. Manche Leute wurden von Hilfsbereitschaft geradezu überschwemmt. Manche Leute hatten Nervenzusammenbrüche, nur um für die Scharen von Hilfsbereiten eine Beschäftigung zu finden.

Dieses Problem hatte sie noch nie gehabt.

Sie versuchte noch einmal, den Wagen zu starten.

Nix.

Zeit zum Loslaufen.

Sie überprüfte den Inhalt ihres Rucksacks. Sie entschied sich für die Brieftasche, den Kamm, ein paar Sachen zum Wechseln (zwei T-shirts, Unterwäsche und Socken), die Zahnbürste, den Quartzkristall, den Verbandskasten für Bergtouren mit dem Schlangenbißbesteck sowie Nadel und Faden. Fügte die Daunenweste hinzu. Überprüfte den Inhalt ihrer Hosentaschen - ein Milky Way-Papier (hierlassen), ein Susan B. Anthony Glücksdollar (mitnehmen, man kann nie wissen, wann man Glück nötig hat), eine Packung Clove-Kaugummi (unangebrochen - ein Geschenk für Marylou, die süchtig danach war), eine alte Einkaufsliste, die sie das letzte Mal nicht gefunden hatte, als sie im Laden stand. Sie überprüfte die Taschen ihres Parkas - nichts als Stoffussel und Krümel, frisch aus der Reinigung.

Okay. Also los.

Als sie den Wagen abgeschlossen hatte und aufsah, bemerkte sie auf einer leichten Anhöhe etwas, das ihr vorher nicht aufgefallen war.

Es sah aus wie ein Schild. Ein altes, verwittertes, morsches Schild.

Hey, wer wird denn so pingelig sein? Ein Schild ist ein Schild. Schilder bedeuten für gewöhnlich, daß irgend etwas in der Nähe ist. Irgend etwas, weswegen man ein Schild aufgestellt hat. Information. Information ist das Wesensmerkmal von Schildern. Und Information ist in diesem Moment genau das, was du brauchst.

Genauso wie ein Abendessen, vorzugsweise mit einem guten Manhattan als Aperitif. Aber wie es aussieht, wird die Information genügen müssen.

Sie stapfte durch die Getreidestoppeln und versuchte, nicht daran zu denken, was in diesem Augenblick sonst noch ungesehen neben ihr über das Stoppelfeld stapfen, huschen oder kriechen mochte.

Colorado spielte ihr den netten, für den amerikanischen Westen so typischen Streich, die Entfernungen teleskopartig zu verkürzen, so daß die Dinge weiter weg waren, als es den Anschein hatte. Sie hätte den Außenspiegel ihres Wagens mitnehmen sollen, in dem die Gegenstände weiter weg und kleiner wirkten, als sie es tatsächlich waren. Vielleicht wäre das ein Ausgleich für ...

Es war wirklich schrecklich kalt.

Als sie das Schild erreichte, war es fast zu dunkel, um es zu lesen.

TABOR

Tja, klang nicht schlecht. Tabor. Eine Stadt namens Tabor? Leute namens Tabor? Vielleicht ein wildes Tier, das in dieser Gegend beheimatet war und Tabor genannt wurde?

Was immer es auch sein mochte, es war vier Meilen entfernt. Sie sah zum Wagen zurück. Die Straße lag schon im Dunkeln. Sie wußte, daß der Wagen da war, konnte ihn aber nicht sehen. Ebensowenig wie irgendwelche netten kleinen Lichter von anderen Wagen, die den Highway entlangbrausten. Nicht einmal ein Axtmörder war zu sehen.

Am Ende des Feldwegs, zweifellos in trügerischer Entfernung

– vier trügerische westliche Meilen im Gegensatz zu vernünftigen, vorhersehbaren östlichen Meilen entfernt –, meinte sie ein Licht ausmachen zu können. Vielleicht ein Gebäude. Vielleicht zwei Gebäude. Wenn sie näher käme, würde sie vielleicht Hunderte von Gebäuden finden. Cafés, Neonlichter, Videotheken, Einkaufszentren, Telefonzellen.

Wenn sie jetzt losginge, würde sie nach Einbruch der Dunkelheit die Straßenlaternen erkennen können, die ihr einen ersten Hinweis auf die Größe und die Art dieses Ortes geben würden.

Ihr blieb keine andere Wahl.

2

Der Karren, von einem alten Maultier gezogen und von einem Jungen gelenkt, tauchte wie aus dem Nichts auf. Im schwindenden Tageslicht sah der Junge wie fünfzehn aus. Er hielt den Karren neben ihr an und wartete.

»Hi«, sagte Stoner. »Schöner Abend.«

Der Junge nickte.

»Ich hab' draußen auf dem Highway Probleme mit meinem Wagen gehabt. Weißt du, wo ich eine Werkstatt finde?«

Er starrte sie verständnislos an.

»Eine Werkstatt«, wiederholte sie geduldig. »Ich brauche eine Werkstatt.«

Der Junge starrte sie einfach weiter an.

»Sprichst du Englisch?« fragte sie.

»Klar«, sagte er mit einer Stimme, die noch nicht umgeschlagen war. »Bin doch nicht blöd.«

»Kannst du mir dann nicht sagen, wo ich eine Werkstatt finde? Für meinen Wagen?«

Der Junge zuckte die Schultern. »Nicht, daß ich wüßte.«

Sie wurde langsam ungeduldig. »Schon gut, ist das da drüben eine Stadt?«

Er sah in die Richtung, in die sie zeigte. »Tabor.«

»Ja, Tabor. Da will ich hin. Ist es eine große Stadt?«

»Die größte in dieser Gegend. Sind Sie der Marshall?«

»Welcher Marshall?«

»Der U.S. Marshall. Nach dem man wegen der Brände geschickt hat.«

»Nein. Tut mir leid.«

Diese Antwort schien ihm zu gefallen. »Dann müssen Sie die sein, wegen der Blue Mary mich hergeschickt hat.«

Stoner schüttelte den Kopf. »Ich kenne niemand namens Blue Mary.«

Der Junge erhob sich und studierte die wogende Prärie. Er sah zu ihr zurück. »Sonst ist niemand zu sehen.«

»Ich sehe auch niemanden«, stimmte Stoner ihm zu.

»Dann müssen Sie's sein. Ich heiße Billy. Steigen Sie ein.«

Stoner kletterte auf den harten Kutschbock. »Danke, daß du mich mitnimmst, aber ich fürchte, ich bin nicht diejenige, die du suchst.«

»Blue Mary macht keine Fehler«, murmelte der Junge. »Sie hat gesagt, Sie wär'n hier. Sie sind nicht der Marshall, und Sie sind hier.«

Von einer leichten Anhöhe aus sah sie in weiter Ferne die Stadt liegen. Goldgelbe Lichter wie von Kerzen oder Öllampen schienen in den Fenstern. Über ihr funkelten die Sterne an einem kobaltblauen Himmel.

Der Karren rumpelte an einem abgebrannten Haus vorbei. »Ist das der Brand, den du gemeint hast?« fragte sie.

Billy nickte. »Einer davon.«

»Hat es viele Brände gegeben?«

»Einige.«

Sie konnte viel zu gut sehen. Obwohl es nahezu dunkel war, konnte sie Schatten und Umrisse ausmachen. Konnte sie im Mondlicht erkennen, obwohl der Mond nicht mehr voll war.

Sie erkannte, woran das lag. Tabor hatte keine Straßenlaternen. Über der Stadt lag keine schmierige, rotgelbe, krank aussehende Schicht, die den Himmel in das Szenario eines futuristischen Weltuntergangfilms verwandelte.

Zweifellos eine Haushaltskrise.

Tabor hatte eine einzige unbefestigte Straße mit tiefen Fahrspuren, an der sich rohe Holzgebäude entlangzogen, die nicht gestrichen waren. Bürgersteige aus schiefen Holzbohlen. Äste, an modrige Holzpfähle genagelt, die als Pfosten zum Anbinden von Pferden dienten. Der Mietstall am einen, der Dorfbrunnen am anderen Ende der Stadt, und zwischen ihnen an der Ostseite der Straße ein Saloon namens 'Dot's Gulch' (Dot's Schlucht - ein

Name, der Bilder von ausgetrockneten Flußbetten, ausgebleichten Knochen und riesigen Bussarden hervorrief), ein Sattler - abgetrennt durch einen Pfad, der in die Prärie hinausführte und sich dort verlor -, ein Grundbuchamt, ein Postkutschendepot und ein paar heruntergekommene Gebäude ohne ersichtliche Funktion. Ungefähr eine Viertelmeile entfernt lag, ein wenig höher als der Rest der Häuser, eine weißgetünchte Kirche.

An der Westseite der Straße befanden sich ein Warenhaus, eine chinesische Wäscherei und Schneiderei, ein Postamt und eine Bank, ein Barbier, ein Einzellengefängnis und etwas, das aussah wie Lagerhäuser oder Vorratsschuppen. Im Fenster im zweiten Stock des Warenhauses brannte eine Öllampe. Auf der Scheibe konnte sie gerade noch den handgemalten Schriftzug »J. Gustafson, Dr. med. für Mensch und Vieh. Schmerzloses Zähneziehen. Haarschnitte und Kredite« entziffern. Tabors Version eines Ärztehauses. Durch die Türen des Saloons fiel Licht. Die Abwesenheit von Menschen war verwirrend. Es sah aus wie eine Filmkulisse oder eine Geisterstunde nach der Touristensaison.

Sie warf einen Blick auf den Jungen neben sich. Er mochte ja noch ein Junge sein, aber er war männlichen Geschlechts, und sie saß einfach da und hatte das Angebot eines Fremden angenommen, sie mitzunehmen. Selbst wenn sie entkommen sollte, ohne vergewaltigt oder ausgeraubt zu werden, würde sie sich nie wieder in der post-feministischen Feministische-Spiritualität-Gruppe (ehemals Selbsterfahrungsgruppe) im Cambridge Women's Center sehen lassen können.

»Das reicht schon«, sagte sie mit fröhlicher und, wie sie hoffte, energischer Stimme. »Hier steige ich aus.«

»Sie wollen nicht zu Blue Mary?«

Sie beschloß, so zu tun, als sei sie sich ihrer Sache sicher. »Zuerst muß ich noch etwas in der Stadt erledigen.«

Er zögerte, zuckte dann aber die Schultern.

Stoner sprang vom Wagen auf die staubige Straße. »Danke fürs Mitnehmen.«

Ohne ihr zu antworten, schnalzte der Junge dem Maultier zu und verschwand in der Dunkelheit.

Sie sah sich um. Alle Häuser hatten einen Anstrich nötig. Einige sahen aus, als würden sie lediglich durch ihre eigene Trägheit zusammengehalten. Nur in ein paar Fenstern, meist denen der Geschäfte, waren Glasscheiben. Der Rest war mit Holzbrettern zugenagelt. Ein erbärmlicher Ort. Selbst der Dreck wirkte armselig.

Wieder einmal vermißte sie Gwen, die diese Stadt wahrscheinlich lieben und aus gegebenem Anlaß ein paar Zeilen von Shirley Jackson zitieren würde, irgend etwas Markiges wie: »Ich habe mir oft überlegt, daß ich mit ein bißchen Glück ein Werwolf geworden wäre«, oder sogar: »Ich frage mich, ob ich ein Kind essen könnte.«

Nicht etwa, daß hier ein Kind zu sehen gewesen wäre. Oder ein Erwachsener oder ein Hund oder eine Katze oder sonst ein Lebewesen.

Besonders beunruhigend war das Fehlen von Telefonmasten oder Leitungen jeglicher Art. Außerdem gab es nicht die Spur einer Werkstatt oder eines Autohändlers, ja nicht einmal – und das beunruhigte sie noch mehr – eines Bahngleises oder eines Getreidesilos.

Was trieben die Leute in dieser Stadt?

Welche Leute?

Ein kalter Windstoß blies ihr Staub ins Gesicht und fegte die Straße hinunter.

Sie dachte daran zu rufen oder zu schreien. Aber beim Rufen und Schreien kam sie sich immer idiotisch vor. Gwen hatte da keine Bedenken. Vor allem nicht in Lebensmittel- oder Discountläden. Mehr als einmal war Stoner der beschämenden Situation ausgesetzt gewesen, ihren Namen quer über Gänge voller Tomatendosen oder Frischhaltefolie hallen zu hören. Einmal hatte Gwen sie in einem Ames in – wo genau, daran konnte sie sich nicht erinnern, aber das spielte ohnehin keine Rolle, weil einer wie der andere war, jedenfalls waren sie unterwegs gewesen und hatten angehalten, um sich die Beine zu vertreten, und Stoner hatte sich von einem Regal mit den allerletzten, spottbilligen Flanellhemden mit unregelmäßigen Karos ablenken lassen, während Gwen zur Toilette gegangen war – einmal hatte Gwen sie also ausrufen lassen. Ausrufen lassen! Zusammen mit den Sonderangeboten der Woche, den Preisnachfragen und den Sicherheitscodes.

»Stoner McTavish, bitte melden Sie sich bei der Kundenberatung!«

Sie hatte sich hinter einer Auslage von Strandspielzeugen aus Plastik versteckt, bis die anderen Kundinnen und Kunden sich nicht mehr umsahen, und sich dann zum Ausgang geschlichen.

»Warum hast du das getan?« fragte sie Gwen später, als sie nach einem alles andere als mittelmäßigen Dinner bei Papa Gino's wieder auf der Straße waren.

»Ich konnte dich nicht finden«, sagte Gwen, als sei das die selbstverständlichste Sache der Welt.

Stoner rutschte tiefer in ihren Sitz. »Ich hab' mich so geschämt.«

»Meine Güte«, sagte Gwen mit einem Seitenblick. »Andere Leute machen das ständig.«

»Wenn ihre Kinder verlorengehen.«

»Na ja, was die anderen betrifft, hättest du doch mein Kind sein können. Sie haben doch gar nicht auf dich geachtet.«

»Kann schon sein«, murmelte Stoner. Seitdem hatte sie sich in einem Discountladen nie wieder ablenken lassen.

Nein, mit Rufen würde sie nichts erreichen. Nicht hier in Tabor. Tabor kam ihr nicht wie eine Stadt vor, in der man schrie. Das Logischste wäre, loszugehen und zu versuchen, irgend jemanden zu finden - Dot's Gulch war eine Möglichkeit, denn es war besser beleuchtet und sah freundlicher aus als alles andere, was Tabor sonst zu bieten hatte.

Sie lief darauf zu und zögerte dann.

Wenn niemand da ist, werde ich nicht rufen. Ich werde losbrüllen.

Was mitten in der Großen Unbewohnten Einöde natürlich eine sinnlose Übung wäre.

Aus dem Augenwinkel nahm sie eine Bewegung wahr. Das Herz klopfte ihr bis zum Hals.

Sie sah genauer hin. Ein zerknitterter und verwaschener Zeitungsfetzen.

Stoner zwang sich zu einem Lachen. Wenn das so weitergeht, dachte sie, als sie den Abfall aus Gewohnheit aufhob und in die Tasche steckte, mache ich mich selbst verrückt, bevor irgend jemand mich auch nur berührt hat.

Sie holte tief Luft und ging weiter in Richtung 'Gulch'.

Auf der Straße lagen tiefe Schatten, hart und undurchdringlich. Was von weitem wie Gassen ausgesehen hatte, wirkte jetzt wie schwarze geheimnisvolle Tunnel. Wenn sie in einen dieser Tunnel hineinsah, würde sie wahrscheinlich den Eingang zur Hölle erblicken.

Sie vergrub die Hände in den Taschen ihrer Jeans und nahm sich vor, Gwen zu sagen, daß sie die Horrorfilme im Nachtprogramm nicht mehr sehen wollte.

Sie blieb vor dem Saloon stehen. Es war ein zweistöckiges Gebäude. Die Fenster im Erdgeschoß waren mit schweren Vorhängen aus Sackleinen verhängt. Die Fenster des ersten Stocks waren mit Spitze umrandet und führten auf Holzbalkons hinaus. Das Gebäude selbst bestand aus verwitterten Balken, die aussahen, als seien sie nie gestrichen worden. Von innen drangen keine Geräusche heraus, nur der Geruch von verschüttetem Bourbon und altem Tabak. Aber das Licht war hell und einladend. Sie schob sich durch die Schwingtüren.

Es war eine Westernbar im alten Stil mit Pokertischen, die mit grünem Filz bespannt waren, und Leuchtern aus Wagenrädern, in denen Öllampen steckten. Eine Treppe führte zu den oberen Räumen, und ein alter, silbriger, goldumrandeter Spiegel wurde von Reihen verstaubter Spirituosen flankiert. Eine geschlossene Tür, die wahrscheinlich in einen anderen Raum oder nach draußen führte, duckte sich unter die Balustrade. Hinter der Bar stand eine große, kräftige, breitschultrige Frau mittleren Alters in einem tiefausgeschnittenen, bodenlangen Kleid aus staubigem Veloursamt. Ihr Haar, zum Teil schon grau, war auf dem Kopf zusammengesteckt, nur ein paar widerspenstige Strähnen hatten sich an ihrem langen Nacken gelöst. Sie polierte Gläser mit einem Baumwolltuch.

Die Frau hielt inne und starrte sie an.

Stoner schlenderte auf die Bar zu. »Hi.«

Die Frau stellte das Glas ab, stemmte die Hände in die Hüften und musterte sie langsam von oben bis unten. »Meine Güte!« stieß sie leise hervor.

»Hi, ich bin Stoner McTavish und habe drüben auf dem Highway Probleme mit meinem Wagen gehabt. Ich frage mich, ob ...«

Sie bemerkte, daß sie in den Lauf einer glänzenden, perlmuttbesetzten Pistole sah. »Wie bitte?« stammelte sie.

»Wie wär's, wenn wir die Sache 'n bißchen langsamer angingen?« sagte die Frau. »Und leg deine Hände so hin, daß ich sie sehen kann.«

»Ja. Klar.« Sie legte die Hände auf die Bar. »Ich wollte nicht ... ich meine ...«

Die Frau wies auf ihren Rucksack. Stoner streifte ihn ab und reichte ihn ihr hinüber. Ohne hinzusehen, warf die Frau ihn unter die Theke.

»Okay, laß uns von vorn anfangen. Wie war dein Name noch gleich?«

»Stoner McTavish.«

Die Frau schien im Geiste eine Liste durchzugehen. Sie hatte wachsame braune Augen, Hände und Unterarme waren wettergegerbt.

»Bist du sicher?«

»Ich denke schon«, entgegnete Stoner verwundert.

Die Frau kniff die Augen zusammen. »Du würdest es nicht wagen, mich an der Nase rumzuführen, oder, Belle?«

Stoner sah sie verdutzt an. »Belle?«

Die Frau nickte langsam.

»Ich kenne keine Belle«, sagte Stoner, »aber wenn ich ihr ähnlich sehe ...« Sie wies mit dem Kopf auf die Pistole. »Hey, Sie sind der Boss.«

»Hier schon«, erwiderte die Frau gleichmütig.

»Ja«, meinte Stoner. »Ist ... uh ... Belle eine persönliche Freundin?«

»Freundin?«

»Mmh.«

»Wohl kaum.«

Eine lange Minute verging mit Schweigen.

»Na ja«, meinte die Frau schließlich. »Auch wenn du so komische Klamotten trägst, kannst du nicht Martha Jane Cannary sein. Außer du hast seit dem letzten Mal ein paar Jahre zugelegt.«

»Nein.« Stoner war zwischen der gräßlichen Pistole und den freundlichen Augen der Frau hin- und hergerissen. »Martha Jane bin ich bestimmt nicht.«

»Ganz schön weit weg von Texas, wie?«

»Ich bin noch nie in Texas gewesen.«

»Wirklich?«

Stoner nickte heftig. »Klinge ich, als wäre ich aus Texas?«

Das machte die Frau tatsächlich nachdenklich. »Nee. Aber du könntest ja eine ganz gerissene Person sein.«

»Das bin ich nicht«, meinte Stoner. »Ehrlich. Da können Sie jeden fragen.«

»Soweit ich sehe, ist niemand hier zum Fragen.«

Stoner seufzte. »Ist doch immer das gleiche.«

»Da hast du verdammt recht.« Die Frau schien sich ein wenig zu entspannen. »Dann bist du wohl doch nicht Miss Belle. Zu schade. Ich hoffe, sie eines Tages zu treffen, falls der Sheriff sie nicht zuerst erwischt.«

»Meinen Sie etwa Belle Starr?« fragte Stoner.

»Genau die. Kennst du sie?«

»Ich fürchte nein.« Sie lächelte freundlich.

Die Frau lächelte kurz zurück. »Woher kommst du?«

»Aus Boston, Massachusetts.« Sie wünschte, die Frau würde die Pistole weglegen. »Das hier ist eine Filmkulisse, stimmt's?«

»Nee.«

»Eine Touristenstadt?«

»Nee.«

Die Unterhaltung erstarb. Was nun? »Tja«, sagte sie zögernd, »Sie haben's hier ja richtig gemütlich.«

»Geht so. Boston, hast du gesagt? Dann hast du einen langen Weg hinter dir, richtig?«

»Sieht so aus«, stimmte Stoner ihr zu. »Ich bin gestern nach Denver geflogen, und heute bin ich den ganzen Tag gefahren.«

Die Frau entsicherte die Pistole mit einem scharfen Klick. »Das mußt du mir noch mal erklären, meine Liebe.«

Stoner lachte. »Sie haben echt Routine. Ich wette, den Kindern gefällt das.«

Die Kugel schoß an ihrem Ohr vorbei und bohrte sich in die gegenüberliegende Wand. »Zwing mich nicht, das noch mal zu machen«, meinte die Frau. »An Kiefernbretter ist schwer ranzukommen.«

Whoa! Verrückter ging's wohl nicht. »Richtig. Tut mir leid.«

»Wirste gesucht?«

»Gesucht?«

»Auch wenn du nicht Belle Starr bist, bist du noch lange keine ehrliche Haut. Wirst du vom Sheriff gesucht?«

Stoner schüttelte den Kopf. »Nicht daß ich wüßte.« Allmählich wurde es ungemütlich. Sie bekam es langsam mit der Angst zu tun. »Hören Sie, wenn Sie möchten, daß ich mich ausweise oder so, sehen Sie in meinen Rucksack. Da ist mein Führerschein drin.«

»Ein Schein für dies, ein Schein für das«, schnaubte die Frau, während es ihr gelang, den Inhalt des Rucksacks auf die Bar zu kippen, ohne Stoner aus den Augen zu verlieren. »Das ist das Problem mit euch Stadtmenschen, viel zuviel Recht und Ordnung.«

»Zugegeben«, meinte Stoner. »Aber was soll man tun. Solange der Kongreß nicht wagt, sich gegen den Nationalen Schußwaffenverband zu stellen, kann sich doch jeder Verrückte eine Waffe besorgen.«

Sie blickte auf die Pistole, die die Frau in der Hand hielt, und sofort tat es ihr leid, das Thema aufgebracht zu haben. »Sturmgewehre. Ich meinte Angriffswaffen. Nichts gegen Pistolen. Am rechten Platz sind sie okay. Als Sammlerstücke. Ein nettes, harmloses Hobby. Geschichte. Verfassungsrechte und all das Zeug. Selbstverteidigung. Hey, denken Sie nur an all die Gangs und Dealer auf der Straße, da braucht 'ne Frau jeden Schutz, den sie kriegen kann. Ich meine, 'sag einfach nein' mag für Nancy Reagan ja schön und gut sein. Die hat ihre Leibwächter auf Lebenszeit. Aber der Rest von uns ...«

»Kleine, du redest Blödsinn«, meinte die Frau. »Biste gerade irgendwo abgehauen?«

»Nein. Wirklich. Ich meine, sehen Sie ...« Vorsichtig, mit einer, wie sie hoffte, unbedrohlichen Bewegung, griff sie nach ihrer Brieftasche und schlug sie bei ihrem Führerschein auf. »Hier ist mein Führerschein. Das bin ich. Das Bild ist nicht sehr gut, aber was kann man von Paßfotos schon anderes erwarten?«

Die Frau schielte auf den Führerschein. »Ja, das ist ein verdammt schlechtes Bild. Du hättest dein Geld zurückverlangen sollen.«

»Ja«, meinte Stoner. »Das werde ich beim nächsten Mal tun.«

»Mr. Brady hat mir mal angeboten, ein Porträt von mir zu machen«, sagte die Frau. Sie lachte. »Hat jedenfalls behauptet, er wäre Mr. Brady. Ich mußte natürlich drauf reinfallen. Obwohl die Geschichte erstunken und erlogen war.« Sie zuckte die Achseln. »Was soll's? Da war ich noch jung und unschuldig. Ist nichts passiert.« Sie zog Stoners Scheckkarte der Bank of New England hervor. »Was ist denn das?«

»Eine Art Kreditkarte.«

»Was macht man damit?«

»Wenn man Geld braucht, steckt man sie in den Schlitz des Geldautomaten und gibt seinen Code und die gewünschte Summe ein, und dann gibt die Maschine das Geld aus.«

»Was du nicht sagst. Bei uns nennt man so was Überfall.«

»Nach Geschäftsschluß und an Wochenenden ist es ganz praktisch, wissen Sie, wenn man vergessen hat, zur Bank zu gehen. Ich vergesse immer, zur Bank zu gehen – Marylou meint, es läge daran, daß ich der Bank als Symbol fürs Patriarchat grundsätzlich feindlich gesinnt bin. Wahrscheinlich hat sie recht. Auf jeden Fall hat's mir eine ganze Menge unangenehmer Situationen erspart.«

Die Frau steckte die Karte zurück und untersuchte die restlichen Gegenstände aus ihrer Brieftasche – Kreditkarten, Blankoschecks, drei Quittungen von Stop & Shop, eine Saisonkarte für Crane Beach, einen Bankauszug mit ihrem Kontostand (zwei Monate alt), fünf Gutscheine, die sie in der Skee-Ball Alley in Old Orchard Beach gewonnen hatte, Fahrkartenabschnitte von Amtrak und ihren Büchereiausweis. Sie hielt den Rucksack hoch, schüttelte ihn aus, wühlte in den herausgefallenen Gegenständen und starrte hinein. »Keine Pistole«, sagte sie in mißbilligendem Tonfall.

»Ich habe keine Pistole«, sagte Stoner. »Ich finde, es ist ... gefährlich, wenn man nicht weiß, was man tut.«

»Selbst wenn man's weiß, ist es gefährlich«, sagte die Frau und legte die Pistole auf die Bar. »Aber du spielst mit dem Feuer, wenn du dich in diesen Territorien unbewaffnet rumtreibst.«

Territorien? Die Fähigkeit der Frau, ihrer Rolle treu zu bleiben, begann Stoner zu beeindrucken. Falls es tatsächlich eine Rolle war. Es bestand immerhin die – bei längerem Nachdenken beängstigende – Möglichkeit, daß diese Calamity Jane tatsächlich davon überzeugt war, im Wilden Westen zu leben, mit Waffen und allem, was dazugehörte. In diesem Fall war eine ganze Menge Vorsicht und Freundlichkeit erforderlich. Sie räusperte sich. »Wie soll ich Sie nennen, Ms., Mrs., Miss ...?«

Die Frau lachte. Ein volles, heiseres, sexy, whiskyrauhes, Ich-weiß-Bescheid-Lachen. Ein Lachen, das für Frauen mittleren Alters typisch war und Stoners Knie immer vor Aufregung ein bißchen weich werden ließ.

»Nenn mich Dot, wie alle andern. Na ja, die meisten nennen mich Big Dot – weil ich so imposant bin –, aber das mußt du nicht.«

»Dann sind Sie also nicht verheiratet?«

»War ich mal. Mit einem Sheriff namens Paul Gillette, damals in Kansas City. Aber er war einer von der faulen Sorte, also hab' ich mich aus dem Staub gemacht. Und du?«

Ups. »Na ja, ich bin ... äh ... nun ja, nicht verheiratet, aber ich habe eine Beziehung, wenn Sie wissen, was ich meine.«

Dot schüttelte den Kopf. »Kann ich nicht gerade behaupten.«

Was jetzt? Sehe ich dieser bewaffneten, vermutlich verrückten Frau in die Augen und sage ihr, daß ich lesbisch bin? »Eine Freundschaft«, sagte sie zweideutig.

»Na, gut für dich. Die Welt ist kalt ohne Freunde.«

»Ich meine, es ist ... na ja, eine enge Freundschaft.«

In der Hoffnung auf eine Eingebung studierte Dot einen Augenblick ihre Pistole. »Eine enge Freund*in*?«

»So ungefähr«, gab Stoner zu.

»Das solltest du in dieser Gegend besser für dich behalten«, meinte Dot mit leiser Stimme. »Was das betrifft, sind die Leute in dieser Gegend manchmal merkwürdig.«

»Ja«, meinte Stoner. »Das kann ich mir vorstellen.«

»Sieh mal, du bist unbewaffnet und hast keinen Mann, der dir beisteht. Damit bist du in einer schwachen Position.«

»Ich werd's mir merken.«

»Hier draußen gibt's ein paar schreckliche Leute.«

»Na ja«, sagte Stoner, um Höflichkeit bemüht, »schreckliche Leute gibt es überall.«

Dot nickte. »Sieht aus, als hättest du einen harten Weg hinter dir.«

Stoner schnippte ein paar Erdspritzer von ihren Jeans. »Ja, es war ein langer Tag. Und die Fahrt mit dem Pferdekarren war ziemlich staubig.«

»Mit welchem Pferdekarren?«

»Ein Junge hat mich fünf Meilen vor der Stadt aufgelesen.«

»Welcher Junge?«

»Er sagte, sein Name sei Billy.«

»Er hat dich in der Prärie aufgelesen?«

»Genau.«

Die Frau kniff argwöhnisch die Augen zusammen. »Du hast da draußen einfach rumgestanden, ja?«

»Mit dem liegengebliebenen Wagen blieb mir nicht viel anderes übrig.«

»Die Achse?«

»Ich glaube nicht. Vielleicht irgendwas in der computergesteuerten ...«

»Wenn's nicht die Achse war«, meinte Dot, »war es wohl die Maschine, nicht der Wagen.«

Stoner nickte. »Könnte sein. Deshalb brauche ich eine Werkstatt.«

»Du hast eine eigene Maschine?« fragte Dot mit gepreßter Stimme.

»Sie gehört nicht wirklich mir. Ist sozusagen geliehen.«

Die Frau starrte sie erstaunt an. »Du hast einen ganzen Wagen mitsamt der Maschine gestohlen?«

»Sie haben ihn mir gegeben. Nun gut, sie haben ihn mir nicht gegeben, sie haben mich gebeten, ihn für sie zu fahren.« Sie sah der

Frau an, daß sie nicht überzeugt war. »Sehen Sie, ich würde Ihnen ja die Zulassung zeigen, aber die ist im Handschuhfach.«

»Ich habe ein paar Probleme mit deiner Geschichte, Fremde.«

»Wenn Sie ein Telefon hätten, könnten wir die Polizei anrufen und die ganze Sache klären.«

In der Qual des Nachdenkens zog Dot die Augenbrauen zusammen. »Das wird ja von Minute zu Minute schlimmer. Laß uns an den Punkt zurückkehren, wo Billy dich gefunden hat.«

»In Ordnung«, sagte Stoner. »Sie stellen die Fragen, und ich werde versuchen, sie zu beantworten.«

»Du hast dort einfach rumgestanden. In der Prärie.«

»Ja.«

»Die Postkutsche ist vorgestern hier durchgekommen, und du hast die ganze Zeit da draußen rumgestanden.«

»Die Postkutsche?« fragte Stoner.

»Anders kommt man hier nicht her«, erwiderte Dot.

»Der Wagen ...«

»Hör mal zu, du und ich, wir beide wissen, daß du nicht in einem Wagen hergekommen bist.«

»Tatsächlich?«

»Die Kansas-Pacific-Linie verläuft gute zwanzig Meilen nördlich von hier.«

»Was hat das damit zu tun, daß ...?«

»Du könntest gelaufen sein«, fuhr Dot fort, »aber dafür sehen deine Stiefel zu neu aus. Vielleicht sind dir ja Flügel gewachsen, auf denen du hergeflogen bist.«

»Ich bin geflogen«, sagte Stoner. »Aber mir sind keine Flügel ...«

Dots Hand bewegte sich langsam auf die Pistole zu. »Willst du wissen, was ich denke?«

»Gern sogar.«

»Ich glaube, du hast dir die Geschichte mit Boston ausgedacht. Und ich glaub' nicht, daß du je in deinem Leben irgend so einen verdammten Eisenbahnwagen besessen hast, mal ganz zu schweigen von der dazugehörigen Maschine. Allmählich dämmert's mir, daß du vor dem Gesetz davonläufst.«

»Wie kommen Sie denn darauf?« fragte Stoner aufrichtig erstaunt. »Durch die Stop-&-Shop-Quittungen?«

»Andererseits siehst du nicht gerade aus, als wärst du aus hartem Holz geschnitzt. Was immer du getan hast, kann also nicht der Rede wert sein. Hab' ich recht?«

Stoner wußte nicht, was sie sagen sollte.

»Na ja, egal.« Anscheinend hatte die Frau sich durch ihr Reden zu einer Art Entscheidung durchgerungen. Sie legte die Pistole außer Sichtweite unter die Bar. »Ich muß mich für meine Neugier entschuldigen. Wenn du in Schwierigkeiten steckst, geht's mich nichts an, solange du uns damit in Ruhe läßt. Diese Klamotten, die du anhast, haben mich aus der Fassung gebracht.«

»Tut mir leid«, sagte Stoner.

»Komische Klamotten«, sagte die Frau. »Irgendwie fremd.« Sie untersuchte die Autoschlüssel, öffnete den Verbandskasten und schob den Inhalt ein wenig umher. »Bei dem Zeugs, das du in diesem Sack hast, scheint alles, was du mir bislang erzählt hast, wie Schnee von gestern.«

Stoner beschloß, daß sie bereits genug Schwierigkeiten hatte. Es hatte keinen Zweck, die Sache zu verschlimmern, indem sie beleidigt reagierte, die Dinge zu erklären versuchte oder irgend etwas von dem tat, was ein vernünftiger Mensch in der gegenwärtigen Situation tun würde. »Hören Sie«, sagte sie, »was den Jungen angeht, Billy. Wahrscheinlich hätte ich mich nicht von ihm mitnehmen lassen sollen. Er hat gesagt, er sollte jemanden abholen und zu einer gewissen Blue Mary bringen. Offensichtlich hat er mich mit jemandem verwechselt, aber ich war verzweifelt ...«

Die Frau sah sie mit neuerwachtem Interesse an. »Bist du 'ne Freundin von Blue Mary?«

»Ich kenne sie nicht.«

»Zu schade«, meinte Dot. »Würde erklären, wieso du so merkwürdig bist.«

»Meinen Sie, ich habe einen Fehler gemacht? Ich meine, denken Sie, da draußen wartet jetzt jemand darauf, abgeholt zu werden? Ich habe versucht, dem Jungen zu erklären, daß ich nicht diejenige bin, die er erwartet, aber er schien sich so sicher zu sein ...«

»Du willst wohl mit aller Gewalt in Schwierigkeiten geraten.«

Stoner zuckte die Achseln. »Das ist so meine Art.«

»Blue Mary ... man könnte sagen, daß sie eine umstrittene Persönlichkeit ist ...« Sie unterbrach sich und grinste Stoner etwas dümmlich an. »Schon wieder steck' ich meine Nase in Dinge, die mich nichts angehen.«

»Unsinn«, meinte Stoner. »Ich bin Ihnen für alles dankbar, was die Situation erhellt.«

Dot lachte. »Wenn du was mit Blue Mary zu tun hast, wirst du rausfinden, was du wissen mußt, wenn du's wissen mußt.« Sie warf Stoner den Rucksack zu. »Laß dir einen Rat geben. Ich weiß nicht, wie's bei euch an der Ostküste aussieht, aber die Hälfte der Sachen in dem Sack da werden dir hier draußen verdammt wenig nützen. Frische Socken, ein anständiges Messer und 'ne nette kleine Pistole, vielleicht ein paar Schmuckstücke, die du verteilen kannst, wenn du auf feindliche Indianer stößt. Dann halten sie dich für freundlich und entgegenkommend ...« Sie hielt den Kristall gegen das Licht. »Der könnte zum Tauschen gut sein, aber ist er einmal futsch, was bleibt dir dann?«

Gute Frage.

»Ein schönes Stück.« Big Dot nahm die nächste Petroleumlampe zu Hilfe, um Regenbögen gegen die Wand zu werfen. »Sieht aus wie eins von Blue Marys Stücken. »Bist du sicher, daß du sie nicht kennst?«

»Ganz sicher«, sagte Stoner. »Hören Sie, gibt es hier ein öffentliches Telefon?«

»Ein Telefon?«

»Ein Telefon. Sie wissen schon ...« Sie tat, als telefoniere sie. Dot sah sie völlig entgeistert an. »Ich muß mich mit meiner Freundin in Boston in ... Verbindung setzen.«

Dot schüttelte den Kopf. »Tut mir leid, wir haben noch nicht mal die Western Union.« Sie griff nach einem Glas. »Ein Drink gefällig?«

Eine brillante Idee. »Gegen einen Manhattan hätte ich nichts einzuwenden.«

Dot zog die Augenbrauen hoch. »Wie bitte?«

»Einen Manhattan. Bourbon und Wermut.«

Die Frau warf den Kopf zurück und brüllte los. »Du verkehrst wohl in ziemlich vornehmer Gesellschaft, mein Mädchen. Wo hast du die Rezeptur denn her, aus Paris?«

»Die Rezeptur?«

»Für den Drink.«

Richtig. Rezeptur. Wie Rezept. Wie im Sprachgebrauch des 19. Jahrhunderts: Rezeptur/Rezept ...

Stoner begann sich müde und mißmutig zu fühlen und war nicht länger in der Stimmung für Dots Phantasiewelt. »Dann eben nur Bourbon. Unverdünnt, mit ein bißchen Eis.«

»Eis? In diesem Etablissement haben wir höchstens mal Eis, wenn das Wasser in der Regentonne friert. Und das ist meistens dann, wenn wir's nicht brauchen können.«

»Vergessen Sie's. Bourbon. Pur.«

»Soviel ich weiß, hat noch nie jemand 'nen unreinen Bourbon verlangt«, meinte Dot, als sie sich dem Regal mit den Spirituosen zuwandte. »Schieß mir jetzt nicht in den Rücken, außer wenn's unbedingt sein muß.«

Sie wollte es trotz Big Dots verrückter Art auf einen letzten Versuch ankommen lassen. »Hören Sie, ich muß mich wirklich an der Ostküste melden. Wie kann ich ...?«

Dot kratzte sich am Kopf. »Soweit ich weiß, hat das seit Ewigkeiten niemand mehr probiert. Vielleicht sogar noch nie.«

»Aber wenn's dringend ist?«

»Na ja, schreib's einfach auf, und ich geb's dann weiter, sobald jemand in die Richtung will.«

»Das reicht nicht«, meinte Stoner, die langsam hysterisch wurde. »Mein Wagen ist liegengeblieben, und zu Hause gibt's Leute, die meinen Anruf erwarten, und sie sind bestimmt schon verrückt vor Angst ... Ich bin ja schon verrückt vor Angst ...«

Dot beugte sich über die Theke und strich Stoner über die Hand. »Komm schon, entspann dich ein bißchen. Es wird schon alles wieder gut.«

»Wie denn? Ich weiß ja nicht mal, wo ich bin!«

»Du bist in Tabor. Colorado-Territorium. Nicht gerade der beste Platz auf Erden, aber weit und breit auch nicht der schlechteste.« Dot sah sie besorgt an. »Hast du was auf dem Herzen, Kleines?«

Stoner fühlte ein Brennen in den Augen. Ich fange jetzt nicht an zu weinen, sagte sie sich entschlossen. Ich bin eine zweiunddreißigjährige erwachsene Frau, und ich weigere mich, zu weinen.

Dot schob ihr ein Glas zu. »Auf Kosten des Hauses. Dann mal runter damit.«

Sie nahm einen kleinen Schluck. Der Alkohol brannte wie Feuer in der Kehle. »Mein Gott.«

»Wenn du das schlimm findest«, meinte Dot, »solltest du erst mal das billige Zeug probieren.«

Der erste Schock ließ nach. Ihre Muskeln entspannten sich. »Wahrscheinlich sollte ich das nicht auf leeren Magen trinken.«

»Das Zeug kann nie schaden.« Dot schenkte sich selbst einen Drink ein und stellte die Flasche ins Regal zurück. »Außer es wird zur Gewohnheit.« Sie prostete Stoner zu und kippte den Drink in einem Zug hinunter. »Ich wünschte, ich könnte dir helfen, Kleines, aber ehrlich gesagt, werde ich aus dir nicht klug.«

Stoner rieb sich das Gesicht und zog den Reißverschluß ihres Parkas auf. »Schon gut. Es ist ohnehin Marylous Schuld.«

»Ist Marylou deine Freundin?«

Stoner schüttelte den Kopf. »Meine Freundin heißt Gwen. Marylou und ich arbeiten zusammen. Wissen Sie, Marylou ist mehr oder weniger straight – und das war Gwen auch mal ... Ich meine, sie war verheiratet, aber ihr Mann war wirklich ein elender Schuft, und da haben wir ihn umgebracht ...«

Die Frau nickte. »Die alte Geschichte, ich weiß, was du meinst. Also deshalb bist du auf der Flucht?«

»Ich bin nicht auf der Flucht. Es war gar kein Mord. Es war Notwehr.«

»Aber klar doch«, meinte Dot und schenkte zwei Drinks nach.

Stoner fuhr sich mit der Hand durch das Haar. Sie wußte, daß sie redete wie eine Quasselstrippe, konnte aber nichts daran ändern. »Jedenfalls wohne ich in Boston mit Tante Hermione zusammen. Gwen hat früher mal bei ihrer Großmutter gewohnt, aber ihre Großmutter ist homophobisch, deshalb ist sie ausgezogen und hat sich eine eigene Wohnung genommen.«

»Homophobisch?« fragte Dot. »Ist das eine Krankheit?«

»In gewisser Weise ja.«

»Gibt's denn gar kein Mittel dagegen? Ich meine, es ist doch ihre Familie, oder?«

»Wenn's ein Mittel gibt, dann hat sie es noch nicht gefunden. Jedesmal wenn sie es versucht, fängt ihre Großmutter an, die Bibel zu zitieren.«

»Gut, daß sie sich davongemacht hat. Wenn die Leute anfangen, auf die Bibel zu pochen, ist Hopfen und Malz verloren.« Dot beugte sich vertraulich vor. »Vor ein paar Jahren hatten wir hier die Cholera, da sind etliche Leute auf den Knien gerutscht. Leute, die bis dahin nicht gerade 'nen vorbildlichen Lebenswandel hatten, wenn du weißt, was ich meine. War für den Rest von uns eine ganz schöne Überraschung. Ist diese verrückte Krankheit, von der du geredet hast, ansteckend?«

»Ja«, meinte Stoner. »Das kann man wohl sagen.« Sie nahm einen Schluck von ihrem zweiten Drink. Jetzt, nachdem ihre Kehle betäubt war, brannte er nicht mehr so stark. Sie schüttelte den Parka von den Schultern. »Jedenfalls war da dieses Ehepaar, Kunden unseres Reisebüros, die ihren Trip nach Denver vorzeitig abbrechen mußten, weil einer aus ihrer Familie krank geworden war. Deshalb sind sie nach Hause geflogen, haben ihren Wagen aber zurückgelassen und wollten ihn dann nicht selbst abholen. Sie haben mehr Geld als Zeit, verstehen Sie? Und sie haben uns gebeten, ihn für sie abzuholen, aber für Marylou war das nichts, weil sie vorm Reisen Angst hat – sie behauptet zwar, daß sie Reisen mißbilligt, aber alle wissen, daß sie eigentlich Angst hat –, und Gwen konnte nicht mitkommen, weil sie unterrichten muß ...«

»Ja«, warf Dot ein. »Unterrichten ist eine verantwortungsvolle Sache. In jüngeren Jahren hab' ich es auch mal probiert. Hat mir aber nicht zugesagt. Diese Art Arbeit paßt besser zu mir.«

»Jedenfalls«, fuhr Stoner, die sich ein wenig benebelt fühlte und in Gefahr war, den Faden zu verlieren, in drängendem Tonfall fort, »bin ich allein rübergeflogen – na ja, Marylou hat drauf bestanden, wegen St. Croix und der Carharts. Ich glaube, sie will denen erzählen, daß sie mich gefeuert hat. Aber das kann sie gar nicht, oder? Ich bin gleichberechtigte Partnerin. Ich sitze also im Wagen, da bleibt er plötzlich stehen, und ich gehe los, um eine Werkstatt zu finden und treffe auf diesen Jungen, und da bin ich jetzt. Und eigentlich sollte ich heute in Topeka übernachten und Gwen anrufen, und sie wird außer sich sein.«

Dot bekam tausend Lachfältchen um die Augen. »Hm, meine Süße, du bringst alles durcheinander. Selbst wenn du die ganze Nacht reiten würdest, wärst du nicht vor Sonnenaufgang in Topeka. Und wenn du vorhast, einen Wagen mitzuschleppen, machst du, wenn du Glück hast, fünfundzwanzig Meilen am Tag. Soll ich dir einen Rat geben? Reise immer mit leichtem Gepäck.«

»Ich muß nicht unbedingt nach Topeka«, meinte Stoner, »wenn ich nur ein Telefon finde ...«

»Ich fürchte, in Tabor gibt's diese Dinger nicht. Vielleicht kann dir ja jemand vom Militärposten weiterhelfen.«

Sie faßte neuen Mut. »Gibt es hier eine Militärbasis?«

»Fort Morgan im Norden. Wirklich nichts Dolles und zu weit zum Laufen. Ein paar Tage mit einem guten Pferd. Bei unseren Problemen haben sie uns nicht viel genützt. Sind natürlich nur drauf aus, Indianer abzuknallen, und wir haben nicht so viele Indianerprobleme wie andere Leute. Erst wenn's eng wird, fangen die Probleme an.«

Stoner begann sich selbst zu bemitleiden. »Ich weiß nicht, was ich machen soll.«

»Bis morgen früh gar nichts«, meinte Dot und zeigte in die

Dunkelheit. »Aber hab' keine Angst, mein Kleines. Ich werde schon dafür sorgen, daß dir nichts zustößt.«

»Aber mir ist doch schon was zugestoßen.«

Dot verschränkte die Arme und lehnte sich gegen den Spiegel. »Du solltest was essen. Wahrscheinlich bist du halb verhungert, daran wird's liegen. Wenn man zuwenig ißt, kann das komische Folgen haben. Ich hab' mal einen alten Mann gekannt, der nicht ordentlich gegessen hat - du weißt schon, eins von diesen rührenden hilflosen Wesen, die nichts Anständiges essen, wenn die Frau sie nicht bekocht. Jedenfalls hat dieser Dummkopf nur von Trockenbohnen und Saumagen gelebt. Jahr für Jahr. Der hatte solche Blähungen, man hat ihn drei Meilen gegen den Wind gerochen. Eines Tages hat er sich in den Kopf gesetzt, ein toller Westernheld zu sein. Da hat er sich 'nen 44er Colt besorgt, ist die Straße auf- und abgelaufen und hat in die Fenster geschossen. So leid's mir auch getan hat, ich mußte ihn aus dem Weg räumen. Zu schade um den alten Knaben, aber er war weniger wert als das Fensterglas.« Sie schüttelte bedauernd den Kopf. »Alles nur wegen Trockenbohnen und Saumagen.«

»Ich bin nicht verrückt«, meinte Stoner heftig. »Und ich habe weder Trockenbohnen noch Saumagen gegessen, was immer das sein mag. Ich will nur nach Hause.«

»Na ja, kann ich dir nicht übelnehmen. Heim ist, wo das Herz ist ...«

In diesem Fall, dachte Stoner, könnte daheim auch sein, wo der Verstand ist.

»Als ich damals aus Kansas City hergekommen bin, habe ich zuerst gedacht, ich würde vor Heimweh sterben«, fuhr Dot fort. »Aber jetzt, wo ich hier Fuß gefaßt habe, kriegen mich keine zehn Pferde wieder weg.«

Wenn sie versuchte, das Gespräch auf eine normale Ebene zu lenken ... Wenn sie vorgab, der Frau zu folgen ... vielleicht ... »Dann sind Sie also den ganzen Winter hier?«

»Na klar.«

»Fühlen Sie sich nicht einsam?«

»Manchmal ist es ein bißchen langweilig«, erwiderte Dot. »Jeden Tag dieselben Gesichter. Aber bevor man sich versieht, ist es Frühling, und das Geschäft läuft wieder.«

»Ja«, meinte Stoner. »Kann ich mir vorstellen.«

»Manche Jahre sind natürlich besser als andere. Manchmal bleibt der Doc zwei, drei Wochen am Stück nüchtern, dann wird ein halbwegs vernünftiger Poker gespielt. Und vor zwei Jahren hatten wir im Winter einen Haufen Regierungsleute hier, die ganz in der Nähe in einen Schneesturm geraten sind. Die haben die Mädchen auf Trab gehalten.«

»Welche Mädchen?«

»Lolly und Cherry, meine Mädchen.«

»Sie haben Töchter? Hier?«

Dot starrte sie empört an. »Ich stehe zu meinem Geschäft, Missy. Und für meine Mädchen brauche ich mich auch nicht zu schämen. Du kannst deine Ostküstenweisheiten also ruhig für dich behalten.«

»Wie bitte?«

»Meine Mädchen sind sauber und ordentlich. Keine Krankheiten, und mit den Büffeljägern lassen sie sich gar nicht erst ein.«

Oh! Diese Art von Mädchen! Natürlich. Was wäre eine echte Pionierstadt im Wilden Westen schon ohne einen Haufen hoffnungsvoller junger Musikanten, die sich ein paar Bucks verdienen wollten, indem sie für ein paar Tänzerinnen spielten und sich einredeten, daß sie jeden Tag von einem der Großen aus der Musikbranche entdeckt werden könnten? »Ich wollte Sie nicht beleidigen«, entschuldigte sie sich. »Es war ein Mißverständnis.«

»Na, schon gut.«

»Ich habe nichts gegen ... Ich meine ... In Nevada ist es erlaubt.«

»Mag schon sein«, schnaubte Dot. »Aber meinen Mädchen geht's gut hier. Sie haben nicht das Bedürfnis, in fremde Länder abzuhauen.«

»Nevada ist kein ...« Es war hoffnungslos. »Schon gut«, seufzte sie.

»Meine Liebe«, Dot füllte ein Glas mit Wasser und schob es ihr zu, »ich will dir ja nicht zu nahe treten, aber du siehst nicht besonders gut aus.«

»Mir geht's auch nicht besonders gut.«

Die Frau beugte sich vor und fühlte ihre Stirn. »Erkältet?«

Stoner schüttelte den Kopf. Sie steckte die Hände in die Taschen und hatte plötzlich das Stück Papier in der Hand, das sie von der Straße aufgelesen hatte. Sie warf einen Blick darauf. Es war ein Stück Zeitung. In der Kopfzeile stand *Tabor Gazette*. Die Schlagzeile lautete:

KEINE BÜFFEL MEHR?

In der Büffelsaison keine Tiere gesichtet.

Sie sah auf das Datum. November 1871.

»Da hast du ja die Lokalzeitung«, meinte Dot. »Oder was davon übrig ist.«

Stoner nickte und gab ihr den Zeitungsfetzen. »Ist das die Neueste?«

»Von diesem Monat. Wird wohl für eine Weile die letzte sein. Sie wurde in einer alten Hütte draußen bei den Wilsons gemacht, aber die ist abgebrannt.«

»Billy hat irgendwelche Brände erwähnt«, sagte Stoner. »Waren es viele?«

»Genug, um die Leute nervös zu machen. Der Prediger hat nach dem U.S. Marshall geschickt. Bis der kommt, bin ich Großmutter.«

Büffel, 1871, Tänzerinnen, Marshalls. Stoner beschlich ein unangenehmes Gefühl.

»Dein Name«, meinte Dot. »Stoner McTavish. Ist das schottisch?«

»Die Familie meines Vater, und meine Mutter war halb schottisch.«

»Na ja, ich weiß nicht, wie's bei euch steht, aber hier gibt's ein paar Leute, die Schotten nicht gerade mögen.«

»Wirklich?«

»Vor allem die Engländer. Halten sich für was besseres. Sperr also besser die Augen auf. Dazu noch deine komischen Klamotten und deine Bekanntschaft mit Blue Mary ... tja, mein Kleines, damit forderst du Schwierigkeiten geradezu heraus.«

»Aber ich habe doch nichts getan, außer mich zu verirren.«

»Du bist fremd hier, meine Liebe. Und diese Stadt ist ziemlich nervös.«

»Nicht halb so nervös wie ich«, behauptete Stoner.

»Wollen wir wetten?« fragte Dot.

»Was?«

»Daß es dir nach einer warmen Mahlzeit gleich besser geht?«

»Kann schon sein, aber ich habe keinen ...« Sie wollte 'Burger King' sagen, besann sich jedoch rechtzeitig. »... keine Restaurants gesehen.«

Dot lachte. »Für Restaurants ist Tabor nicht vornehm genug, meine Liebe. Das hier kommt dem, was man ein Restaurant nennen könnte, am nächsten.« Sie blickte an Stoner vorbei nach hinten. »Billy, hol der Dame hier was zu essen.«

Stoner drehte sich um. Der Junge hatte sich während ihres Gesprächs in den Raum geschlichen und sich, die Stiefel auf dem Tisch und den Hut tief ins Gesicht gezogen, in einen Sessel gelümmelt. Er sah aus wie James Dean auf dem Plakat für *Giganten*. Aber sie verkniff sich diese Bemerkung, denn in Tabor würde wohl kaum jemand James Dean oder Kinofilme kennen, denn die Einwohner von Tabor waren entweder gar nicht existent oder lebten in einem anderen Jahrhundert.

Billy schwang die Füße vom Tisch, so daß der Stuhl mit einem Knall auf den Boden traf. Er verschwand durch die Tür unter der Treppe.

»Kinder«, sagte Dot mit einem Kopfschütteln. »Er ist zwar tüchtig, aber verstockt. Das arme Kerlchen ist vor sechs Monaten plötzlich in der Stadt aufgetaucht. Behauptet, seine Ma wäre an Malaria gestorben und sein Pa im Krieg gefallen.«

»Vietnam?«

»Antietam. Virginia. Er hat zu Hoods Truppe gehört, das behauptet Billy wenigstens. Jedenfalls hab' ich ihm einen Job gegeben, weil er mir leid getan hat. Und er hat sich gut gemacht. Arbeitet viel, hält den Mund und rührt die Mädchen nicht an. Dafür sind sie ihm dankbar, das kannst du mir glauben.«

»Das kann ich mir vorstellen«, sagte Stoner.

»Er scheint sich wohlzufühlen, hält hier Ordnung und macht für Blue Mary die Besorgungen.« Nachdenklich betrachtete sie die Tür, durch die der Junge verschwunden war. »Aber manchmal wünschte ich, er würde sich nicht nur für diesen Trommelrevolver interessieren. Weißt du, er nutzt jede freie Minute, um da draußen zu üben. Ich fürchte, er hat sich in den Kopf gesetzt, ein Revolverheld zu werden.«

»Wie Billy the Kid«, warf Stoner ein.

»Wie wer?«

»Billy the Kid. Ein berühmter Revolverheld.«

»Hab' noch nie von ihm gehört«, meinte Dot. »Der muß neu in der Gegend sein.«

Stoner seufzte. »Muß wohl.«

»Noch ein Drink gefällig?«

»Ich glaube nicht, danke. Ich sollte wirklich versuchen, eine Werkstatt zu finden.«

»Und dann ist da noch diese andere Sache«, fuhr Dot fort, ohne sie zu beachten. »Ein paar Leute wollen's Billy anhängen, aber man kann doch nicht einfach einen Menschen für alles verantwortlich machen, nur weil er hier neu ist, oder?«

»Keineswegs. Hören Sie ...«

»Wenn das der Fall wäre, müßten wir die Schuld ja auf dich schieben, oder?«

»Ich nehme an, wir ...«

»Verdammt, wir alle sind doch mal neu gewesen. Hier. Oder anderswo.«

Stoner war kurz davor loszuschreien. *»Ich brauche jemand, der meinen Wagen repariert«,* sagte sie so eindringlich wie möglich.

Die Frau schüttelte den Kopf. »Mein liebes Kind, natürlich bist du außer dir, aber ehrlich gesagt, weiß ich nicht, wo du jemanden finden willst, ...«

»In einer Werkstatt! Einer Werkstatt!«

Dot beugte sich besorgt über die Bar. »Also, Kleines, nun mach mal halblang ...«

»Dies ist ein Alptraum«, murmelte Stoner und rieb sich die Augen. »Ein schrecklicher Alptraum.«

Dot beugte sich vor und umfaßte Stoners Handgelenke. »Da draußen in der Prärie muß dir was Schreckliches zugestoßen sein«, sagte sie mit sanfter Stimme. »Wie wär's, wenn du's Big Dot erzählst?«

»Es ist nichts passiert. Mein Wagen ist liegengeblieben, das ist alles.«

Dot schüttelte traurig den Kopf. »Immer wenn es so aussieht, als würden wir uns verstehen, fängst du wieder mit diesem Unsinn an.«

»Finden Sie?«

»Werkstatt, Telefon ... Ganz schön komisches Zeugs, das mußt du schon zugeben, mein Kind.«

»Wollen Sie mal wirklich komisches Zeug hören?« fragte Stoner verzweifelt. »Hier, ich erzähle Ihnen mal was echt Komisches. Überschallflüge. Fernsehen. Videorecorder. Textverarbeitung. Vistavision. Zweiter Weltkrieg. Stealth Bomber. MX-Raketen. Autoschalter. Videospiele. Wasserstoffbomben ...«

»Ganz ruhig, Kleines«, sagte Dot leicht besorgt. Sie kam hinter der Theke hervor, nahm Stoner bei den Schultern und führte sie zum nächsten Stuhl. »Billy wird in einer Minute mit deinem Essen hier sein. Versuch einfach, ruhig zu bleiben, und fang ja nicht an, die Bibel zu zitieren.«

Stoner fiel auf, daß diese Frau - ob verrückt oder nicht - außerordentlich freundlich war, denn für Dot war sie eine Fremde, die nach Einbruch der Dunkelheit einfach aus der Prärie hereingeschneit war und wie eine Wahnsinnige drauflos geplappert hatte. »Vielen Dank«, sagte sie schuldbewußt. »Sie sind sehr nett zu mir.«

»In all den Jahren - wie viele es genau sind, geht dich nichts an - hab' ich zumindest gelernt, daß Unfreundlichkeit viel mehr an den Nerven zerrt als Freundlichkeit. Von ein paar Ausnahmen mal abgesehen.« Sie fuhr Stoner durchs Haar und lachte. »Damit bist natürlich nicht du gemeint. Es ist offensichtlich, daß du keiner Fliege was zuleide tun kannst.«

»In all den Jahren hab' ich schon ein paar Fliegen was zuleide getan«, meinte Stoner abwehrend. »Immerhin habe ich Gwens Mann umgebracht, erinnern Sie sich?«

»Das zählt nicht«, sagte Dot. Sie rückte einen Stuhl zur Seite, hockte sich auf den Tisch und sah Stoner an. »Ich kenn' mich mit Menschen ziemlich gut aus. In meinem Geschäft muß man das.«

Stoner sah sie an und fühlte sich plötzlich, als wäre ihr ein Schlag in die Magengrube versetzt worden. Es war nur ein kurzer Moment, aber ...

»Was ist los?« fragte Dot.

»Was Sie gerade gesagt haben, hat mich an jemand erinnert.«

»Wirklich?«

»Kennen Sie eine Frau namens Stell Perkins? Sie betreibt eine Hütte. In Wyoming.«

Dot runzelte die Stirn und konzentrierte sich einen Moment. »Das ist ein verdammt großes Territorium. Wo ungefähr ist die Hütte?«

»In der Nähe von Jackson. Im Nationalpark.«

»Im Nationalwas?«

Stoner beschloß, jene Frage zu stellen, auf die sie die Antwort vielleicht gar nicht wissen wollte. »Dot, diese Zeitung ... war sie ... ich meine, wissen Sie, welches Datum wir haben?«

»Ungefähr. Montag.« Sie runzelte die Stirn und rechnete nach. »Soviel ich weiß, den dreizehnten November. Ich kann's nachsehen, wenn's dir wichtig ist.«

»Ich meine ...« Sie mußte kräftig schlucken. »Ich meine das Jahr.«

»Einundsiebzig. Was hast du denn gedacht?«

Stoner zupfte an der Tischdecke aus Filz und wirbelte ein bißchen Zigarrenasche auf. »1971 oder 1871?«

»1871 natürlich.«

Sie zuckte zusammen. »Na ja, das erklärt unsere Verständigungsschwierigkeiten.«

»Wie bitte?«

Ihr wurde klar, daß sie – zumindest im Moment – auf Dots Wohlwollen angewiesen war. Und Big Dot (denk dran, man nennt sie Big Dot, weil sie so imposant ist) war ohnehin schon ein wenig mißtrauisch. Es wäre nicht gerade klug, ihr den Eindruck zu vermitteln, daß Stoner völlig übergeschnappt war.

»Nichts. Ich bin nur ein bißchen durcheinander.«

»Ist wahrscheinlich der Wind«, meinte Dot. »Der hat schon ein paar Leute verrückt gemacht.« Sie beugte sich vor und legte Stoner die Hand auf die Wange. »Bist du sicher, daß du kein Fieber hast?«

Sie spürte, wie ihr die Tränen in die Augen stiegen. »Ich weiß nicht. Kann schon sein.«

»Ich will dir mal was sagen. Sobald du mit dem Essen fertig bist, bringt Billy dich direkt zu Blue Mary. Sie weiß mit solchen Dingen umzugehen.«

Nicht noch so eine. Das ertrage ich nicht. »Ich glaube, ich will gar nicht zu Blue Mary. Wahrscheinlich ist sie genauso verrückt, wie ich mich fühle.«

Dot stützte sich mit einem Bein auf dem Stuhl ab ntund legte einen Arm auf das Knie. »Manche Leute meinen, bei ihr piept's nicht richtig. Ich glaube, das liegt nur daran, daß sie so anders ist.« Sie runzelte die Stirn und dachte nach. »Natürlich ist sie wirklich anders.«

Na fein, dachte Stoner. Da schiebst du mich also an diese Blue Soundso ab, die so anders ist, daß selbst du davon überzeugt bist, daß sie anders ist. Dabei bist du schon so anders, daß es meine kühnsten Träume übertrifft.

»Ich will nicht zu Blue Mary«, wiederholte sie.

Dot lächelte sie an. »Mein Kleines, in dieser Stadt hast du eine Freundin, und das bin ich. Aber es gibt drei Dinge, die du nicht hast: eine Waffe, einen Mann und die Wahl.«

Das Stew war scharf und nahrhaft, ein üppiger Eintopf aus Kartoffeln, Möhren und riesigen Fleischstücken. »Es schmeckt ausgezeichnet«, meinte Stoner.

»Hat Billy gemacht«, sagte Dot und nickte dem Jungen zu, der an der gegenüberliegenden Wand wieder seine James-Dean-Pose eingenommen hatte und sie unter seinem Hut hervor zu beobachten schien.

Stoner lächelte ihm zu. »Du bist ein sehr guter Koch. Und die Klöße sind einfach phantastisch.«

Der Junge zuckte die Schultern. »Kann schon sein. Irgendwie war das Mehl von Rüsselkäfern befallen.«

Stoner vollbrachte das unmögliche Kunststück, einen Bissen, der schon fast die Kehle hinunter war, zurückzuhalten.

Dot lachte und warf ihre Serviette nach ihm. »Hör nicht auf ihn«, sagte sie zu Stoner. »Er will dich nur auf den Arm nehmen. Das heißt, daß er dich mag.«

»So'n Quatsch!« Billy ließ den Stuhl wieder mit einem harten Knall nach vorn kippen (das schien eine seiner Lieblingsbeschäftigungen zu sein) und stapfte, in seiner jugendlichen Ehre gekränkt, aus dem Raum.

Sie mußte zugeben, daß das Stew, Rüsselkäfer hin oder her, ihr gut tat. Tabor mochte sich ja am Rande des Wahnsinns befinden, aber diese beiden Leute waren freundlich, und da jetzt endgültig Kälte und Dunkelheit herrschten, würde sie heute nacht auch keine Werkstatt mehr finden, um ihren Wagen reparieren zu lassen, selbst wenn sie ein Telefon auftreiben könnte – was sie bezweifelte. Sie könnte also genausogut das Beste draus machen. Dot war harmlos genug (zumindest solange die perlmuttbesetzte Pistole unter der Theke blieb). Es könnte interessant sein, herauszufinden, wie die Leute im Jahre 1871 in dieser Ecke Colorados gelebt hatten.

Für eine Nacht.

Am nächsten Morgen würde sie als erstes ein Telefon suchen, selbst wenn sie dafür den ganzen Weg nach Topeka laufen müßte. Oder sie würde zum Highway zurückgehen und einen der vorbeifahrenden Axtmörder anhalten. Irgendwie würde sie schon aus dem ganzen Schlamassel herauskommen. Aber nicht zu dieser nächtlichen Stunde.

Sie lehnte sich zurück. »Wie viele Einwohner hat Tabor?«

»Tja«, antwortete Dot, »schwer zu sagen. Wenn man die Farmleute, die Krauter und Squatter, die Traumjäger, die Viehtreiber, Leute wie dich, die vor dem Gesetz davonlaufen, und die Durchreisenden zusammenzählt ... vielleicht hundert. In der Stadt gibt's den Doc, Peter Kwan, den Chinesen, der - zumindest im Moment noch - die Wäscherei betreibt, seine Frau, die Hayes vom Warenhaus, den Sattler, den Mann vom Grundbuchamt und ein paar Dutzend mehr.«

»Blue Mary wohnt also nicht in der Stadt?«

Dot lachte. »Das möchte ich erleben. Ich persönlich hätte sie gern hier, ich bin gern mit ihr zusammen. Aber die andern finden sie beunruhigend.« Sie schüttelte den Kopf. »Nee, das wäre keine gute Idee.«

»Wieso nicht?«

»Na ja«, meinte Dot mit Unbehagen, als fände sie es nicht richtig, darüber zu reden, »weißt du, Blue Mary ist so eine Art ...« Sie hielt abrupt inne. »Was soll's, das findest du schon selbst raus. Du wirst bei ihr wohnen.«

»Ich weiß nicht«, sagte Stoner. »Ich meine ...«

»Wenn Blue Mary will, daß du bei ihr bleibst, dann tust du das.« Dot beugte sich zu ihr vor. »Laß dir einen Rat geben«, flüsterte sie. »Versuch erst gar nicht, Blue Mary zu trotzen.«

Na großartig. Jetzt kann ich die Nacht bei dieser Frau verbringen, die so sonderbar ist, daß sie selbst in dieser sonderbarsten aller Städte für sonderbar gehalten wird. Die so sonderbar ist, daß selbst die großartige Big Dot nicht den Mut aufbringt, ihre Eigenschaften beim Namen zu nennen. So sonderbar, daß niemand sich traut, sie zu verärgern. So sonderbar ...

Auf dem oberen Treppenabsatz wurden Türen geschlagen. Unten in der Bar waren weibliche Stimmen und das Schlurfen von Hausschuhen zu hören.

Dot sah nach oben. »Da kommen meine Mädchen. Hey!« rief sie. »Kommt her, Kinder, wir haben Gesellschaft.«

»Was für Gesellschaft?« kam es mißtrauisch von oben.

»Eine Frau. Ihr braucht euch nicht anzuziehen.«

»Ist auch besser so«, meinte eine andere Stimme. »Heute ist mein freier Tag.«

»Das weiß ich verdammt gut«, rief Dot zurück. Sie warf Stoner einen kurzen Blick zu. »So wie die sich anstellen, könnte man meinen, das hier wär ein Ausbeuterbetrieb. Aber wenn diese Gegend noch voller wird, werde ich mich wohl um zusätzliche Mädchen kümmern müssen.«

Schlagartig wurde Stoner klar, daß die große und imposante Dot, abgesehen davon, daß sie groß und imposant war, eine Puffmutter sein könnte. Und daß dieser Saloon, dieser komische Abklatsch des Long Branch oder wie immer Miss Kitty aus *Rauchende Colts* ihr nettes kleines Etablissement auch nannte, wirklich und wahrhaftig ein Bordell sein könnte.

Dieser Zwischenfall würde spannenden Erzählstoff abgeben, wenn sie nach Hause kam.

Falls sie je nach Hause kam.

Sie blickte nach oben und sah, wie zwei Frauen unbestimmten Alters, beide mit den gleichen pinkfarbenen und gerüschten Seidenkimonos und abgetragenen Fellpantoffeln angetan, die Treppe heruntergeschwebt kamen.

Die erste von ihnen, die Dot als Cherry Calhoun vorstellte, war eine große schlanke Schwarze mit karottenrotem Haar und hellroten Lippen. Die andere, Lolly La France (Stoner vermutete, es war nicht ihr echter, sondern ihr Künstlername), war klein, üppig und weiß. Etliche Ringe unterschiedlicher Größe, Form und Farbe schmückten ihre Hände wie Löwenzahn eine Aprilwiese. Ihre Arme verschwanden fast unter silbernen Armreifen, die zu ihrem ständigen nervösen Haarezupfen und -arrangieren klimperten und klirrten.

»Stoner McTavish«, stellte Dot sie vor.

Die Arme in die Hüften gestemmt, den Kimono bis zur Taille geöffnet, um einen Körper zu offenbaren, dessen Haut in ihrer Schönheit, samtenen Weichheit und ihrem warmen Braun alles übertraf, was Stoner bislang gesehen hatte, blickte Cherry sie einige Minuten von oben bis unten an, um sie dann als 'schlecht gekleidet, aber süß' zu bezeichnen.

»Und vergeben«, meinte Dot zu Cherry. »Benehmt euch anständig!«

Cherry lachte, es war ein hoher, melodischer, runder Ton der Freude. Er erinnerte Stoner an ein Windspiel.

»Kommst du aus dieser Gegend?« fragte Stoner.

»Aus New Orleans.« Cherry drehte sich im Kreis und ließ noch mehr von ihrem vollkommenen Körper sehen. »Und du?«

»Aus Boston«, erwiderte Stoner.

»Boston.« Cherry dachte darüber nach. »Mögen die Leute in Boston Cajun-Frauen?«

»Ich denke schon«, sagte Stoner.

»Gibt's da viele?«

»Weiß ich nicht. Wahrscheinlich. Ich meine, ich kenne mich ... na ja, in deinem Berufszweig nicht so gut aus.«

»Hör mal gut zu, mein Kind«, fuhr Dot Cherry an. »In Tabor bist du eine Sensation. In der Stadt bist du ein Nichts.« Sie drehte sich zu Stoner um. »Cherry ist ein rastloses Mädchen, sie hält's nirgendwo lange aus. Ich kann ihr nicht oft genug sagen, daß sie's nirgendwo besser haben kann als hier.«

Insgeheim betete Stoner, daß Dot sie nicht bitten würde, das zu bestätigen.

»Hör mal zu«, sagte Cherry zu Dot. »Ich bin erst seit sechs Jahren frei. Da muß ich noch eine Menge nachholen.«

»Oh«, meinte Stoner. »Bist du im ... äh ... Gefängnis gewesen?«

»Süße ...« Cherry beugte sich vor und tippte Stoner mit ihrem wohlgeformten Zeigefinger ans Kinn. »Ich war eine Sklavin.«

Stoner sah der Frau lächelnd in ihre schönen Augen. »Warst du verheiratet?«

Cherry warf den Kopf zurück und lachte zwei Oktaven hinauf und wieder hinunter. »Der war gut, Süße. Den muß ich mir merken.«

»Sie meint die wirkliche Sklaverei«, erklärte Dot. »Ihre Eltern, ihre Großeltern, ihre ganze Familie.«

»Jede einzelne Minute, seit wir über den Atlantik gekommen sind, waren wir Sklaven«, sagte Cherry. »Ich bin die erste freie Frau in meiner Familie.«

Lolly hatte sich unter Klimpern und Klirren um den Tisch geschoben, bis sie zwischen Stoner und Big Dot stand. Sie blickte auf Stoners Teller. »Schon wieder Stew?« jammerte sie. »Also wirklich, Dot.«

»Stimmt was nicht mit dem Stew?« fragte Dot.

»Wirklich«, stimmte Stoner ihr zu. »Es war köstlich.«

»Klar«, meinte Lolly. »Gestern abend war's auch köstlich, und den Abend davor auch und den Abend davor ...«

»Also, ihr habt kein Recht, euch über Billys Kochkünste zu beschweren.«

»Es ist so langweilig. Wenn wir nicht bald was anderes als Stew kriegen, geh' ich zur Army.«

»Nur zu, Missy«, meinte Cherry. »Wollen wir doch mal sehen, wie dir Pferdefleisch schmeckt.«

Lolly nahm Stoners Teller in die Hand und rümpfte angewidert die Nase. »Das hier könnte genausogut Pferdefleisch sein.«

Dot gab ihr einen kräftigen Klaps auf den Hintern.

Lolly heulte auf.

»Paß auf, was du sagst, du bist in Gesellschaft. Willst du Stoner das Abendessen vermiesen?«

»Ist schon in Ordnung«, meinte Stoner. »Ich war ohnehin fertig.«

Lolly lehnte sich an Dots Schulter. »Komm schon, Dot«, schmeichelte sie, während sie eine von Dots Locken um den Finger wickelte. »Kannst du uns nicht was Gutes machen?«

Big Dot griff nach Lollys Nase und zog gutmütig daran. »Was hältst du davon, Cherry morgen auf die Küche loszulassen?«

»Nein, Ma'am«, widersprach Cherry beleidigt. »Für so'ne verdammte weiße Hure mache ich keinen Finger mehr krumm, nie mehr im Leben.«

»Ich helfe dir«, sagte Lolly. »Du mußt mir nur sagen, was ich tun soll, wie immer.«

Cherry setzte ein strenges und zweifelndes Gesicht auf. »Vielleicht«, sagte sie. »Kommt drauf an, wie nett du bis dahin zu mir bist.«

Lolly machte einen Schmollmund.

Big Dot gab Stoner einen Wink und verdrehte die Augen. »Wenn du nach Boston zurückkommst«, sagte sie, »kannst du bei den Mädchen mal rumfragen, ob sie nicht Lust hätten, eine Weile hier draußen zu leben. Ich stelle keine dummen Fragen.« Sie gab Lolly einen kleinen Schubs. »Wenn ihr hier rumlungern wollt, zieht euch was Warmes an, ihr beiden.«

»Sehe ich gar nicht ein«, sagte Cherry. »Heute hab' ich frei.«

»Verflixt«, meinte Dot. »Hatte ich doch glatt vergessen. Ihr müßt mich von Zeit zu Zeit dran erinnern. Aber es ist hier kälter als im Hühnerstall, und ich weiß nicht, was ich machen soll, wenn ihr euch erkältet.«

Die Frauen gehorchten murrend.

Dot stieß einen tiefen Seufzer aus. »Ich weiß nicht, Stoner. Manchmal glaube ich, dieser Laden wächst mir über den Kopf.«

»Das kann ich verstehen«, erwiderte Stoner.

»Hin und wieder bin ich so fertig, daß ich daran denke, zu meinem Mann zurückzugehen.«

»Lassen Sie das bloß sein«, meinte Stoner entsetzt. »Besorgen Sie sich eine Partnerin.«

Dot dachte darüber nach. »Keine schlechte Idee. Hättest du Lust dazu? Du mußt nur gut arbeiten können und wissen, wie man mit einer Waffe umgeht.«

Stoner traute ihren Ohren nicht. »Vielen Dank, aber ich glaube, ich habe nicht genug Erfahrung ...«

»Zum Teufel noch mal«, meinte Dot, »du brauchst doch gar nicht viel zu wissen. Ich bring' dir das Schießen bei.«

»Wirklich, ich ... äh ...«

»Versteh' schon«, sagte Dot mit einem Lachen. »Du willst ins wilde Großstadtleben zurück.«

»Vielleicht könnten Cherry oder Lolly ...«

»Um Himmels willen, Kleine«, sagte Dot. »Du weißt ja nicht, was du sagst! Die Mädel haben keinen Sinn fürs Geschäft.«

»Ja«, meinte Stoner. »Kann ich mir vorstellen.«

»Aber es sind gute Mädchen.« Sie kicherte. »Natürlich muß man drauf achten, Cherrys Stolz nicht zu verletzen, nicht daß ich ihr's übelnehme. Und Lolly – na ja, ich glaube, sie ist ein halbes Kätzchen. Sie muß sich überall ankuscheln.«

Stoner erinnerte sich, daß sie sich manchmal genauso fühlte. Um ehrlich zu sein, hätte sie jetzt, bei all der Kälte und Verwirrung und Verlorenheit und – das mußte sie zugeben – Angst, nichts dagegen, sich selbst an den weichen, mütterlichen Busen dieser Frau zu schmiegen.

»Willst du noch was essen?«

Stoner schüttelte den Kopf. »Nein danke, das Essen wird wohl eine ganze Woche vorhalten.«

»Klar«, erwiderte Dot. »Ich wette, in einer Stunde hast du wieder Hunger.«

»Das glaube ich kaum.« Stoner klopfte sich auf den Magen. »Das war nicht gerade chinesisch.«

Dot starrte sie an. »Chinesisch? Du ißt chinesisches Essen?«

»Es ist wirklich sehr gut«, meinte Stoner. »Ich meine, es gibt auch schlechte Chinarestaurants, genauso wie es schlechte mexikanische, amerikanische oder thailändische ...«

»Das schwöre ich dir«, sagte Dot. »Ihr Ostküstler kennt weder Maß noch Ziel.« Sie stand auf. »Ich denke, es ist besser, wenn wir dich und deine Habseligkeiten jetzt zu Blue Mary bringen.«

»Hören Sie, Dot, ich ...«

Die Frau unterbrach sie mit einer Handbewegung. »Das hatten wir alles schon.«

»Ja, aber ...«

»Kein Aber. Du gehst zu Blue Mary.«

Das klang wie ein Befehl. Und bei Befehlen kam Stoners jugendlicher Trotz zum Ausbruch. »Sie haben doch gehört, was Cherry gesagt hat«, versetzte sie schnippisch. »Lincoln hat die Sklaven befreit.«

Dot stemmte die Fäuste in die Hüften. »Jetzt hör mir mal zu. Ich denke nicht daran, mir mit dir die ganze Nacht um die Ohren zu schlagen. Du läßt dich jetzt von Billy zu Mary bringen, oder du kannst von mir aus in die Prärie zurückgehen und dich da zu Tode frieren. Vielleicht findest du ja einen Hauseingang zum Aufwärmen. Aber was mich angeht, mein Fräulein, ist diese Debatte offiziell beendet.«

»Na gut«, gab Stoner zurück. Sie schnappte sich den Rucksack von der Theke. »Wieviel schulde ich Ihnen?«

Dot verschränkte die Arme vor der Brust. »Zwei Bucks dürften reichen.«

Du meine Güte, die Frau verlangte Preise wie von 1871. Stoner kramte in ihrer Brieftasche, bis sie eine Fünfdollarnote fand. Sie knallte das Geld auf den Tisch. »Den Rest können Sie behalten.«

Dot rührte das Geld nicht an. »Viel Glück«, meinte sie und drehte sich abrupt um.

Stoner stürmte quer durch den Raum und zur Tür hinaus.

Der Mond schien nicht mehr. Der Wind hatte sich gelegt und eine scharfe, trockene, lähmende Kälte hinterlassen. Der Himmel über ihr wirkte wie eine schwarze Eisfläche, auf der die Sterne wie Stecknadelköpfe glitzerten. Die Fenster in den Gebäuden entlang der Straße waren dunkel. Das gelbe Licht, das hinter ihr durch die Tür des Saloons drang, war sehr verführerisch.

Nein, befahl sie sich streng. An diesem Ort bleibst du keine Minute länger.

Sie zitterte ein wenig und zog die Schultern hoch, um die Kälte abzuwehren.

Komm schon, das bißchen Kälte kann dir nichts anhaben. Meditier ein bißchen. Denk an was Warmes.

Sie versuchte, sich ein prasselndes Feuer vorzustellen, konnte das Bild aber nicht halten. Ihre Fingerspitzen und Ohrläppchen wurden taub.

Komm schon, steh nicht einfach rum, lauf los.

Sie zwang sich, aus dem Lichtkreis des Saloons zu treten.

Die Temperatur schien auf mindestens zehn Grad unter Null gefallen zu sein. Als sie am Ende der Straße ankam - sie war so schnell gelaufen, wie sie konnte, und hatte die Arme geschwungen, um den Kreislauf anzuregen –, wurde ihr klar, daß dies alles keinen Sinn hatte. Hier draußen war nichts als der Himmel, die Nacht und die Prärie.

Aber auch nur vielleicht. Hier draußen konnte alles mögliche sein, und das meiste davon war wohl nicht gerade angenehm.

Im Schatten des Mietstalls bewegte sich etwas. Sie erstarrte. Ein raschelndes Geräusch. Pferde, die sich im Stroh bewegten?

Dafür schien es zu nah zu sein.

Sie zog sich in einen Winkel zwischen einem Holzfaß und einem Pferdekarren zurück, wo es völlig dunkel war und man sie hoffentlich nicht sehen konnte.

Da war das Geräusch wieder. Es hörte sich nicht wie die zufällige, natürliche Bewegung eines Pferdes im Stroh an, sondern klang nach Heimlichtuerei, nach jemandem oder etwas ... nach Herumschleicherei.

Stoner lief es eiskalt den Rücken hinunter.

Das Rascheln hörte abrupt auf, als hätte er oder es ihre Anwesenheit bemerkt.

Dot hatte recht. Ich hätte weniger Plastik und mehr Metall mitbringen sollen. Ein Messer, eine Pistole, irgendwas, womit ich mich verteidigen könnte.

Minuten vergingen.

Sie meinte direkt hinter der Tür des Mietstalls jemanden atmen zu hören. Sie hielt die Luft an, und in der Stille erkannte sie, daß es ihr eigener Atem gewesen war.

Oder doch nicht?

Sie atmete langsam aus und sog mit einem weiteren Atemzug die kalte Luft ein. Sie wartete.

Da war es wieder, schnell und leise.

Sie wünschte, sie hätte etwas anderes als das weiße Sweatshirt unter dem khakifarbenen Parka an. Weiß hatte selbst in pechschwarzer Finsternis die Tendenz aufzufallen. Und wenn da jemand aus dem Dorf herumkroch, würde er oder sie sich nicht vormachen lassen, daß Stoner eine Einheimische war. Nicht in dieser unglaubwürdigen Touristenkleidung aus dem zwanzigsten Jahrhundert.

Der Schnüffler holte tief Luft, schien sich nach vorn auf sie zuzubewegen. Er hielt inne. Alles war still, dann folgte eine Reihe leiser

Klicks, als würden kleine Stöckchen in einer Schachtel geschüttelt. Wieder war es still. Ein schwaches sandiges Kratzgeräusch.

Ein vertrautes Geräusch ...

Assoziiere. Sommerabende, Hitze, Holzkohle, Grillparties ...

Streichhölzer.

Jemand hatte versucht, ein Streichholz anzuzünden. Es hatte nicht geklappt. Jetzt wartete er ab, unsicher ...

Lauschte.

Stoner biß die Zähne zusammen, kämpfte gegen Kälte und Angst an.

Die Stille zog sich hin.

Vielleicht war es nur Einbildung. Vielleicht höre ich nur Gespenster. Vielleicht sind es doch nur die Pferde. Oder Mäuse oder Ratten oder ...

Sie war im Begriff, ihr Versteck zu verlassen.

Ein plötzliches Trippeln im Staub. Ein scharfes Klicken. Sie erkannte dieses Klicken. Es war das Geräusch einer Pistole, die gespannt wurde.

Ein plötzlicher Adrenalinstoß. Das Herz klopfte ihr bis zum Hals. Sie wappnete sich innerlich.

Weitere Minuten krochen dahin.

Weißt du, es könnte absolut harmlos sein. Ein Dorfbewohner bei seinem Abendspaziergang.

Aber unschuldige Bürger schleichen nicht herum, und wer immer das hier sein mochte, schlich zweifellos herum.

Andererseits hatte der Herumschleicher sie womöglich kommen hören (schleichenderweise? Hörte sie sich nach einer Herumschleicherin an?) und sich aus Abwehr seinerseits zum Schleichen entschlossen. In diesem Fall wäre es das Vernünftigste, lässig hervorzutreten, sich zu erkennen zu geben, sich dafür zu entschuldigen, sie oder ihn aufgeschreckt zu haben, und ihres Weges zu gehen.

Aus irgendeinem Grund schreckte ihr Körper vor dieser Alternative zurück. Er rührte sich nicht von der Stelle.

Sie beschloß, sich auf ihren Instinkt zu verlassen.

Ein zweites leises Klicken, als die Waffe entsichert wurde. Das Rascheln von Kleidung. Dann leise Schritte, die sich langsam und vorsichtig in die Scheune zurückzogen.

Es verstrichen quälende Sekunden, bevor sie wieder zu atmen wagte.

Sie sah zum Saloon zurück. »Okay, Big Dot«, murmelte sie. »Du hast gewonnen.«

Sie rannte zum Licht zurück.

»Na«, meinte Dot, die sich nicht von der Stelle gerührt hatte, seit Stoner gegangen war. »Das hat ja ganz schön gedauert, muß ich schon sagen.«

»Tut mir leid, daß ich dich angeschrien habe.«

Dot tat ihre Entschuldigung mit einer Handbewegung ab. »Schon gut. Kannst von Glück reden, daß ich dich mag, sonst hätte ich dir die Tür direkt vor deiner süßen kleinen Nase zumacht.«

Stoner rieb sich die Arme. »Kalt da draußen.«

»Tja«, meinte Dot. »Willst du 'nen Kaffee?«

»Egal, wo ich hin soll, ich mache mich lieber auf, bevor's zu spät wird.« Sie zögerte. »Dot, ich glaube, ich habe drüben am Mietstall jemanden gehört.«

Die Frau runzelte die Stirn. »Verdammt üble Nacht für einen Abendspaziergang.«

»Das habe ich auch gedacht.« Sie zuckte die Achseln. »Wahrscheinlich habe ich es mir nur eingebildet.«

»Vielleicht. Vielleicht auch nicht«, meinte Dot. »Wir haben hier in letzter Zeit Probleme genug gehabt. Was hast du gehört?«

Stoner erzählte ihr, was sie wußte. »Du meinst die Brände?«

»Ich bin mir nicht sicher, ob eins mit dem andern zu tun hat. Ein paar komische Zufälle. Barkers Kuh verendet. Morgans Hühnerstall umgerissen und in Brand gesetzt. Ein paar brennende Häuser. Gerede über Brandstiftung, ein paar Schuldzuweisungen. Das geht jetzt seit mehr als einem Jahr so. Schwer zu sagen, ob es was zu bedeuten hat oder nicht. Das Leben hier draußen ist voller merkwürdiger Zufälle.«

»Aber du hast es doch gemeldet?«

»Gemeldet?«

»Billy meinte, der Prediger hätte nach dem Marshall geschickt.«

Dot gab ein bellendes Lachen von sich. »In dieser Stadt gibt's keinen Sheriff. Hat's noch nie gegeben. Fort Morgan ist zu weit weg. Der U.S. Marshall war einmal hier, auf seinem Weg nach Abilene. Ist ungefähr eine Woche geblieben. Was Unterstützung aus dieser Ecke betrifft, mache ich mir keine großen Hoffnungen.« Sie beugte sich über die Bar und holte ihre Pistole hervor. »Kann nicht schaden, sich da mal umzusehen.«

»Laß das lieber sein«, sagte Stoner sofort. »Es ist dunkel. Und wenn da jemand gewesen ist, hat er sich bestimmt aus dem Staub gemacht.«

Dot legte die Pistole zurück. »Hast du Billy zufällig da draußen gesehen?«

»Nein«, antwortete Stoner. »Meinst du, es war Billy?«

»Na ja«, erwiderte Dot, »das wäre eine böse Überraschung.« Sie ging zur Tür unter der Treppe und rief nach ihm.

Er kam leicht außer Atem hereingerannt. Sein Gesicht war gerötet, als hätte er sich draußen in der Kälte aufgehalten.

»Stoner meint, sie hätte drüben beim Mietstall jemand gesehen«, sagte Dot. »Hast du dich da draußen rumgetrieben?«

Der Junge starrte zu Boden. »Nein, Ma'am.«

Stoner hatte das Gefühl, daß er log.

»Du weißt, was ich davon halte, wenn du dich nachts auf der Straße rumtreibst.«

»Ja, Ma'am.«

»Du weißt, was ich davon halte, wenn du mir nicht die Wahrheit sagst.«

»Ja, Ma'am.«

»Wenn du's gewesen bist, sag also bitte die Wahrheit.«

»Ich war's nicht, Ma'am.« Billys Gesicht glühte vor Scham.

Stoner hatte Mitleid mit ihm. Vielleicht war der Junge draußen gewesen und hatte mit den Schatten Räuber und Gendarm gespielt. Das war keine Sünde, nicht mal ein Verbrechen. Sie selbst hatte gegen ein paar phantastische Spielereien nichts einzuwenden, und sie war doppelt so alt wie er.

»Er war es nicht«, sagte sie.

»Bist du sicher?« fragte Dot streng.

»Ganz sicher. Wer immer es war, es hat sich nicht nach ihm angehört.«

Dot sah erst sie, dann den Jungen scharf an. »Ich kenne diesen kleinen Teufel seit fast sechs Monaten, und ich könnte nicht sagen, wie er sich anhört.«

»Er hört sich an wie ... wie ein Kind. Was ich gehört habe, war ein Erwachsener.«

Halt den Mund, bevor es noch schlimmer wird, sagte sie sich, du weißt ja nicht mal, wovon du sprichst.

Dot schien zu merken, daß sich die beiden gegen sie verbündet hatten. »Also gut«, sagte sie mit einem tiefen Seufzen. »Billy, mach den Wagen fertig.«

»Ist schon erledigt«, murmelte er. »Genau das hab' ich eben gemacht.«

»Dann seht mal zu, daß ihr wegkommt«, sagte Dot zu Stoner. »Bestell Blue Mary viele Grüße von mir.«

Vielleicht ist ihm bewußt, wie verrückt das alles ist, dachte Stoner, als der Karren quietschend durch die kalte Nacht fuhr. Er kommt nicht aus Tabor.

»Tja«, meinte sie beiläufig und munter. »Dot sagte, du bist neu in der Stadt.«

Der Junge zog die Schultern bis an die Ohren.

»Wo kommst du ursprünglich her?«

»Woher?« fragte er mit piepsiger Stimme.

»Aus welcher Stadt, welchem Staat oder was auch immer?«

»Illinois.« Er sprach es aus wie Ill-a-noise.

»Wo in Illinois?«

»Aus der Gegend halt.«

Sie wartete auf eine genauere Ausführung. Die Stille zog sich hin und wurde nur vom Knirschen der Wagenräder auf dem hartgefrorenen steinigen Untergrund unterbrochen. Das Maultier schnaubte und prustete Dunstsignale in die Luft.

Ihr fiel ein, daß Billy auf der Flucht sein könnte. »Ich wollte nicht neugierig sein«, sagte sie und rieb sich die Knie, um die Kälte zu vertreiben.

»Schon okay.« Er blickte zu ihr hinüber. »Ist dir kalt?«

Stoner lachte. »Es ist nicht gerade das ideale Wetter zum Nacktbaden.«

Hoppla, das hätte sie nicht sagen sollen. Bei verschämten Jugendlichen benutzt man keine sexuelle Sprache, so indirekt die Anspielung auch sein mag.

Der Junge hielt die Zügel zwischen den Zähnen und schüttelte sich aus seiner schaffellgefütterten Jacke.

»Behalt nur deine Jacke«, sagte Stoner schnell. »Es geht schon so.«

»Sie stinkt nicht«, meinte der Junge, als er sich die Ärmel abstreifte. »Jedenfalls nicht schlimm.«

»Das hab' ich nicht gemeint ...«

Er gab ihr die Jacke. Sie hatte einen vertrauten, aber nicht unangenehmen Geruch. Heimlich roch sie daran. Hamamelis. Sie lächelte. Wahrscheinlich besprühte Billy sich regelmäßig mit

Hamameliswasser, damit die Leute glaubten, daß er sich schon rasierte.

Außerdem war die Jacke weich und warm von seiner Körperwärme. »Bist du sicher?«

»Klar. Mir ist nicht kalt.«

Ach ja, der jugendliche Stoffwechsel. Sie legte die Jacke über den Schoß und vergrub die Hände in ihrer Wärme. »Wie weit ist es noch?«

»Ungefähr 'ne Meile.«

Ihr wurde bewußt, daß am Ende dieser Meile alles mögliche sein konnte. Weiße-Sklaven-Händler. Räuber- und Mörderbanden. Zugedröhnte Jugendliche, die von der High-School geflogen waren, sich jetzt nur noch MTV reinzogen und auf Plünderei und Vergewaltigungen aus waren. Auf einer Stupiditätsskala von eins bis zehn hatte das Verlassen ihres Wagens fünf Punkte ausgemacht. Die Tatsache, daß sie sich von einem unbekannten Jungen mitten in der Nacht quer durch das Große Leere Nichts fahren ließ, zählte elf Punkte.

Sie räusperte sich. »Und was machst du so in Tabor?«

»Nicht viel.«

»Na ja, das kann ich verstehen. Tabor ist nicht gerade die Hauptstadt der Videospiele, wie?«

Sein Schweigen ließ vermuten, daß er sie für vollkommen übergeschnappt hielt.

»Gehst du zur Schule? Hast du eine Freundin?«

»Zur Schule?«

»Zur Schule. Du weißt schon, Lesen, Schreiben, Rechnen.«

»Nee.«

»Hat Tabor keine Schule?«

»Ich geh' in keine Schule.«

»Ihr müßt doch eine Bezirksschule oder so was haben.«

Billy musterte sie kurz von der Seite und wandte seinen Blick dann ohne ein Wort wieder der Straße zu.

»Fußball? Schulfeste? Veranstaltungen?«

»Ich kann die Schule nicht leiden«, sagte er mißmutig.

»Na ja, wer mag die Schule schon. Zu Hause hab' ich eine Freundin, die ist Lehrerin, und selbst sie kann die Schule nicht ausstehen.«

»Warum macht sie's dann?«

»Sie hat nichts Besseres gefunden. Und von irgendwas muß sie ja leben.«

»Hat sie denn keinen Mann abgekriegt?« fragte der Junge mit typisch männlicher Überheblichkeit.

»Sie will keinen Mann.«

»Natürlich.« Seine Stimme triefte vor Sarkasmus. »Eine häßliche Schnepfe also.«

Nein, dachte Stoner. Gwen ist ganz bestimmt keine häßliche Schnepfe. Nicht mal nach den üblichen Maßstäben. Mit den Augen betrachtet, war Gwen attraktiv. Mit dem Herzen betrachtet, war sie atemberaubend.

Sie dachte daran, sich einen Augenblick Zeit zu nehmen, um diesen kleinen Scheißer aufzuklären. Aber Dummheit ist das Vorrecht der Jugend. Sollte das Leben ihn doch erziehen. Im Moment war sie auf seinen Wagen und seine Jacke angewiesen. Und auf sein Wohlwollen.

»Tut mir leid«, brummelte der Junge. »Hätte ich nicht sagen sollen.«

»Das hättest du nicht mal denken sollen«, meinte Stoner gegen ihren Willen.

»Ja, Ma'am. Tut mir leid.« Das Maultier zockelte ein paar Minuten weiter. »Das hab' ich nur so dahergesagt. Ehrlich, ich hab's nicht so gemeint.« Seine Stimme schlug um, ob aus Gefühl oder wegen der Hormone, war nicht auszumachen. Er wickelte die Zügel fester um die Hand. »Mist.«

Stoner hatte Mitleid mit ihm und berührte ihn am Arm. »Ist schon gut, Billy.«

»Verdammt noch mal, ich sag' immer das Falsche.«

»Ist schon gut.«

»Manchmal denke ich, ich sollte nach Illinois zurückgehen.«

Stoner lächelte. »Das ist aber eine verdammt harte Strafe für einen kleinen Versprecher.«

Sie hatte vergessen, wie es mit fünfzehn gewesen war. Sie wollte sich davon überzeugen, daß sie ihr Leben im Griff hatte, und fühlte sich innerlich die ganze Zeit wie ein verängstigtes kleines Kind. Den Freundinnen gegenüber cool und gelassen, hatte sie eigentlich ständig Angst, daß die Fassade zusammenbrechen und sie als Baby und Dummkopf dastehen könnte. Sie wollte nie wieder fünfzehn sein, weder in diesem, noch in irgendeinem anderen Leben.

Sie kamen auf eine kleine Anhöhe und sahen dort, wo die Dunkelheit des Nachthimmels sich mit der noch größeren Dunkelheit der Erde traf, ein einsames Licht in einem Fenster brennen.

»Oh«, meinte Stoner. »Die Zivilisation.«

»Nee«, sagte Billy. »Blue Mary. Wenigstens haben sie ihr Haus noch nicht abgefackelt. Eines Tages werde ich über diesen Hügel kommen und nur noch einen Haufen Asche finden.«

»Meinst du, irgend jemand legt die Feuer?«

Der Junge nickte. »Kann's aber nicht beweisen.«

»Wieso sollte jemand sowas tun?«

»Das ist es ja gerade, es macht keinen Sinn. Ich hab' schon gesehen, wie Leute niedergebrannt wurden, weil sie Indianer oder Chinesen sind, oder Leute, die anders reden als wir. Einwanderer. Aber was hier passiert, macht keinen Sinn.«

»Dann sind die Leute hier bestimmt ganz schön nervös.«

»Klar. Ich denke, der Prediger sorgt dafür, daß sie nicht ganz durchdrehen.«

Er schwieg.

»Ist irgendwas?« fragte Stoner nach einer Weile.

Billy schüttelte den Kopf. Er schien in sich zusammengesunken zu sein.

»Was hast du auf dem Herzen, Billy?«

»Nix«, erwiderte er scharf und verfiel wieder in sein hartnäckiges jugendliches Schweigen.

Die Nacht schien gewaltig, ein riesiges Gewölbe einsamer Dunkelheit. Es kam ihr vor, als würde die Dunkelheit sie aufsaugen, ihre Haut auflösen, und als würde sich ihr Geist wie Rauch im Nichts verflüchtigen.

»Erzähl mir was von den Leuten hier«, bat sie Billy.

»Was wollen Sie denn wissen?«

»Na ja, was führt sie eigentlich hierher?«

Billy dachte einen Augenblick nach. »Ein paar wollten zu den Goldminen in Kalifornien«, erwiderte er. »Sind einfach hier hängengeblieben. Ein paar sind von der Ostküste geflohen. Ein paar sind, glaube ich, vorm Krieg geflüchtet. Die Kwans sind hergekommen, um für die Eisenbahn zu arbeiten – die liegt nördlich von hier – und haben sich dann niedergelassen. Ich wette, sie sind einfach abgehauen.«

»Haben sie denn keine Angst, aufgespürt zu werden?«

Billy gab ein scharfes Lachen von sich. »Die Eisenbahn gibt doch kein Geld dafür aus, ein paar 'Kulis' wiederzufinden. Wahrscheinlich glauben sie, Wölfe oder Klapperschlangen hätten sie erledigt.«

Sie versuchte sich in der Dunkelheit zu orientieren, aber selbst der Horizont war aus dem Blick verschwunden. Nur das Licht aus Blue Marys Häuschen leuchtete wie ein vom Himmel gefallener Stern in der Dunkelheit. Sie hoffte, das Maultier wußte, was es tat. »Was arbeiten die Leute hier? Viehzucht?«

»In Tabor gibt's keine Ranchen. Ab und zu kommen Viehtreiber durch, aber dafür ist es dieses Jahr zu spät.«

»Landwirtschaft?«

»Ein bißchen. Vor allem Küchengärten. Der von Blue Mary ist schön. Sie hat sogar Blumen. Aber die sind jetzt erfroren. Vielleicht zeigt sie ihn Ihnen.«

Sie hielten vor einer kleinen, geduckten Hütte. Einen Moment lang stiegen Rauchschwaden und der Geruch von brennendem Holz auf, dann sanken sie nieder und legten sich in einer dünnen Schicht dicht über den Boden. Ein leichter Geruch von Minze und Basilikum lag in der Luft.

»Na dann«, meinte Stoner. Sie legte Billy die Jacke um die Schultern. Der Junge zuckte bei dieser mütterlichen Geste zusammen. »Kommst du noch mit rein?«

Er schüttelte den Kopf. »Ich muß zurück.«

»Ich denke, wir sehen uns noch«, meinte Stoner, die eigentlich noch etwas hinzufügen wollte, sich aber nicht sicher war, was es sein sollte.

»Vermutlich.«

»Danke fürs Mitnehmen.«

»Gern geschehen.« Er zögerte einen Moment. »Hören Sie, da am Mietstall, das war ich nicht. Ich bin Ihnen gefolgt, aber was Sie erschreckt hat, das war ich nicht.« Er schlug mit den Zügeln und fuhr davon.

Stoner folgte ihm mit den Augen, bis die Dunkelheit ihn verschluckt hatte.

Sie wandte sich zum Haus und hob die Hand, um anzuklopfen.

»Komm rein, Stoner«, meinte eine helle und einladende Frauenstimme. »Ich habe auf dich gewartet.«

4

Sie fuhr zurück.

Die Tür wurde einen Spaltbreit geöffnet. Ein goldener Lichtstrahl zerschnitt die Dunkelheit. »Stoner?«

Die Stimme kam ihr bekannt vor.

Aber es konnte doch nicht ...

Der Spalt wurde breiter. Laternenlicht umriß den gedrungenen, weichen Körper der Frau, so daß ihr feines silbergraues Haar wie ein heller Kranz erstrahlte.

»Tante Hermione!« Sie warf sich der Frau in die Arme. »Ich bin so froh, dich zu sehen.«

»Stoner ...«

Sie trat einen Schritt zurück. »Eigentlich müßte ich dir böse sein«, meinte sie. »Was ist das für ein Spiel, das du mit mir treibst?«

»Stoner, mein Liebes. Ich bin nicht ... na ja, ich bin's und bin's auch wieder nicht ...« Die Frau öffnete die Tür weit. »Komm erst mal rein.«

Die Hütte bestand aus einem einzigen Raum und hatte einen Zwischenboden zum Schlafen. Grobe Holzverschalungen glänzten rötlich braun wie blanke Äpfel. Geschälte Baumstämme, an denen getrocknete Kräuter hingen, dienten als Dachsparren. Vorhänge aus gestreiftem Leinen milderten die scharfen Umrisse eines kahlen Fensters. Auf dem Boden lagen selbstgewebte Teppiche in leuchtenden Farben. Ein holzgefeuerter Ofen strömte Wärme und den Geruch von Zimt und Kaffee aus. Auf dem Tisch standen zwei Becher und ein Strauß Trockenblumen. Die Einrichtung wurde durch Stühle aus Bugholz und eine Schlafkoje abgerundet, die aus miteinander verbundenen Holzblöcken und einer Federung aus Seilen bestand. Trotz des rustikalen Aussehens und der ungewöhnlichen Ordnung war der Raum warm und gemütlich, genau wie bei Tante Hermione.

»Ich weiß nicht, was das alles soll.« Stoner hängte ihren Rucksack über die Stuhllehne und ging zum Ofen. »Ich hoffe, du hast eine Erklärung dafür.« Der Kaffee war heiß und roch wie frisch gekocht. Sie nahm die Kanne hoch. »Ist das echter Kaffee? Oder ein unechter Jamaica Blue Mountain?« Sie lachte vor Erleichterung. »Willst du welchen?«

Die Frau hatte sich abgewandt, um Stoners Rucksack an einen

Wandhaken zu hängen. »Nein danke, mein Liebes. Aber bedien dich nur.«

Sie füllte ihre Tasse und stellte die Kanne wieder auf den Ofen. »Du glaubst ja nicht, wie froh ich bin, dich wiederzusehen«, meinte sie und setzte sich rittlings auf einen Stuhl. »Diese Stadt ist voller Verrückter ...«

»Stoner«, sagte die Frau und wandte sich ihr zu, »sieh mich mal an.«

Es war nicht Tante Hermione.

Sie ähnelte ihr wie eine Schwester, aber es war nicht Tante Hermione.

»Mein Gott«, meinte Stoner und sprang verlegen auf. »Es tut mir leid. Ich meine ...« Kraftlos deutete sie auf die Kaffeekanne, den Ofen und ihren Becher. »Ich wollte nicht unhöflich sein. Ich hätte nur nicht geglaubt ...«

Die Frau lächelte. »Schon gut. Ich weiß, du hast einen sehr verwirrenden Tag hinter dir.«

»Es ist unglaublich«, sagte Stoner, »wie sehr ihr euch ähnelt.«

»Bitte«, meinte die Frau. »Setz dich doch.«

Stoner folgte ihrer Aufforderung. »Bist du mit ihr verwandt?«

Die Frau dachte nach. »So könnte man es ausdrücken. Aber entfernte Verwandte.« Sie setzte sich Stoner gegenüber an den Tisch. »Man nennt mich hier Blue Mary.«

»Ich habe schon einiges über dich gehört«, erwiderte Stoner.

»Nicht gerade Schmeichelhaftes, nehme ich an«, sagte Blue Mary. »Die Leute hier halten mich für eine Hexe. Genau genommen bin ich das wahrscheinlich auch. Aber was sie darunter verstehen, ist nicht gerade schmeichelhaft.« Sie lachte, ein fröhliches, lebenslustiges Lachen, genau wie das von Tante Hermione. »Die Leute hier draußen haben es schon mit Dürreperioden, Blizzards, Hungersnöten, Überschwemmungen, unfreundlichen Indianern und wilden Tieren aufgenommen. Aber weißt du, wovor sie wirklich Angst haben? Vor Kräuterheilkunde.«

»Big Dot scheint aber nicht ...«

»Natürlich.« Sie nickte. »Ja, Dorothy ist eine ungewöhnliche Frau.«

»Weißt du, es tut mir wirklich leid.«

Blue Mary hob abwehrend die Hand. »Ich bitte dich. Fängst du einmal an, dich zu entschuldigen, dann hörst du so bald nicht wieder auf.«

»Woher willst du das wissen?«

»Ich weiß eine ganze Menge über dich«, erwiderte Blue Mary. »Aber beileibe nicht alles.« Sie seufzte. »So sehr ich mich auch bemühe, das Gedächtnis bleibt immer lückenhaft.«

»Tja«, meinte Stoner. »Ich weiß, was du meinst. Manchmal ist es frustrierend.«

Die Frau lächelte. »Und du versuchst nur, dich an ein einziges Leben zu erinnern.«

Offensichtlich glaubte Blue Mary, genau wie Tante Hermione, daß ein Mensch mehrere Leben hatte. »Dieses eine reicht mir schon.«

»Unsinn«, meinte Blue Mary. »Du willst nicht an mehr als ein Leben glauben.«

»Tante Hermione und ich haben das Thema schon tausendmal durchgekaut.«

»Es ist unsinnig zu versuchen, die spirituelle Entwicklung eines anderen Menschen voranzutreiben, nicht wahr? Aber die Versuchung ...« Mary verdrehte die Augen, Augen mit dem leuchtendsten Blau, das Stoner je gesehen hatte, Augen, die selbst bei dem schwachen Licht in rhythmischem Wechsel von Königsblau in Türkis überzugehen schienen.

Stoner war von diesen Augen wie gebannt, wie hypnotisiert. »Du hast wunderschöne Augen.«

»Vielen Dank, meine Liebe. Ich hatte vergessen, wie liebenswürdig du bist.«

Genau. Stoner trank ihren Kaffee in kleinen Schlucken. Er war heiß und stark und schmeckte leicht würzig. »Ich habe Probleme mit meinem Wagen gehabt«, erklärte sie schließlich.

»Ja, ich weiß.«

»Woher weißt du das?«

Blue Mary warf ihr einen unschuldigen und rätselhaften Blick zu. »Das gehört zu meinem Geschäft.«

Das Taborsche Pendant zu einem Informationsstand der Handelskammer. »Dann weißt du wohl auch, wo ich eine Werkstatt finde.«

»Ich fürchte, in Tabor wird es noch mindestens vierzig Jahre keine Werkstatt geben. Vorausgesetzt, die Stadt erlebt die Jahrhundertwende.«

»Okay, dann ein Telefon.«

»Zwanzig Jahre. In den nächsten ein oder zwei Jahren werden

sie's mit der Western Union probieren, aber sie wird sich nicht halten können. Zu wenig Leute, als daß es sich lohnen würde, verstehst du?«

Wieder überkam sie ein unbehagliches Gefühl. »Dann kommt die Straßenwacht wohl gar nicht erst in Frage?«

Die Frau schüttelte langsam und bedauernd den Kopf. »Es ist eine Schande. Ein so schöner Ort. Aber viel zu abgelegen. Es war ein schwerer Fehler, die Stadt hier zu gründen.« Sie lächelte ein wenig. »Aber wie hätten sie das wissen sollen? Wie üblich, haben sie die Stadt dort gebaut, wo sie gerade waren.«

»Hier scheint es viel Weizen zu geben«, meinte Stoner, die an ihrem Kaffee nippte und beschlossen hatte, Smalltalk zu betreiben.

»Das ist kein Weizen, sondern Präriegras. Das wird auch nicht so bleiben. Ihm wird es genauso gehen wie den Büffeln. Und die Stadt selbst – abseits der Eisenbahn, abseits der Hauptverkehrswege ...«

Jenseits der Zeit.

»Ich fürchte, Tabor ist dem Untergang geweiht.«

»Sind wir das nicht alle?« murmelte Stoner. Blue Mary würde ihr keine Hilfe sein. Blue Mary war genauso übergeschnappt wie Big Dot. Wenn sie Cherry oder Lolly allein erwischen könnte, würde eine von ihnen vielleicht zugeben, daß sie im zwanzigsten Jahrhundert lebten.

Sie bezweifelte es.

»Ich weiß, daß du entmutigt bist, Stoner«, sagte Blue Mary. »Aber du wirst hier wieder rauskommen, das verspreche ich dir.«

Stoner blickte auf. »Wie denn?«

»Indem du das tust, wozu du hergekommen bist.«

»Ich bin hergekommen, um eine Werkstatt zu finden«, behauptete Stoner.

»Nein, meine Liebe. Du bist aus einem ganz anderen Grund hergekommen.«

Laß ihr ihre Meinung. »Und wieso bin ich hier?«

Blue Mary dachte nach. »Ich weiß es nicht genau. Der Geist sagt mir, daß du einem Ruf gefolgt bist. Aber er will nichts Genaueres sagen. Das geht mich wohl auch nichts an.«

»Wahrscheinlich.«

»Nicht daß du glaubst, wir hätten nicht schon genug Probleme. Eine Stadt wie diese kann immer Hilfe brauchen, so abgeschnitten von der Zivilisation, wie wir sind.«

»Ja«, stimmte Stoner ihr mit einem Nicken zu. »Dot hat die Brände erwähnt.«

»Ja, die Brände. Sehr mysteriös. Es gibt kein erkennbares Muster, weißt du?«

Stoner trank einen Schluck Kaffee. »Billy glaubt anscheinend, daß du in Gefahr bist.«

»Das ist ja das Komische. In einer solchen Situation wäre ich normalerweise eins der ersten Opfer. In unruhigen Zeiten sind die ersten Opfer meist Frauen mit besonderen Heilkräften – die Hexen, wie man uns nennt. Oder Fremde. Aber bislang sind die Kwans noch nicht belästigt worden. Wenn es ein Motiv gibt, kann es sich nicht um die üblichen Vorurteile handeln.«

Blue Mary lächelte Stoner an, als könne sie ihre Frustration nachempfinden und verstehen. »Ich glaube, ich möchte doch eine Tasse. Dem Geruch von gutem Kaffee hab ich noch nie widerstehen können.« Die Frau stand auf, um sich einen Kaffee zu holen. »Es heißt zwar, er würde einen wachhalten, aber nach so vielen durchschlafenen Nächten, wie ich schon hinter mir habe, macht eine schlaflose Nacht nicht viel aus. Übrigens habe ich dir ein Bett auf dem Zwischenboden hergerichtet. Ich fürchte, es ist nicht gerade das, was du gewöhnt bist. Aber du hast schon in schlimmeren Betten geschlafen.«

Stoner sah sich in der kleinen Hütte um. Sie wirkte freundlich und beruhigend. Und wenn sie im Moment eines brauchte, war es Ruhe.

Sie war müde.

Sieh es ein, heute nacht kannst du nichts mehr unternehmen.

Morgen früh, schwor sie sich, würde sie sich sofort auf den Weg machen. Und sie würde nicht ruhen, bis sie aus diesem Schlamassel heraus war.

Bei diesem Gedanken ging es ihr gleich besser. Zum Teufel. Blue Mary schien harmlos genug zu sein. Wahrscheinlich war sie mit Tante Hermione verwandt. Und zumindest hatte sie keine Pistole gezogen. Noch nicht.

Blue Mary sah sie mit einem Lächeln an, das die Haut um ihre Augen in tausend Fältchen warf. »Du findest das alles ziemlich verwirrend, nicht wahr, meine Liebe?«

»Ein bißchen schon.«

»Du bist schon immer eine so geradlinige Denkerin gewesen. B folgt auf A und kommt vor C. Du bist nicht mit den Wirbeln und Strudeln der Zeit vertraut.«

Da hatte sie recht. »Wirbel und Strudel der Zeit« hörte sich verdächtig nach Gwens »Das-Universum-ist-ein-M & M«-Theorie an. Als abstrakte Idee faszinierend. Aber der gesunde Menschenverstand lehnte die Vorstellung eines Universums, das auf sich selbst zurückfiel, ab. Der gesunde Menschenverstand verlangte nach der »Das-Universum-hinter-einem-Gartenzaun«-Theorie. Ihr war noch nicht in allen Einzelheiten klar, was hinter dem Gartenzaun lag, aber Gwen wußte ja auch keine Antwort auf die Frage, was außerhalb der Schokohülle eines M & M liegen sollte. Um ehrlich zu sein, die Vorstellung eines Universums, das im Mund schmilzt und nicht in der Hand ...

»Ich nehme an ...« Sie wählte ihre Worte vorsichtig. »Ich nehme an, soweit es dich betrifft, ist es ... ehem ... 1871.«

»Der 13. November 1871. Ich denke, darin sind wir uns alle einig.«

Stoner seufzte. »Dachte ich mir.« Sie trank einen Schluck Kaffee. »Ganz schön merkwürdig, das alles.«

»Mag sein«, entgegnete Blue Mary mit sanfter Stimme. »Ich wünschte, es würde dich nicht so verwirren.«

»Ich weiß nur«, sagte sie, »daß ich die I-70 langgefahren bin, als der Wagen plötzlich liegenblieb, und daß ich jetzt hier bin und alle zu glauben scheinen, es sei 1871.«

»Ja«, bestätigte Blue Mary, »so kann man's ausdrücken. Ziemlich nüchtern und trocken, wenn ich mir die Bemerkung erlauben darf, aber korrekt.«

»Tut mir leid«, meinte Stoner. »Mir ist gerade nicht nach Poesie.«

Blue Mary griff nach einem zierlichen Lederbeutel, der auf dem Tisch lag. Sie holte ein paar kleine Papierblättchen und eine Handvoll getrockneter, zerkleinerter Blätter daraus hervor. »Lobelie«, sagte sie, drehte sich eine Zigarette und hielt Stoner den Beutel hin. »Indianischer Tabak. Ziemlich beruhigend und harmlos.«

Stoner schüttelte den Kopf. »Nein danke. Ich rauche nicht.«

»Oh, ich vergaß, du hast noch nie geraucht.« Die Frau ging zum Ofen, zündete am verglühenden Feuer einen Holzspan an und führte ihn ans Ende ihrer Zigarette. »Stell dir vor«, sagte sie, als der duftende Rauch ihren Kopf einhüllte, »du gehst eine Straße entlang, weil du irgendwohin willst – es ist nicht besonders eilig, aber früher oder später mußt du da sein.« Sie zog an ihrer Zigarette. »Plötzlich ist auf der anderen Straßenseite irgend etwas los, oder du siehst dort etwas im Schaufenster. Etwas, das dir ins Auge fällt. Du willst es genauer wissen, also wechselst du auf die andere Straßenseite. Du hast vor, deinen Weg fortzusetzen, sobald deine Neugier gestillt ist. Du hast deine Reise also nicht wirklich unterbrochen, sondern bist nur für einen Moment von deinem eigentlichen Weg abgewichen. Verstehst du?«

»Verstehe«, meinte Stoner, »aber was hat das mit ...«

»Genau das hast du hier gemacht. Nur hast du dich nicht auf einer wirklichen Straße bewegt, sondern auf der Straße der Zeit.«

»Aber mir ist nichts ins Auge gefallen, und ich habe nicht freiwillig die Straßenseite gewechselt.«

»Aber sicher«, erwiderte Blue Mary. »Du kannst dich nur nicht daran erinnern.«

Tja, jetzt, wo sie wußte, daß sie einfach mal kurz aus der Zeit gesprungen war, gleich aber wieder zurück sein würde, fühlte sie sich gleich besser. Alles in Butter. Was hier vorging, war die normalste Sache der Welt, klar doch.

Sie hatte das Bedürfnis, loszuschreien.

»Es ist nur so ... mal angenommen, du hast recht, und ich bin einfach durch die Zeit gesaust ... Na ja, mir fällt es ein bißchen schwer, den Sinn des Ganzen zu sehen?«

»Den Sinn?« Blue Mary dachte nach. »Ich nehme an, wenn das Leben einen Sinn hat, hat das hier auch einen Sinn. Blumen, die sich in der Sonne entfalten, haben einen Sinn, nämlich den, sich in der Sonne zu entfalten. Auf diese Weise bringen sie ihr Dasein als Blume zum Ausdruck.«

Genau. Und indem ich mitten in der Nacht mitten in der Prärie in einer Stadt voller Verrückter lande, bringe ich mein Dasein als Stoner zum Ausdruck.

Genau besehen, stimmte das wahrscheinlich sogar.

Na ja, morgen früh würde sie als erstes ihr Dasein als Stoner zum Ausdruck bringen, indem sie sich schnurstracks zu ihrem Wagen begab. Falls sie ihn überhaupt finden würde. Aber bestimmt würde sie den Highway wiederfinden. Wenn sie es nach Tabor schaffte, könnte sie den Feldweg ausfindig machen, auf dem Billy sie in die Stadt gefahren hatte, und der würde sie zu dem Hügel mit dem Schild führen, und von da aus würde sie die Straße liegen sehen ...

»Natürlich bist du aus einem bestimmten Grund hergekommen, da gibt es gar keinen Zweifel. Du mußt irgendwas in Ordnung bringen.« Blue Mary sah sie amüsiert an. »Eigentlich ist das ziemlich normal, Stoner. Und ziemlich wundervoll.«

Stoner nickte höflich. »Davon bin ich überzeugt.«

»Die Menschen aus deiner Zeit wollen das natürlich nicht akzeptieren. Mal abgesehen von ein paar brillanten Physikern. Aber so um, na, sagen wir, die Mitte des 21. Jahrhunderts werden Zeitreisen die normalste Sache der Welt sein.«

Sie könnte Blue Mary nach dem Weg in die Stadt fragen, indem sie vorgab, Dot sehen oder im Warenhaus Einkäufe machen zu wollen. Natürlich nur eine Kleinigkeit, nichts aus dem 20. Jahrhundert. Nicht so etwas wie Batterien oder Mundwasser oder Pflaster oder Waschmittel oder Kaugummi ohne Zucker oder ... Zahnpasta. Sie würde wetten, daß es im Warenhaus Zahnpasta gab. Oder doch nicht? Vielleicht war Zahnpasta erst später erfunden worden.

Sie wünschte, Gwen wäre hier. Unter anderem würde sie sich mit den kleinen Details des amerikanischen Lebensstils im 19. Jahrhundert auskennen. Dafür wurden Geschichtslehrerinnen schließlich bezahlt. Das mußten sie wissen. Eine Frau, die im Reisebüro arbeitete, wurde nicht dafür bezahlt, sich im Leben des 19. Jahrhunderts auszukennen. Eine Frau, die im Reisebüro arbeitete, wurde dafür bezahlt, über diese und die nächste Saison Bescheid zu wissen. Punkt.

Eine Waffe! Sie könnte behaupten, sich eine Waffe kaufen zu wollen. Vielleicht würde sie ja tatsächlich eine brauchen, wenn man versuchen würde, sie hier festzuhalten.

Und wen wäre sie bereit zu töten?

Billy? Blue Mary? Cherry oder Lolly? Die große imposante Dot, die für ihre Treffsicherheit berühmt war?

Auf keinen Fall.

Eine Waffe war sowieso zu teuer. Sie hatte nicht viel Bargeld bei sich, würde ihre VISA-Karte wohl kaum benutzen können und wagte zu bezweifeln, daß das Warenhaus Travellerschecks akzeptierte.

Es müßte also etwas Kleines und Billiges sein. Zudem müßte es etwas sein, das Blue Mary nicht zur Hand hatte. Damit fielen nützliche Sachen wie Knöpfe oder Schnürsenkel weg.

»Du brauchst dir keine Entschuldigung zurechtzulegen, meine Liebe«, meinte Blue Mary mit süßer Stimme. »Du kannst hier weg, wann immer du willst.«

Stoner sah mit schamrotem Gesicht auf. »Es ist nicht nett, die Gedanken anderer Leute zu lesen. Tante Hermione hält es für unhöflich und für einen Eingriff in die Privatsphäre, und außerdem meint sie, es sei unmoralisch und würde das Karma beeinflussen.«

»Ich habe nicht deine Gedanken gelesen, Stoner. Im Laufe der Jahre haben wir so viel gemeinsam gemacht, daß wir einander kennen wie der Handschuh die Hand, die er umschließt. Unsere Seelen müssen einander sehr lieben.« Sie zog an ihrer Zigarette. »Ich wünschte, du könntest das akzeptieren.«

»Ja«, entgegnete Stoner höflich. »Ich mir auch.«

»Aber ich werde mich wohl gedulden müssen, nicht wahr? Ich nehme an, das ist die Lektion, die mir in diesem Leben aufgegeben ist.« Sie kicherte vor sich hin. »Allerdings will mir nicht in den Kopf, wieso mir so viel daran liegt, immer so weiterzumachen und mich Leben um Leben in Geduld zu üben. Was immer wir zusammen unternehmen, Stoner, uns muß ein wesentliches Element fehlen. Oder vielleicht genießen wir es einfach so.«

Dot hatte Blue Mary »merkwürdig« genannt. Vermutlich würde Dot die Wasserstoffbombe als einen Feuerwerkskörper bezeichnen.

Und doch hatte sie genau diese Gespräche schon mit Tante Hermione geführt. Bei mehr als einer Gelegenheit.

Das konnte ihre Laune auch nicht heben.

Außerdem war es nicht von Belang für ihr Problem, das darin bestand, diesem Irrsinn zu entfliehen, ihren Wagen repariert zu bekommen und sich auf den Weg nach Kansas City zu machen. Und je eher sie sich aufs Ohr legte, desto früher würde sie sich auf den Weg machen können.

Sie gähnte.

»Müde?« fragte Blue Mary.

Stoner nickte. »Zu viel Aufregung, schätze ich.«

»Na ja, dann geh schon mal rauf. Ich habe hier unten noch was zu tun, aber sag mir Bescheid, wenn ich dich störe.«

Wenn du mich störst? Du störst mich jetzt schon. Alles, was in den letzten sechs Stunden passiert ist, hat mich gestört. »Es wird schon gehen«, sagte sie.

»Brauchst du ein Nachthemd?«

Stoner schauderte bei dem Gedanken. Einmal, als sie vergessen hatte, sich um ihre Wäsche zu kümmern, hatte sie eines von Tante Hermiones Nachthemden getragen. Es hatte kaum über die Knie gereicht und unter den Achseln gekniffen, war in der Nacht hochgerutscht und hatte ihr das Gefühl vermittelt, sie läge im Krankenhaus. Aber danach hatte sie nie wieder vergessen, sich um ihre Wäsche zu kümmern.

»Nein danke«, erwiderte sie. »Es ist ja nur für eine Nacht.«

Blue Mary tätschelte ihr die Hand. »Natürlich, meine Liebe.« Ihre Stimme klang liebevoll ... und zweifellos beschwichtigend.

Der Morgen zog weich und sanft wie Nebelschwaden auf. Die Luft war warm, eine jener seltsamen Warmwetterperioden, die es im November manchmal gab.

Stoner lag im Bett und genoß die seidige Weichheit des Halbschlafs. Selbst der brausende Verkehrslärm rund um den Boston Common war verstummt. Sie versuchte sich zu erinnern, ob für heute früh eine Demonstration am State House geplant war. Die Polizei hatte anscheinend die Straßen abgesperrt. Sie sollte sich erkundigen, ob es um etwas ging, für das es sich lohnen würde, sich vor einen Streifenwagen zu legen.

Sie hörte, wie Tante Hermione unten in der Küche das Frühstück zubereitete. Sie sollte wirklich aufstehen. Sie wollte ihr ihren seltsamen Traum erzählen, hören, was sie davon hielt.

Noch ein paar Minuten. Im Moment konnte sie dem Bedürfnis, faul zu sein, nicht widerstehen. Sie fragte sich, wieso der Wecker nicht geklingelt hatte.

Es mußte Sonntag sein. Sie versuchte sich zu erinnern, ob Gwen und sie heute etwas vorhatten. Wahrscheinlich nicht. Vielleicht würden sie ins Aquarium gehen oder ins Science Museum, um sich den neuesten Film im Omni anzusehen. Vielleicht würden sie auch zur North Shore fahren und die gespenstische Nachsaison-Atmosphäre in Salisbury Beach genießen.

Vielleicht würden sie aber auch einfach zu Hause bleiben und die Liebesreise durch Gwens Wohnung fortsetzen.

Der Geruch nach Kaffee und Maisbrot drang zu ihr nach oben. Sie streckte sich.

Maisbrot? Tante Hermione machte Maisbrot? Tante Hermione machte nie Maisbrot.

Sie öffnete die Augen.

Gleich über ihrem Kopf befand sich ein spitz zulaufendes Dach. Das Rascheln der Matratze, auf der sie lag, klang nach Stroh und Getreidespelzen. Der selbstgemachte Quilt unter ihren Händen fühlte sich weich an.

Sie erinnerte sich.

Ihr Mund schmeckte nach Schlaf und Angst. Sie kroch aus dem Bett und zog die Jeans und das Sweatshirt an. Die Socken in die

Tasche gestopft und die Stiefel in den Händen, kletterte sie behutsam die Leiter hinunter.

»Guten Morgen«, rief Blue Mary ihr munter zu. »Du scheinst gut geschlafen zu haben.«

Sie stellte die Stiefel ab und versuchte, ihrem Haar zumindest den Anschein von Ordnung zu geben. »Danke, ja.«

»Wenn du zum Außenklo gehst, sei bitte vorsichtig. Da hat sich ein Stachelschwein eingenistet, das es offenbar für einen idealen Platz zum Überwintern hält.«

»Okay.«

Blue Mary reichte ihr einen Wassereimer aus Holz. »Nimm ihn mit. Im Schuppen ist ein Becken, wo du dich waschen kannst. Sieh dich einfach um, du kannst es nicht verfehlen. Ich fürchte, ich muß dich bitten, sparsam mit dem Wasser umzugehen. Die Herbstregen sind dieses Jahr spät, und wir müssen es uns so gut wie möglich einteilen.«

»Geht in Ordnung«, sagte Stoner, als sie sich die Stiefel zuschnürte. »Letzten Sommer hatten wir in Boston dasselbe Problem. Wir hatten einen kurzen trockenen Frühling, und die Leitungen vom Quabbin-Reservoir lecken ganz fürchterlich. Man überlegt schon, den Connecticut River umzuleiten, aber die Wasserwerke ...« Ihr wurde bewußt, daß ihr Gerede wahrscheinlich völlig unverständlich war. »Tut mir leid. Normalerweise rede ich vor dem Frühstück noch nicht wie ein Wasserfall.«

Blue Mary lächelte. »Schon gut, meine Liebe. Ich kann mir vorstellen, daß du ein wenig nervös bist.« Sie setzte sich an den Tisch und blickte Stoner erwartungsvoll an. »Willst du direkt nach dem Frühstück versuchen wegzukommen oder bis später warten?«

Es verschlug ihr die Sprache. Blue Mary sah sie mit einem ganz und gar nicht vorwurfsvollen Lächeln an. »Ich möchte nach Hause«, gab Stoner zu.

Die Frau nickte mitfühlend. »Ich kann verstehen, daß du deine Freundinnen vermißt. Besonders deine Geschäftspartnerin und diese gewisse 'Sie'. Und ich wette, daß sie dich ebenfalls vermißt.«

»Wahrscheinlich«, stimmte Stoner ihr zu. So gut wie Blue Mary informiert war, mußten sie und Tante Hermione Stunden am Telefon verbringen.

Am Telefon. Das Telefon. Wo hatte Blue Mary ihr Telefon versteckt?

»Aber stell dir vor, wie spannend sie deine Abenteuer finden wird.«

»Spannend. Ja.«

»Und wie neidisch sie sein wird, auf ihre Art. Stell dir nur vor, was es für eine Geschichtslehrerin bedeuten würde, kleine Feldexpeditionen wie diese zu machen.« Blue Marys Seufzer klang sehr nach Tante Hermione. »Lebendige Geschichte.«

»Natürlich«, meinte Stoner und scharrte nervös mit den Füßen. »Ich werde ihr bestimmt alles erzählen.« Sie schob sich zur Tür. »Ich verschwinde mal ... du weißt schon ... bin gleich zurück.«

»Laß dir Zeit, meine Liebe«, sagte Blue Mary. »Wir beide haben ja heute früh nichts Besonderes vor.«

Das kalte Wasser aus dem Blechwaschbecken trieb ihr mit einem Schock den Schlaf aus den Augen, änderte ansonsten aber nicht viel. Sie stand im Eingang zum Schuppen und sah sich um, sah in den strahlendblauen Himmel und auf das wogende trockene Präriegras, das sich nach allen Seiten bis zum Horizont erstreckte. Weiter im Westen meinte sie eine dünne Rauchsäule ausmachen zu können. Sie blinzelte mit den Augen und starrte genauer hin, aber es schien kein Haus dazuzugehören.

Wie alles hier draußen, war es wahrscheinlich eine Illusion.

Sie rieb sich das Gesicht mit einem großen Leinentuch trocken und sah sich um, bis sie eine Topfpflanze fand, die sie mit dem Waschwasser begießen konnte. Ein kleiner grüngrauer Busch mit fest zusammengerollten Blättern. Sie wußte nicht viel über Kräuter, eigentlich nur das, was sie gelernt hatte, als sie (erfolglos) versucht hatte, Tante Hermione dabei zu helfen, sich die Kräuter und ihre Wirkung zu merken. Aber sie schätzte, daß dies ein Rosmarin in der Winterruhe war.

Wenn Blue Mary so viel über sie wußte, überlegte sie, als sie sich im Spiegel einer Glasscheibe mit einem Kamm durchs Haar fuhr, warum hatte sie dann nichts von Tante Hermiones Verwandter gewußt? Sie mußte zugeben, daß sie ein wenig gekränkt war. Ihre Tante sprach mit ihr über alles, offen und in allen Einzelheiten. Außer über ihre Klientinnen und Klienten natürlich, die Leute, denen sie aus der Hand, aus Tarotkarten, persönlichen Gegenständen, Auren und manchmal einfach aus der Luft las. Sie hatte nie über eine Klientin oder einen Klienten geredet. Zumindest nicht so, daß man sie identifizieren konnte. Das wäre unmoralisch und würde sich mit dreifacher Gewalt an ihr rächen.

Sie hängte das Handtuch an einen Haken und schlenderte zurück. Wieso sollte Tante Hermione Blue Mary vor ihr geheimhalten?

Weil sie »merkwürdig« war? Wohl kaum. Wenn sie über die Schwelle ihres gemeinsamen Sandsteinhauses in Beacon Hill trat, mußte sie jederzeit damit rechnen, daß Tante Hermione dabei war, einer Versammlung von Obdachlosen, Punkrockern und aus der Bahn geworfenen Jesus Freaks Tee zu servieren. Blue Mary war ganz nach ihrem Geschmack.

Das Frühstück stand auf dem Tisch. Dampfendes Maisbrot, hausgemachte Butter in einer kleinen Terrakottaschale, Kaffee – diesmal roch er nach Vanille – und eine Platte mit Eiern. Blue Mary forderte sie auf, sich zu bedienen, und griff selbst zu.

»Sag mal«, meinte Stoner, als sie ein Stück Maisbrot abbrach, »du weißt so viel über mich. Kennst du Tante Hermione gut?«

Blue Mary schien das amüsant zu finden. »O ja. Sehr gut.«

»Ich verstehe. Hast du je ihre Schwester getroffen? Meine Mutter?«

»Nicht wirklich«, erwiderte Blue Mary. »Wir sind zeitlich nicht verwandt, verstehst du?«

Ganz und gar nicht. »Ich habe mich oft gefragt«, sagte sie leichthin und aus keinem besonderen Grund, außer vielleicht, um den Gesprächsrahmen zu erweitern und ein paar nützliche Informationen aufzuschnappen, »wie sie und Tante Hermione zu derselben Familie gehören und trotzdem so verschieden sein können.«

Blue Mary kicherte gutmütig. »Ach, meine Liebe, mit der Familie hat das gar nichts zu tun. Wenn wir bereit sind, uns zu manifestieren, springen wir sozusagen einfach auf den nächsten Zug auf. Die Mitreisenden sind reine Glückssache. Außer man hat etwas Gemeinsames vor.«

»Natürlich.«

»Sieh dich selbst an«, fuhr Blue Mary fort. »Glaubst du wirklich, es dient irgendeinem irdischen oder göttlichen Zweck, daß du das Kind deiner Eltern bist?«

»Das nicht gerade«, gab Stoner zu. »Aber immerhin habe ich dadurch Tante Hermione kennengelernt.«

»Das hättest du auf jeden Fall.«

»Meinst du wirklich?«

»Natürlich«, erwiderte Blue Mary in einem Ton, der verriet, wie erstaunt sie darüber war, daß diese Gewißheit nicht ebenso selbstverständlich war wie der Sonnenaufgang. »Eure Seelen hätten einander überall gesucht, während euer Ego sehr rastlos gewesen wäre und ihr euch gefragt hättet, was mit euch los ist. Diese Unsicherheit

– du fragst dich ja ständig, ob du normal bist, weiß der Himmel warum – hätte dich früher oder später zu Dr. Edith Kesselbaum gebracht, die sich an Hermione vom Bostoner Kleingartenverein erinnert und euch unter irgendeinem Vorwand zusammengebracht hätte.«

»Es beruhigt mich ungemein zu hören, daß meine Seele so hart arbeitet«, meinte Stoner mit einer Ironie, die, wie sie hoffte, noch nicht die Grenzen der Höflichkeit sprengte. Diese Frau wußte offensichtlich über alles Bescheid, was seit dem Tage Eins zwischen Stoner und Tante Hermione geschehen war. Es war wirklich beunruhigend. Sie fühlte sich ausgeschlossen, wie eine Fremde, und hätte am liebsten geweint.

»Apropos, wie geht es den Blue Runners?« fragte Blue Mary.

»Wie bitte?«

»Den Fadenlosen McTavish Blue Runner Zwitter-Springbohnen«, sagte die Frau.

»Gut«, erwiderte Stoner. »Du weißt sogar über die Blue Runners Bescheid?«

»Natürlich.«

Die Existenz der Blue Runners war, außer unter den städtischen Biogärtnern, nicht gerade allgemein bekannt. Sie waren zunächst von Stoners Großvater väterlicherseits gezüchtet worden, der sich im Rentenalter genetische Experimente mit Gemüsesorten zum Hobby auserkoren hatte. Er hatte die Blue Runners als eine Kübelpflanze kreiert, die bei Autoabgasen gedieh und ideal für Stadtgärten geeignet war. In seinem Testament hatte er die Bohnen Tante Hermione vermacht, die es ihm bei einem Familientreffen angetan hatte. Sie hatte die Sorte durch gelegentliches Experimentieren weiterentwickelt (manchmal mit erschreckenden Ergebnissen wie zum Beispiel in jenem Jahr, als sie Bohnen von der Größe einer Salatgurke produziert hatte, die nach Katzenminze rochen und auch noch die letzte Katze aus dem Zentrum Bostons anlockten, bis ihr Kleinstgarten wie eine Katzenversion von Cujo ausgesehen hatte). Zudem führte sie eine Liste von ausgesuchten Gärtnern, denen sie die Samen unter der Hand verkaufte und sich damit einen angenehmen unversteuerten Nebenverdienst verschaffte. Alles in allem war das Unternehmen ein gutgehütetes Geheimnis.

»Das erstaunt dich wohl«, meinte Blue Mary mit leichtem Seufzen. »Ich schätze, du hast nicht viel von dem verstanden, was ich dir erklärt habe.«

»Tut mir leid«, erwiderte Stoner. »Mit solchen Dingen tu ich mich schwer.«

Blue Mary nickte und sagte »Steinbock« – in genau demselben Tonfall, den Tante Hermione gewählt hätte.

»Es ist schon unheimlich«, meinte Stoner, »wie sehr ihr euch ähnelt.«

Blue Mary zuckte die Schultern und drehte die Handflächen mit einer »Herr, steh mir bei«-Geste nach oben. Sie klaubte einen Krümel vom Maisbrot. »Hast du schon beschlossen, auf welche Weise du versuchen willst, von hier wegzukommen?«

Stoner warf der Frau einen kurzen Blick zu, um sich zu vergewissern, ob sie beleidigt oder verärgert war. Doch Blue Mary wirkte ganz gelassen, so, als täte Stoner genau das, was sie von jeder halbwegs vernünftigen Person erwarten würde. »Eigentlich nicht. Ich dachte, ich könnte in die Stadt gehen und mich dort umhören.«

»Wahrscheinlich das Beste, was du machen kannst«, meinte Blue Mary und nickte gedankenvoll. »Aber vergiß nicht, ein Teil von dir glaubt, daß es richtig wäre, hierzubleiben. Es wird dir nicht leichtfallen, wegzugehen.« Sie zog ein Stück Papier aus ihrer Schürzentasche. »Ich habe hier ein paar Sachen aufgeschrieben, die du mir aus dem Laden mitbringen könntest.« Sie zwinkerte Stoner freundlich zu. »Natürlich nur, wenn du beschließt, zurückzukommen.«

Schon nach Tabor zu gelangen war ein schwieriges Unterfangen. Stoner war nicht bewußt gewesen, daß Blue Marys Hütte so weit von der Stadt entfernt war. Als Tabors einzige, unbefestigte Straße in Sicht kam, war bereits der größte Teil des Morgens vergangen. Sie stand auf einem Hügel oberhalb der Stadt, schlüpfte aus ihrem Parka und zog ihn durch die Schulterriemen ihres Rucksacks.

Sie holte tief Atem. Der Himmel schien kein Ende zu nehmen, so dünn und klar und warm war die Luft. Die Sonne wirkte wie ein weißer Scheinwerfer. Die Grasstoppeln und der gelbe Lehmboden glühten in ihrem kristallinen Licht. Farmen, Scheunen, grobgezimmerte Häuser und Windmühlen lagen wie willkürlich über die Prärie verstreut. Zu ihren Füßen lag Tabor wie eine Spielzeugstadt da. Irgend jemand entlud hinter dem Warenhaus einen Pferdekarren. Eine einsame männliche Gestalt schlenderte auf den Saloon zu, drückte gegen die Schwingtüren, wartete, versuchte es noch einmal und ging dann gemächlich zum Mietstall hinüber. Offensichtlich begann und endete der Tag bei Dot sehr spät.

Die Stadt schien nahezu verlassen. Die Fenster mit ihren herabgelassenen Jalousien reflektierten die Sonne in silbernen Rechtecken. Irgendwo in der Ferne wieherte ein Pferd und stampfte mit den Hufen. In der dünnen Luft übertrug sich der Laut mit Leichtigkeit.

Sie hatte noch einen weiten Weg vor sich. Falls die Straße und der Wagen aus irgendeinem Grund nicht da sein sollten (unmöglich!), wäre es dunkel, bis sie die Stadt wieder erreichte. Zu dunkel, um den ganzen Weg zu Blue Mary zurückzulaufen. Na ja, das wäre zwar unangenehm, aber keine Tragödie. Vielleicht könnte sie für eine Nacht bei Dot unterkommen. Vorausgesetzt, sie hätte gegen ein bißchen Hotelbetrieb nichts einzuwenden.

Trotz der Wärme des Tages war der Boden unter einer hauchdünnen Schlammschicht steinhart gefroren. Unter ihren Füßen knirschten die Grasstoppeln. Sie erreichte das erste Gebäude am Rande der Stadt. Trotz des verblaßten »Gefängnis«-Schriftzuges über der Tür, wirkte es eher wie eine Art Lagerschuppen. Durch ein staubiges, von Spinnweben umrahmtes Fenster erblickte sie ein Durcheinander von alten Fässern und Kisten, aus denen Holzwolle auf den harten unbefestigten Boden quoll, und eine zerbrochene Mistgabel. Das Fensterbrett war mit Mäuseköddeln übersät. Sie schüttelte sich. Wenn diese Leute tatsächlich den ganzen Winter in Tabor verbringen mußten, war es kaum verwunderlich, daß sie die haarfeine Grenze zwischen geistiger Gesundheit und Wahn überschritten hatten, egal ob sie nun dafür bezahlt wurden (ein kleines Vermögen, wie sie hoffte), die Authentizität zu wahren, oder ob sie die Stadt vor Randalierern schützen mußten oder was auch immer sie sonst tun mochten. Eine Möglichkeit, die Kälte und die Isolation und die Unbequemlichkeiten zu ertragen, bestünde darin, sich einzubilden, daß man keine andere Wahl hätte. Vielleicht war das die einzige Möglichkeit.

Wie auch immer, ermahnte sie sich, ihr stand ein Urteil nicht zu. Sie versuchten nur zu überleben, wie alle anderen auch. Die Art, wie sie das bewerkstelligten, mochte ein wenig seltsam sein, aber das war ihre Angelegenheit. Wahrscheinlich tat sie, Stoner, auch Dinge, die sie für seltsam hielten. Würde sie für einen Tag in ihrer Haut stecken, wäre sie wahrscheinlich auch davon überzeugt, im Jahre 1871 zu leben.

Sie fühlte sich besser.

Wenn sie Selbstgespräche führte, fühlte sie sich immer besser.

Wenn das nicht seltsam war!

Sie sah zum Warenhaus hinüber. Aus dem Fenster drang nur ein schwaches Licht, aber sie konnte erkennen, daß sich dort Leute bewegten.

Es wäre nicht schlecht, für unterwegs etwas zum Knabbern zu haben. Auch wenn sie hier vermutlich keinen Schokoriegel bekam. Höchstwahrscheinlich hatten die Leute hier noch nie etwas von Snickers, Whoopers oder Necco-Waffeln gehört. Aber sie würde wetten, daß sie irgend etwas zum Mitnehmen hatten. Gerade im Jahre 1871.

Komm schon, sagte sie sich mit leisem Lachen. In der Zeit, die du für rationale Erklärungen verschwendest, könntest du schon halb in Chicago sein. Du bist einfach neugierig. Also nichts wie rüber und ein bißchen rumschnüffeln.

Sie stieß die Tür auf, und ein Lederband mit Schlittenglöckchen begann zu klingeln. Das plötzliche Halbdunkel nach dem gleißenden Sonnenlicht machte sie einen Moment blind. Während sie darauf wartete, wieder sehen zu können, ließ sie die Gerüche des Ladens zu sich sprechen. Staub. Holz. Petroleum. Kaffee. Zimt. Und über dem Ganzen lag ein erdiger, moschusartiger Geruch wie von brackigem Sumpfwasser oder modrigen Blättern.

Die Dinge nahmen langsam wieder Gestalt an. Da war ein langer hölzerner Tresen, Tische, auf denen Waren zum Verkauf angeboten wurden, und Regale, die sich ringsum an den Wänden entlangzogen. Auf dem Tresen standen Gläser mit Süßigkeiten – vor allem Lakritzschnecken und Pfefferminzstangen. Steinguttöpfe mit Butter – Qualitätsstufe A für fünfzehn Cents das Pfund, Qualitätsstufe B für dreizehn Cents. In einem Glaskasten lagen Blöcke von Ahornzucker. Fässer mit Sodakeksen und eingelegten Gurken. Rollen mit Meterware. Fäßchen mit Nägeln. Ein Kanonenofen pumpte Hitze aus. Äxte und Schaufeln und Picken und Spitzhacken. Pferdegeschirr, das an Holzhaken hing. Töpfe und Pfannen und Laternen und schweres weißes Geschirr. Eine Kiste mit einem Sortiment von Besteck. Seile in unterschiedlichen Stärken. Hölzerne Bottiche. Tabak, lose und als Priem. Pralle bunte Baumwollsäcke mit Getreide. Weitere Fässer – Mehl der Güteklasse »hellweiß« und »mittelweiß« und Buchweizenschrot, grob wie gemahlener Kiesel. Es gab die Gemüse der Saison – Kartoffeln, Rüben, Kohl, Kürbisse, genau wie zu Hause. Neben Rauchschinken und großen Stücken Schinkenspeck hingen Fische von den Dachsparren, die als »gesalzener Dorsch« ausgezeichnet waren. Auf einem Regal hinter dem Tresen standen Töpfe mit Honig und Schachteln mit Sodakeksen. Dosen mit Tee - schwarzem und japanischem - und mit Kaffee, der als Mokka oder grüner Rio ausgewiesen war. Und Eier in Drahtkörben, drei Dutzend für fünfunddreißig Cents.

Wenn man über die bestürzende Tatsache hinwegsah, daß es keine Videos zu leihen gab, schien Hayes' Warenhaus in Tabor, Colorado, für den nuklearen Winter ausgerüstet zu sein.

Eine Gruppe von drei Frauen mittleren Alters in langen Baumwollkleidern, selbstgestrickten Schals, Handschuhen und staubigen Hüten hatte gleich neben den Kurzwaren die Köpfe zusammengesteckt. Sie starrten Stoner an und fingen schamlos an zu tratschen, mit Flüsterstimmen, die Stoner an das Trippeln von Mäusen hinter Rigipswänden erinnerten.

»Wie geht's, Fremder«, begrüßte sie ein Mann aus dem Dunkel heraus. »Kann ich etwas für dich tun?« Er trat ins Licht, ein mageres, aalglattes Wiesel von einem Mann.

»Vielleicht. Ich bin mir nicht sicher.«

»Na ja, laß dir Zeit, junger Mann. Sieh dich ruhig um. Ruf mich, wenn du Hilfe brauchst. Hayes ist mein Name. Joseph Hayes.«

Stoner sträubten sich die Haare, und sie mußte den Impuls unterdrücken, ihre Bluse aufzureißen und ihm einen kurzen Blick auf ihre Brust zu gönnen. Sie wollte keinen Ärger, nur etwas zu essen. »Vielen Dank«, sagte sie mit angespannter Stimme. »McTavish. Stoner McTavish.«

Etwas wie Erkenntnis überzog das Gesicht des Mannes. Er sah genauer hin, taxierte sie von Kopf bis Fuß, schätzte ihr Haar und ihre Kleidung ab und zoomte sich dann auf ihre Brust ein. »Sag mal«, meinte er eine Spur zu herzlich, »bist du etwa ein Mädchen?«

»Richtig.«

»Teufel auch, das schlägt dem Faß den Boden aus. Du mußt eins von den Bloomer-Mädchen sein.«

Bloomer-Mädchen? Wie Amelia Bloomer? Wie Suffragette?

»Nein«, erwiderte sie. »Das ist mein Kleidungsstil.«

»Na ja«, meinte Hayes und ging hinter den Tresen, von wo er die Kiste mit dem Bargeld im Blick behielt.

Sie schlenderte die Regale entlang und überlegte, was leicht genug zum Mitnehmen wäre, aber nahrhaft genug, um den Hunger zu lindern, falls niemand sie mitnehmen würde und sie zu Fuß zur nächstgelegenen Stadt laufen müßte. Sie entdeckte Tomatendosen mit Etiketten, die sie nicht kannte - für die Bürgerinnen und Bürger von Tabor gab's weder Sweet Life noch Libbys noch Contadina, nein, Madam. Das wäre nicht authentisch.

Getrocknete Aprikosen und Äpfel waren vielversprechend. Und Nüsse. Wenn sie Travellerschecks akzeptierten, könnte sie vielleicht eine Feldflasche kaufen. Es gab Soda in Flaschen, aber sie war nicht gerade darauf erpicht, Glasflaschen quer durch die Prärie zu schleppen, obwohl sie, wenn man genauer hinsah, auf dem Flohmarkt zu Hause ein Vermögen wert sein mußten.

Sie inspizierte ein paar abstoßend aussehende Streifen, die aus einem unidentifizierbaren Zeug bestanden. Es mußte Fleisch sein, sah aber eher nach den Überresten der in einem Horrorfilm eingesetzten Spezialeffekte aus. Sie hingen an Fäden von einem Sisalseil, bewegten sich im Luftzug und waren Staub- und (in der entsprechenden Jahreszeit) Fliegenfänger.

Sie arbeitete sich langsam zur Klatschbasengesellschaft von Tabor vor, deren Mißbilligung wie Gewitterwolken in der Luft hing.

»Morgen.« Sie nickte ihnen freundlich lächelnd zu.

Die Damen entdeckten auf dem Tresen etwas Hochinteressantes, dem sie sich zuwenden konnten, etwas, das viel zu interessant war, als daß sie sich mit Stoner befassen würden.

Es brachte Stoner in Rage. Sie fragte sich, woran sie am meisten Anstoß nahmen. An ihrer Kleidung? Ihrer Frisur? Ihrem Lebensstil? Ihrer Anwesenheit?

Sie wollte sie gerade herausfordern, als sie sich vorstellte, was Gwen dazu sagen würde: »Mein Liebes, es gibt Kämpfe, die du wirklich nicht ausfechten mußt.«

»Schöner Tag heute«, sagte sie statt dessen.

Sie ignorierten sie.

»Nette Stadt hier.«

Schweigen.

»Ein freundlicher Laden.«

Eine der Frauen sah sie verstohlen an. Sie hatte ein blasses, starres Gesicht mit einer schmalen, krummen Nase, und ihr Mund wirkte wie eine nach unten gekehrte Mondsichel. Sie sah aus, als hätte sie Verdauungsbeschwerden.

Stoner streckte ihr die Hand entgegen. »Stoner McTavish. Aus Boston.«

Die Frau blickte voller Angst und Abscheu auf ihre Hand.

Stoner ließ sich nicht beirren.

Im Widerstreit zwischen guten Manieren und Abscheu streckte

die Frau langsam die Hand aus. Sie berührte Stoners Hand kurz mit den Fingerspitzen und zog sie wie vom Blitz getroffen zurück. »Ich«, sagte sie von oben herab, »bin Mrs. Caroline Parnell. Die Frau von Reverend Henry Parnell.«

»Freut mich außerordentlich, Ihre Bekanntschaft zu machen«, meinte Stoner und hoffte, daß ihr Enthusiasmus ebenso gezwungen klang, wie sie ihn empfand.

»McTavish«, fragte Mrs. Caroline Parnell. »Ist das schottisch?«

»Väterlicherseits, ja.«

»Ich habe englische Vorfahren«, gab Caroline Parnell zurück, als ob das irgend etwas erklären würde und Respekt verdiente.

»Hey«, meinte Stoner. »Und die anderen Damen sind ...?«

Klatschbase Nummer zwei trat vor, als würde sie zur Schlachtbank geführt. »Mrs. Emma Underwood.«

»Emma Underwood«, wiederholte Stoner. »Und Sie sind verheiratet mit ...?«

»Mr. Underwood«, erwiderte Emma Underwood und wandte sich abrupt ab.

Cool.

Sie wandte sich Klatschbase Nummer drei zu.

Die Frau wurde rot und studierte Stoners Schuhspitzen.

»Hannah Reinhardt«, stellte Mrs. Caroline Parnell vor. »Eine Immigrantin.«

Stille trat ein. Hannah konnte sich offensichtlich nur auf ihren Status als Immigrantin berufen.

»Ich kann Ihnen gar nicht sagen«, meinte Stoner, »mit welch großem Vergnügen ich in Ihrer schönen Stadt weile ...«

Die Damen schnitten ihr das Wort ab, indem sie ihr den Rücken zuwandten.

Sie beschloß, ihre Einkäufe auszusuchen und sich davonzumachen.

Die Klatschbasen nahmen ihr flüsterndes und papierenes Geschwätz wieder auf.

Aus dem Hinterzimmer kam eine weitere Frau mittleren Alters in den Laden. Ihr rundes Gesicht wirkte wütend. Sie nickte den Klatschbasen zu.

Die Klatschbasen nickten zurück.

Mrs. Caroline Parnell grüßte mit einem knappen »Arabella«.

»Am Samstag werden sie hier sein«, sagte Arabella mit herausfordernder Stimme.

»Das ist deine Angelegenheit, Arabella, und ich will nichts damit zu tun haben«, meinte Mrs. Emma Underwood.

»Hier«, wiederholte Arabella. »Im Geschäft.« Sie ging zum Tresen hinüber und gesellte sich zu Joseph, mit dem sie offensichtlich verheiratet war. Er warf ihr einen fragenden Blick zu und widmete sich wieder seinen Geschäftsbüchern.

Stoner hätte die vier Königinnen von Tabor zu gern an einem Samstagabend um zehn Uhr in die Straßen von New York versetzt – am liebsten in die Forty-Second Street mit ihren halbseidenen Nachtbars und Pornoläden, die auch um diese Uhrzeit noch geöffnet hatten.

Die Schlittenglöckchen bimmelten. Ein Windstoß fuhr über den Boden und wirbelte um ihre Knöchel.

Billy kam hereingestapft.

Stoner lächelte ihm zu.

Jegliche Unterhaltung brach ab.

Arabella Hayes flüsterte ihrem Mann etwas ins Ohr.

Er trat vor. »Was willst du denn hier?« fragte er Billy.

Der Junge blickte auf. Furcht und Entschlossenheit verliehen seinem Gesicht einen verbissenen Ausdruck. »Ich brauche ...«

»In diesem Laden hast du nichts zu suchen«, wurde er von Joseph Hayes korrigiert.

»Na ja, ich ...«

Stoner sah, wie Hayes' Hand sich auf eine Reitgerte zubewegte, die außerhalb von Billys Sichtweite auf der Theke lag, und rief: »Billy!«

Der Junge ignorierte sie. »Hören Sie«, wandte er sich mit herausfordernder Stimme an Joseph Hayes, »ich habe Ihnen nichts getan.«

»Wirklich nicht?« erwiderte der Mann spöttisch. Mit der Hand umschloß er den Knauf der Peitsche und brachte sie an seine Seite.

Die anderen Frauen im Geschäft beobachteten ihn voller Zustimmung. In ihren Augen glänzten kleine, silberne, hungrige Lichter. Stoner hätte schwören können, daß sich eine von ihnen die Lippen leckte.

»Ich kann einkaufen, was ich will«, sagte Billy. »Ich hab' genug Geld. Ist so gut wie das von jedem anderen.«

»Was du nicht sagst«, meinte Hayes mit einem Grinsen. »Und woher hast du dieses wunderbare Geld?«

»Erarbeitet.«

»Aaaaah!« Hayes tat überrascht. »Der kleine Bastard arbeitet also.« Er ließ seinen Blick über das beifällig nickende Publikum schweifen.

Billy wurde wütend. »Sie wissen verdammt genau, daß ich arbeite. Und ich bin kein Bastard! Mein Pa ist im Krieg gefallen.«

»Sein Pa ist im Krieg gefallen«, meinte Joseph Hayes mit geheuchelter Trauer in der Stimme. »Ist das nicht verdammt noch mal zum Heulen.« Er kniff die Augen zusammen und sah den Jungen durchdringend an. »Verpiß dich, du Bastard.«

»Ich bin kein ...«, setzte der Junge an.

Hayes' Arm war schneller als eine Klapperschlange. Das Leder traf den Jungen mit einem nassen »Platsch!« auf der Wange.

Entgeistert starrte Billy ihn an.

Der Mann holte zu einem zweiten Schlag aus.

Stoner war in zwei Schritten bei ihm. Sie pflanzte sich zwischen dem Jungen und Hayes auf und hielt den Mann am Handgelenk fest. »Moment mal«, sagte sie.

Hayes versuchte, sie abzuschütteln. »Das geht dich nich' nix an.«

»Es heißt 'nichts', nicht 'nich nix', und ich mache es gerade zu meiner Angelegenheit«, erwiderte Stoner, während sie mit dem kritischen Teil ihres Gehirns blitzschnell schaltete und sich fragte, aus welchem der vielen mittelmäßigen Spielfilme sie diesen Spruch wohl hatte. »Billy, hau ab«, rief sie über die Schulter.

Hayes riß sich von ihr los.

»Mach schon!« befahl sie dem Jungen. »Bevor er uns beide umbringt.«

Die Türglocken klingelten, als Billy losrannte.

Hayes starrte sie wütend an.

»Glückwunsch«, meinte Stoner. »Sie haben sich gerade ein paar Jahre im Knast eingebrockt.«

»Verdammt noch mal, was geht dich das an?« Er verbeugte sich kurz vor den Klatschbasen. »Entschuldigen Sie, meine Damen.« Er wandte sich wieder Stoner zu. »Dies ist ein freies Land, und wie es aussieht, gehört dieser Laden mir.«

»Kindesmißhandlung verstößt gegen das Gesetz, selbst in einem Kaff wie diesem. Ich komme zurück, in Begleitung der Polizei.« Sie wandte sich an die anderen Frauen. »Sie alle können bezeugen, was hier vorgefallen ist. Ich würde vorschlagen, daß Sie sich zur Verfügung halten, Mrs. Reinhardt, Mrs. Underwood, Mrs. Reverend Henry Parnell. Und besonders sie, Mrs. Hayes.« Sie stürmte aus dem Geschäft und knallte die Tür so heftig hinter sich zu, daß das Glas sprang.

Sie holte Billy auf halber Höhe der Straße ein. »Hey«, sagte sie und legte ihm sanft die Hand auf die Schulter, »bist du okay?«

Er entzog sich rasch ihrem Griff, doch sie hatte die entzündete Strieme auf seiner Wange und die Tränen, die ihm über das Gesicht liefen, schon gesehen.

»Komm schon, Billy, rede mit mir.«

»Ich bin kein Baby«, erwiderte er mit gebrochener Stimme. »Und ich bin kein Bastard.«

»Und wenn schon.« Sie zog ihn zu sich heran und schlang die Arme um ihn.

Erst war er steif wie ein Brett, dann ließ er sich plötzlich gehen. Sein Körper wurde weich. Er vergrub sein Gesicht in ihrer Schulter, schlang ihr die Arme um die Taille und klammerte sich an ihr fest.

Sie streichelte ihm den Nacken. »Was hat er gegen dich?«

Er schniefte kurz. »Die Leute können mich nicht leiden, weil ich keinen Pa mehr habe.«

»Das ist doch lächerlich.« Aber sie wußte, daß es nicht lächerlich war. Bei ihr zu Hause konnten die Leute genauso grausam sein, obwohl sie mit zunehmendem Alter subtiler wurden. »Ich wette, wenn Dot davon wüßte, würde sie woanders einkaufen.«

»Hier gibt's doch nichts anderes.«

»Aber wenn Hayes dich so behandelt, bloß weil du keinen Vater hast, wie kann er dann mit Dot Geschäfte machen?«

In dem Moment, in dem sie die Frage stellte, wußte sie die Antwort. Dot's Gulch brachte ihm wahrscheinlich so viel ein, wie alle anderen Unternehmen in Tabor zusammen. Stoner seufzte. »Dies ist kein Ort für dich, Billy.«

Er reichte hoch und rückte, ihre Hand zur Seite schlagend, den Hut zurecht. »Anderswo ist's auch nicht besser«, meinte er.

»Doch. Wenn du nicht weißt, wohin du sollst, komm mit mir nach Boston. Wir finden schon eine Möglichkeit ...«

Er stieß sie grob, fast wütend von sich. »Ich brauche kein Mitleid.«

»Billy.«

»Und Sie brauch' ich auch nicht. Ich glaube, ich mag Sie nicht mal.«

Stoner seufzte gereizt. »Also ehrlich«, meinte sie. »Es gibt nichts

Frustrierenderes, als zu versuchen, mit einem Jungen in der Pubertät zu reden.«

Daraufhin beruhigte er sich. Er starrte auf den Boden und beschrieb mit den Stiefelspitzen einen krummen Kreis. »Tut mir leid.«

»Zeig mal dein Gesicht her.« Sie nahm sein Kinn in die Hand und drückte seinen Kopf ein wenig zurück. Er schloß die Augen. Seine Wange war entzündet, aber es war kein Blut zu sehen. »Ich schätze, du wirst es überleben.«

»Bestimmt.« Er blinzelte mit den Augen und sah sie an. »Haben Sie vor, in Tabor zu bleiben?«

Stoner lachte. »Nein, garantiert nicht. Allerdings habe ich vor, loszulaufen und die Stelle zu finden, an der du mich gestern abend aufgelesen hast. Von da aus werde ich meinen Wagen finden. Dann werde ich die Polizei oder die nächste zivilisierte Stadt finden – und wenn ich 'zivilisiert' sage, dann meine ich ganz bestimmt nicht Tabor. Dort lasse ich meinen Wagen reparieren, und wenn er fertig ist, sehe ich zu, daß ich dieses Rattenloch, auch als der Osten Colorados bekannt, schleunigst hinter mir lasse. Es tut mir leid, wenn ich deinen Stolz als Bürger dieser Stadt verletzt habe, aber sollte das tatsächlich geschehen sein, so ist er völlig fehl am Platze.«

»Wissen Sie was?« fragte Billy.

»Nein, was denn?«

»Sie reden komisches Zeug.«

Stoner faßte ihn an den Schultern und schüttelte ihn liebevoll. Der Hut fiel ihm vom Kopf und brachte volles, glattes braunes Haar zum Vorschein. Es sah aus, als hätte er es selbst mit einer Heckenschere geschnitten.

Er stürzte sich auf seinen Hut, stülpte ihn sich auf den Kopf und sah sie dann schüchtern an. »Mit meinem Hut bin ich eigen«, sagte er.

Stoner lächelte ihn an. »In der Pubertät sind Jungs nun mal so.«

»Ich kann Sie mitnehmen«, sagte er. »Ich bin mit dem Pferdekarren da.«

»Wolltest du nicht was für Dot erledigen?«

»Nee«, antwortete er. »Ich bin nur in den blöden Laden gekommen, weil ich Sie durchs Fenster gesehen habe.« Er stemmte die Hände in die Hüften. »Kommen Sie nun mit oder nicht?«

Nichts zu essen und kein Wasser, und der Tag neigte sich bereits dem Ende zu? Ja, sie wollte mit. »Klar, wenn's für dich kein Problem ist.«

Billy schnaubte. »Problem? Ich bin doch wie geschaffen für Probleme.«

»Na, dann mal los.« Reiseproviant war jetzt nicht mehr wichtig. Sie wollte raus aus Tabor, und zwar schnell.

Der Junge zögerte. »Ich muß Ihnen was sagen, bevor Sie abhauen.«

»Und was?«

Er scharrte voller Unbehagen mit den Füßen im Staub. »Ich hab's nicht getan. Ein paar Leute glauben, daß ich's war, aber das stimmt nicht.«

»Was hast du nicht getan?«

»Die Feuer gelegt.« Er wagte kaum, sie anzusehen. »Glauben Sie mir?«

»Natürlich.«

»Daß die Leute das glauben, tut weh.«

Sie berührte seine Schulter. »Ich weiß. Die Leute glauben, was sie glauben wollen, Billy. Du kannst nur versuchen, das Beste draus zu machen.«

Zögernd streckte er die Hand aus, ergriff die ihre und drückte sie. »Danke. Sie sind 'ne prima Lady.«

Sie erwiderte seinen Händedruck. »Wollen wir los?«

Er trottete auf die Gasse zu, die hinter Dot's Gulch entlangführte.

Stoner folgte ihm.

Jetzt wollte sie erst recht aus Tabor weg. Bevor er ihr mehr bedeutete, als ihr lieb war.

5

Der Gottgeweihte Mann rückte seine Krawatte zurecht und überprüfte sein Spiegelbild im Fenster des Mietstalls.

So. Das also war die Frau gewesen, über die man drüben im Saloon geredet hatte. Und sie verkehrte mit dem Bastard.

Der Bastard. Ein Lächeln überzog sein Gesicht. So zumindest nannte er dieses Etwas in seinen Gesprächen mit Hayes. Eines Tages, vielleicht schon bald, würde er Hayes erzählen, wer dieser Bastard tatsächlich war. Aber jetzt war es noch zu früh. Zuerst mußte Hayes beweisen, daß er begriff, worum es ging.

Jetzt war die Fremde also tatsächlich hier. Jene, auf die er gewartet hatte. Die Frau in Männerkleidung. Jene, von der das Buch der

Hexe berichtet hatte. Jene, die im Buch der Hexe als »Der Narr« bezeichnet wurde.

»Der Narr«. Der Gottgeweihte Mann mußte kichern. Die Hexe hatte sich für raffiniert gehalten, als sie ihr Buch, um sein wahres Wesen zu verbergen, in Seide eingeschlagen und es tief in der Kiste neben ihrem Bett vergraben hatte. Aber er hatte sie beobachtet. Er hatte sie gesehen, als er im Schutz tiefster Dunkelheit durch ihr Fenster gespäht hatte. Und als sie das Haus verlassen hatte, um bei Vollmond ihre widerlichen Kräuter zu sammeln, hatte er sich hineingeschlichen, es aus dem Versteck geholt und mitgenommen. Es sagte ihm alles, was er wissen mußte.

Er wollte jetzt losschlagen. Sich auf das Biest und seinen Lakaien stürzen und sie in der Luft zerreißen, dort, am hellichten Tage, vor den Augen der Bevölkerung von Tabor. Dann würden sie erkennen, wer er wirklich war, diese Tölpel und albernen Gecken, die Kinder, die ihm auf der Straße nachliefen und seinen staksigen Vogelscheuchengang nachäfften. Die Frauen, die ihm scheinbar Achtung entgegenbrachten und hinter seinem Rücken über ihn herzogen. Die Hure namens Lolly, die sich über seine Impotenz lustig gemacht hatte - und, blöd, wie sie war, nicht erkannte, daß sein Glied nur schlaff und träge blieb, weil sie selbst so verkommen war. Sie alle. Sie alle würden begreifen und ihn loben und fürchten, wie es ihm zustand.

Er spuckte aus.

Hatte er das Biest und die Fremde erst einmal vernichtet, hätte er mit der Hexe leichtes Spiel. Ohne ihren Herrn und Meister wäre ihre Macht, gemessen an der seinen, weniger als Nichts.

Selbst dem größten Dummkopf mußte klar sein, was sie vorhatten, die Hexe und all ihre Hexenschwestern mit ihrem Geschwätz über Gleichberechtigung und das Stimmrecht für Frauen. Sie wollten an die Macht kommen und dann ihre Zauberkräfte benutzen, um Christus zu stürzen und ihre satanische Gottheit ins Amt einzusetzen. Sie würden anständige christliche Männer und Frauen in Vieh verwandeln. In Lasttiere. In Tiere, die zu nichts anderem fähig waren, als auf allen Vieren zu kriechen und um Abfälle zu betteln, während die Hexen wie die Maden im Speck lebten.

Seine Frau kannte Die Wahrheit. Die anderen würden sie bald auch kennen.

Bald.

Der Gottgeweihte Mann fuhr mit der Hand in die Hosentasche

und befühlte sein Messer. Er würde sich von hinten an Es heranschleichen und ihm die eisige Klinge in die Rippen stoßen, in die Nierengegend, dorthin, wo der Schmerz am größten war. Nur um seinen Schmerzensschrei zu hören. Den Blick des Entsetzens zu sehen, sobald Es erkannte, daß Es zuguterletzt entlarvt worden war.

Dann, bevor Es seine gottlosen Kräfte sammeln könnte, ein zweiter Stich mit dem Messer, tief ins Herz hinein. Und wieder und wieder und wieder. Bis Es erledigt war.

War das satanische Biest erst einmal tot, würde die Fremde wie Butter in der Sonne schmelzen.

Der Gottgeweihte Mann schluckte und leckte sich die Lippen. Er würde das Etwas an einen hohen Mast hängen, Es, seiner irdischen Maske entledigt, in seiner gräßlichen Nacktheit den Blicken der ganzen Welt aussetzen.

Er war bereit. Ja, er war bereit. Bereit, mit dem Fasten und dem Reinigungsritual zu beginnen. Genau wie Gott es ihm befohlen hatte.

Es war geschickt gewesen, diese willkürlichen Feuer zu legen. Wenn er jetzt mit den Heiligen Verbrennungen begann, würde die Stadtbevölkerung in ihrer Dummheit nicht begreifen, daß diese Feuer heilig waren. Er konnte es nicht riskieren, daß andere neugierig wurden und sich ihm anschließen wollten. Wenn zu viele Leute davon wußten, könnte irgend etwas schiefgehen.

Wenn ihnen klar wurde, wie er sie erlöst hatte, würden sie seine Macht erkennen. Dessen war er sich sicher. Nicht nur die Bevölkerung von Tabor, auch diese Dummköpfe aus Kansas würden sie erkennen.

Kansas. Er spie in den Staub.

Damals in Kansas hatte er ein paar Fehler gemacht. Hatte das Messer benutzt, bevor er sich seiner sicher war. Keiner war mehr erstaunt als er, als Das Ding sich nicht verwandelte. Ein Fehler, zugegeben. Aber sie hatten ihn einen Mörder genannt, ihn sogar für verrückt erklärt. Unglaublich. Er hatte sich dazu durchgerungen, ihnen zu vergeben, weil sie das Wort Gottes nicht kannten und es nicht besser wußten.

Sie hatten ihn an den Galgen bringen wollen. Aber er war noch einmal davongekommen. Hatte das Gefängnis mit einem einzigen Streichholz angezündet, das er in seiner Stiefelspitze versteckt hatte und das ihnen vor Aufregung entgangen war. Es war ihm sogar noch genug Zeit geblieben, sich sein Jesus-Messer zu schnappen, bevor er in der Dunkelheit verschwand.

O ja, es jetzt zu tun, wäre einfach köstlich. Aber was die Rituale betraf, war das Wort Gottes sehr genau.

Lieber warten, bis die Zeit reif war.

Der Gottgeweihte Mann verzog den Mund zu einem Schmollen. Es fiel ihm schwer zu warten. Davon bekam er Kopfschmerzen.

In seinem Innern regte sich eine Stimme: »Heiße den Schmerz willkommen. Er soll dir eine ewige Mahnung sein, daß du Mein Werkzeug bist.«

Demütig wandte er sich der Straße zu. Hier in Tabor hatte er ein gutes Leben geführt. Eine Frau gefunden. Eine angesehene Stellung in der Gemeinde. Gott hatte ihn reichlich belohnt. Es war besser, dem Wort Jesu zu folgen. Er konnte es nicht riskieren, daß etwas Ähnliches wie in Kansas passierte.

Letzte Woche war er versucht gewesen, sich die Hexe vorzunehmen. Aber er hatte sich zurückgehalten, und jetzt hatte ihm die Hexe die Fremde zugespielt.

Er dankte Jesus dafür, daß er ihn gelehrt hatte, sich in Geduld zu üben.

Der Gottgeweihte Mann ließ das Messer in die Tasche zurückgleiten, setzte ein Lächeln auf und trat ins Tageslicht.

Der Himmel war klar. Ein paar Wolkenfetzen, gefächert wie das Federkleid eines Pfaus, zogen quer durch das vollkommene Blau. In der einen Minute noch da, wurden sie in der nächsten von Höhenwinden hinweggefegt.

»Wir sollten ihn anzeigen«, meinte Stoner.

»Wen?«

»Hayes.« Sie berührte die entzündete Strieme auf Billys Wange. »Was er dir angetan hat, war Kindesmißhandlung.«

Billy runzelte die Stirn und wich zurück. »Ich bin kein Kind mehr.«

»Wie alt bist du?«

»Fünfzehn.«

»Juristisch gesehen bist du noch ein Kind.«

Der Junge schnaubte. »Bei wem wollen Sie ihn denn anzeigen?«

»Bei der Polizei. Oder beim Sheriff. Wer immer in Tabor das Gesetz vertritt.«

»In Tabor vertritt niemand das Gesetz.«

Sie sah ihn an. »Sag bloß, ihr habt nicht mal ein Polizeirevier?«

»So was gibt's hier nicht.« Er spähte zu ihr hinüber. »Hören Sie, das hier ist keine schicke Ostküstenstadt, wo alles in saubere Päckchen aufgeteilt ist und alle einen Titel und so was haben. Das hier ist Tabor. Tabor. Und Tabor und die Zivilisation sind kaum dasselbe.«

»Ja«, murmelte Stoner. »Ist mir auch schon aufgefallen.«

Sie fuhren schweigend weiter. »Außerdem«, sagte Billy nach einer Weile, »was würde sich denn ändern, wenn wir tatsächlich diese Gesetzesheinis hätten, die nur darauf brennen, unschuldige Witwen und Kinder zu beschützen? Was meinen Sie wohl, was sie mit ihm tun würden? Ihn ins Gefängnis stecken?«

»Wahrscheinlich nicht«, gab Stoner zu, die sich daran erinnerte, wie es in der Welt wirklich zuging. »Aber sie würden ihn festnehmen. Vielleicht würde er sich's dann in Zukunft zweimal überlegen.«

Billys Lachen zerschnitt die Luft wie ein Peitschenknall. »Die überlegen doch nicht erst zweimal, was sie mir antun.«

»Weißt du, Billy, du hast ein miserables Selbstwertgefühl.«

Er mußte schlucken und schlug dem Maultier die Zügel auf den Rücken. »Keine Angst. Es wird schon nicht ansteckend sein.«

Sie spürte, daß es töricht und provokant wäre, ihm weiter zuzusetzen. Er war jetzt schon mürrisch genug.

Dennoch, irgend etwas an dem Jungen gefiel ihr. Gefiel ihr ausnehmend gut. Irgend etwas sagte ihr, daß er im Grunde ein verängstigter Junge war, der nur den coolen Typ markierte, weil das Leben ihm übel mitgespielt hatte.

Stoner lachte in sich hinein. Das Leben. Zwei Tage in diesem wunderschönen, psychotischen Tabor hatten ihr gereicht, um das Gefühl zu haben, das Leben hätte ihr absolut übel mitgespielt.

»Wenn du dir aussuchen könntest, was du machen willst«, fragte sie, »was würde das sein?«

Er setzte zum Sprechen an, hielt dann aber inne. »Nein«, wehrte er mit schroffer Stimme ab, »ich sag's Ihnen nicht.«

»Wieso nicht?«

»Sie würden mich nur auslachen.«

»Das werde ich nicht. Ich schwöre es.«

Unter dem Hut hervor warf er ihr einen Blick zu. »Würden Sie wohl.«

»Billy, du bist bewaffnet und hast die Zügel in der Hand. Sollte ich dich auslachen, könntest du mich an Ort und Stelle raussetzen und den Wölfen überlassen.«

»Sie würden's aber wollen«, erwiderte er bockig.

»Wunschträume sind nie komisch«, sagte Stoner mit fester Stimme. »Ich mache mich nie darüber lustig. Wäre schlecht fürs Karma.«

Ein Lächeln huschte über seine Lippen. »Sie klingen wie Blue Mary. Sie erzählt auch immer so komisches Zeug.«

»Wir sind beide etwas eigenartig. Erzählst du's mir jetzt?«

»Ich denk' drüber nach.« Er kaute kurz an der Unterlippe. Dann räusperte er sich. »Ich würde gern Lehrer werden«, brach es aus ihm heraus, wobei seine Stimme vor Anspannung umschlug.

»Ich dachte, du magst die Schule nicht.«

»Das war eine Lüge«, sagte er. »Ihre Freundin, diese Lehrerin, was unterrichtet sie?«

»Geschichte.«

»Im Ernst? Das würde ich auch gern unterrichten.« Seine Augen glitzerten tatsächlich vor Aufregung. »Das muß toll sein.«

Stoner lächelte. »Es hat seine guten und seine schlechten Seiten, wie alles im Leben. Du würdest es schon schaffen.«

Billy lachte höhnisch. »Lady, ich kann nicht mal lesen und schreiben.«

Allmählich ging ihr seine Selbstverachtung ein wenig auf die Nerven. »Dann lern es einfach, und danach kannst du an die Schule gehen und Geschichte unterrichten.«

»Klar«, meinte Billy. »Die ganze Stadt steht schon Schlange und brennt förmlich darauf, mir was beizubringen.«

»Geh weg aus Tabor. Nichts hält dich hier zurück.«

»Wohin denn?«

»Nach Denver. Topeka. Wohin auch immer.« Lieber Gott, dachte sie plötzlich, bitte mach, daß er mir nicht erzählt, er würde sich in Luft auflösen, wenn er von hier wegginge. Bitte, laß mich nicht rausfinden, daß das hier die *Twilight Zone* ist.

»Geht nicht.«

»Wieso nicht?«

Er gab keine Antwort. Die alten Wagenräder aus Holz und Leder ächzten und knarrten. Das Maultier trottete vor sich hin, schlug dröhnend mit den Hufen auf, keuchte und stieß kleine Dunstschwaden aus seinen Nüstern.

»Ich werde gesucht«, sagte er so leise, daß es kaum mehr als ein

Flüstern war. »Um ehrlich zu sein, als Sie hier aufgetaucht sind, hab' ich zuerst gedacht, Sie wären hinter mir her. Aber da habe ich noch nicht gewußt, daß Sie ein Mädchen sind.«

Sie beschloß, diesen offensichtlichen Sexismus durchgehen zu lassen. Jugendliche waren dafür berüchtigt, gegen Bewußtseinsänderungen immun zu sein. »Du wirst gesucht?« fragte sie.

Billy nickte. »Ich habe einen Mann umgebracht.«

»Wirklich? Ich auch.«

»Kaltblütig?«

»Es war Notwehr.«

»Ja, bei mir auch. Nur daß meine Ma in Gefahr war.«

»Bei mir war's meine ... Freundin.«

»Haben Sie keine Angst, dafür aufgeknüpft zu werden?«

Stoner lachte. »Natürlich nicht. Sie haben's nicht mal zur Anklage gebracht. Es hat eine amtliche Leichenbeschau gegeben, und ich habe ihnen meine Geschichte erzählt, und das war's.«

»Wirklich?« Er sah sie skeptisch an. »Wo ist das passiert?«

»In Wyoming.«

»Na, hätte ich mir denken können. In Wyoming ist alles erlaubt. Rauhe Sitten.«

»Für Bryan Oxnard war es hart, zugegeben. Der Mann, den du umgebracht hast, war das dein Vater?«

»Vermutlich. Meine Ma sagt ja, er nein. Da sonst keiner angeschissen kam und mich haben wollte, wird er's wohl gewesen sein.«

»Was hat er deiner Mutter getan?«

Billy wollte seinen Hut absetzen, schien es sich aber anders zu überlegen und drückte ihn fester auf den Kopf. Seine Ohren ragten zwischen kleinen Haarbüscheln hervor. Stoner fand es hinreißend.

»Er war betrunken«, erwiderte Billy. »Das war nicht das erste Mal. Er hat sich immer wieder vollaufen lassen und ist dann gemein geworden. Zuerst hat er nur nach allem geschlagen, was ihm in den Weg kam. In letzter Zeit hatte er's auf uns abgesehen.«

»Hat er dich geschlagen?«

»Ein paarmal. Meistens hat er sich auf meine Ma gestürzt.«

Stoner hielt es für überflüssig, ihn zu fragen, wieso er nicht die Behörden informiert hatte.

»Ich konnte das nicht weiter mitansehen, wissen Sie, denn ihr ging's gar nicht gut. Ich meine, ich hab's schon immer schlimm gefunden, aber ich hatte solche Angst ... Jedenfalls ist er eines

Abends wieder auf sie los, und ich schätze, da hab' ich irgendwie den Mut aufgebracht, es ihm zurückzugeben.«

»Gut so«, meinte Stoner. »Was hast du gemacht?«

»Mir einfach einen Krug geschnappt und ihm eins über den Schädel gezogen.« Er lächelte ein wenig. »Seinen eigenen gottverdammten Whiskykrug. Quer übern Schädel. Entschuldigen Sie meine Sprache. Alles war voll mit Schnaps und Blut und so. Ein Gestank wie samstags nachts bei Dot.«

»Und dann hast du dich aus dem Staub gemacht?«

»Darauf können Sie wetten. Bei Gott.«

»Bist du sicher, daß er tot war?«

»Hat auf jeden Fall so ausgesehen.«

Sie hatten die Anhöhe erreicht.

»Da sind wir«, meinte Billy. Er brachte den Karren vor dem Wegweiser nach Tabor zum Stehen und stand auf. Der Wind zerrte an seinem Hut. Er hielt ihn mit einer Hand fest und zeigte mit der anderen in die Ferne. »Ich sehe keinen Wagen, und Sie?«

Stoner schüttelte den Kopf. Sie war enttäuscht, aber irgendwie nicht überrascht. Je näher sie an die Stelle gekommen waren, wo sie den Wagen zuletzt gesehen hatte, desto mehr hatte sie bezweifelt, ihn wiederzufinden.

»Wollen Sie den Hügel runter und es sich genauer ansehen?« fragte der Junge mit einem Anflug von Mitgefühl, was ihn weniger schroff als sonst klingen ließ.

»Wo wir schon mal hier sind.«

Der Karren schlingerte und rumpelte den mit dichtem Präriegras bewachsenen Abhang hinunter. Stoner fuhr jeder Stoß wie ein Schlag in den Rücken. Ihr schmerzten die Schultern, als sie von einer Seite zur anderen geworfen wurde. Noch vor dem Ende dieser Fahrt wäre sie ein einziges Bündel blauer Flecken und Striemen. Nicht daß es wichtig wäre. Nicht daß irgend etwas anderes wichtig wäre, als von hier wegzukommen.

Als das Vorderrad gegen einen Stein schlug, wurde sie von ihrem Sitz hoch- und direkt gegen Billy geschleudert. Er hielt den Arm vor Stoner, um sie abzustützen. »Danke«, meinte sie und nahm seine Hand. »Ich verstehe nicht, wie du auf diesem Ding fahren kannst.«

»Ist nicht schwer«, erwiderte der Junge. »Man gewöhnt sich dran.«

Sie schwieg einen Moment. Dieser Junge war noch zu jung, um

den Rest seines Lebens - und das war eine lange Zeit - in einer Phantasiewelt zu verbringen. Es war eine Sache, wenn ein Haufen Erwachsener beschloß, in Disneyland zu leben, aber Billy war schließlich noch ein Kind. Er hatte noch genug Zeit - Zeit, um seine Probleme zu lösen und zur Schule zu gehen. Zeit, das zu werden, was er wollte. Es war nicht fair.

»Wer ist auf die Idee gekommen«, fragte sie, »daß du hier leben sollst?«

Er sah sie an. »In Tabor?«

Stoner nickte.

»Ich.«

»Wieso?«

»Hä?«

»Wieso gerade hier?« Sie zeigte auf die karge Landschaft ringsum. »Hättest du dir nicht einen besseren Ort aussuchen können?«

»Mir gefällt's«, gab er mürrisch zurück.

»Aber willst du denn nie ... wie andere Jungs sein? Du weißt schon, in der Fußgängerzone rumhängen, mit dem Wagen rumkurven, Mädchen anmachen oder was Jungs sonst noch so tun?«

»Nö.«

Es fiel ihr schwer, das zu glauben. »Wieso nicht?«

»Weil ich noch nie in einem Wagen gesessen habe, außer dieses eine Mal in dem Güterwagen zwischen St. Louis und Kansas City, aber da gab's kaum Platz zum Sitzen. Von einer 'Fußgängerzone' habe ich noch nie was gehört, Mädchen - vor allem diese kleinen albernen Dinger - kann ich nicht ausstehen, und außerdem bin ich nicht wie andere Jungs.«

»Natürlich bist du das. Ich meine, du hast vielleicht nicht die gleichen Möglichkeiten wie andere Jungs gehabt und müßtest erst mal ein paar Sachen klären, aber ...«

»Ich will darüber nicht reden«, stieß er hervor.

»Tut mir leid. Ich wollte dir nicht auf die Zehen treten.«

Er hielt die Augen auf den Horizont geheftet und biß die Zähne zusammen.

»Ehrlich«, meinte Stoner. »Ich hab's nicht böse gemeint.«

»Tatsächlich? Die Leute aus Tabor meinen's auch nicht böse mit mir. Aber sie sind's trotzdem, oder etwa nicht?«

»Ja, du hast recht.«

Sie kamen hinter einer kleinen Anhöhe hervor. In der Ferne lag etwas, das wie ein Kohlehaufen aussah. Eine abgebrannte Farm.

»Warum können sie dich nicht leiden, Billy? Wieso sind sie so schnell dabei, dir die Schuld für alles zu geben?«

»Sie haben ja gehört, was Hayes gesagt hat. Ich hab' keine Familie.«

»Aber das ist doch kein Verbrechen. Es gibt viele Leute, die keine Familie haben.«

Billy schnaubte. »Ich kenne keine.«

»Big Dot hat doch keine Familie, oder? Und wie steht's mit Lolly und Cherry?«

»Mag schon sein«, gab er unwirsch zu.

»Aber für mich seid ihr wie eine große Familie.«

Der Junge sah sie verstohlen an. »Eine Familie?«

»Klar. Ihr habt euch doch gern, oder?«

Der Junge errötete vom Scheitel bis zur Sohle. »Diese Frauen da, das sind doch Huren.«

»Was macht das schon? Du magst sie doch, oder? Wie eine Familie.«

»Ja, und?« fragte er mit lauter Stimme. »Ist doch nichts Schlimmes dabei, oder?«

»Keineswegs«, erwiderte Stoner.

»Wenn die alten Schnepfen meinen, sie wüßten über alles Bescheid, heißt das noch lange nicht, daß es stimmt, oder?«

Ach ja, die alten Klatschbasen. Die Hüterinnen des heiligen Feuers der Zivilisation. Die Bewahrerinnen von Anstand und Sitte. Die Herrscherinnen über die Moral. »Bestimmt nicht.«

Billy nickte selbstzufrieden. »Finde ich auch.«

Sie waren am Fuß des Hügels angekommen, wo ihr Wagen und die I-70 hätten sein müssen. Und natürlich waren weder der Wagen noch die Interstate dort. Nur ein staubiger Feldweg, der aus dem Nichts auftauchte und im Nichts verschwand. Stoner wies mit dem Finger darauf. »Was ist das?« fragte sie.

»Der Trail für die Planwagen. Von Topeka nach Denver.«

»Trail.«

»Sie wissen schon. Für die Leute, die nach Westen ziehen.«

Einen Moment saß sie reglos da und starrte hilflos auf den Weg. Sie stieg vom Karren und lief, die Hände in den Taschen, umher. Was nun?

Natürlich war es möglich, daß Billy sie an eine Stelle gebracht hatte, die mit jener, zu der sie eigentlich wollte, nichts zu tun hatte. Möglich, daß sich ihr Wagen und damit ihr Fluchtmittel einfach nur hinter einem anderen Hügel befand. Möglich, daß gleich jenseits ihrer Sicht- und Hörweite vollkommen normale Leute auf vollkommen normale Weise ihren vollkommen normalen Beschäftigungen nachgingen.

Aber wieso sollte der Junge das tun?

Denk nach, was das bedeuten könnte:

1. Unwissentlich bin ich irgendwelchen Dealern und Schmugglern in die Hände gefallen, die, durch eine harmlose Geisterstadt (in der Nachsaison) getarnt und vom National Security Council finanziell unterstützt, heimlich Waffen an die Contras in Nicaragua liefern. In dem Fall komme ich hier niemals lebend raus.

2. Tabor ist eine Stadt, deren gesamte Bevölkerung an einer Massenpsychose, einer *folie à multitude* leidet und tatsächlich an das glaubt, was sie tut. Aber ihnen wäre es ziemlich egal, ob ich weggehe oder nicht, oder? Sie würden keinen Kulissenzauber betreiben, um mich hier festzuhalten.

3. Ähnlich wie in den Romanen von Shirley Jackson, ist die Stadt ein Vampir, ein Hill House in großem Maßstab. Und ich bin das jüngste Opfer, das ihm vorgeworfen werden soll, um seinen unersättlichen Hunger zu stillen.

4. Die Bürgerinnen und Bürger von Tabor gehören zu einer Sekte, die dem Glauben anhängt, daß alles, was sich nach 1871 zugetragen hat, eine ungeheure Sünde ist – womit sie recht haben mögen –, und den bösen weltlichen Gepflogenheiten entsagt. Ähnlich wie die amischen Mennoniten. Aber selbst die sind nicht so weit gegangen, Zeitungen des 19. Jahrhunderts herauszugeben. Dennoch ... Diese herzensguten Leute halten vielleicht auch nichts von Sex, und dann können sie sich nur dadurch vermehren, daß sie hilflose Reisende von der Interstate entführen und für immer in Tabor festhalten.

Aber da ist ja noch Blue Mary, die mit Tante Hermione eng befreundet und verwandt ist – selbst wenn Tante Hermione sie nie erwähnt hat –, und Blue Mary hätte bestimmt über diesen Ort Bescheid gewußt und mich gewarnt.

Womit nichts anderes übrig blieb als

5. Blue Mary hat recht.

Sie war sich nicht sicher, ob das die beruhigendste oder die beunruhigendste Erklärung war. Beunruhigend? Daß sie einen Abstecher in eine andere Zeit gemacht hatte und in einem rückständigen Nest gelandet war? Wieso sollte sie das beunruhigen?

Weil sie vielleicht nicht mehr zurück könnte?

Oder weil es alles in Frage stellte, was sie bislang für selbstverständlich gehalten hatte?

Aber das war ihr doch schon früher passiert, ziemlich oft sogar. Denk nur an Shady Acres. An Siyamtiwa. An Gwen, um Himmels willen. Gwen, die einzige auf der ganzen Welt, von der sie geliebt werden wollte. Diejenige, von der sie als letztes gedacht hätte, daß sie ihre Liebe erwidern würde. Gwen, die sie liebte.

Solange wir uns noch wundern können, wird es Wunder geben. Und von der Frau geliebt zu werden, die wir selber lieben, ist das größte Wunder überhaupt.

Plötzlich überfiel sie starkes Heimweh, und sie fühlte sich, als fiele sie in eine bodenlose Tiefe.

In der Hoffnung auf Ablenkung sah sie sich um. Der Pferdekarren war leer. Das Maultier steckte seine Nase in den Staub und versuchte, sich aus den trockenen Gräsern und Strohstoppeln eine Mahlzeit zusammenzuklauben. Auf dem nächsten Hügel stand Billy mit dem Hut in der Hand und unterhielt sich mit einer kleinen Gruppe indianischer Frauen.

Stoner wußte nicht, ob sie sich zu ihnen gesellen sollte. Sie lachten, schienen sich zu amüsieren. Sie wollte sie nicht stören. Andererseits ...

Die Frauen sahen ihr neugierig entgegen, als sie sich ihnen näherte.

»Hi«, meinte Stoner.

Eine der Frauen trat vor, verschränkte die Arme vor der Brust, zog die Mundwinkel nach unten und sagte: »Hi.«

Stoner mußte lachen. »Sehe ich wirklich so schlimm aus?«

»Schlimm.«

Billy stülpte sich den Hut auf und zog ihn tief ins Gesicht. »Hab' mich nach Ihrem Wagen erkundigt.«

»Mit Erfolg?«

»Nein.« Er wandte sich wieder den Frauen zu und sagte ein paar Worte in einer Sprache, die sie nicht verstand.

Die Frauen nickten ernst und schickten sich an zu gehen.

»Vielleicht sollte ich ihnen erklären ...«, hob Stoner an.

»Sprechen Sie Arapaho?«

»Nein.«

Er zuckte die Schultern. »Vergessen Sie's. Die Frauen würden Sie nicht verstehen.«

»Aber die eine hat mich doch verstanden.«

»Sie hat Sie nicht verstanden«, meinte Billy leise. »Sie hat Sie nur nachgeäfft.«

»Oh.« Sie kam sich töricht vor und fühlte sich sehr einsam.

Billy sah erst sie, dann den Himmel an. »Ich wünschte, Sie würden mir vertrauen«, sagte er mit leiser Stimme.

»Ich vertraue dir doch. Es ist nur so, daß ich in einer sehr seltsamen Lage bin.«

»Kann schon sein. Big Dot hat mich in groben Zügen aufgeklärt.« Er lachte. »Natürlich glaubt sie, Sie wären total übergeschnappt. Aber kaum gefährlich.«

»Ich darf nicht vergessen, ihr für dieses Kompliment zu danken«, meinte Stoner trocken.

»Sie müssen zugeben, das Ganze wirkt zumindest verdächtig.«

»Verdächtig!« Wütend brach es aus ihr hervor. »Soll ich dir mal sagen, was wirklich verdächtig ist? Eine Stadt voller Leute, die sich verkleidet haben und so tun, als wäre es 1871, das ist verdächtig!« Sie stampfte mit dem Fuß. »Und weißt du, was das Schlimmste ist? Sollte ich hier je wieder rauskommen, werde ich es nicht mal erzählen können, denn das Ganze ist so verrückt, daß mir's keiner glauben wird.« Ihre Stimme wurde schrill, geriet außer Kontrolle. Es war ihr egal. »Aber das spielt ohnehin keine Rolle, oder? Denn ihr werdet niemals zulassen, daß ich aus diesem Tollhaus rauskomme.«

»Junge, Junge«, sagte Billy, »sind Sie aber leicht auf die Palme zu bringen.«

»Du wärst auch sauer, wenn du dich plötzlich in einem anderen Jahrhundert in einer fremden Stadt wiederfinden würdest und nicht wüßtest, wie du dorthin gelangt bist oder wie du von da wegkommen sollst, und dir nicht mal sicher wärst, daß du je wieder nach Hause kommst ...«

Angst und Einsamkeit steckten ihr wie ein schwerer Kloß im Hals, der größer und größer wurde - sie begann zu weinen.

»He«, meinte Billy und legte ihr unbeholfen den Arm um die Schultern. »Tut mir wirklich leid. Ehrlich. Ich wollte Ihnen nicht weh tun.« Er strich ihr sanft über den Arm. »Kommen Sie schon. Hören Sie auf zu weinen, ja? Ich helfe Ihnen auch, nach Hause zu kommen. Versprochen. Aber bitte hören Sie auf zu weinen, ja?«

Sie gab sich einen Ruck. »Okay.« Ihr lief die Nase. »Hast du ein Tempo für mich?«

»Hä?«

»Ein Tempo. Ein Papiertaschentuch. Irgendwas, mit dem ich mir die Nase putzen kann.«

»Klar.« Er griff in seine Hosentasche und zog ein großes Taschentuch hervor. »Geht das? Es ist sauber. Ich hab's noch nicht benutzt.«

»Danke.« Sie nahm das Taschentuch, trocknete sich die Augen und putzte sich die Nase. »Ich werd's dir waschen.«

»Nicht nötig.«

»Wirklich. Es macht keine ...«

»Stoner, das mache ich schon.«

Irgend etwas in seiner Stimme ließ sie aufhören. Etwas Weiches, Samtiges.

Billy legte ihr sanft die Hand an die Wange. »Das mache ich schon«, wiederholte er und küßte sie.

Es entsprach ganz und gar nicht dem, was sie von einem Jungen in der Pubertät erwartet hätte. Von einem Jungen in der Pubertät hätte sie erwartet, daß er ungestüm, unbeholfen und grob wäre, um seine Unsicherheit zu überspielen. Aber Billys Kuß war sanft, warm, tastend und doch sicher und voller Verlangen – wie der Kuß einer Frau.

Sie spürte, wie ihr Körper reagierte und fuhr mit einer heftigen Bewegung zurück.

»O mein Gott«, sagte der Junge. Sein Gesicht war krebsrot. »Tut mir leid. Mein Gott, ich hab's nicht gewollt ... Es tut mir so leid.«

Sie wußte nicht, was sie sagen sollte.

»So was Schlimmes habe ich noch nie gemacht. Ehrlich.«

»Na ja«, erwiderte Stoner mit bebender Stimme, »immerhin hast du deinen Vater umgebracht. Das ist ziemlich schlimm.«

»Nicht so schlimm wie das hier. Mein Gott, ich schwöre, ich tu's nie wieder.«

Stoner nickte. »Gute Idee.«

»Ich wollte nicht ...«

»Schon gut.« Jetzt mußte sie zusehen, daß sie von ihm wegkam. Um nachzudenken – nicht darüber, was er getan hatte, sondern über ihre Reaktion. Über das Gefühl der Wärme, das sie von Kopf bis Fuß durchströmt hatte. Dieses Prickeln ...

Mist, dachte sie, hier sitze ich nun im 19. Jahrhundert mitten im Nirgendwo fest, kann den Wagen meiner Kunden nicht wiederfinden und lasse mich von einem Jungen anturnen.

Die Lesben-Nation hatte in den letzten Jahren ein paar komische Entwicklungen durchgemacht. Durch und durch radikale Dykes, die sich plötzlich »Hetero-Dykes« nannten und mit Männern schliefen. Langjährige Beziehungen, die auseinanderbrachen, weil eine der beiden unbedingt ein Kind haben wollte. Ehemalige lesbische Separatistinnen, die bei Lesbentreffen Raum für ihre männlichen Kinder beanspruchten. Und jetzt das.

Vielleicht hatte die Regierung irgend etwas ins Vollkornmehl getan.

Cullum Johnson rückte seine alten Knochen im Sattel zurecht und blickte zum Horizont. Er wurde den Verdacht nicht los, daß er gerade eingenickt und der Traum von einem Fall in die Tiefe gar kein Traum gewesen war, sondern eine Reaktion seines Verstands auf das, was sein Körper wahrgenommen hatte. Fallen. Von seinem Pferd fallen. Das, was kein Traum war, hatte ihn geweckt, bevor er tatsächlich gefallen war.

In den letzten Monaten hatte er sich ziemlich oft dabei ertappt, daß er eingenickt war. Sogar vom Sattel gerutscht war. Ein- oder zweimal hatte er sich ernstlich verletzt. Das eine Mal war er liegengeblieben, bis das Schwindelgefühl nachgelassen hatte und er sich mühsam wieder in den Sattel schwingen konnte. Ihm war klar, daß er sich nicht mehr viele solcher Unfälle leisten konnte.

Er brachte Toby zum Stehen, sprang aus dem Sattel und streckte sich, bis alle Gelenke und Muskeln wieder richtig funktionierten. Das Pferd gab ihm einen Stups zwischen die Schulterblätter. »Ich weiß schon, Tobe«, meinte Cullum. »Du willst sehen, was hinter dem nächsten Hügel ist, genau wie ich. Aber du mußt ein bißchen Geduld haben. Dein Pech, daß dein Boß ein alter Herr ist.« Er kraulte Toby hinter den Ohren und blies ihm in die Nüstern, so wie das Pferd es mochte. »Bist ein gutes Pferd, Tobe. Hat mich fast den Kopf gekostet, dich zuzureiten, und ich schätze, heutzutage hätte ich aufgegeben und mich nach einem Gaul mit weniger Feuer unterm Hintern umgesehen. Aber dann hätte ich vier aufregende Jahre verpaßt, und für die bin ich dir von ganzem Herzen dankbar.«

Manchmal hatte Cullum Tobys wegen ein schlechtes Gewissen. Er war ein ausgelassenes Fohlen gewesen, und man mußte ihn nur ansehen, um zu wissen, daß er für große Abenteuer wie geschaffen war. Aber Cullums Abenteuertage waren gezählt, wie ihm jedes

Jahr erneut bewußt wurde, wenn die Gänse gen Süden flogen und er spürte, daß seine Kraft mit ihnen ging. O ja, er hatte das Pferd weit und scharf geritten. Aber nicht regelmäßig. An manchen Tagen hatte er es einfach gesattelt und war müßig durch die Wälder von Tennessee gestreift. Und vor einigen Jahren, es war im Sommer gewesen, war er eines Tages zufällig auf das Pferd gestoßen – er hatte gerade über das eine oder andere nachgedacht, was daran so wichtig gewesen war, fiel ihm nicht mehr ein – und hatte sich dabei ertappt, wie er vor sich hin murmelte: »Sieh dir bloß den Gaul an, viel zu fett. Eine Schande, sich ein Pferd zu halten, wenn man's nicht in Form hält.« Und dann hatte er sich wieder gefangen und erkannt, daß es Tobe war, und dann war ihm eingefallen, daß es in der letzten Zeit ziemlich viele Tage gegeben hatte, an denen es ihm zu heiß oder zu feucht oder zu weiß-der-Kuckuck-was war, um seine behagliche Hütte zu verlassen.

Danach hatte er sich zusammengerissen und dafür gesorgt, daß das Pferd jeden Tag bewegt wurde. Er wußte, es tat ihnen beiden gut. Aber wäre es nur um ihn gegangen, hätte er sich nicht darum gekümmert.

Also hatte ihn Toby wohl in gewisser Weise am Leben erhalten. Nicht daß das unbedingt ein Segen war. Um ehrlich zu sein, war ihm ziemlich egal gewesen, was mit ihm passierte, nachdem er das rothaarige Mädel verloren hatte. Eine echte Schönheit, da gab es nichts, und er hatte sie wie eine Königin umworben. Ihr Geschenke gemacht, ständig den Gentleman gespielt. Sie dazu gebracht, ihm zu vertrauen, ihm ihr Herz auszuschütten, und er hatte sie einfach mit Liebe überschüttet, bis es nicht mehr so weh tat. Einmal hatte sie sogar vor seinen Augen geweint, hatte ihre hübsche Stirn an seine große häßliche Schulter gelegt, und die Tränen waren auf sein Hemd getropft. Sie hatte ihm von dem Schuster erzählt, der ihr versprochen hatte, sie in den Westen mitzunehmen, und davon, wie sie ihm bis zu jenem Morgen geglaubt hatte, als sie zu seiner Werkstatt gelaufen war und feststellen mußte, daß er sich über Nacht mit Sack und Pack davongemacht hatte.

»Ich hätte es wissen müssen«, hatte sie mit ihrer lieblichen Stimme gesagt. »Ein feiner Herr wie er, mit einem ehrlichen Beruf – er kann eine entehrte Frau wie mich nicht wollen.«

Er hatte ihr tröstend mit der Hand über das seidige Haar gestrichen und sich gewünscht, daß er etwas anderes als dieses kratzige alte Schottenhemd getragen hätte. Hätte er gewußt, daß sie ihn mit ihrer weichen Haut berühren würde, hätte er seinen letzten Dollar für ein Hemd aus reiner Seide gegeben.

Jawohl, er hatte das kleine rothaarige Mädchen gemocht. Es hatte ihn nicht gestört, daß sie nicht mehr unberührt war. Zum Teufel, alle Mädchen waren heutzutage unkeusch – außer sie waren verheiratet, unterrichteten an der Schule oder nähten Kleider. Und selbst die waren vielleicht nicht mal keusch. Aber da war was nicht in Ordnung. Der Mann konnte sich davonmachen, ohne sich auch nur einmal umzudrehen, und die Frau konnte zusehen, wie sie in einer Stadt zurechtkam, die sie mit Verachtung strafte.

Verdammt, das kleine rothaarige Mädchen hatte sich nichts zuschulden kommen lassen, nichts, was jede andere Frau in der Stadt nicht auch tat. Das Problem war nur, daß sie sich von der Leidenschaft und den süßen Worten hatte hinreißen lassen und es ohne den Segen der Kirche getan hatte.

Er hatte ihr helfen wollen. Hatte zwar nicht viel Geld gehabt, aber alles, was ihm gehörte, mit ihr geteilt. Und sich ihre Probleme angehört und ihr die Tränen aus den Augen gewischt. Und dann hatte er diesen einen Fehler gemacht.

Er hatte sie gefragt, ob sie ihn heiraten wollte.

Sie hatte ihn irgendwie verblüfft angestarrt und dann lange Zeit nichts mehr gesagt und nur auf ihren Schoß gesehen. Als sie dann wieder hochgeschaut hatte, war ihr Gesicht so traurig gewesen, daß es ihm fast das Herz gebrochen hätte. »Cull ...« Sie war die einzige, die ihn Cull nannte. Es weckte in ihm ein ganz besonderes Gefühl. »Cull, du bist der beste Freund, den ich habe. Aber ich habe nie ...«

Da war ihm bewußt geworden, wie alt er war.

Er hatte versucht, es mit einem Lachen abzutun, bevor es das, was zwischen ihnen bestand, zerstören konnte. Aber er hatte gewußt, daß es zu spät war. Sie beide wußten es. Danach hatte er sie noch ein paarmal auf Spaziergänge mitgenommen, aber die alte Unbeschwertheit war dahin gewesen. Bald darauf hatte er es aufgegeben, bei ihr vorbeizuschauen. Er wußte, daß es sie beide zu traurig machte.

Ein paar Monate später war er an einem Wintermorgen zur Scheune hinausgegangen, und da war seine alte Stute, Foxfire, im Schlaf gestorben.

Es hatte lange gedauert, bis er sich wieder für irgend etwas interessierte. In jenem Frühjahr war seine Hütte ohne Anstrich geblieben.

In seinem Garten hatte es nur noch Gemüse gegeben, das aus eigener Kraft gewachsen war.

Aber er hatte ein Pferd gebraucht. Zumindest bis er endgültig bereit war zu sterben. Er kannte zu viele Leute, die, weder tot noch lebendig, einfach dahingesiecht waren und sich dem Gang der Natur überlassen hatten, um keine persönliche Verantwortung übernehmen zu müssen. Und vor persönlicher Verantwortung hatte Cullum Johnson sich noch nie gedrückt. Eine Menge Leute hielten nichts von seiner Kopfgeldjägerei, aber, bei Gott, das war seine Berufung, und er dachte nicht daran, sich dafür zu entschuldigen.

Wenn er auf dieser Erde weiterhin Platz beanspruchte, konnte er das genausogut mit ein wenig Würde tun. Und ein würdevolles Leben erforderte, daß er aß, sich anständig kleidete und ab und zu, wenn es nötig war, ein wenig arbeitete. Und dafür brauchte er ein Pferd.

Er hatte Foxfire unter die Erde gebracht und sich dann nach einem anderen Pferd umgesehen, und da, nur drei Farmen weiter, war Toby gewesen. Als hätte er nur auf ihn gewartet.

Cullum klopfte dem Pferd liebevoll den Hals und schwang sich wieder in den Sattel. »Laß uns zusehen, daß wir weiterkommen, mein Junge. Die Tage werden nicht länger, und ich werd' nicht gerade jünger.«

Am nächsten Tag fing es an zu schneien. Zunächst kaum merklich, denn es war warm und sonnig wie am Tag zuvor. Nur ein paar kleine dünne Wolken waren am fahlen blaugrünen Himmel zu sehen. Dann wurden es mehr. Am Nachmittag fiel der Schnee regelmäßig in wässerigen Flocken.

Stoner warf den letzten Holzklotz, den sie gespalten hatte, auf den Stapel und rammte die Axt in den Hackklotz. Sie wischte sich mit dem Hemdärmel den Schweiß von der Stirn.

Mist. Sie hatte gehofft, daß Billy mit dem Pferdekarren vorbeikommen würde, damit sie sich die abgebrannte Farm ansehen könnten. Wenn sie hier schon festsaß, konnte sie genausogut versuchen, ein wenig Licht in diese geheimnisvolle Angelegenheit zu bringen. Vielleicht hätte sie ihm sagen sollen, was sie vorhatte. Er hatte ihr versprochen, zu versuchen, am frühen Nachmittag loszukommen, aber Dot mußte ihn gebraucht haben.

Eine kleine Gruppe von indianischen Frauen kam auf einen kurzen Besuch vorbei, um mit Blue Mary Geschäfte zu machen und ihre Sachen gegen Dinge zu tauschen, die sie brauchten, ihnen im Warenhaus aber verwehrt wurden.

Vielleicht hatten sie ja die Feuer gelegt, um die Siedler zu vertreiben. So zumindest würde die Hollywood-Version dieser Geschichte lauten. Aber Blue Mary hatte ihr versichert, daß sie mit den Indianerinnen und Indianern keine Probleme hätten. Und selbst wenn sie es gewesen wären, hätten sie nicht einfach Feuer gelegt und sich in der Nacht davongeschlichen. Sie hätten dafür gesorgt, daß die Siedler wüßten, wer es gewesen war. So war das nun mal mit politischen Statements.

Eigentlich müßte sie einen Spaziergang machen, um die ganze Angelegenheit gründlich zu durchdenken. Vielleicht kämen ihr dann ja ein paar brillante Ideen, wie sie ins Jahr 1989 zurückkäme. In der Hütte, wo Blue Mary zusammen mit den Arapaho-Frauen schwatzte und lachte und einen Riesenlärm machte, konnte sie unmöglich nachdenken.

»Bin bald wieder da«, sagte sie, als sie in ihren Parka schlüpfte.

Eine der Frauen löste sich von der Gruppe und kam auf sie zu. Sie sagte etwas auf Arapaho.

Stoner sah Blue Mary an.

»Dein Mantel«, übersetzte Blue Mary. »Sie ist neugierig.«

Sie zog den Parka aus und hielt ihn der Frau hin.

Die Frau wich zurück.

»Nehmen Sie nur«, sagte Stoner und lächelte sie an.

Die Frau befühlte vorsichtig den Stoff, schlug die Klappe der unteren Tasche zurück und fuhr mit der Hand am Saum entlang. Sie hielt die Jacke mit einer Hand hoch und wog sie kurz und drehte sich dann mit hochgezogenen Augenbrauen zu Blue Mary um.

»Sie versteht nicht, wieso sie so leicht ist«, erklärte Blue Mary.

»Das liegt am Material«, erwiderte Stoner. »Reyon und imprägnierter Stoff.«

Die indianische Frau sah sie an. »Rey-on? Im-präg-nier-ter-Stoff?«

Oh, Himmel. Wie erklärt man so etwas wie Kunstfasern? »Der Stoff ist ... er ist ... na ja, er ist nicht natürlich. Irgend jemand hat ihn erfunden, ihn hergestellt. Wahrscheinlich für das Raumfahrtprogramm. Sie wissen schon, für die Astronauten ... auf dem Mond.«

Blue Mary kicherte leise vor sich hin. »Ich will ja nicht unhöflich sein, meine Liebe, aber ich würde dir raten, so etwas lieber nicht zu sagen. Du klingst ganz schön verrückt.«

»Tut mir leid.« Sie wandte sich an die Indianerin, drehte die Handflächen nach oben und zuckte mit den Schultern. Das universelle Zeichen für »Keine Ahnung«.

Die Indianerin grinste und sagte ein paar Worte zu ihr.

»Sie sagt, daß sie warm ist«, übersetzte Blue Mary.

Stoner nickte. »Sehr warm.«

Die Frau sprach weiter.

»Sie sagt, daß du sie brauchen wirst«, meinte Blue Mary. »Es wird einen Schneesturm geben.«

»Da müssen Sie sich irren«, meinte Stoner zu der Indianerin. »Es ist doch ein schöner Tag.«

Blue Mary übersetzte.

Die Frau starrte Stoner in die Augen, als wollte sie sie vor einer ernsten Gefahr warnen, und redete schnell auf sie ein.

»Sie sagt, die Novembersonne sei wie ein Mann. Außen warm, aber mit einem Herzen aus Eis.«

»Das werde ich mir merken«, meinte Stoner.

»Sie hat recht«, sagte Blue Mary. »Das Wetter hier draußen kann trügerisch sein.«

Stoner betrachtete die Indianerin, ihr dünnes Baumwollkleid und den fadenscheinigen Schal um ihre Schultern. »Hier«, meinte sie und hielt ihr den Parka hin. »Nehmen Sie.«

Die Frau senkte die Augen und schüttelte den Kopf.

»Bitte«, beharrte Stoner. »Ich möchte, daß Sie ihn nehmen.«

Blue Mary kam eilig um den Tisch herum und nahm sie zur Seite. »Sie nehmen keine Almosen«, meinte sie leise. »Du hast sie in ihrem Stolz verletzt.«

»Das tut mir leid.« Stoner wandte sich an die Frau. »Tut mir leid«. Sie zeigte auf sich selbst. »Fremd. Dumm.«

Blue Mary übersetzte.

Die Indianerin lächelte und tätschelte Stoner beruhigend die Hand.

»Aber ich wünschte, sie würde den Mantel nehmen«, sagte Stoner zu Blue Mary. »Ihre Kleidung ist so ... unzureichend.«

»Wenn du das wirklich willst«, schlug Blue Mary vor, »dann geh ein wenig spazieren. Laß den Mantel auf dem Boden liegen. Dann wird es aussehen, als hätte die Frau ihn gefunden.«

»Werden die anderen denn wissen, daß der Parka für sie ist?«

»Ganz bestimmt.«

Stoner schlüpfte in den Parka, warf einen Blick in die Runde und räusperte sich. »Ich schätze, ich gehe mal raus aufs Örtchen«, sagte sie vernehmlich und locker.

Die indianischen Frauen besprachen sich untereinander.

Blue Mary übersetzte, was Stoner gesagt hatte.

»Ah«, sagte die eine. »Pipi.«

»Genau«, meinte Stoner. »Pipi.«

Wieder tuschelten die Frauen eifrig miteinander.

»Sie fragen sich, was mit dir los ist«, übersetzte Blue Mary.

»Was mit mir los ist?«

»Sie glauben, daß du körperlich entstellt bist.«

»Wieso?«

»Weil du befürchtest, daß jemand dein Geschlecht sehen könnte.«

Das gab ihr den Rest. Rot von Kopf bis Fuß drehte sie sich um und stürmte aus dem Haus.

Sie zog den Parka aus, ließ ihn neben dem Feldweg fallen und lief in die Prärie hinaus.

Der Bote suchte sich in den nebelverhangenen Gassen seinen Weg. Mit einer Hand hielt er den Kragen seines dünnen Stoffmantels fest um den Hals. Eines Tages würde der Nebel ihn nunoch umbringen, dachte er. Dennoch war er froh, wieder in San Francisco zu sein.

Er fand das Haus, nach dem er gesucht hatte, und klopfte an die Tür. Wartete, zitternd vor Kälte, bis sie einen Spaltbreit geöffnet wurde und eine alte Chinesin den Kopf herausstreckte.

»Chang«, sagte er.

Die alte Frau öffnete die Tür etwas weiter, und er schlüpfte ins Haus. Drinnen war es warm.

Er sah sich um. Die Leute hatten Geld. Nicht viel Geld, aber mehr als die meisten chinesischen Familien in Amerika. Ihre Möbel waren alt, aber gepflegt. Auf dem Boden lagen Brücken, und schwere Stores hingen an den Fenstern. In einer Ecke des Raums stand eine lackierte Truhe.

Kaufleute.

Die alte Frau brachte ihm duftenden heißen Tee. Dankbar trank er ihn in kleinen Schlucken. Als er über den Rand der Tasse sah, fiel sein Blick auf die junge Frau, die im Flur stand.

Er hatte schon von ihr gehört. Ihre Cousins, die bei der Eisenbahn arbeiteten, hatten oft über ihre Schönheit geredet. Sie meinten, sie sei dazu bestimmt, eine gute Partie zu machen. Ihre

Schönheit war Legende bei der chinesischen Bevölkerung von San Francisco.

Der Bote mußte lächeln. Ihre Cousins waren Narren. Selbst ihre überschwenglichsten Beschreibungen wurden ihrer Ausstrahlung nicht annähernd gerecht. Augen, so voll und dunkel wie die Rudbeckien, mit denen die Abhänge von Mount Shasta übersät waren. Das Haar von so schimmerndem Schwarz, daß er seine seidene Weichheit mit den Augen zu erspüren meinte. Anmutige, zarte Hände, die wie kleine Vögel über den winzigen Kuchen schwebten und die durchscheinenden Teetassen an die karminroten Lippen führten. Obwohl sie ein typisch amerikanisches Kleid mit weitem Rock und gerüschtem Oberteil trug, waren Haltung und Gebaren orientalisch wie die der Kaiserin. Solch eine Frau war ein Juwel und würde ihrer Familie Ehre bringen.

Er trank seinen Tee aus und übermittelte seine Nachricht.

Als die alte Frau ihn bezahlte, drehte May Chang sich um und ging in ihr Zimmer.

Noch bevor die Tür ins Schloß gefallen war, hatte sie die Tasche hervorgeholt, die sie als Koffer benutzte, und angefangen zu packen.

Das Flußbett war staubtrocken, aber noch immer waren die Rinnen, weich wie fließendes Haar, zu sehen, die sich das Wasser bei den Regenfällen im September gebahnt hatte. Die Uferböschung war hoch, und der Boden unterhalb der Hochwasserlinie bis auf ein paar große runde Steine reingewaschen. Wenn der Fluß Wasser führte, mußte er schnell und trügerisch sein. Aber jetzt schlängelte sich das Flußbett geruhsam von einer der abgebrannten Farmen herab. Sie war im Sommer abgebrannt, wie Blue Mary ihr erzählt hatte.

Stoner schlenderte das Flußbett entlang, legte von Zeit zu Zeit einen kleinen Sprint ein. Vielleicht würde sie es nicht ganz bis zur Farm schaffen, aber zumindest konnte sie überprüfen, ob irgend etwas herabgespült worden war. Sie wußte nicht genau, wonach sie suchte. Aber es war immer noch besser, als untätig herumzusitzen. Unter dem feinen Staub, der ihr um die Knöchel wirbelte, spürte sie den hartgefrorenen Lehmboden. Sie lehnte sich gegen die Uferböschung, um zu verschnaufen, und blickte in den Himmel.

Es war schön hier draußen. Ruhig. Einsam. Sie spürte, wie sie sich innerlich entspannte.

Die Wolken zogen sich zusammen, locker und unberührt wie frisch geschlagene Sahne.

Über ihr kreiste gemächlich ein Habicht und suchte den Boden ab.

Vermutlich war die Beute in diesem Jahr ziemlich schmal.

Sie fragte sich, welcher Tag heute war. Rechnete nach. Am Montag, den dreizehnten, war sie angekommen. Am vierzehnten hatte sie vergeblich versucht, von hier wegzukommen. Am nächsten Tag hatte sie sich in der Hoffnung auf Anhaltspunkte oder ein paar Gesprächsfetzen in der Stadt herumgedrückt und sich dafür einen Haufen giftiger Blicke eingehandelt, die in ihrer Bandbreite einzigartig waren. Heute mußte Dienstag, der sechzehnte, sein.

Seit drei Tagen war sie in Topeka überfällig. Zu Hause mußten jetzt alle außer sich sein. Marylou kannte ihre Reiseroute. Vermutlich hatten sie die Polizei informiert, oder?

Na klar. Und wenn die Polizei nicht weiterhelfen konnte, würden Gwen und Marylou und Tante Hermione sich höchstpersönlich auf die Suche begeben. Jederzeit konnte eine von ihnen hier auftauchen. Sie würden ihren Wagen finden, wo immer sie ihn auch abgestellt haben mochte. Und von da aus wäre es nur logisch, in Tabor weiterzusuchen.

Sie fühlte sich gleich besser. Wenn sie schon nicht aus eigenen Kräften von hier wegkam, würde zumindest von der anderen Seite etwas unternommen werden. Insgeheim hoffte sie, daß sie erst eintreffen würden, wenn sie den Bränden auf den Grund gekommen war.

Na, wunderbar! Vor zwei Tagen warst du ganz wild darauf, von hier wegzukommen. Jetzt willst du unbedingt hierbleiben, um Geheimnisse zu lüften.

Mußt als Kind zu viele Nancy-Drew-Romane gelesen haben.

Vor sich hinsummend, machte sie sich wieder auf den Weg, weiter das Flußbett entlang.

Um ein Haar hätte sie die Höhlenwohnung übersehen. Gleich oberhalb der Hochwasserlinie in die Uferböschung gehauen, bestand sie nur aus einem Raum, dessen einzige Lichtquelle aus einem engen Eingang bestand, der mit einer zerrissenen und ausgefransten Decke verhängt war, die so dick mit Staub bedeckt war, daß sie mit dem Erdboden zu verschmelzen schien.

Stoner warf einen Blick ins Innere. Gleich neben einem verrosteten holzgefeuerten Ofen lag ein Haufen Decken auf dem Lehmboden.

Der Tisch und der einzige Stuhl waren alt und abgenutzt und hatten Risse. Sie hob den Stuhl hoch. Er war federleicht, das Holz lebte schon lange nicht mehr. Ein Blechteller, ein Löffel und eine Tasse standen ordentlich auf dem Tisch, als hätte ihre Besitzerin oder ihr Besitzer plötzlich aufbrechen müssen oder würde bald zurückkommen.

Sie fragte sich, wer hier wohl Zuflucht gesucht hatte. Wer immer es sein mochte, es mußte vor langer Zeit gewesen sein. Vielleicht ein Trapper, der die Höhlenwohnung benutzte, um sich vor dem Wetter zu schützen, wenn er mit seinen Fallen die Runde machte. Oder ein Outlaw, der sich vor den Suchtrupps versteckte. Oder einfach eine Aussteigerin. Ein Wandervogel. Ein Studienabbrecher, der übers Land zog, um »sich selbst zu finden«.

Nein, damals hatte es so etwas wahrscheinlich noch nicht gegeben.

Vielleicht ein Goldgräber, der hier auf seinem Weg nach Colorado Zwischenstation gemacht hatte.

Ein Cowboy auf der Suche nach einem verirrten Kalb.

Vielleicht Brandstifter, die hier ihr Handwerkszeug versteckten.

Sie stellte den Teller auf den Tisch zurück.

Sie ließ sich auf die Knie fallen und kroch über den Boden, um nach Anzeichen für ein unterirdisches Versteck zu suchen.

Nichts.

Sie untersuchte die Wände und die Fugen, wo die Wand auf den Boden traf.

Wenn Erde ausgehoben worden war, hatte man sie mit beträchtlichem Geschick wieder verteilt. Das gleiche galt für draußen. Sie ging im Flußbett auf und ab, sah unter Steinen und Felsbrocken und glattgespültem Treibholz nach.

Ohne Erfolg. Das Flußbett war sauber.

Der Himmel wurde allmählich grau. Vereinzelte Schneeflocken setzten sich auf ihr Haar. Sie machte sich wohl besser auf den Heimweg, nur für den Fall, daß die Indianerin doch recht hatte.

Sie kletterte die Uferböschung hinauf und blinzelte in die Ferne. Blue Marys Haus, wie ein kleiner Kieselstein inmitten der Prärie, war kaum noch zu erkennen. Aus dem Schornstein stieg Rauch auf.

Sie setzte sich in Trab.

Als sie bei der Hütte angelangt war, hatte es richtig zu schneien begonnen.

Stoner ertappte sich dabei, wie sie lächelte. Jetzt würde niemand mehr nach ihr suchen können. Sie würden warten müssen, bis sich der Schneesturm wieder gelegt hatte.

Erschrocken stellte sie fest, daß ihr dieser Gedanke ganz angenehm war.

6

Der Schnee kam von überall und nirgends. Ein gleißendes Licht, das tanzte und wirbelte und die Landschaft mit einem blendendhellen Schleier überzog. Wo vorher Flußtäler gewesen waren, türmten sich jetzt weiße Hügel auf. Schneebedeckte Zaunpfähle verwandelten sich in Nebengebäude, und kleine Nebengebäude wurden zu riesigen Scheunen, denn die treibenden Eiskristalle vergrößerten die Umrisse der Gegenstände und verwischten ihre ursprüngliche Form.

Der Wind wütete und drang wie ein scharfes Messer durch die dicken Wollsachen. Das Vieh stellte sich mit dem Rücken zum Wind, hielt die Köpfe gesenkt und wartete ergeben auf das Ende des Sturms. Lief man durch den Schnee, kam man sich vor wie in einem Tunnel, in dem sich Nord und Süd, Ost und West, selbst oben und unten im polarisierten Licht und den wechselnden Windrichtungen verloren.

Im Laufe der Nacht wurden der Wind stärker und die Schneemenge größer. Wütend fiel der Sturm über die Hütte her. Wie ein rachedurstiges Tier schlug er auf Dach und Wände ein und tastete mit gierigen Klauen die Holzbalken der Außenwände auf Spalten ab.

Stoner warf ein weiteres Holzscheit in den Ofen und wandte sich Blue Mary zu, um ihr dabei zu helfen, die Spalten und Ritzen mit zerrissenen Lumpen auszustopfen.

»Bist du sicher, daß du nicht frierst, meine Liebe?« fragte Blue Mary.

»Es geht schon«, antwortete Stoner und hoffte, daß Blue Mary nicht bemerkte, wie ihr die Zähne klapperten. Sie hätte gut eine zweite Decke gebrauchen können, aber es war keine zu sehen, und sie wollte nicht riskieren, der alten Frau die dringend benötigte Wärme zu entziehen.

»Sei nicht so schüchtern, Stoner. Ich weiß, daß du nicht so an die Kälte gewöhnt bist wie wir. Der jahrzehntelange Gebrauch von Zentralheizungen hat seinen Tribut gefordert.«

»Ehrlich, es geht schon.«

»Wahrscheinlich hättest du deinen Mantel behalten sollen.«

Stoner schüttelte den Kopf. »Sie hatte ihn nötiger als ich.« Sie versuchte sich vorzustellen, wie es draußen in der Prärie war, wo es außer der Uferböschung, ein paar Gebüschen und zugigen Tipis keinen Schutz gab.

»Dann trink zumindest noch ein bißchen von dem Tee da. Wenn du an einer Lungenentzündung stirbst, wird Tante Hermione mir das nie verzeihen.«

»Sie wird mir nie verzeihen, daß ich nicht angerufen habe und sie vor Angst fast durchgedreht ist«, meinte Stoner, als sie sich Tee einschenkte.

Blue Mary dichtete den Fensterrahmen mit einem Stück rotem Flanell ab und betrachtete zufrieden ihr Werk. »Sie wird das verstehen, da bin ich mir sicher. Außerdem vergeht die Zeit dort anders als hier.«

»Wie schön«, murmelte Stoner und hoffte, daß Blue Mary unrecht hatte. Denn wenn es stimmte, was sie sagte, würde niemand nach ihr suchen. Und wenn niemand nach ihr suchte ...

Blue Mary nahm die Tasse Tee entgegen, die Stoner ihr eingeschenkt hatte, und setzte sich an den Tisch. »Wenn du in deine Zeit zurückkommst, wirst du genau dort weitermachen, wo du warst, als du abgelenkt wurdest.«

»Gut, daß ich den Wagen an den Straßenrand gefahren habe. Es wäre garantiert unangenehm, in einen Wagen zurückversetzt zu werden, der mit fünfundsiebzig Meilen die Stunde den Highway entlangbraust.«

»Weißt du, meine Liebe«, meinte Blue Mary, »ich finde, die allmähliche Anpassung bekommt dir sehr gut.«

»Anpassung?«

»Die Anpassung daran, hier zu sein.«

Stoner raufte sich die Haare. Anpassung? War schon möglich. Sie hielt das Ganze immer noch für verrückt. Aber unter den gegebenen Umständen – die darin bestanden, daß sie sich beim besten Willen nicht vorstellen konnte, wie sie hier je wieder wegkommen sollte ... »Ich hatte keine andere Wahl.«

»Nun, Stoner, das Thema haben wir doch oft genug beackert.« Blue Mary ging zum Warmhalteofen über dem Herd und holte eine gußeiserne Pfanne mit kleinen Muffins aus Maismehl heraus. Sie ließ die Muffins auf einen Teller gleiten und schob ihn über den

Tisch. »Tut mir leid, daß sie so fade schmecken. Wir sind auf frisches Obst angewiesen. Und zu dieser Jahreszeit ist die Auswahl begrenzt.«

Stoner brach ein Muffin in zwei Hälften und atmete seinen süßen Duft ein. »Fängt es hier immer so früh an zu schneien?«

»Eigentlich nicht. In all den Jahren, die ich jetzt hier bin, ist es das erste Mal. Normalerweise erst im Dezember. Meistens sogar erst an Weihnachten.«

Den Wind hatte die Wut gepackt, als ihm der Zugang zum Haus verwehrt wurde. Er schleuderte faustgroße Schneekristalle gegen das Fenster. Fuhr in den Kamin, so daß das Feuer in hellen roten Flammen aufloderte.

Stoner rückte näher an den Tisch und beugte sich über ihre Tasse. »Seit wann lebst du hier schon?«

Die alte Frau dachte nach. »Seit mehr als dreißig Jahren. Ich bin damals – es wird wohl Mitte der vierziger Jahre gewesen sein – von New York State hierhergekommen. Mein Gott, wie die Zeit vergeht.«

»Seitdem hat sich hier wohl viel verändert?«

»Im Umkreis von Tabor, ja. Als ich herkam, hat es so etwas wie Tabor natürlich noch nicht gegeben. Es gab nur eine Flußbiegung, Indianer, Büffel und durchziehende Viehherden.«

Stoner nippte an ihrem Tee. »Wieso hast du beschlossen zu bleiben?«

»Vom Gefühl her schien es einfach richtig. Als würde ich hierhergehören.« Sie lächelte. »Du mußt das Gefühl kennen. Du gehst einfach irgendwohin, wo du deines Wissens noch nie gewesen bist, und irgend etwas sagt dir, daß du dort 'zu Hause' bist.«

»Ja«, meinte Stoner. »Genau das habe ich in den Tetons empfunden.«

»Wirklich?« Blue Mary sah sie verständnisvoll an. »Wie schade, daß du nicht einfach dorthinziehen und leben kannst.«

»Ja.«

Blue Mary brach ein Muffin auseinander. »Na ja, vielleicht tust du's eines Tages noch. Wenn nicht in diesem Leben, dann in einem anderen.«

»Mag sein«, sagte Stoner unverbindlich. »Man kann nie wissen.« Sie aß den ersten Muffin auf und griff nach einem zweiten. »Was tust du denn so? Für den Lebensunterhalt?«

»Was gerade so anfällt. In meinem kleinen Garten wachsen ein paar Kräuter und Gemüsesorten. Eine gute Hebamme wird immer gebraucht, und ... ich will zwar nicht überheblich sein, aber ich glaube, daß ich eine der besten bin. Ein bißchen Wahrsagerei. Ein bißchen Heilkunst. Ein bißchen Unterrichten. Nicht im üblichen Sinn, wohlgemerkt! Wenn jemand über das Offensichtliche hinaus Interesse zeigt, na ja, dann macht es mir Spaß, ihr oder ihm das zu vermitteln, was ich weiß.« Sie lachte vergnügt. »Ich schätze, das hat mir den Ruf einer Hexe eingebracht.«

»Das und die Wahrsagerei, würde ich annehmen. Liest du auch aus der Hand?«

»Gelegentlich. Am meisten liegt mir das Tarot, aber ich habe selten Gelegenheit, es anzuwenden. Weißt du, die Leute sind sehr abergläubisch. Es macht ihnen Angst.«

»Verstehe.«

»Also versuche ich, den Anschein zu erwecken, als bezöge ich meine Eindrücke aus dem, was sie sagen, oder aus der Luft. Damit kommen sie besser zurecht. Die meisten würden es öffentlich nicht zugeben, aber ich glaube, aus fast allen Familien in Tabor hat mich schon jemand konsultiert.« Sie errötete. »Ich will ja nicht prahlen, aber ich muß zugeben, daß ich stolz darauf bin. Immerhin deutet es auf eine gewisse ... Akzeptanz hin, verstehst du?«

Stoner lächelte. »Natürlich.«

»Na ja, um ehrlich zu sein, nicht aus allen Familien. Ehrlich währt am längsten, wie man so schön sagt. Aber aus den meisten schon.«

»Ich wette, Reverend Henry Parnell macht einen weiten Bogen um dich.«

Blue Mary legte den Kopf auf die Seite. »Nein, mit den Parnells habe ich schon zu tun gehabt. Caroline hatte vor einiger Zeit ein Frauenleiden ...« Sie hielt inne. »Ach, du liebe Zeit, wahrscheinlich ist es unmoralisch, so darüber zu reden.«

»Ich weiß nicht.« Stoner nippte an ihrem Tee. »Wem sollte ich es schon weitererzählen? Ich bin nicht mal aus dieser Zeit.«

Blue Mary lachte. »Scharfsinnig wie immer. Aber ich schätze, im Hinblick aufs Karma ist es nicht ganz unwichtig.«

»Was das Karma betrifft«, meinte Stoner, »ist alles wichtig.«

»Tatsächlich kenne ich Caroline von Kindesbeinen an. Sie war schon immer reizbar. Und selbstgerecht. Das selbstgerechteste Kind, das ich kenne. Ganz anders als der Rest der Familie.« Sie seufzte. »Ich nehme an, sie hat in einem früheren Leben ganz entsetzliche Erfahrungen gemacht, meinst du nicht auch?«

»Ich ...«, setzte Stoner an.

»Ich vergaß«, unterbrach Blue Mary sie. »Du glaubst ja nicht an frühere Leben.«

»Doch. Zumindest ein bißchen. Glaube ich.«

Blue Mary lächelte sie an. »Wohl kaum genug, um eine Kirche darauf zu gründen, meine Liebe.« Sie rührte abwesend in ihrem Tee. »Eigentlich hatte ich gehofft, daß die Ehe mit dem Reverend sie ein wenig beruhigen würde. Ihr ein Ventil für all diese Rechtschaffenheit bieten würde. Aber offensichtlich hat es nichts genützt. Ich fürchte, eine Rechtschaffenheit nährt die andere.« Sie dachte einen Moment nach. »Ehrlich gesagt, sie scheint sehr unglücklich zu sein, seit der Reverend in ihr Leben getreten ist. Aber vielleicht ist das ein vorschnelles Urteil. Sie haben erst vor knapp einem Jahr geheiratet.«

»Die Frauen hier kommen mir alle nicht gerade wie Kinder des Glücks vor.«

»Nein«, sagte Blue Mary nachdenklich. »Wahrscheinlich sind sie das auch nicht. Die Frauen hier draußen haben ein schweres Leben. Nichts als Arbeit und kaum Anerkennung.« Sie trank einen Schluck Tee. »Trotzdem, manchmal frage ich mich, warum das Unglück die einen weicher und die anderen hart wie Stein werden läßt.«

»Das frage ich mich manchmal auch.«

»Zuerst hieß es, daß er nur an ihrem Geld interessiert sei.« Blue Mary lächelte. »Gemessen am 20. Jahrhundert ist es natürlich kein Vermögen, aber zumindest gehört ihr das Grundstück, auf dem sie wohnen, und dann hat sie noch ein bescheidenes Einkommen. Ohne Carolines Erbschaft könnte sich Tabor keinen Prediger leisten.«

»Ein zweifelhaftes Vergnügen«, murmelte Stoner.

Blue Mary brach in schallendes Gelächter aus. »Ohne Zweifel.«

Irgend etwas landete in einer kurzen Folge von dumpfen Schlägen auf dem Dach. Es klang wie herabfallende Zweige. Aber in der Nähe des Hauses standen keine Bäume. Die wenigen Bäume unten am Fluß waren die einzigen im Umkreis von sechzig Meilen.

Sie blickte Blue Mary fragend an.

»Wölfe«, sagte die Frau.

»Wölfe?«

Sie schienen einander von einem Ende des Hauses zum anderen zu jagen.

»Der Sturm treibt sie her. Ich schätze, sie suchen hier Zuflucht. Oder was zu fressen.« Als Stoner sie ungläubig und besorgt anstarrte, lächelte Blue Mary ihr beruhigend zu. »Sie sind ziemlich harmlos. Gleich werden sie den Schuppen finden. Und sobald der Sturm sich gelegt hat, machen sie sich auf und davon.«

Der Schnee klebte jetzt an den Fenstern, türmte sich gegen das Haus und versperrte sogar den Blick auf den dunklen, stürmischen Himmel. Stoner sah sich beklommen um. »Das ist aber ein Sturm!«

Blue Mary nickte. »Das Wetter hier ist immer extrem. Hitze, Kälte, Dürre, Überschwemmungen. Langweilig wird's hier nie.«

»Das Wetter in Boston ist immer langweilig.«

»Wirklich?«

»Im Winter ist es feucht und trist. Im Sommer meint man an der Luftfeuchtigkeit zu ersticken. In Boston neigt alles zum Verrotten.«

»Du machst dir nichts aus Städten, wie?« fragte Blue Mary.

»Nicht viel. Mir scheint, man lebt dort nur, bis man etwas gefunden hat, wo man sich niederlassen will.«

»Aha.«

»Natürlich weiß ich auch nicht, ob ich mich hier draußen wohlfühlen würde.«

»Bestimmt nicht«, meinte Blue Mary. »Und nach dem, was du neulich mit Joseph Hayes getrieben hast, wärst du hier auch kaum willkommen.«

Stoner grinste verständnislos.

»Dorothy und die Mädchen haben kurz vorbeigeschaut, als du draußen warst. Sie haben eine kleine Spazierfahrt gemacht.« Als sie Stoners erwartungsvolles Gesicht sah, legte sie ihr besänftigend die Hand auf den Arm. »Im Pferdekarren, Stoner. Sie haben kein Auto.«

»Oh.«

»Weißt du, meine Liebe, ich bemühe mich sehr, anderen keine Vorschriften zu machen. Schließlich gehen wir alle unsere eigenen Wege, nicht wahr? Aber wenn ich dir nur einen klitzekleinen Rat geben darf ...«

»Klar.«

»Ich würde mich vor Mr. Hayes in acht nehmen. Er kann sehr unangenehm sein. Und schließlich bist du fremd hier.«

Stoner lächelte. »Kein Problem. Wenn er mir zu grob kommt, drohe ich ihm mit meinem Tod, denn das würde bedeuten, daß ich

1989 nicht mehr da wäre, um hierher zu kommen und mich von ihm zusammenschlagen zu lassen. Alles, was ihm in diesem Leben noch bevorsteht, wird dann nicht geschehen können. Das müßte ihm gewaltige Angst einjagen.«

Blue Mary warf den Kopf zurück und lachte. »Sehr gut. Aber ich glaube, es ist nicht ganz so einfach.«

»Mist!«

»Jetzt mal ernsthaft, Stoner. Fasse Joseph mit Samthandschuhen an.«

Stoner runzelte die Stirn. »Ein durch und durch unangenehmer Zeitgenosse. Ich verstehe einfach nicht, wie er sich im Geschäft halten kann.«

»Vielleicht ist es dir noch nicht aufgefallen«, erwiderte Blue Mary, »sein Geschäft ist das einzige dieser Art in der ganzen Stadt.«

Sie war nicht bereit, das zu akzeptieren. »Dann geht doch woanders einkaufen.«

»Im Umkreis von fünfzig Meilen gibt es keine andere Stadt.«

»Was ist mit Fort Morgan?«

»Das ist ein Fort, da gibt es keinen Laden. Das, was wir brauchen, haben sie nicht.«

»Tja, und was ist mit der Eisenbahn?«

»Das ist nicht mehr als ein Gleis.« Blue Mary lächelte. »Bei deinen Lebenserfahrungen muß es schwer sein, sich vorzustellen, wie vollkommen isoliert dieser Ort und diese Zeit sind.«

»Aber was Hayes mit Billy gemacht hat ... Lassen die Leute sich das einfach so gefallen? Wie kann er damit davonkommen?«

»Ich fürchte, hier gibt es zu viele, die seine Meinung teilen«, sagte Blue Mary mit trauriger Stimme. »Was den Rest angeht ... Na ja, weißt du, hier draußen haben alle eine bestimmte Funktion. Joseph versorgt uns mit dem Nötigsten – im materiellen Sinn. Wenn er beschließen würde, seine Siebensachen zu packen und von hier zu verschwinden, was würden wir dann tun?«

»Ich wüßte, was ich tun würde«, brauste Stoner auf. »Ich würde einen Lieferdienst einrichten. Einmal in der Woche würde ich mit meinem Karren in die nächste Stadt fahren – egal, wie weit sie weg ist – und dort alles kaufen, was hier benötigt wird. Ihn aus dem Geschäft drängen.«

»Für die Hin- und Rückfahrt würdest du eine Woche brauchen«, belehrte Blue Mary sie.

»Egal.«

Die Frau lächelte. »Da haben wir's wieder. Die Stonersche Sturheit.« Sie lehnte sich über den Tisch und drückte Stoner liebevoll die Hand. »Ich kann dir nicht sagen, wie froh ich bin, dich zu sehen.«

»Danke.«

Blue Mary stand auf und schenkte Tee nach.

»Hältst du das für eine gute Idee?« fragte Stoner. »Zwischen uns und dem Außenklo tobt ein Schneesturm.« Sie blickte zum Dach hoch. »Von den Wölfen mal ganz abgesehen.«

»Wir können den Sturmtopf benutzen«, schlug Blue Mary vor. »Er steht auf dem Boden in der Ecke.«

Du meine Güte! Die Liste der Schrecken wurde immer länger. Sie stöhnte.

Blue Mary tätschelte ihr die Hand. »Tut mir leid, meine Liebe. Hätte ich gewußt, wie schwer dir das Ganze fallen würde, hätte ich versucht, es dir auszureden.«

Stoner fuhr sich mit der Hand durchs Haar. »Mary, was mache ich hier eigentlich?«

»Das, was du am besten kannst«, antwortete Blue Mary. »Es paßt zu dir, dahin zu gehen, wo du gebraucht wirst.«

»Wieso werde ich hier gebraucht?«

»Keine Ahnung«, erwiderte Blue Mary. »Natürlich müßte ich es wissen. Aber manchmal fällt es mir schwer, die Zukunft zu erinnern.«

»Genau«, murmelte Stoner. »Das Problem habe ich auch. Ich hätte mir eine Notiz machen sollen.«

»Es hat etwas mit Tabor zu tun. Nicht nur mit den Bränden. Sie sind nur die Spitze des Eisbergs.« Die Frau runzelte die Stirn. »In Tabor stimmt irgendwas nicht.« Sie schien auf eine innere Stimme zu horchen. »Ich spüre es förmlich. Rieche es. Hast du jemals das Böse gerochen, meine Liebe?«

Stoner schüttelte den Kopf.

»Die meisten Leute glauben, es müßte wie eine ekelhafte Substanz riechen. Wie Pech und Schwefel wahrscheinlich, wie sie's in der Sonntagsschule gelernt haben. Oder wie Exkremente. Aber tatsächlich riecht es ziemlich unauffällig. Eher wie Zinn.«

»Wie schön«, kommentierte Stoner.

»Zinn«, meinte Blue Mary nachdenklich. »Das ist es, was ich in den letzten Wochen gerochen habe. Zinn, zweifellos.«

Stoner hoffte, daß die Frau nicht an Geruchshalluzinationen infolge eines Gehirntumors litt.

Nein, erinnerte sie sich, bei einem Gehirntumor halluzinierte man den Geruch von brennenden öligen Lumpen.

Sie fragte sich, woher sie das wußte.

Von Edith Kesselbaum. Sie hatte es ihr einmal bei der Therapie erzählt, damals, als Stoner noch ein Teenager gewesen und von zu Hause weggerannt war, um bei Tante Hermione zu leben. Sie hatte Kopfschmerzen gehabt. Schreckliche Kopfschmerzen, etwa zwei Wochen lang. Sie war überzeugt gewesen, daß etwas Entsetzliches mit ihr passierte, eine irreparable Nervensache, aus der sie als hirnloses, sabberndes Etwas hervorgehen würde. Schließlich hatte sie den Mut gefaßt, Edith davon zu erzählen.

»Unsinn«, hatte Edith gesagt und ihr die Sache mit den öligen Lumpen erklärt. »Deine Kopfschmerzen, Stoner, kommen von unterdrückter Feindseligkeit. Geh zu Hermione nach Hause, ruf deine Mutter an und sag ihr, daß sie dich mal am Arsch lecken kann. Damit müßte sich jede Art von Kopfschmerz erledigen.«

Na ja, ganz so viel Mut hatte sie dann doch nicht gehabt, aber allein das Nachdenken darüber hatte die Kopfschmerzen vertrieben.

Der Gottgeweihte Mann saß dicht am Feuer und las bei Kerzenlicht das Wort Gottes, wobei er sich in den Nasenrücken kniff, um den Schmerz in den Augen zu lindern. Manchmal vermißte er die Lesebrille, die er früher getragen hatte. Aber damals hatte er noch nicht erkannt, daß das Tragen der Brille ein Schlag ins Gesicht Gottes war, eine Kritik an der Art, wie Er Seinen Diener erschaffen hatte. Folglich hatte er die Gläser der Herrlichkeit Gottes geopfert und Ihm die Beschwerlichkeit des Lesens als Gebet dargebracht.

Unter dem Heulen des Windes und dem Prasseln des Hagels gegen das Fenster hörte er ein zaghaftes Klopfen. Die verdammte Frau schon wieder. »Herein«, knurrte er.

Die Tür wurde einen Spaltbreit geöffnet. Seine graue, unscheinbare Frau spähte ins Zimmer.

»Ja?« knurrte er. »Was ist denn jetzt schon wieder?«

Sie räusperte sich. »Es ist so kalt geworden. Ich dachte, du hättest gern ...«

Sie zögerte.

»Was denn? Was denn?« herrschte er sie an.

Sie schien vor seinen Augen zu schrumpfen. »Etwas Warmes zum Trinken? Eine Decke?«

»Habe ich um etwas Warmes zu trinken gebeten? Habe ich dich nach einer Decke gefragt?«

»Ich dachte ja nur ...«

Ihre Ängstlichkeit widerte ihn an. »Du dachtest ja nur«, äffte er sie nach. »Du hast gedacht? Es geschehen noch Zeichen und Wunder. Du kannst denken?«

Seine Frau sah zu Boden.

Er winkte sie zu sich. Die Art, wie sie sich begierig, aber vorsichtig ans Feuer schlich, ihre Blässe und ihre bläuliche Gänsehaut bereiteten ihm Vergnügen. Ihr war kalt. Er konnte sie hierbehalten, in dem einzigen Zimmer, das zu heizen er ihr erlaubte, oder sie wieder in die kalten Räume im oberen Stockwerk verbannen. Sie wußte es auch. Was sie betraf, war er Gott.

Gott im Himmel, Gott auf Erden. Gott, der eine Reihe weniger bedeutender Götter ernannte. Eine Pyramide aus Göttern, in der jede Ebene Macht über die darunterliegenden hatte.

Einen Moment lang fragte er sich, welchen Platz er wohl in der Pyramide einnahm. Dann lachte er. Gott hatte ihm Sein Wort verkündet. Denen im unteren Teil der Pyramide verkündete Gott es nicht. Er verkündete Sein Wort nur denen, die dessen wahre Bedeutung verstanden.

Er fragte sich, ob es viele andere wie ihn gab. Auserwählte. Er hoffte nicht.

Er erinnerte sich an den Moment, als das Wort auf ihn gekommen war.

Es war im Winter gewesen. An einem langen kalten Wochenende in San Francisco. Das Schiff, der Silk Clipper aus Kanton, auf dem er angeheuert hatte, war monatelang auf See gewesen. Seine trockene Kehle lechzte nach Alkohol. Sein Körper sehnte sich nach Ruhe. Der Opiumgeruch, der in der nebligen Luft lag, raubte ihm vor Begierde fast den Verstand.

Er wühlte in seinen Taschen und alles, was er zum Vorschein brachte, waren ein paar erbärmliche Münzen, gerade genug für eine Mahlzeit und eine Übernachtung. Einen Moment lang dachte er, er sei ausgeraubt worden. Dann erinnerte er sich daran, wie der verdammte Kapitän mit seinem herablassenden Lächeln ihm ein Viertel seines Lohns ausgezahlt, den Rest einbehalten und ihm gesagt hatte, er sei nicht einmal das, nicht mal ein Achtel eines richtigen Seemannes wert. Hatte ihn einen Faulpelz, einen Trunkenbold genannt, einen ...

Selbst jetzt saß das Wort noch wie ein giftiger Stachel in seiner Brust.

Er war direkt vom Schiff in den nächsten Saloon gegangen. Innerhalb einer Stunde war sein Lohn ausgegeben und nagte der ungestillte Durst wie eine Ratte in den Eingeweiden. Er hatte den Barkeeper angefleht, ihm mehr zu geben, ihm dann gedroht und das Messer gezückt. Einer seiner Schiffskameraden – sein eigener Schiffskamerad! – hatte ihn wie einen Drecksack aus der Bar geworfen. Er hatte sie alle verflucht und war dann frierend, einsam und unglücklich davongewankt. Hatte den opiumgetränkten Nebel tief in die Lungen eingesogen, als könnte er so seine Gier stillen. Das hatte es nur noch schlimmer gemacht.

Die Nacht wurde dunkler, der Nebel dichter, die Kälte unerträglich.

Er hatte wieder versagt, genau wie der alte Mann in Ohio es ihm prophezeit hatte. Der alte Mann. Sein eigener Vater. Sein *Vater,* der ihn aus dem Haus gejagt und ihn beschimpft hatte.

Sie hatten ihn immer schon beschimpft. Mein Gott, wann würden sie endlich aufhören, ihn zu beschimpfen?

Das Pferd hatte ihn abgeworfen. Es hatte den Tod verdient. Wieso konnte sein Vater das nicht einsehen?

Alles, was er getan hatte – die Tiere, die er getötet hatte, die kleineren mit bloßen Händen erwürgt, die größeren totgeknüppelt oder erstochen –, wieso konnten sie nicht einsehen, daß es nicht seine Schuld war? Die Tiere hatten ihn beleidigt. Jedes einzelne von ihnen. Die Hunde waren hinter ihm hergerannt, waren schnüffelnd an ihm hochgesprungen. Die Katzen, die ihn aus ihren bösen grünen und gelben Augen beobachtet hatten. Die Kuh, die nach ihm getreten hatte, als er sie melken wollte. Und das Pferd.

Er wünschte, das Pferd wäre jetzt hier, damit er es noch einmal bestrafen könnte.

Versagt. War nicht mal fähig, einen Scheiß-Job auf einem Scheiß-Schiff zu machen.

Im Licht der Straßenlaterne sah er eine vertraute Gestalt. Stämmig, krummbeinig, torkelnd ...

Er hielt den Atem an.

Das war nicht möglich.

Sein Vater. Hier. Allein. Besoffen.

Sein Vater, der wie ein gewöhnlicher Seemann die Straße entlangtorkelte.

Dicht an die Häuserwände gedrückt, folgte er ihm.

Der Mann verschwand in der Dunkelheit zwischen den Gaslaternen.

Er dachte, er hätte ihn verloren.

Nein, da war er wieder. Im Licht der nächsten Laterne.

Er folgte ihm eine Weile. Dunkel - weg, hell - da, dunkel - weg, hell - da.

Langsam schlich er sich näher, während der Nebel in seinem Kopf sich zu einer Idee verdichtete.

Dunkel - hell. Dunkel - hell.

Wieder verschwand der Mann in der Dunkelheit.

Jetzt!

Seine Hände legten sich um den Hals seines Vaters. Der alte Mann versuchte sich umzudrehen, aber er klammerte sich an ihn wie eine Heuschrecke an einen frischen Getreidehalm.

Der alte Mann krallte ihm die Finger in die Hände.

Die Jahre brütenden Hasses verliehen ihm ungeahnte Kräfte. Er ließ nicht los.

Sie wirbelten und drehten sich wie Tänzer im Kreis, bald im Dunkeln, bald im Licht. Vater und Sohn, fest umschlungen, beide im Wissen darum, daß, wenn der Tanz vorüber wäre, nur noch einer am Leben wäre.

Er hatte nicht vorgehabt, den alten Mann umzubringen.

Sein Vater wurde schwächer. Er spürte es. Plötzlich ein gurgelndes Geräusch wie von einem Ertrinkenden.

Er drückte fester zu.

Unter seinen Fingern zersplitterten winzige Knochen.

Der alte Mann fiel zu Boden, war ruhig.

Er wartete. Streckte die Hand aus. Berührte die Leiche.

Sie wurde schon kalt.

Er war in Sicherheit. Konnte den alten Mann ins Licht ziehen und ihm seinen Sieg ins Gesicht spucken.

Er zog.

Tot war der alte Mann schwerer als lebendig. Die Arme zitterten ihm vor Anstrengung.

Zentimeter für Zentimeter bewegten sie sich voran, bis er genug sehen konnte ...

Irgend etwas stimmte nicht mit dem Gesicht seines Vaters. Die Gesichtszüge waren anders, die Augen schräg geschnitten, dünnere Lippen ...

Es war nicht sein Vater.

Einen Moment stand er einfach da, schnappte entgeistert nach Luft. Nicht sein Vater?

Es mußte sein Vater sein.

Aber ...

Als wäre eine Hand hinabgefahren und hätte ihm die Verwirrung von der Stirn gestrichen, war ihm plötzlich alles klar.

Es war sein Vater, natürlich.

Aber er hatte sein Gesicht verändert.

Sein Vater war ein Teufel. Ein Vampir.

Sein Vater hatte ihn nur beschimpft, um seine Seele zu zerstören. Sein Vater hatte ... *Angst!*

Angst vor *ihm!*

Sein Vater hatte gewußt, wozu er selbst noch zu jung gewesen war.

Er war einer von Gottes Auserwählten!

Der Rächer Jesu Christi!

Der Gottgeweihte Mann begann zu lachen. Sein Gelächter erfüllte die Gassen und ergoß sich über das Meer. Hallte zwischen den knarrenden Schiffen wider, die in der San Francisco Bay vor Anker lagen.

Der Rächer Jesu Christi!

Pssst! Sie werden dich noch hören! Die Dummköpfe mit ihren Spatzenhirnen und ihren leeren Blicken. Sie werden dich hören und kommen und dich finden. Dich in ihr beschissenes Gefängnis stecken. Dich einen Mörder nennen ...

... dir weitere Schimpfnamen geben ...

Versuchen, dich zu hängen.

Er kicherte, schlug sich die Hand vor den Mund, um das Geräusch zu ersticken.

Mich hängen. Mich hängen?

Das Lachen kitzelte ihm in der Kehle.

Von weitem hörte er Schritte.

Rennende Schritte.

Die auf ihn zukamen.

Hastig durchsuchte er die Taschen des Dämons.

Geld!

Mehr Geld, als der verfluchte Kapitän ihm geklaut hatte.

Mehr Geld, als er je in Händen gehabt hatte.

Also hatte er recht gehabt. Das Geld – ein Zeichen Gottes, daß er recht hatte.

Der Gottgeweihte Mann verschwand in der Dunkelheit. Gott wies ihm den Weg durch enge Gassen und brachte ihn vor die Tore der Gärten des Vergessens.

Er gab dem hageren Mann sein Geld. Der hagere Mann gab ihm die Pfeife.

Er sog daran wie ein Säugling an der Mutterbrust.

In der Morgendämmerung kam Gottes Wort über ihn.

Das Nachlassen des Windes mußte sie geweckt haben. Es war vollkommen still, als hielte die Welt den Atem an.

Sie horchte nach den Wölfen, aber auf dem Dach war alles ruhig.

Unten lag Blue Mary leise schnarchend in ihrem Bett.

Durch die Fenster schimmerte helles Licht, bläulich wie das Licht eines Fernsehers, das man von der Straße aus sah.

Vorsichtig kroch sie aus dem Bett und schlich die Leiter hinunter. Das Feuer war über Nacht ausgegangen. Die Luft und die Leitersprossen waren eiskalt.

Sie durchquerte den Raum, indem sie von Flickenteppich zu Flickenteppich hüpfte und den harten, kalten Boden mied. Im Ofen war nur noch etwas Glut übrig. Sie hielt einen Holzspan an ein glühendes Stück Kohle, blies dagegen, bis eine Flamme aufflackerte, und legte dann Zweige und Holzspäne und schließlich Holzscheite auf.

Kein Papier, keine Streichhölzer. Nicht schlecht. Noch ein paar Tage, und sie würde sich im 19. Jahrhundert so wohlfühlen, als wäre sie hier geboren.

Du meine Güte, was für ein schrecklicher Gedanke!

Sie blieb wie angewurzelt stehen, erkannte ...

... daß sie begonnen hatte, es zu akzeptieren. Tatsächlich zu glauben, daß sie aus ihrer eigenen Zeit in diese hier versetzt worden war.

Es war zum Verrücktwerden. Und aufregend.

Colorado. 1871.

Sie wünschte, sie hätte sich mehr für Geschichte interessiert. Sie wußte nicht mal, wer jetzt Präsident war.

Was war das noch, was in der Psychiatrie, wie Edith Kesselbaum ihr erzählt hatte, immer überprüft wurde?

»Orientierung im Hinblick auf Zeit, Ort und Person.« Die Triade geistiger Gesundheit.

Na ja, diesen Test würde sie im Moment schwerlich bestehen.

Sie sah durchs Küchenfenster. Wohin sie auch blickte, lag tiefer Schnee. Sollten die sanften Hügel je als Orientierungspunkte gedient haben - sie hatten es nicht wirklich, zumindest waren sie nie sehr hilfreich gewesen -, so waren sie jetzt nutzlos. Der Schnee war verweht worden, hatte die Landschaft umgestaltet und die Täler von gestern in Hügel verwandelt, die Hügel von gestern in Schluchten. Und dem Himmel nach zu schließen, war der Sturm noch nicht vorüber. Die Ruhe, die sie geweckt hatte, zeigte keineswegs das Ende des Schneesturms an, sondern war nur die Stille vor dem nächsten Sturm.

Während sie noch hinaussah, wurde der Wind schon stärker. Er trieb harte, runde Schneekristalle über die verwehte Landschaft und hinterließ feine Spuren wie die von Krabben im Sand, kurz nachdem eine Welle sich zurückgezogen hat. Es fiel frischer Schnee, der den Horizont mit einem Vorhang überzog.

»Guten Morgen«, meinte Blue Mary von hinten. »Falls es überhaupt Morgen ist.«

»Schwer zu sagen, nicht wahr?«

»Diese Stürme«, erwiderte Blue Mary mit einem leichten Seufzen. »Das Licht scheint von überall zugleich zu kommen. Und es gibt weder Morgengrauen noch Abenddämmerung. Bald ist es Tag, bald tiefste Dunkelheit.«

Stoner schüttelte sich. »Wie's aussieht, sitze ich hier fest, egal, was ich davon halte.«

»Das fürchte ich auch, meine Liebe.« Blue Mary klopfte ihr mitfühlend auf die Schulter. »Ich wünschte nur, du würdest es dir nicht so zu Herzen nehmen. Du könntest es wirklich genießen, weißt du?«

Genießen? Es genießen, aus ihrem Leben und ihrer Routine gerissen und mitten in ein anderes Leben gefallen zu sein? »Niemandem«, meinte sie, »kann es so sehr an Abenteuern mangeln.«

Blue Mary zog sich die Jacke über die Schultern und griff nach ihren Stiefeln. »Ich denke, wir sollten aufs Außenklo gehen, solange es noch möglich ist. Wie's aussieht, wird es noch schlimmer werden.«

»Ganz meine Meinung.« Sie zog ihre Weste an und wickelte sich in eine Decke. »Ich schätze, hier draußen gibt es keinen Schneepflug.«

»Ich fürchte nein.« Blue Mary zog die Tür auf und stürzte sich in den aufgewehten Schnee. Stoner folgte ihr. »Aber du wirst schon sehen, daß wir auf unsere eigene primitive Weise zurechtkommen. Schlitten, weißt du?«

Stoner strampelte sich in einer hüfthohen Schneeverwehung ab, bis sie mühsam wieder auf die Beine kam. »Du meinst, Pferde kommen hier durch?«

Blue Mary warf ihr einen Blick über die Schulter zu. »Um Himmels willen, Stoner. Findest du an allem etwas, worüber du dir Sorgen machen kannst?«

»An fast allem.«

Sie erreichten die Rückseite des Hauses. Blue Mary wischte den Schnee von einer Bank, stieg hinauf und beschattete mit den Händen die Augen, um den schnell schwindenden Horizont abzusuchen. »Das da drüben sieht aus wie Rauchschwaden aus Billys Kamin. Ich hoffe, es geht ihm gut.«

Stoner stellte sich neben sie und folgte ihrem Blick. »Ich dachte, er würde bei Dot in der Stadt wohnen.«

»Dorothy hätte nichts dagegen gehabt.« Mary blinzelte in das glitzernde Weiß. »Aber Billy ist stur. Genau wie du. Will unabhängig sein, verstehst du?«

Sie konnte keine Hütte entdecken. Nicht einmal einen Schuppen. Nicht einmal die Spur einer Behausung war unter dem Schnee zu sehen. »Wo wohnt er denn?«

Blue Mary zeigte nach vorn. »Da hinten.«

Sie folgte ihrem Finger und erinnerte sich, daß dort hinten die in die Uferböschung eingelassene Höhle lag. »In dem Loch am Flußbett?«

»In der Höhlenwohnung, ja. Das ist gar nicht so ungewöhnlich. Viele Leute fangen, wenn sie hierherkommen, mit einer Höhlenwohnung an und bauen sich dann ein Soddy, eine grasbedeckte Hütte. Die Leute, die sich die Höhle da drüben gemacht haben, sind vor drei oder vier Jahren weggespült worden.«

Stoner sah sie an. »Der Junge lebt in einem Loch in der Uferböschung, aus dem Leute weggespült wurden?« Sie wurde lauter. »Was ist mit den Menschen hier bloß los?«

Blue Mary berührte sie am Arm. »Komm schon, Stoner, das mußt du verstehen, so ist das hier nun mal.«

»Ich muß gar nichts verstehen«, gab Stoner wütend zurück. »Und was dieses 'So ist das hier nun mal' betrifft – das ist keine Entschuldigung.«

»Stoner ...«

Stoner stieß sie von sich. »Keine Entschuldigung.« Sie zog sich die Decke fest um die Schultern und stürzte sich in den Schnee.

»Wohin willst du, meine Liebe?«

»Billy holen. Wahrscheinlich ist das arme Kind halb erfroren und verrückt vor Angst.«

»Sei nicht albern. Billy kann auf sich selbst aufpassen ...«

»Es ist mir egal, ob er auf sich selbst aufpassen kann. Es ist nicht richtig.« Sie wandte sich nach Blue Mary um. Die plötzliche Bewegung brachte sie aus dem Gleichgewicht. Mit rudernden Armen fiel sie in den Schnee. »Es ist mir egal, ob er in den letzten fünfzehn Jahren auf sich gestellt war.« Sie schlug um sich, versuchte aufzustehen und spuckte Unmengen von Schnee aus. »Der Kleine hat ein hartes Leben gehabt, und es ist höchste Zeit, daß sich jemand um ihn kümmert.«

Als Blue Mary auf sie zukam, schien es, als würde sie über den Schnee gleiten. Sie reichte ihr die Hand. »Das ist anständig von dir, Stoner, und ich habe nichts anderes von dir erwartet.« Sie zog sie auf die Beine. »Aber wenn ich dir einen Rat geben darf ...«

Stoner bürstete sich den Schnee aus Haar und Augenwimpern. »Welchen?«

»Wenn du schon losgehen mußt, dann zieh wenigstens Schneeschuhe an.«

Der Sturm hatte sich offenbar entschlossen, Ernst zu machen. Jetzt fing es erst recht an zu blasen und zu schneien.

Als Stoner zweihundert Meter gelaufen war, erkannte sie, daß sie verrückt sein mußte. Zumindest verblödet.

Von Zeit zu Zeit kam der Wind von hinten und stieß sie in einem Tempo voran, das viel zu schnell war, um das Gleichgewicht zu halten. Dann wiederum peitschte er ihr von vorn entgegen, jagte ihr Graupeln in die Augen. Zwischendurch schlug er von rechts oder links, manchmal auch von beiden Seiten gleichzeitig auf sie ein, um sich dann wieder auf Graupelschauer und Rückenschübe zu verlegen.

Sie stapfte weiter und ließ den Horizont – oder das, was davon übrig war – nicht aus den Augen. Ab und zu blickte sie über die Schulter, um sich zu vergewissern, daß die Stapfen ihrer Schneeschuhe in einer geraden Linie verliefen.

Soweit sie es aufgrund der vier oder fünf Fußstapfen beurteilen konnte, die sie jeweils sah, bevor der Wind sie verwehte, bewegte sie sich noch immer in Billys Richtung.

Es ist ganz einfach, sagte sie sich. Denk dran, was Tante Hermione dich über das Heraustreten aus dem Körper gelehrt hat. Schicke deine Gedanken zum Ziel voraus und folge der Richtung, in die sie dich ziehen.

Natürlich würde es helfen, wenn es ihr tatsächlich je gelungen wäre.

Sie versuchte, sich die Höhle klar und in allen Einzelheiten vorzustellen. Auf diesem Punkt beharrte Tante Hermione – je konkreter man sich vorstellen kann, wonach man sucht, desto größer die Chance, es zu finden.

Sie hatte nie mehr zustandegebracht als das Gefühl, seitlich abzudriften.

Tante Hermione war ganz aufgeregt gewesen. Hatte gemeint, sie hätte wirklich Talent.

Eben.

Also, hör zu, du willst noch nicht mal aus deinem Körper heraustreten. Willst nur zu Billy.

Billy kannst du dir doch wohl vorstellen.

Sie versuchte es, aber woran sie sich am besten erinnerte, waren nicht sein Gesicht, seine Kleidung, seine Stimme oder seine Gesten, sondern das Gefühl, als sie ihn neulich in der Stadt in den Armen gehalten hatte.

Bei der Erinnerung wurde ihr warm und kribbelig im Bauch.

Großartig. Du bist mitten in der Prärie, auf dem besten Weg, dich zu verirren und zu erfrieren, und alles, was dir dazu einfällt, ist ein angenehm kribbelndes Gefühl.

Sie bemühte sich, ihre Gedanken weit und flach werden zu lassen, einen Sog in irgendeine Richtung auszumachen.

Der Wind entschloß sich zu einem längeren Angriff auf ihr Gesicht.

»Hör zu«, sagte sie laut. »Ich bemühe mich gerade, etwas Gutes zu tun, wärst du also bitte so gut, mir eine Chance zu geben?«

Der Sturm schenkte ihr keinerlei Beachtung. Fuhr einfach fort, ihr Schnee ins Gesicht zu blasen.

Ihr wurde bewußt, daß sie das Wetter persönlich nahm, und das war nicht gerade gut für ihre geistige Gesundheit.

Kalt. So kalt war ihr noch nie gewesen.

Sie war an die Kälte von New England gewöhnt. Die Kälte dort war feucht und unangenehm und fühlte sich irgendwie grau an. Sie kam nur langsam, kündigte sich mit ein paar kühlen Nebeltagen

Anfang November an – das war die Vorhut, die einem in die Knochen kroch und sich dort häuslich niederließ. Dann die Pause um Thanksgiving herum, wenn es warm zu sein schien, weil die Truppen jeweils nur einen Grad vorrückten. Ein Waffenstillstand über Weihnachten – gerade so, daß man keinen Schnee zu fürchten brauchte und einem die Weihnachtskartenszenerie erspart blieb. Dann schließlich, wenn alle kaum noch Abwehrkräfte hatten und die alljährliche Grippewelle in vollem Gange war, kam die Januarinvasion.

Sie pulte sich ein Eiskristall aus dem Augenwinkel und vergrub die Hände wieder in den Taschen ihrer Weste. Die Fingerspitzen schmerzten vor Kälte.

Keine Müdigkeit vortäuschen.

Die Januarinvasion. Januar in Boston war einfach gräßlich. Die Temperatur konnte für Wochen unter Null sein, aber irgendwie gelang es dem Schnee, sich in Matsch zu verwandeln. In eine müllverseuchte Brühe mit einer unsichtbaren Eisschicht, die jeden Ausflug auf die Straße in einen Horrortrip verwandelte. Schaumige Wasserbäche, die tiefer waren, als sie aussahen. Überall der Ruß der Großstadt. In den Schneebänken. Auf der Kleidung. Auf der Haut. Im Mund.

Die Winterarmee im Januar hatte nur ein Ziel – alles und jeden in Boston in dasselbe Grau zu tauchen.

Winter, der große Gleichmacher.

Mein Gott, wir müssen raus aus Boston.

Na ja, jetzt bist du raus aus Boston. Riech nur! Die frische Landluft!

Sie holte tief Luft. Kalter Wind fuhr ihr in die Lunge, so daß sie sich zusammenzog, und legte sich wie eine eisige Klammer um ihre Brust.

Keine gute Idee.

Sie hielt inne. Der Schnee fiel jetzt so dicht, daß sie kaum die Hand vor Augen sehen konnte.

Weißt du, McTavish, du hast dich da auf eine ziemlich dämliche Sache eingelassen.

Stimmt, langsam dämmert's mir auch.

Du hast keinen blassen Dunst vom Überleben im Winter und kennst dich hier nicht aus.

Ist dir das auch schon aufgefallen?

Was willst du jetzt tun?

Na ja, vielleicht sollte ich einfach stehenbleiben und ein bißchen nachdenken.

Und erfrieren.

Das ist kein schlechtes Ende, weißt du? Es ist, als würde man einschlafen.

Gar kein Ende wäre noch besser.

Stimmt, aber mir wird langsam klar ...

Ja?

Scheiße, ich habe mich verlaufen.

Moment mal, Moment mal, bloß keine Panik.

Leicht gesagt!

Nein, mahnte sie sich entschlossen. Das ist nicht deine Art. Du rennst nicht einfach wie von der Tarantel gestochen in die Nacht raus und schreist wie eine Wilde in der Gegend rum. Du bist Stoner McTavish, benannt nach Lucy B. Stone. Du bist mit sechzehn von zu Hause weggelaufen. Du hast einen nutzlosen Abschluß in Publizistik. Du sorgst jedes Jahr dafür, daß Hunderte von Leuten von einem Ort zum anderen kommen. Was verlorenes Gepäck angeht, bist du der Welt Autorität. Man sagt dir übersinnliche Kräfte nach. Du hast keine Angst vor der Liebe ...

... na ja, zumindest keine große ...

... nur ein bißchen.

Du, Stoner McTavish, bist eine *Kriegerin!*

Ich will nach Hause.

Der Himmel war jetzt nicht mehr silbern, sondern schieferfarben. Die Dunkelheit brach herein, und zwar schnell.

Der Wind wütete, heulte und brüllte.

Es erinnerte sie daran, daß es hier draußen Wölfe gab.

Wölfe. Wölfe sind nichts anderes als unterentwickelte Hunde.

Ich habe Hunde gern.

Und Hunde haben mich gern.

Deshalb werden die Wölfe mich auch gern haben.

Die Wölfe werden mich sehr gern haben.

Die Wölfe werden mich zum *Fressen* gern haben.

Sie drehte sich im Kreis, hatte völlig die Orientierung verloren.

Ich werde hier sterben. Ich werde wirklich sterben. Ich weiß nicht, wo ich bin. Ich weiß nicht, in welcher Zeit ich bin.

Ich werde im falschen Jahrhundert sterben, und niemand wird erfahren, was aus mir geworden ist.

Ich werde mit zugefrorenen Augen und zu Eis erstarrtem Haar

sterben, und das letzte, was ich mitbekommen werde, wird das Heulen des Windes und die klirrende Kälte und der Geruch von Holzfeuer ...

Der Geruch von Holzfeuer?

Der Geruch von Holzfeuer!

Sie hielt schnuppernd die Nase in die Luft, machte die Richtung aus und taumelte weiter.

Das Ofenrohr war fast völlig im Schnee versunken, aber der große dunkle Spalt, den der Fluß quer durch die Prärie gegraben hatte, war nicht zu übersehen. Stoner glitt seitlich den Abhang hinunter und kam stolpernd im Flußbett an. Sie schlug die mottenzerfressene Decke zurück und stürzte in den Raum.

Billy saß in einer Ecke, hatte sich, eine jämmerliche Decke um die Schultern, in die Nähe des Ofens gekauert. Ein schwacher Lichtschein drang durch die rostigen und löchrigen Eisenplatten. Er hatte den Hut tief ins Gesicht gezogen. Eine einsame Kerze, in der Mitte des Raumes in den Erdboden gedrückt, war die einzige Lichtquelle. Die Möbel waren verschwunden.

Der Junge sah erstaunt und verängstigt hoch. Seine Augen waren rot gerändert. »Mein Gott«, sagte er. »Was machen Sie denn hier?«

»Ich bin gekommen, um dich zu retten«, keuchte sie.

Er starrte sie an, sah auf ihr gefrorenes Haar, den weißen Rand der Frostbeulen an ihren Ohrläppchen und ihre zitternden Hände und Knie. »Donnerwetter«, sagte er, »gut, daß Sie aufgetaucht sind. Ich hätt's nicht mehr lange gemacht.« Er brach in Lachen aus.

»Sehr komisch.« Sie ging so nah an den Ofen heran, wie ihre Schneeschuhe es zuließen.

»Ich würde Ihnen ja gern einen Stuhl anbieten«, sagte der Junge, »aber ich habe ihn gerade verfeuert.«

Sie streckte die Hände dem kläglichen Feuer entgegen. Im Raum herrschte eisige Kälte. »Billy, dieses Feuer würde nicht mal Eis zum Schmelzen bringen.«

Er zuckte die Schultern.

»Hier kannst du nicht bleiben.«

Er wandte sein Gesicht ab. »Wo soll ich denn sonst hin?«

»Wie steht's mit Dot? Warum bist du nicht in der Stadt geblieben?«

»Das hier ist mein Zuhause«, gab er stur zurück.

»Das hier ist kein Zuhause.«

»Das einzige, das ich habe.«

Ihr wurde klar, daß er recht hatte. Sie war einfach nur kleinlich. Nur weil dieses Zuhause eine ins Flußufer gehauene Höhle war, hatte sie noch lange nicht das Recht, es herabzusetzen.

Sie ging in die Hocke, um auf Augenhöhe mit ihm zu sein. »Ich kann mir vorstellen, wie du dich fühlst, und ich wollte nicht unhöflich sein. Aber du könntest hier erfrieren.«

»Schon möglich«, gab der Junge bockig zurück. »Aber wenigstens wäre ich zu Hause.«

Okay. Da hätten wir sie mal wieder, die jugendliche Sturheit. Was hilft gegen jugendliche Sturheit?

Vernunft?

Ausgeschlossen!

Ein Appell an die Solidarität?

Wie das? Ein Appell an die Solidarität setzte eine gemeinsame Basis voraus.

Gesunder Menschenverstand?

Vergiß es.

Schuldgefühle? Sieh nur, was ich für dich getan habe?

Hah.

Eine Eingebung! Appellier an seinen männlichen Stolz!

»Hör zu«, meinte sie, »von mir aus kannst du hier bleiben, bis die Hölle zufriert, aber für mich ist es viel zu kalt. Wahrscheinlich würde ich nicht mal die Nacht überstehen. Entschuldige bitte, wenn ich deine Privatsphäre verletzt habe. Aber ich bin nun mal hier, und wenn ich allein versuche, zu Blue Mary zurückzukommen, verlaufe ich mich garantiert. Du kennst dich hier aus. Könntest du mir nicht helfen?«

Billy kam nur langsam auf die Beine. Er sah aus, als hätte er Schmerzen. Die Schultern unter seiner Jeansjacke waren mager. Die Lippen waren blau angelaufen. »Warum nicht?« sagte er, als er die Hosen hochzog und nach seiner Pistole tastete. »Mein Gott, Mädchen!«

Stoner schlug die Decke vom Eingang zurück. Wind und Schnee fuhren in den Raum. Das Feuer flackerte kurz auf und erlosch. Die Kerze ging aus. In der Dunkelheit tastete sie nach Billy und reichte ihm die Decke. Er ging, Stoner im Schlepptau, nach draußen.

»Ihnen ist wohl nicht in den Sinn gekommen«, murmelte der Junge, als sie die Uferböschung hochkrabbelten, »daß es für mich nicht gerade einfach ist, in dem Schnee da zu laufen.«

Er zog sich ein Stück hoch. Seinem keuchenden Atem nach zu schließen, schien er ihr kaum noch bei Kräften zu sein. Sie folgte ihm.

»Billy, wann hast du zuletzt was gegessen?«

»Weiß nicht. Und Sie?«

»Heute morgen.«

»Ist bei mir schon ein bißchen länger her.«

Sie wünschte, sie hätte ihm etwas mitgebracht. Selbst wenn es nur ein Stück Maisbrot gewesen wäre. Na ja, wenigstens wäre er nicht so schwer, sollte sie ihn tragen müssen.

Sie waren oben angelangt. »Hier rüber«, sagte Billy und brach in den Schnee und die Dunkelheit auf.

Sie packte ihn an der Schulter. »Holla. Laß uns das Ganze vernünftig angehen, ja?«

»Vernünftig?« Er lachte scharf auf. »Sie kommen mitten in dieser hundsmiserablen Nacht hier angerannt und wollen mir was von Vernunft erzählen?«

»Wir können nicht einfach drauflosla ufen. An manchen Stellen ist der Schnee verdammt tief. Du hast keine Schneeschuhe, oder?«

»Nicht mehr. Hab' sie verfeuert.«

»Na gut, dann müssen wir einen Plan machen.«

Er stand da und sah über die schneebedeckte Ebene. »Und was stellen Sie sich vor?« fragte er mit typisch männlicher Hilflosigkeit.

Stoner versuchte, sich zu beherrschen. »Ich finde, wir sollten hintereinander hergehen, solange es geht. Und wenn es zu tief wird, trage ich dich.«

Sie wartete auf einen Schrei der Entrüstung. Aber er kam nicht.

»Schaffen Sie das denn?« fragte er nach einer Weile. Seine Stimme klang irgendwie seltsam. Vor Angst?

»Wenn nicht, erfrieren wir, oder?«

»Wir könnten zu mir zurückgehen.«

»Wo es weder warm ist noch was zu essen gibt. Es kann Tage dauern, bevor der Sturm nachläßt.« Sie streckte die Hand nach ihm aus. »Keiner wird nach uns suchen, Billy. Wir sind ganz auf uns gestellt.«

Sie gingen los. Billy folgte in den Spuren ihrer Schneeschuhe.

Das Gehen war beschwerlich. Sie war schon erschöpft, und der Wind hatte zugenommen. Helle Schneeflocken tanzten wirbelnd um sie herum und löschten jegliches Gefühl für Entfernung und Richtung aus. Billy schien zu wissen, wohin sie gingen, und zog von Zeit zu Zeit an ihrer Decke, um den Kurs zu korrigieren.

Sie hoffte, daß er wirklich Bescheid wußte.

Vielleicht hatte er doch recht gehabt. Vielleicht hätten sie in seine Höhle zurückgehen sollen.

Nein, das wäre der sichere Tod gewesen.

Vertrau seiner Ortskenntnis.

Sie trottete weiter.

Wenn mein höheres Bewußtsein mich quer durch Zeit und Raum hierher gebracht hat, nur damit ich jetzt mitten in der Prärie von Colorado den Kältetod sterbe, dann ist es höchste Zeit, daß unsere Wege sich trennen.

Ich meine, Colorado ist jetzt noch nicht mal ein Bundesstaat, verdammt noch mal.

Billy korrigierte ihre Laufrichtung.

Es ist nicht zu fassen. Hier krieche ich quer durch die Eiswüste und beschwere mich darüber, daß Colorado noch kein Bundesstaat ist.

Nun gut, sie hatte es akzeptiert. Irgendwie war sie tatsächlich in der Zeit zurückgereist, hatte zufällig die Straße überquert, um eine gute Tat oder was auch immer zu tun. Um was zu tun? Das hier?

Sie nickte vor sich hin. Einleuchtend.

Einleuchtend?

Offensichtlich hat die Tatsache, daß man erfriert, ernstliche Auswirkungen auf die Geisteskräfte.

Wenn sie demnächst jedesmal aus der Zeit hüpfte, wann immer eine Weggefährtin für einen Schneesturm gebraucht wurde, hätte sie viele Zeitsprünge zu machen.

Es mußte mehr dahinterstecken.

Sie kamen an eine Stelle, an der der Schnee tief war und Billy bis an die Taille reichte. Er versuchte sich hindurchzukämpfen und fiel hin. Als sie ihm hochhalf, merkte sie an seinem schwachen Händedruck, daß seine Kräfte nachließen.

»Das wär's, mein Kleiner«, sagte sie. »Zeit zum Huckepackreiten. Leg die Arme um mich und wickle die Decken um uns. Sie werden uns beide warmhalten.«

Es erstaunte sie, daß er ihr ohne Widerrede folgte. Sie spürte, wie er ihr die Arme um den Hals schlang und sich an ihren Rücken schmiegte. Er fühlte sich wärmer an, als sie erwartet hatte. Sehr warm. Unnatürlich warm. Fiebrig.

»Bist du krank?« fragte sie über die Schulter.

»Nee, alles in Ordnung.«

»Sei ehrlich, Billy.«
»Na ja, ein bißchen schon.«
»Was ist los mit dir?«
»Weiß nicht.«
Lieber Gott, bitte mach, daß er sich auf meinem Rücken halten kann, bis wir bei Blue Mary sind.
Es konnte nicht mehr weit sein. Sie waren schon seit - na ja, um ehrlich zu sein, hatte sie nicht die geringste Ahnung, wie lange sie schon unterwegs waren. An einem normalen sonnigen Tag wie dem gestrigen - war es tatsächlich erst gestern gewesen? - dürfte man für den Weg von Blue Mary zu Billy nicht mehr als eine halbe Stunde brauchen. Aber in dieser Dunkelheit und bei diesem Schnee und ihrer räumlichen und zeitlichen Orientierungslosigkeit ...
Der Junge schien immer schwerer zu werden.
»Billy?«
»Was?« schreckte er schläfrig hoch.
»Fall mir ja nicht in Ohnmacht, mein Kleiner, ich brauche dich.«
»In Ordnung.«
Sie ging ein paar Schritte weiter und spürte, wie er wieder in sich zusammensackte. »Billy!«
Keine Antwort.
Sie schüttelte sich. »Verdammt noch mal, Billy!«
Er begann, ihr vom Rücken zu rutschen.
»Oh, Mist.«
Er rutschte herunter und sackte im Schnee zusammen.
Stoner stand da und sah auf ihn hinab. Der Wind hüllte sie in einen weißen wirbelnden Schleier. Die Dunkelheit war undurchdringlich.
Sie versuchte, ihn hochzuheben, und merkte, wie sehr ihre Kräfte nachgelassen hatten. Sie konnte ihn nicht einmal so weit anheben, daß sie ihn richtig zu fassen bekam. Sie schlüpfte aus ihren Schneeschuhen und ließ sich darauf nieder. Unbeholfen zog sie den Jungen zu sich heran, setzte sich mit ihm auf die eine Decke und deckte sie beide mit der anderen zu. Es schien ewig zu dauern und raubte ihr die letzten Kräfte. Sein Atem ging flach. Sie fühlte seinen Puls, doch da der Wind an ihr riß und zerrte, war er kaum zu spüren.
Sobald es hell wird, dachte sie, werde ich wieder bei Kräften sein. Dann stehen wir auf und gehen weiter. Nach einer kurzen Pause fühle ich mich bestimmt besser. Ich bin mir sicher.

»Wehe, du stirbst mir unter den Händen weg, mein Junge!« flüsterte sie. »Wehe, du stirbst!«

Sein Hut lag außerhalb ihrer Reichweite. Es kam ihr nicht richtig vor, Billy ohne seinen Hut in Schnee und Wind liegenzulassen. Er würde es hassen, ohne seinen Hut zu sterben.

Aber um ihn zu holen, müßte sie sich unter ihm hervorwinden, durch den Schnee kriechen, zurückkrabbeln, ihn hochheben, sie beide zudecken ...

Sie schaffte es nicht.

Tränen der Schwäche, der Frustration und der Ohnmacht stiegen ihr in die Augen. Sie froren sofort an den Wimpern fest.

»Tut mir leid«, flüsterte sie.

7

Sie war sich nicht sicher, seit wann der weiße Wolf sie schon beobachtete.

Der Wind hatte sich ein wenig gelegt. Sie mußte eingenickt sein. Ihre Arme und Hände waren mit einer zentimeterdicken Schneeschicht bedeckt. Voller Panik wischte sie ihn weg, als sei er verstrahlt.

Billy lag reglos in ihren Armen. Sie legte den Kopf an seine Brust. Sie hob und senkte sich ruhig. Sein Atem ging rasselnd.

O mein Gott.

Sie sah zum Wolf zurück.

Der Wolf lächelte.

Sie erinnerte sich, irgendwo gelesen zu haben, daß Wölfe ihr Opfer anlächeln, kurz bevor sie es töten.

Sie hoffte, daß diese Situation die berühmte Ausnahme von der Regel war.

Sie starrten einander an.

Billy bewegte sich und öffnete die Augen. »Was ist los?« murmelte er.

»Nichts.« Sie strich ihm über den Kopf. »Es ist nur ein Wolf. Er scheint uns bloß zu beobachten.«

Der Junge stöhnte. »Sie sind immer zur Stelle, wenn jemand stirbt.« Mit einem Flattern der Lider schloß er die Augen.

Nein!

Die Angst machte sie wütend. Sie fuhr den Wolf an. »Mach, daß du wegkommst, du fetter räudiger Köter. Den Jungen hier kriegst du nicht!«

Der Wolf sah sich um, als frage er sich, wen sie damit meinen könnte.

»Hör zu«, sagte sie, »wir haben eine Abmachung getroffen. Vor Tausenden von Jahren. Ihr jagt, wir kochen. Ihr findet das Wild, wir lassen euch neben dem Feuer schlafen. Erinnerst du dich? Ihr haltet uns die Schurken vom Leib, wir lassen euch in unsere Höhlen. Aber wir fressen einander nicht, stimmt's? Wir sind Freunde, stimmt's? Freunde sind nett zueinander, stimmt's?«

Sie hoffte, es war aus der Zukunft noch nicht in diese Zeit durchgesickert, was der Mensch den Nachfahren des Wolfes angetan hatte. Sie hatte das Gefühl, daß damit alle Verträge null und nichtig würden.

Verstohlen langte sie nach unten und griff nach Billys Pistole. Sie wollte den Wolf nicht erschießen. Von allen Tötungsarten, die sie kannte, war ihr das sinnlose Abschießen von Tieren als Sport am meisten verhaßt. Aber wenn es darum ging, wer dran glauben mußte ...

Bitte, flehte sie den Wolf wortlos an, zwing mich nicht, es zu tun.

Der Wolf rückte näher. Sie konnte ihn fast schon berühren. Es war ein schönes Tier, fast so weiß wie der Schnee. Sein Fell war sauber und glänzte im Halbdunkel. Der Wolf war klein, nicht viel größer als ein deutscher Schäferhund - was unter den gegebenen Umständen aber groß genug war, vielen Dank. Er hatte gelbbraune Augen. Die Schnauze war kohlrabenschwarz. Er lächelte wieder und zeigte dabei schwarze Lefzen und Gaumen.

Sein Gebiß war beeindruckend.

Sie versuchte, seine Einstellung ihr gegenüber einzuschätzen, aber es gelang ihr nicht.

Ich sollte wirklich mein Wölfisch-als-zweite-Fremdsprache auffrischen.

»Tja, Mr. oder Mrs. Wolf, eine von uns muß den ersten Schritt tun.«

Als hätte er sie verstanden, ließ der Wolf sich auf den Bauch nieder, legte den Kopf auf die Pfoten und starrte sie an.

Stoner starrte zurück.

Der Wolf legte den Kopf auf die Seite, streckte seine Vorderläufe und rückte ein Stück näher. Die Furchen oberhalb seiner Augen bildeten einen komischen Höcker. Der Wolf stieß einen lauten Seufzer aus und senkte wieder den Kopf.

Sie sollte versuchen, ihn zu verjagen.

Sie nahm eine Handvoll Schnee, warf ihn annähernd in Richtung des Wolfs und sagte »Sch« wie jemand, der die Situation vollkommen unter Kontrolle und keinerlei Angst hatte.

Was nicht ganz stimmte.

Der Wolf senkte bloß auf fast schon verletzte Art den Kopf und sah ihr in die Augen.

Er versuchte, sie auf einen bestimmten Gedanken zu bringen. So wie Hunde es immer versuchen. Gedanken wie *Fressen* und *Rausgehen* und *Eine-Spazierfahrt-Machen* und *Liebe*.

Was der Wolf wohl im Sinn hatte?

Eine-Spazierfahrt-machen war unwahrscheinlich.

Liebe war auch unwahrscheinlich. Wir sind einander nicht mal vorgestellt worden.

Der Wolf kroch ein bißchen näher heran.

»Hör zu«, meinte Stoner. »Ich tu' dir nichts. Du mußt dich nicht erniedrigen.«

Der Wolf stand auf und kam kühn zu ihr herübergetrottet.

Was unter den gegebenen Umständen nicht gerade beruhigend war.

Das Tier schob seine Schnauze direkt vor ihre Hand.

Sie beschloß, sich nicht zu bewegen.

Langsam schob der Wolf seine Schnauze unter ihr Handgelenk und drückte es nach oben. Diese Bewegung plazierte ihre Hand auf seinen Hals.

»In Ordnung«, sagte sie und vergrub die Finger in seinem Fell. Es war warm und weich. »In Ordnung, hab' schon kapiert. Das hier soll eine freundliche Begegnung sein, ja?«

Der Wolf legte seinen Kopf an ihre Stirn und keuchte. Er hatte schrecklichen Mundgeruch.

»Du meine Güte«, sagte Stoner, »benutzt du keine Zahnseide?«

Komm schon, wenn du dich von toten und verwesten Dingen ernähren müßtest, hättest du auch Mundgeruch.

Wenn sie es sich recht überlegte, ernährte sie sich tatsächlich von toten Dingen. Sogar von verrotteten, wenn man kleine Köstlichkeiten wie Brie und Pilze dazurechnete. Von Gegorenem wie Bier und Wein. Von Dingen, die man vom Boden pflückte, Dingen, die im Dreck wuchsen, Dingen ...

»Hör zu«, wandte sie sich an den Wolf, »Menschen sind ekelhaft. Laß dich nicht mit ihnen ein.«

Der Wolf lächelte.

Er senkte den Kopf, nahm ein Stück Decke ins Maul, sah sie an und ließ die Höcker seiner Augenbrauen kreisen.

Was kann ein Wolf mitten in einem Schneesturm mit deinen Sachen vorhaben?

Alles, wozu er Lust hat.

Er begann, an der Decke zu ziehen und Billy von ihr wegzuschleifen.

Das ging zu weit. Stoner hielt den Jungen fest und sprang auf. Die Decken fielen zur Erde.

»Laß ihn in Ruhe!«

Der Wolf schnappte sich eine Decke und trottete in den Sturm davon.

»Ein Glück. Den wären wir los. Du bist nichts als ein gemeiner Dieb. *Ein Dieb!*«

Das Tier kam zurückgetrottet und bewegte wieder die Augenbrauen. Es kroch rückwärts auf sie zu, zog die Decke vor Stoner hin und her.

»Hau bloß ab.«

Er knurrte unnachgiebig und rückte ein wenig näher.

»Ich mein's ernst. Wir haben hier ein echtes Problem.«

Der Wolf setzte sich in den Schnee, wedelte mit dem Schwanz und schien nachzudenken. Plötzlich sprang er auf und verschwand in der Dunkelheit, ließ aber die Decke zurück.

Der Körper des Jungen glühte vor Fieber. Sie mußte etwas unternehmen. Sie holte die Decke zurück und schüttelte ihn.

»Billy! Wach auf!«

Mit flatternden Lidern schlug er die Augen auf und schloß sie wieder.

Er wurde wieder bewußtlos.

Sie verrenkte sich fast, um ihn sich wieder auf den Rücken zu hieven. Seine Arme hingen leblos über ihre Schultern.

Der Wind pfiff ihr in den Ohren.

Lauf los. Egal, wohin. Such dir einfach irgendeine Richtung aus und lauf los.

Die Schneeschuhe waren wie Blei, als sie lostrottete. Jeder Schritt kostete sie ihre ganze Kraft.

Eins.

Du schaffst es.

Zwei.

Du schaffst es.

Drei.

Ich kann nicht mehr.

Vielleicht sollte sie die Pistole abfeuern. Vielleicht würde irgend jemand sie hören ...

Der Wind heulte. Bei diesem Lärm würde niemand irgend etwas hören. Und selbst wenn, wäre niemand in der Nähe, um sie zu hören. Meilen von Schnee und heulendem Wind lagen zwischen ihr und dem nächsten Haus.

Außer dem von Blue Mary.

Wo immer es auch sein mochte.

Ein scharfes, beharrliches Bellen hinter ihr.

Sie drehte sich um.

Der Wolf war zurückgekommen und ließ zu ihren Füßen etwas in den Schnee fallen.

Sie wischte sich mit schmerzender Hand gefrorene Tränen aus den Augen und sah es sich blinzelnd an. Schnee blies ihr ins Gesicht. Erschöpfung und Wind trübten ihren Blick. Sie schüttelte den Kopf.

Der Wolf hob den Gegenstand auf und kam näher.

Stoner beugte sich hinunter.

Es war der Topf mit Rosmarin, der auf Blue Marys hinterer Veranda gestanden hatte.

Sie begann zu lachen. »Guter Wolf. Braver Wolf.«

Der Wolf verfiel in ein hysterisches Gelächter, bellte, wedelte mit dem Schwanz und ließ die Augenbrauen kreisen.

»Der beste Wolf der Welt.«

Er sprang an ihr hoch, warf sie fast um und leckte ihr das Gesicht.

»Hiermit schwöre ich, daß ich mich nie mehr über Lassie lustig machen werde.«

Der Wolf setzte sich und warf ihr einen fragenden Blick zu.

»Das war nach deiner Zeit. Na ja, laß uns nach Hause gehen.« Sie schlug die Richtung ein, aus der der Wolf gekommen war. »Und vergiß ja nicht den Blumentopf. Sonst dreht Blue Mary uns den Hals um.«

Er hatte Toby angetrieben, so sehr er konnte, hatte gegen den Schneesturm angekämpft und gehofft, daß er auf eine Stadt, eine Farm oder sogar auf eine Gruppe freundlich gesinnter Indianer stoßen würde. Seine Augenbrauen waren mit Hagelkörnern verkrustet. Sein Zweiwochenbart war weiß. Das Halstuch, das er sich vor Mund und Nase gebunden hatte, um die Kälte abzuwehren, war so hart, daß er mit den Rändern Büffelfleisch hätte schneiden können.

Tobe hatte kaum noch Kraft. Cullum hörte, wie das Pferd, menschlichem Schluchzen gleich, keuchend und pfeifend nach Atem rang. Hörte förmlich, wie sich knisternde Eiskristalle auf seine Lunge legten.

Sie mußten anhalten.

Er brummte ein leises »Hooo« und glitt aus dem Sattel.

Er konnte ebensogut hier sterben wie anderswo.

Aber es ging ihm wirklich gegen den Strich, daß es auf diese Art zu Ende gehen mußte, an der Grenze zwischen Kansas und Colorado, wo niemand ihn kannte. Wo niemand um ihn trauern würde.

Wahrscheinlich würden sie ihn einfach dort verbuddeln, wo sie ihn fanden - falls sie ihn überhaupt finden würden. Vielleicht würden sie am Grab ein paar Worte sprechen. Das hatte er selbst schon oft genug für andere Kerle getan und dabei für seine unbekannten Brüder in der Einsamkeit so viel Trauer wie möglich aufgebracht. Aber es war nicht das gleiche, als wenn sich jemand an einen erinnerte - an die komische Art dazustehen, während man nachdachte, oder an eine Zote, die man irgendwann einmal erzählt hatte. Selbst wenn es nur etwas Schäbiges oder Verachtenswertes war, das man mal getan hatte. Wenigstens hatte es etwas Persönliches.

Cullum sah sich um. Mein Gott, hier draußen wollte er nicht sterben.

Ganz in der Nähe entdeckte er eine Stelle, wo der Boden schräg abfiel. Sie könnte ihnen ein wenig Schutz bieten. So wie der Schnee sich davor aufhäufte, würden sie vielleicht eine Schneewehe finden, sich eine enge Höhle freischaufeln und einander wärmen können.

Er hielt Tobys Zügel fest in der Hand und kämpfte sich vorwärts. In diesem gleißenden Licht würden sie in Sekundenschnelle voneinander getrennt sein. Und komme, was da wolle, er wollte seinen alten Freund bei sich haben.

Das Loch, das er in den Schnee grub, half ein bißchen. Zumindest waren sie vor dem Wind geschützt, auch wenn der Eingang fast schon zugeschneit war, bevor sie drinnen waren.

Er ließ den Sattel draußen liegen, brachte das Pferd dazu, sich hinzulegen, drückte sich an seine Flanken und deckte sie beide mit der Satteldecke zu.

Cullum fühlte, wie der Schlaf ihn einholte. Wahrscheinlich sollte er beten, obwohl er davon noch nie viel gehalten hatte und nicht genau wußte, wie er es anfangen sollte. Mist, er wußte nicht mal, zu wem oder um was er beten sollte. »Tja, alter Junge«, sagte er schließlich, »du bist mir ein guter Kumpel gewesen. Ich hoffe, wir wachen am selben Platz wieder auf.«

Damit würde er sich, was das Beten betraf, wohl begnügen müssen.

Bis zur Hütte war es nur noch eine halbe Stunde, aber Stoner war völlig am Ende. Billy war nicht wieder zu sich gekommen. An der Hitze, die sein Körper ausstrahlte, erkannte sie, daß er noch lebte, aber es sah ernst aus. Und angesichts dessen, daß – bis auf den berühmt-berüchtigten Alkoholiker Dr. Kreuger – keine medizinische Hilfe zu erwarten war ...

Er gehörte ins Krankenhaus. Es war zweifellos ein Fall für den Notarzt.

Wenn sie es sich recht überlegte, fühlte sie selbst sich auch nicht gerade großartig. Ihre Augen waren ausgetrocknet. Sie hatte zwar keine starken, aber besorgniserregende Schmerzen in den Gelenken. Zeit und Raum waren seltsam verzerrt. Sie war gerade dabei, einen Gedanken zu fassen – nichts sonderlich Tiefgründiges, nur so etwas wie »Ich frage mich, was es heute im Fernsehen gibt« –, und noch bevor sie ihn zu Ende gedacht hatte, kam es ihr vor, als seien Stunden vergangen.

Als wäre sie bekifft, nur ohne den Tiefgang.

Sie hoffte, daß sie sich bei Billy, was immer er auch haben mochte, nicht angesteckt hatte. Irgendeine Art von Grippe. Ja, so fühlte sie sich. Wie bei der letzten Wintergrippe.

Sie fragte sich, ob körperliche Abwehrkräfte auch durch die Zeit reisten.

Sie fragte sich, ob es vor hundert Jahren wohl andere Viren gegeben hatte.

Sie fragte sich, was all die Grabsteine bedeuteten, die sie im Pioneer's Graveyard in jenem Ort in der Nähe von Denver gesehen hatte, wo sie eine Pause gemacht hatte, um sich die Beine zu vertreten. Es waren junge Leute gewesen, in bestimmten Jahren hatten sich die Todesdaten gehäuft. Die Cholera, hatte sie angenommen.

Oder Typhus. Irgendeine seltene und fast schon ausgestorbene Krankheit.

Aber wenn es eine Infektionskrankheit gewesen war?

Welche Arten von Infektionskrankheiten hatte es damals wohl gegeben? Im damaligen Heute? Im damaligen was auch immer?

Die Hongkong-Grippe?

Die Spanische Seuche?

Die Asiatische Grippe?

Der Kopf schmerzte ihr vom Denken. Zumindest glaubte sie, daß es am Denken lag. Sie konnte nur hoffen, daß es am Denken lag ...

Der Wolf war immer noch bei ihr, trottete voraus und sah ab und zu besorgt über die Schulter zurück.

Licht. Das Licht einer Hütte.

Der Wolf schoß davon und warf sich gegen die Tür.

Die Tür öffnete sich. Licht ergoß sich wie Honig über den Schnee. Der Wolf sprang an Blue Mary hoch.

Mary lachte und zog ihn an den Ohren. »Hör auf damit, du verrückter Köter. Und gib mir den Rosmarin.«

Sie nahm den Topf an sich und sah nach, ob er beschädigt war.

Der Wolf saß da und wedelte mit dem Schwanz.

Zufrieden setzte sie den Topf in den Schnee. »Nun, meine Liebe, was hast du mit unseren Freunden angestellt?«

»Mary!« rief Stoner.

Blue Mary blinzelte in den Sturm hinaus. »Stoner? Der Göttin sei Dank! Ich hatte schon befürchtet, daß diese alte Wolfsdame es sich in den Kopf gesetzt hat, euch zu verspeisen.«

Die Wölfin schnaubte verächtlich und stolzierte in die Dunkelheit davon.

»Ich glaube, du hast sie beleidigt«, meinte Stoner. Sie schlüpfte aus den Schneeschuhen und trat in den warmen erleuchteten Raum.

»Sie wird mir schon verzeihen«, erwiderte Blue Mary. »Tiere sind kaum nachtragend. Sind wahrscheinlich weiter entwickelt als wir. Hat sie euch irgendwie belästigt?«

»Sie war ganz Dame.« Sie ließ Billy von ihren Schultern gleiten. Blue Mary fing ihn auf.

»Er ist schrecklich krank«, klärte Stoner sie auf. »Ich hätte nicht geglaubt, daß wir's schaffen.«

»Oh, das arme Kerlchen.« Blue Mary klopfte Billy den Schnee vom Rücken und bemühte sich, ihn aus den Decken zu wickeln.

Stoner ging ihr zur Hand.

Zusammen gelang es ihnen, den Jungen ins Bett zu bringen, ihm die Schuhe auszuziehen und ihn mit einem dicken Quilt zuzudecken.

Blue Mary fühlte seine Stirn, untersuchte seine Augen und Fingernägel. Sie nahm eine Haarsträhne in die Hand und rieb sie gedankenverloren zwischen den Fingern. Dann nickte sie, beugte sich herunter, öffnete ihm gewaltsam den Mund und roch an seinem Atem. »Grippe«, sagte sie entschieden. »Es könnte schlimmer sein.«

»Wirklich?« Stoner ging zum Ofen hinüber. Sie spürte, wie das Blut in die Fingerspitzen zurückkehrte. Es tat weh. »Mir kam's vor, als wäre er halbtot.«

»Eine Grippe kann natürlich tödlich enden, wenn man nicht rechtzeitig etwas dagegen tut. Aber sie ist nicht so schlimm wie Meningitis oder Typhus oder ...«

»Vielen Dank«, meinte Stoner trocken. »Es tut immer gut, etwas von der positiven Seite zu betrachten.«

Blue Mary warf ihr einen raschen Blick zu. Sie ging zu Stoner hinüber und sah ihr in die Augen. »Du siehst auch nicht gerade gut aus. Deine Augen sind glasig.«

»Um ehrlich zu sein, fühle ich mich auch nicht gerade gut.«

Die Frau griff nach ihren Händen. Stoner zuckte zusammen. Ihre Ohrläppchen und ihre Nase begannen zu brennen.

»Frostbeulen.« Sie schüttelte den Kopf. »Ihr jungen Leute seid so impulsiv.«

»Zum Glück«, gab Stoner gereizt zurück. »Sonst wäre er schon tot.«

Blue Mary lächelte. »Natürlich, meine Liebe. Aber ich wünschte, du wärst ein bißchen besser vorbereitet losgezogen. Du hättest dir wenigstens was Heißes zu trinken in den Rucksack stecken sollen.«

»Du hast recht. Tut mir leid.«

»Schon gut«, sagte Blue Mary und tätschelte ihr die Wange. »Zieh erst mal diese nassen Sachen aus, dann braue ich dir etwas gegen die Frostbeulen zusammen.«

Sie schälte sich aus ihrem Hemd und ihren Jeans, wickelte sich in eine Decke und stellte sich zitternd vor den Ofen. Blue Mary brachte ihr ein geblümtes Nachthemd aus weichem Flanell. Zu dankbar für die Wärme und die Trockenheit, um sich zu schämen, schlüpfte Stoner hinein. Ihr Kopf fühlte sich an wie ein Betonklotz.

Ihr Blick war getrübt, als hätte sie etwas im Auge. Sie rieb sich die Augen, aber das half nicht.

Billy lag auf der anderen Seite des Raums reglos im Bett. Sobald sie wieder genug Energie hatte, würde sie sich um ihn kümmern. Sobald sie genug Energie hatte.

Blue Mary verrührte in einem Topf aus gebranntem Ton kochendes Wasser mit getrockneten Kräutern. Sie rümpfte die Nase. »Ein schreckliches Gebräu, aber es gibt nichts Besseres.«

Stoner kämmte sich mit den Fingern das Haar, während die heiße trockene Luft, die aus dem Ofen kam, die Feuchtigkeit aufsog. »Wahrscheinlich habt ihr nichts wie Penicillin oder Antibiotika, oder?«

»Nein«, erwiderte Blue Mary. »Und um ehrlich zu sein, sehe ich dieser Zeit nicht gerade mit Freuden entgegen. Mit Hilfe von Natur, Einfallsreichtum und altmodischer Herzlichkeit haben wir eine ganze Menge erreicht.« Sie schmeckte das Gebräu ab, runzelte die Stirn und gab eine Prise von irgend etwas, das sie einem zugekorkten Tongefäß entnahm, hinzu. »Nicht daß ich gegen jeglichen Fortschritt wäre - obwohl, ein bißchen schon. Aber es scheint so leicht, das Gefühl für menschliche Werte zu verlieren.«

»Genau«, stimmte Stoner zu. Selbst dieses eine Wort strengte sie an. Allein das Zuhören strengte sie an und verursachte ihr Schwindelgefühle.

Blue Mary schmeckte das Gebräu nochmals ab und fand es offenbar zufriedenstellend. Sie goß es in zwei große Tassen und gab eine davon Stoner. »Trink alles aus, wenn du kannst. Es wird dir guttun.« Sie nahm die andere Tasse und ging damit zu Billy hinüber.

»Brauchst du Hilfe?« fragte Stoner.

»Wir alle brauchen Hilfe«, meinte Blue Mary mit leisem Lachen. »Aber so wie du es meinst, nein, ich komme schon zurecht.«

Stoner nippte an der heißen Flüssigkeit und verzog das Gesicht. Sie war bitter und roch nach engen, feuchten Räumen, die seit Jahren nicht gelüftet worden waren.

»Das liegt am Baldrian«, erklärte Blue Mary, die ihre Gedanken zu lesen schien. »Es ist entspannend. Und es überdeckt Gerüche, die noch schlimmer sind. Schrecklich, nicht wahr?«

Stoner nahm einen zweiten Schluck. »Etwas so Übles kann nur gut tun.«

»Eine nützliche Pflanze, dieses Baldrian.« Sie schob Billy den Arm unter den Kopf und stützte ihn gegen ihre Brust. »Sehr gut gegen Schlaflosigkeit und Unterleibskrämpfe. Und es treibt sämtliche Flöhe aus dem Haus.« Sie führte Billy die Tasse an den Mund. Stoner konnte nicht sagen, ob er tatsächlich schluckte. »Nagetiere sind natürlich ganz verrückt danach. Manche glauben sogar, daß der Rattenfänger von Hameln Baldrian in seinen Taschen hatte.«

Sie zwang sich zu einem weiteren Schluck und versuchte, sich von der Vorstellung zu befreien, daß das Zeug, sobald es ihr aus den Poren trat, alle Ratten, Mäuse, Eichhörnchen, Murmeltiere und Bisamratten im Umkreis von zwanzig Meilen anziehen und dazu verlocken würde, sie abzulecken.

Zumindest galten Opossums nicht als Nagetiere.

Gottes Güte ist unermeßlich.

Es gelang ihr, zum Sessel zu schlurfen und sich hinzusetzen. Die Tasse schien schwer wie ein Sandsack. Sie meinte, der Versuch, den Kopf gerade zu halten, müßte ihr das Genick brechen.

Ich bin krank, dachte sie.

Sie fühlte sich, als hätte die Schwerkraft sich verzehnfacht. Jede Bewegung, selbst das Aufschlagen der Augen, kostete sie fast mehr Kraft, als sie aufbringen konnte.

Das hier ist wirklich nicht gut. Es könnte sein, daß ich nie mehr von hier wegkomme. Was ist, wenn sich eine Gelegenheit bietet, heimzukommen, und ich sie verpasse? Was ist, wenn ich zu krank bin, um sie wahrzunehmen? Was ist, wenn ...?

»Meine Liebe«, meinte Blue Mary mit sanfter Stimme, »du verschüttest deinen Tee.«

Stoner öffnete die Augen.

»Trink aus.«

Sie spürte, wie ihr die Tasse aus der Hand genommen und an den Mund geführt wurde. Sie war zu schwach, um Widerstand zu leisten. Sie ließ die warme Flüssigkeit in ihren Mund rinnen.

»Schlucken, meine Liebe.«

Es tat weh. Es brannte ihr wie Feuer in der Kehle.

Sie schluckte wieder, und das Brennen setzte sich in der Nase und den Ohren fort. Benommen fragte sie sich, ob Mary ihr Säure eingeflößt hatte. Vielleicht war ja auch etwas in den Kräutern, das komisch auf einen Bestandteil der Tontasse reagierte, so wie es vor einigen Jahren mit dem Orangensaft und dem mexikanischen Tongeschirr der Fall gewesen war. Vielleicht ...

»So ist es gut«, meinte Blue Mary und stellte die Tasse weg. »Jetzt zu deinen Händen.«

Sie versuchte, sie ihr entgegenzustrecken, konnte sie aber nicht bewegen. Sie spürte, wie Blue Mary sie, eine nach der anderen, hochnahm und ihr sanft etwas auf die Fingerspitzen und die Ohren rieb und ihre Nase berührte. Das Brennen der Haut nahm sie nur noch wie von Ferne wahr.

»Tut mir leid, Mary«, sagte sie schwach. »Ich wollte nicht ...«

Sie wurde ohnmächtig.

Es war kurz vor Sonnenaufgang. Der Gottgeweihte Mann beobachtete, wie sich der Himmel im Osten zunächst grau, dann stahlblau färbte. Es hatte aufgehört zu schneien. Es würde ein klarer Tag werden.

Er knackte nervös mit den Gelenken. Heute würde er Großes vollbringen. Es gab viel zu tun. Wegen des Sturms würde die Fremde zweifellos im Haus der Hexe bleiben. Aber das war in Ordnung. Er brauchte Zeit, um sich vorzubereiten. Er mußte sich vom Abschaum seiner weltlichen Existenz reinigen. Ein Bad. Die Kleider, die er in San Francisco gestohlen hatte, lagen unberührt in einer Truhe auf dem Dachboden. Er hatte überlegt, ob er seiner mausigen Frau befehlen sollte, sie zu waschen und zu bügeln, aber wenn sie unrein wäre ...

Nein, das Risiko konnte er sich nicht leisten. Er mußte es selbst tun. Und das Jesusmesser wetzen. Und beten.

Es gab noch so viel zu tun.

Irgend etwas beunruhigte ihn. Hielt ihn zurück.

Gottes Wort hatte eine Zusammenkunft der Hexen verkündet. Wenn er das Kind des Satans jetzt zerstörte, würde die Zusammenkunft nicht stattfinden.

Das mochte sein Gutes haben.

Andererseits ...

Wenn er wartete, bis das Kind des Satans alle zusammengerufen hatte ...

Dann könnte er *alle auf einmal* töten.

Er runzelte die Stirn und fragte sich, wie viele es wohl sein mochten und ob er es allein schaffen würde. Aber mit Gottes Hilfe ...

Er blätterte hastig in einem rauhen Hauptbuch, in das er die Worte, die Gott ihm diktierte, eingetragen hatte. Er suchte nach einem Hinweis, einem Fingerzeig.

Nichts.

Würde Gott ihn in diesem Dilemma belassen, ihn in dem Moment verlassen, in dem er Seiner am meisten bedurfte?

Gott, der ihn zu dieser besonderen Zeit an diesen besonderen Ort geführt hatte, damit er Sein Werk erfüllte?

Unsinn.

Er grinste. Es mußte einen Weg geben. *Gott* würde ihm den rechten Weg weisen. Wenn die Zeit gekommen war, mußte er nur dort sein, wo sie auch waren, und *Gott* würde eintreten und sie vernichten. Er mußte ihm nur die Tür öffnen.

Der Gottgeweihte Mann stellte sich das Gemetzel, das vergossene Blut, die gebrochenen Knochen und das zerfetzte Fleisch vor. Stellte es sich vor und leckte sich die Lippen.

Er wollte sich das Bild des Biests noch einmal ansehen. Sich vorstellen, wie Es aussehen würde, was die Gemeinde von Tabor sehen würde, wenn der Bastard entlarvt war.

Er ging zum Kamin und zerrte den losen Stein aus dem Mauerwerk. Das Buch der Hexe, noch immer in Seide eingeschlagen, lag tief in der Dunkelheit. Er zog es hervor und blätterte in den ungebundenen Seiten, die die Hexe ihr Tarot nannte.

Da war Es. Das gehörnte, mit Klauen versehene, bärtige und geflügelte Biest. Mit roten Augen und gräßlich anzusehen. Und unter dem wahren Bild, seine menschliche Verkleidung. Das nackte Mann/Frau-Wesen, die Geschlechter getrennt dargestellt, aber durch Ketten miteinander verbunden, die bewiesen, daß sie eins waren, und eins mit dem Biest ...

Genauso wie der Bastard ihm an jenem Tag erschienen war. An jenem Tag, an dem er sich am Flußufer versteckt und dem Bastard beim Baden zugesehen hatte ...

Und über all dem das umgekehrte Zeichen der Hexe.

Und die Zahl des Teufels, XV. Fünfzehn, das Alter des Bastards.

Herrlich, herrlich, herrlich.

Träume.

Fieberträume.

Sie lief über eine Wiese mit Feldblumen, die Sonne schien warm und gelb auf ihren Körper. Wilde Möhre, lila Rudbeckien, blauer Enzian, wilde Geranien und Akelei tanzten und wogten unter einem hoch gewölbten blauen Himmel. Der Duft von Pfirsichen und wilden Himbeeren lag in der Luft.

Eine Wolke zog vorüber, und plötzlich änderte sich die Szenerie. Die Blumen verwandelten sich in dorniges Gestrüpp, das ihr Beine und Knöchel aufriß. Der Wind brachte den Gestank von verrotteten Pflanzen mit sich. Als er ihr in die Nase stieg, drehte es ihr den Magen um.

Sie sah sich um und merkte, daß sie sich verlaufen hatte.

Das verschlungene Gestrüpp begann zu wachsen. Sich zu einer Dornenhecke zu verdichten. Ihr den Weg zu versperren. Dornige Ranken verflochten sich miteinander. Sie wurden größer und sperrten das Licht aus.

Jetzt war sie in einem Tunnel aus Dornen, der Himmel war weit weg und voller grauer Sturmwolken. Der Wind nahm zu. Der faule Gestank wurde stärker, kam jetzt nicht mehr nur von den Pflanzen, sondern wurde von dem widerlich süßlichen Geruch faulen Fleisches überdeckt. Sie versuchte, über die Hecke zu klettern. An Stacheln, scharf wie Rasiermesser, riß sie sich die Hände blutig.

Zu spät erkannte sie, daß die Dornen eine trübe gelbliche Substanz absonderten. Ihre Hände waren damit bedeckt. Sie sickerte in ihre offenen Wunden. Säure. Sie spürte, wie sie sich durch ihre Haut und, durch Schichten von Muskeln, Sehnen und Nerven hindurch, sogar durch ihre Knochen fraß.

Sie schrie.

»Es ist nur ein Traum, Stoner«, sagte eine sanfte Stimme. »Es ist alles in Ordnung.«

Sie wurde von starken Armen hochgehoben und spürte, wie ihr eine Tasse mit Wasser an die spröden, aufgesprungenen Lippen gepreßt wurde. Starke Hände drückten sie an einen großen weichen Busen.

Sie versuchte, die Augen zu öffnen. Sie waren verklebt. »Tante Hermione?«

»Nicht reden«, sagte Tante Hermione. »Du mußt deine Kräfte schonen.«

Ihre Tante roch nach Gewürznelken und Muskat. »Hast du aufgehört zu rauchen?« murmelte sie.

»Schhh.«

Sie spürte ein weiches kühles Tuch auf dem Gesicht, spürte, wie ihr die verklebten Augen ausgewischt wurden. Es fühlte sich frisch und sauber an.

Sie versank wieder in Schlaf.

Irgend jemand verfolgte sie durch eine unbekannte Stadt. Die Straßen waren dunkel. Die erleuchteten Fenster oberhalb der Straße wirkten wie flache, scharf abgegrenzte Rechtecke, deren weißes Licht nicht bis auf die Bürgersteige drang.

Sie versuchte, gelassen zu erscheinen. Sich in Sicherheit zu bringen, bevor die schattenhafte Gestalt hinter ihr merkte, daß sie sich ihrer Gegenwart bewußt war.

Das Problem war nur, daß sie nicht wußte, wo sie sicher wäre.

Eine Großstadt. Es müßte ein Polizeirevier geben. Leute, die in Hauseingängen und auf Feuerleitern herumlungerten und billigen Wein tranken. Die Mülleimer durchwühlten. Überall Obdachlose.

Überall, nur nicht hier.

Die Schritte hinter ihr waren hart und gleichmäßig.

Sie bemerkte, daß sie schneller geworden war und verlangsamte absichtlich ihre Schritte.

Sie kam an einer Gasse vorbei und warf einen kurzen Blick hinein. Niemand zu sehen.

Komm schon, komm schon. Da muß jemand sein.

Sie wußte, daß sie ihr helfen würden. Sie zumindest verstecken würden.

Es klang, als kämen die Schritte näher. Das rhythmische Klacken harter Ledersohlen auf Beton. Es wurde schneller.

Sie versuchte, größere Schritte zu machen, ohne schneller zu werden.

Die Schritte kamen rasch näher.

Sie begann zu laufen.

Sieh dich nicht um. Lauf einfach weiter.

Die Schritte waren noch näher gekommen, waren dicht hinter ihr.

Sie blieb stehen. Machte sich kampfbereit. Drehte sich um.

Niemand zu sehen.

Verblüfft spähte sie in die Dunkelheit. Nichts. Stille.

Sie sah sich um.

Sah nach oben.

Das Ding fiel vom Himmel auf sie herab.

Gwen berührte ihr Gesicht mit samtweichen Händen. Strich ihr übers Haar. Stoner streckte die Arme nach ihr aus.

Gwen hielt sie.

Im Schlaf spürte er das Grollen, als kündige sich ein Erdbeben an oder als würde ein Felsblock einen Berg hinuntergerollt, so wie sie es damals in Tennessee gemacht hatten. Aber er war nicht in Tennessee, fiel ihm ein. Er war im Territorium von Kansas, direkt an der Grenze zu Colorado, und das war ein schrecklicher Ort. Schlimm genug, dort zu leben. Gräßlich, dort zu sterben.

Der Boden bebte in rhythmischen Schlägen, wie ein riesiges Herz. Cullum öffnete die Augen.

Alles um ihn herum war weiß. Blendendweißes Licht, das ihm in die Augen stach.

Es mußte eine Art Erdbeben sein, soviel stand fest. Aber es sah aus, als wäre es Tag geworden.

Er hörte Toby nicht atmen.

Vor Angst fing sein Herz an zu rasen. Er stand auf und preßte sein Gesicht gegen die Flanken des Pferdes.

Da war es, unter dem Hämmern von oben war der Herzschlag des Pferdes gerade noch zu hören.

Cullum zerrte am Zügel. »Komm schon, alter Junge. Laß uns hier lieber abhauen.«

Das Hämmern wollte nicht aufhören. Wenn er es sich recht überlegte, klang das nicht gerade wie ein Erdbeben.

Wieder zerrte er am Zügel. Toby hob den Kopf, sah ihn an und ließ den Kopf sinken.

Das Pferd war schwach, brauchte Futter. Er mußte Futter für Toby finden.

Aber wo? Selbst wenn sie hier rauskamen und nicht von dem Monster niedergemäht wurden, das da draußen rumtrampelte, wäre jeder Grashalm im Umkreis von hundert Meilen mit Schnee bedeckt.

Verfluchtes Ding, das da oben rumschnaubte. Was zum Teufel sollte ...?

Mit einem Schlag wurde es ihm klar.

Es war eine Lokomotive.

Er kroch zu Tobys Kopf. Riß hart am Zügel. »Steh auf, du alter Klepper, du verdammtes, nutzloses Vieh!« Er lachte und weinte gleichzeitig. »Wir schaffen's.«

Toby schien zu verstehen. Sein Kopf schnellte in die Höhe. Er drehte sich auf den Bauch, zog die Beine unter sich und stand mit einem Ruck auf.

Sein Kopf brach durch die obere Schneedecke. Cullum, der

immer noch an den Zügeln hing, wurde aus der Schneehöhle geschleudert.

Der Himmel war klar und blau. Die Luft war eisig. Das Sonnenlicht blendete ihn. Einen Moment lang verschloß er die Augen vor dem Licht, um sie dann langsam, vorsichtig wieder zu öffnen.

Da stand die Lokomotive. Sie war in einer Schneeverwehung steckengeblieben, schnaufte und keuchte aber immer noch vor sich hin. Personenwagen mit Leuten, die sich aus den Fenstern lehnten und blanke Löcher in das Eis rieben, um ihn anzustarren.

Mit einer Schaufel in der Hand kam der Lokführer auf ihn zugerannt. Der Heizer und der Bremser blickten kurz auf und fuhren dann fort, die Gleise freizuschaufeln.

»Um Himmels willen«, schrie der Lokführer. »Sie haben uns zu Tode erschreckt! Wo zum Teufel kommen Sie her?«

Cullum gab keine Antwort. Er stapfte bereits durch den Schnee, ging, mit Tobe an seiner Seite, auf den vorletzten Wagen zu. Auf den Wagen, in dem die Pferde in warmen, strohbedeckten Ställen standen und die Köpfe in Eimer mit Hafer gesenkt hatten.

Es war Tag, dann Nacht, dann wieder Tag.

Irgend jemand hatte ihr das Nachthemd gewechselt und das Gesicht gewaschen. Irgend jemand war mit ihr zur Toilette gegangen.

Nein, nicht zur Toilette. Es war kein Klo. Es fühlte sich an wie ein ... Kindertöpfchen?

Hatte sie nur geträumt, erwachsen zu sein?

Sie dachte angestrengt nach, versuchte zu verstehen. Sie zählte bis hundert. Sie konnte kein Kind mehr sein. Wenn sie noch ein Kind wäre, könnte sie nicht bis hundert zählen.

Eine Bettpfanne. Sie war im Krankenhaus.

Aber die Luft war eisig, zu kalt für ein Krankenhaus.

Sie brachten sie zurück ins Bett. Es war warm. Warm und hart, und als sie sich wieder hinlegte, machte es ein seltsam knisterndes Geräusch.

Eine gräßliche Ausstattung für ein Krankenhaus. Es mußte an der Kostendämpfung im Gesundheitswesen liegen. Irgend jemand müßte es melden.

Sie versank wieder im Schlaf.

Über ihrem Kopf hörte sie Wasserrauschen. Ein wahrer Wasserfall. Es strömte nur so. Fiel in Kaskaden auf Felsen und hartgefrorenen Boden hinab.

Stoner öffnete die Augen. Es herrschte graues Licht. Gleich oberhalb ihres Kopfes, so dicht darüber, daß sie sie hätte berühren können, wenn sie genug Kraft gehabt hätte, waren die rauhen Holzplanken, aus denen das Dach von Blue Marys Hütte bestand.

Es regnete. Regnete, als hätte der Himmel sämtliche Schleusen geöffnet. Als würden Eimer voller Wasser gegen das Haus geschleudert. Als hielte jemand einen Feuerwehrschlauch auf das Dach.

Vielleicht stand das Haus in Brand.

Sie versuchte aufzustehen, war aber zu schwach dazu.

Sie legte sich hin und schlief weiter.

Stimmen.

Sie lauschte. Der Regen hatte aufgehört. Irgendwo unten hörte sie Leute miteinander reden. Sie verstand nicht, was sie sagten. Aber sie erkannte die Stimmen. Blue Mary und ...

Sie wollte es kaum glauben, aber der samtige Klang und der singende Tonfall der Südstaaten waren unverkennbar.

Gwen.

Gwen hier? Jetzt?

Dann erinnerte sie sich ... wie lange war es her? Tage? Wochen? Gwen, die sie berührte. Sie im Arm hielt.

Eine große, schmerzliche Sehnsucht erfaßte sie. »Gwen«, sagte sie. Ihre Stimme war kaum mehr als ein Flüstern. »Gwen.«

Sie hörten sie nicht. Das Stimmengemurmel ging weiter.

Sie nahm all ihre Kräfte zusammen. »Gwen.«

Das rhythmische Gemurmel hörte nicht auf.

»Bitte, ich brauche dich.« Tränen sammelten sich in ihren Augen, verschleierten ihr den Blick.

Das Gespräch brach ab. Sie horchten.

Sie konnte nicht aufhören zu weinen, die Tränen hinderten sie am Sprechen.

Sie hörte das Knarren der Leiter. Sie kam zu ihr. Gwen kam zu ihr.

Gwen setzte sich zu ihr. Berührte ihr Gesicht, fühlte ihr die Stirn. Gwens Hände, sanft und stark, umschlossen ihre Hand.

O mein Gott, wie sehr sie diese Hände liebte.

Sie öffnete die Augen.

Billy lächelte auf sie hinab. »Wie geht's dir?«

»Billy?«

»Du hast uns vielleicht einen Schrecken eingejagt.«

Stoner runzelte verwirrt die Stirn. »Billy?«

Der Junge lachte verlegen. »Ich dachte, ich wäre krank. Aber dich hat's wirklich erwischt, Junge, Junge!«

Sie schüttelte den Kopf. Er sah wie Billy aus. Aber er redete nicht wie Billy.

»Wer bist du?« fragte sie schließlich.

»Tja«, erwiderte Billy, »genau darüber sollten wir reden, meint Blue Mary. Sobald du dich wohl genug fühlst.«

»Sie ist bei Bewußtsein«, rief Blue Mary vom Fuß der Leiter. »Sie fühlt sich wohl genug.«

»Ich wünschte, irgend jemand würde es mir erklären«, meinte Stoner gereizt. Gwens sinnliche Präsenz verlor sich in der Erinnerung, ließ sie leer und einsam zurück.

Billy strich mit den Fingern über Stoners Handgelenke. Genau wie Gwen es tun würde. Sie schloß die Augen.

Der Junge verstärkte den Druck seiner Hand. »Wirst du wieder bewußtlos?«

»Nein, ich bin nicht bewußtlos.« Sie entzog ihm ihre Hand. »Laß das, bitte.«

»Tut mir leid.«

Es war nicht nötig, so hart mit ihm umzuspringen. »Es erinnert mich an eine Frau, die ich sehr vermisse, das ist alles.«

»Gwen?«

Sie sah ihn an. »Woher weißt du über Gwen Bescheid?«

Er zuckte die Schultern. »Du hast viel über eine Frau namens Gwen geredet. Im Fieber.«

»Sag es ihr schon!« rief Blue Mary nach oben. »Oder soll ich es tun?«

»Schon gut, schon gut«, erwiderte Billy. Er zögerte, fingerte am Saum des Quilts herum. »Hör zu, ich habe es nicht böse gemeint, aber ich habe dich belogen.«

Ihr Herz setzte für eine Sekunde aus. »Tatsächlich?«

»Siehst du, ich konnte es dir nicht sagen ... na ja, es ist ganz schön kompliziert.«

»Den komplizierten Teil kannst du ihr später erzählen«, drängte Blue Mary. »Sag, was du zu sagen hast, und dann hast du es hinter dir.«

»Himmel«, meinte Billy. »Manchmal kann sie ganz schön hart sein.«

»Liegt in der Familie.« Sie sah ihn erwartungsvoll an.

»Na ja, was ich dir zu sagen habe, ist ...na ja, ich bin nicht fünfzehn.« Er saß stumm da.

»Das ist alles?«

»Fast alles.«

»Aber daß du deinen Vater umgebracht hast und nicht lesen und schreiben kannst und Lehrer werden willst? Das stimmt alles?««

»Mehr oder weniger.«

Blue Mary rüttelte an der Leiter. »Verdammt noch mal, Billy. Muß ich erst raufkommen?«

»Und-ich-bin-kein-Junge. Da hast du's.«

Stoner starrte Billy an. »Du bist kein Junge?«

Billy wurde bis über beide Ohren rot. »Genau. Ich bin ein Mädchen. Klar?«

Ein Mädchen? »Klar.«

»Ich bin fünfundzwanzig, nicht fünfzehn. Klar?«

Stoner spürte, wie sich ihr Gesicht zu einem Grinsen verzog. »Klar.«

»Aber du darfst es nicht weitererzählen. Wenn sie es rausfinden, schicken sie mich zurück.«

»Wohin zurück?

»Nach Tennessee.«

»Du hast doch gesagt, du wärst aus Illinois.«

»Na ja, zum Teufel noch mal«, stieß Billy hervor. »Tennessee, Illinois, liegt beides im Osten.« Sie schüttelte den Kopf. »Mußt du das denn so genau nehmen?«

Stoner strich der Frau über die Hand. »Ich wollte dir nicht auf die Nerven gehen.«

Billy zog die Beine an, schlang die Arme um die Knie und legte den Kopf darauf. Jetzt, wo der Hut sie nicht mehr ablenkte, sah Stoner, wie fein Billys Gesicht geschnitten war. Vor allem ihre Augen. Sie waren von einem Dunkelblau, das in Lavendel überging, hatten die Farbe eines Abendhimmels, der sich in einem Bergsee spiegelte. Das Haar war hellbraun, mit roten und blonden Strähnen durchsetzt. Es war auf Schulterlänge abgeschnitten, so wie die wenigen Männer, die sie in Tabor gesehen hatte, es trugen.

»Weißt du, wenn sie mich finden und meinen, ich sei ein Junge, dann erschießen sie mich vielleicht nur. Aber wenn sie herausfinden, daß ich ein Mädchen bin ...«

»Eine Frau«, korrigierte Stoner sie.

Billy sah sie an. »Wo liegt da der Unterschied?«

»Da wo ich herkomme, nennt man weibliche Personen deines Alters 'Frauen'. Es ist ein Ausdruck von Respekt.«

»Komisch«, versetzte Billy. »Aber interessant.«

»Wenn sie herausfinden, daß du eine Frau bist, was dann?«

»Sie werden mich in eine Irrenanstalt stecken. Weißt du, Mädchen ... Frauen laufen nicht einfach rum und bringen Männer um, außer sie sind verrückt.«

Stoner starrte sie an. »Und das glaubst du wirklich?«

»Natürlich nicht«, erwiderte Billy beleidigt. »Ich glaube, es ist verrückt, sie nicht umzubringen. Sie sind zu rauhbeinig und sie riechen schlecht.«

»Schon kapiert.«

»Aber sie würden mich trotzdem für verrückt erklären.« Sie warf Stoner einen trotzigen Blick zu, den diese absolut bezaubernd fand. »Und ich wäre lieber tot, als in einer Irrenanstalt zu landen.«

»Wahrscheinlich hast du recht«, stimmte Stoner ihr zu. »Obwohl ich annehme, daß du dort ein paar interessante Frauen treffen würdest.«

Billy schnaubte. »Meinst du, ich will so behandelt werden? Weißt du, was sie an solchen Orten mit einem anfangen?«

»Nein, um ehrlich zu sein. Ich bin nicht ... von hier.«

»Ich weiß«, sagte Billy. »Mary sagt, du kämst aus der Zukunft oder so was ähnliches.«

Stoner nickte. »Darin scheinen sich alle einig zu sein.«

Billy beugte sich zu ihr herab und senkte die Stimme. »Hör mal, kommt dir Mary nicht auch manchmal komisch vor?«

Ihr Haar streifte Stoners Gesicht. Es war weich und seidig und kühl. Ohne nachzudenken, streckte Stoner die Hand aus und fuhr Billy mit den Fingern durchs Haar. Es war dem von Gwen so ähnlich.

Billy lächelte sie an.

Stoner zog schnell die Hand zurück. »Ja«, stammelte sie. »Schon, aber ich schätze, man gewöhnt sich dran ... an sie.«

»Ich kann euch hören«, rief Blue Mary von unten herauf. »Paßt auf, was ihr sagt.«

Billy drehte sich um und blickte die Leiter hinunter. »Ich habe gesagt, daß du komisch bist«, rief sie Blue Mary zu.

»Dein Glück«, erwiderte Blue Mary. »Komm schon, überfordere sie nicht.«

Billy warf Stoner einen liebevoll besorgten Blick zu. »Wie fühlst du dich?«

»Nur müde«, gab Stoner zurück. »Es wird schon werden.«

»Wenn's dir besser geht, können wir vielleicht zusammen einen Ausflug machen.« Sie wurde rot. »Du weißt schon, dann zeige ich dir die Landschaft. Unten am Fluß ist es wunderbar.«

»Das wäre schön«, sagte Stoner. »Beim letzten Mal bin ich nicht dazu gekommen, es richtig zu genießen.«

Billy lachte. Es war ein warmes, ungezwungenes Lachen. Stoner versuchte, sich aufzusetzen. Ihr versagten die Kräfte, und sie fiel in die Kissen zurück. »Seit wann liege ich hier so?«

»Seit vier oder fünf Tagen. Wir waren schon ein bißchen nervös. Na ja, ich zumindest. Ich habe gedacht, du würdest nicht durchkommen.«

Sie erinnerte sich an Bruchstücke aus ihren Träumen. Erinnerte sich daran, daß jemand ihr Nachthemd gewechselt hatte. Erinnerte sich ... »Warst du es, die ... ich meine, hast du mir ... du weißt schon.« Sie fingerte an ihrem Nachthemd. »Das da.«

»Ich habe dabei geholfen.«

Oh, Mist.

Stoner stöhnte.

»Was hast du?« fragte Billy.

»Ich hab's nicht so gern, wenn ... wenn Fremde mich ohne Kleider sehen.«

»Das verstehe ich nicht«, meinte Billy. »Du hast einen wunderschönen Körper.«

Stoner zog sich den Quilt über den Kopf.

»Außerdem«, fuhr Billy mit einem Lachen in der Stimme fort, »würde ich uns kaum für Fremde halten, meinst du nicht?«

»Ich weiß nicht. Meinst du wirklich?«

»Erinnerst du dich denn nicht?«

»An was?«

Billy zog Stoner den Quilt weg und sah sie kurz an. »Ich schätze, demnächst muß ich dir was gestehen. Wenn du wieder bei Kräften bist.«

Stoner hielt es nicht länger aus. »Mary!«

Blue Marys Gesicht tauchte oben an der Leiter auf. »Wirst du wohl aufhören, das Kind zu quälen«, fuhr sie Billy an. »Sie muß sich schonen.«

»Wovon redet sie?« fragte Stoner flehend.

»Sie hat dich gebadet«, erwiderte Blue Mary. Sie schüttelte den Kopf. »Ich weiß wirklich nicht, warum ihr so ein Theater macht.«

»Du hast mich gebadet?«

»Ja«, erwiderte Billy und grinste. »Ich habe nur getan, was nötig war.«

Stoner verschwand wieder unter der Decke.

»Hey«, meinte Billy.

»Laßt mich sterben.«

Billy zog an der Decke. »Komm schon, Stoner.«

»Nein.«

»Ich hab's nicht böse gemeint.«

»Nein!«

»Ich habe dir ja gesagt, du sollst es ihr nicht erzählen«, kommentierte Blue Mary. »Ich wußte, daß sie sich schämen würde. Laß sie jetzt in Ruhe und hilf mir beim Kochen.«

Stoner hielt die Augen geschlossen, bis sie sicher war, daß die beiden gegangen waren. Sie hat mich nackt gesehen. Sie hat mich gebadet.

Komm schon, sei nicht albern. Was ist schon dabei? Dich haben schon viele Leute nackt gesehen.

Ja? Nenn mir fünf.

Gwen und Tante Hermione und ...

Und?

... meine Eltern.

Die zählen nicht.

Und meine erste Geliebte, und die Geliebte vor Gwen ...

Wieso regst du dich dann so auf?

Sie ist eine Fremde und hat mich nackt gesehen.

Von unten hörte sie Blue Marys Stimme. »Gütige Göttin, Billy. Du führst dich auf wie ein verliebtes Küken.«

Am nächsten Tag war sie in der Lage, nach unten zu gehen, obwohl es sie all ihre Kraft kostete. Ihre Knie und Arme fühlten sich an wie nasse Papiertaschentücher.

Billy beobachtete sie und grinste, als sei Stoners Genesung allein ihr persönliches Werk.

»Mein Gott«, meinte Stoner, als sie sich auf den harten Stuhl am Tisch fallen ließ. »Kaum zu glauben, wie schwach ich bin.«

»Dich hat es ganz schön erwischt«, erklärte Blue Mary. »Keine Abwehr gegen unsere Grippeviren, schätze ich.«

Sie blickte zum Fenster hinaus. Die Prärie war schneelos, grau. Der Himmel hing wie eine dünne Schieferplatte über der Landschaft.

Billy brachte ihr eine Tasse Kaffee, nahm ihr gegenüber Platz und sah aufmerksam zu, wie sie trank.

Nach einer Weile fühlte Stoner sich unbehaglich. »Du siehst gar nicht aus, als wärst du je krank gewesen«, sagte sie.

Billy zuckte die Schultern. »Ich komme immer schnell wieder auf die Beine, auch wenn's mich richtig erwischt hat.«

Blue Mary brachte ihr einen Teller mit Bohnen und gebratenem Schinkenspeck. Der Geruch weckte einen Bärenhunger. »Hör zu, du kannst davon essen, soviel du willst, aber iß langsam. Dein Magen ist wahrscheinlich empfindlich.«

Sie lief knallrot an. »Ich habe mich doch nicht übergeben, oder? Zu allem anderen noch dazu?«

»Nur ein bißchen«, erwiderte Billy.

Stoner wäre am liebsten im Erdboden versunken. Sie stocherte in den Bohnen mit Speck herum. »Big Dot hat mich vor solchem Essen gewarnt.«

Blue Mary lächelte. »Sie hat dir die Geschichte erzählt, ja? Hat sie dir auch erzählt, wie sie den alten Esel erschossen hat?«

Stoner nickte.

»Hat sie sich die Mühe gemacht, dir zu erzählen, daß er als erster abgedrückt hat?«

»Nein.«

»Das sieht ihr ähnlich«, meinte Blue Mary. »Falsche Bescheidenheit.«

Billy rutschte aufgeregt auf dem Stuhl herum. »Dot hat jemanden erschossen? Kaltblütig?«

»Eigentlich nicht«, erwiderte Blue Mary. »Eigentlich hat ihr zu dem Zeitpunkt das Blut in den Adern gekocht.«

»Mag sein, aber er hat auf sie geschossen, und es ist ihr trotzdem gelungen, ihn zu erschießen? Hat sie denn keine Angst gehabt?«

»Sie hat bestimmt Angst gehabt«, meinte Blue Mary geduldig. »Aber das hatte keinen Einfluß auf ihre Treffsicherheit.«

»Meinst du, sie könnte mir beibringen, so zu schießen?«

Blue Mary schüttelte den Kopf. »Das wage ich zu bezweifeln. Du weißt, was sie davon hält.«

Billy machte einen Schmollmund und trat gegen einen Stuhl.

»Weißt du, Billy«, meinte Blue Mary lachend, »du fängst an, dich wie ein Junge zu benehmen.«

Billy blickte sie scharf an. »Wirklich?«

»Möbeltreten?« stichelte Blue Mary.

»Was soll's«, erwiderte Billy mit einem Achselzucken und grinste, »ich bin schon immer eine Möbeltreterin gewesen.«

Stoner merkte, daß sie ebenfalls grinste. Billy anstarrte, als könnte sie nicht genug von ihr bekommen. Und grinste.

»Was ist mit dem Schnee passiert?« fragte sie schnell.

»Hast du den Regen nicht gehört?«

Sie meinte, sich zu erinnern, aber alles vermischte sich mit ihren Träumen. »Ich glaube schon.«

»So geht das meistens mit dem ersten Schnee«, erklärte Blue Mary. »Ein warmer Regen kommt und spült ihn einfach weg.«

Stoner rührte in ihren Bohnen und bemerkte, daß Billy sie ebenfalls beobachtete. »Ich schätze, es war ziemlich dumm von uns, einfach so in den Sturm rauszulaufen.«

»Nicht im geringsten«, meinte Blue Mary. »Wenn du Billy einen weiteren Tag dagelassen hättest, wäre sie nicht durchgekommen. Die junge Dame hier ist sehr krank gewesen.«

»Du hast mir das Leben gerettet«, sagte Billy.

»In mehr als einer Hinsicht«, fügte Blue Mary hinzu. »Tatsächlich scheinst du ihr einen ganz neuen Grund zum Leben gegeben zu haben. Ich glaube, seit ich sie kenne, hat sie noch nie so gut ausgesehen.«

Billy sprang vom Tisch auf und stürzte sich auf ihre mit Schaffell gefütterte Jeansjacke. »Ich fahre lieber mal in die Stadt«, erklärte sie unvermittelt. »Hab' Dot versprochen, ein paar Sachen für sie zu erledigen.« Sie griff nach ihrem Hut, schob sich das Haar hinter die Ohren, stülpte sich den Hut auf und schnallte sich das Halfter um. Jetzt war sie wieder der Junge im Teenageralter. »Braucht ihr irgendwas?«

Blue Mary langte in eine Keramikdose und zog einen kleinen ledernen Geldbeutel hervor. »Hier drin ist eine Einkaufsliste für Dot«, sagte sie. »Und Geld. Wenn Dot dir den Wagen überläßt, kannst du die Sachen vorbeibringen. Und sieh zu, daß du dich nicht überanstrengst. Im Moment magst du dich ja gut fühlen, aber du solltest zusehen, daß du keinen Rückfall bekommst.«

»Klar doch.« Die Tür fiel laut ins Schloß, und Billy war verschwunden.

Blue Mary sah ihr mit einem nachdenklichen Lächeln hinterher. »Ich kann dir nicht sagen, wie sehr es mich freut, daß Billy so lebhaft ist. Sie ist vor – oh, ich schätze, vor etwas mehr als sechs Monaten hergekommen. Sie wirkte immer schrecklich angespannt und unruhig.«

»Sie ist sehr nett«, meinte Stoner.

»Und hat dich sehr gern, weißt du?«

»Ich mag sie auch. Ich mochte sie sogar schon, als sie noch ein Junge war.« Sie nahm eine Gabel voll Bohnen. Sie waren mit Melasse gesüßt und angereichert. »Mary, was wird sie jetzt tun?«

Blue Mary schüttelte den Kopf. »Keine Ahnung.«

»Ich meine, es ist ja schön und gut, wenn sie vorgibt, ein Junge zu sein. Aber früher oder später werden die Leute sich fragen, warum sie nicht erwachsen wird.«

Die Frau schenkte sich eine Tasse Kaffee ein und gesellte sich zu Stoner an den Tisch. »Da hast du wohl recht.«

»Hat sie wirklich ihren Vater umgebracht?«

»O ja.« Blue Mary gab etwas Zucker in ihren Kaffee. »Ich habe die Fahndungsplakate gesehen.«

Stoner sah erschrocken auf. »Willst du damit sagen, daß ein Kopfgeld auf sie ausgesetzt ist?«

»Es ist nicht viel, aber genug, daß sich jemand die Mühe machen wird, sie aufzuspüren.«

»Was passiert, wenn sie geschnappt wird?«

»Vermutlich genau das, was sie gesagt hat – man wird sie in ein Irrenhaus stecken.« Sie seufzte tief. »Ich weiß nicht, wie die Irrenhäuser dort sind, wo du herkommst, aber hier sind sie ziemlich gräßlich. Die Patientinnen und Patienten werden an die Wand gekettet und ausgehungert und geschlagen. Natürlich auch vergewaltigt. Die Wächter sind weder Gentlemen noch besonders helle. Ist eine Frau noch nicht wahnsinnig, wenn sie reinkommt, dann wird sie es innerhalb weniger Monate.«

Stoner ließ die Gabel sinken. »Mary, wir können nicht zulassen, daß Billy das passiert.«

»Natürlich nicht.«

»Können wir denn gar nichts dagegen unternehmen?«

Blue Mary schüttelte den Kopf. »Ich habe mir schon den Kopf zerbrochen, Stoner. Im Moment ist sie noch sicher. Bislang hat niemand in Tabor Verdacht geschöpft. Es ist nicht ungewöhnlich, daß sich junge Männer hier herumtreiben, weißt du. Und oft bleiben sie den ganzen Winter an einem Ort. Aber für gewöhnlich ziehen sie weiter, sobald es Frühling wird. Ich fürchte, daß die Leute anfangen werden, Fragen zu stellen, sobald das Wetter wärmer wird.« Sie trank ihren Kaffee in kleinen Schlucken und sah dann freudestrahlend auf. »Aber dir wird schon was einfallen.«

»Wenn wir nicht weiterwissen, legt Tante Hermione manchmal die Karten.«

»Meine Güte«, meinte Blue Mary. »Das hatte ich ganz vergessen.« Sie stand auf und ging zu einer Kiste, die neben ihrem Bett stand. »Komisch.«

Stoner ging zu ihr hinüber. »Was ist komisch?«

»Sie scheinen weg zu sein.«

»Bist du sicher?«

Die Frau schüttete den Inhalt der Kiste aufs Bett und durchsuchte den Haufen. »Weg.«

»Vielleicht hast du sie verlegt?«

»Oh, das würde ich nie tun.« Einen Moment starrte sie verwirrt auf ihre Habe. »Vielleicht waren es die Indianerinnen«, meinte sie schließlich. »Sie leihen sich oft Sachen aus – sie wissen, daß ich nichts dagegen habe, obwohl sie sich auch nicht abhalten ließen, wenn es anders wäre. Sie bringen die Sachen immer zurück.«

»Was wollen die Indianerinnen denn mit Tarotkarten anfangen?«

»Ich weiß es wirklich nicht«, meinte Blue Mary.

Die Postkutsche kam quietschend zum Stehen, steckte im Schlamm fest. May Chang stieg aus und hielt ihren Rock mit einer Hand hoch. Es war nicht gerade würdevoll, aber sie war es leid, jeden Abend, bevor sie schlafen ging, den Saum ihres Kleides und ihres Unterrocks zu waschen. Wenn sie sich in acht nähme, könnte sie sich heute vielleicht den Luxus erlauben, ihre Kleider einfach aufzuhängen und ins Bett zu fallen. Wenn sie ein Bett finden würde. Sie fragte sich, wo man sie heute nacht wohl schlafen lassen würde. Denver war der reinste Luxus gewesen. Der Portier hatte ihr fast ohne mit der Wimper zu zucken ein Zimmer zugewiesen. Aber davor war sie in anderen Städten gewesen – in Städten wie Rocky Creek, Utah.

In Rocky Creek hatte man sie nicht einmal im Stall schlafen lassen, und sie war die ganze Nacht durch die Straßen geirrt und hatte gegen Tränen der Erschöpfung und der Scham angekämpft, anzügliches Getuschel und spöttische Zurufe wie »Chink«, »Schlitzauge« und »Gelbhaut« ertragen müssen. Hatte versucht, sich ihre Angst nicht anmerken zu lassen, weil sie wußte, daß sie verloren wäre, sobald die Leute ihre Angst auch nur ahnten.

Sie hatte mehr als einmal gesehen, was weiße Männer Frauen mit gelber Hautfarbe antun konnten. Ebenso Frauen mit roter oder brauner Hautfarbe. Vergewaltigung, Raub. Frauen, die totgeprügelt wurden. Frauen, die verstümmelt und in den Wahnsinn getrieben wurden. Farbige Frauen, die von farblosen Männern brutal mißhandelt wurden.

Sie konnte sich vorstellen, daß die farblosen Männer ihren farblosen Ehefrauen das gleiche antaten. Manchmal, wenn ihr auf der Straße eine weiße Frau begegnete, fielen ihr die angespannten Züge, die herabgezogenen Mundwinkel und die vor Elend und Verzweiflung flachen Augen auf. Dann wollte sie die Frau anhalten und sie fragen - nicht unhöflich, sondern voller Anteilnahme und Mitgefühl, als wären sie Schwestern -, ob es ihr Ehemann war, der sie so unglücklich machte. Sie fragen, ob sie ihr irgendwie helfen könnte. Sie fragen, was sie gemeinsam unternehmen könnten, um ein wenig Gerechtigkeit in diese ungerechte Welt zu bringen.

May Chang blickte zu den Mitreisenden hinüber. Sie standen in einer dichten kleinen Gruppe zusammen, hatten sie ausgeschlossen. Sie hatte versucht, dem mageren, verängstigt wirkenden blonden Mädchen zuzulächeln, die, frisch verheiratet, mit ihrem Ehemann kurz vor Wheatland zugestiegen war. May hatte ihr von Anfang an Mitgefühl entgegengebracht. Hatte ihr Freundschaft und Trost bieten wollen. Aber das Mädchen hatte ihr einen so feindseligen Blick zugeworfen, daß sich ihr das Herz zusammengezogen hatte. Sie hatte es kein zweites Mal versucht.

Wann würden sie es endlich begreifen, diese weißen Frauen? Sahen sie denn nicht, daß der Gegner durch das Geschlecht, nicht durch die Hautfarbe bestimmt wurde?

Die Pferde legten sich schwitzend und schnaubend, mit verdrehten und blutunterlaufenen Augen, in denen das Weiße zu sehen war, ins Geschirr. Der Kutscher gab ihnen brutal die Peitsche. Aber sie bäumten sich nur an Ort und Stelle auf. Die Kutsche wurde von einer Seite zur anderen geworfen.

Der Kutscher fluchte und ließ die Peitsche knallen, steigerte sich in Wut.

Er bringt die armen Viecher noch um, dachte May. Sie rannte zur Kutsche.

»Bitte, Sir, lassen Sie mich Ihnen helfen.«

Der Kutscher spähte nach unten und spuckte aus dem Wagen, so daß der Speichel auf ihren Fuß spritzte. »Hau ab, verdammtes Schlitzauge!«

Sie zwang sich, die Beleidigung zu überhören. »Sie haben nur

Angst. Ich kenne mich mit Pferden aus. Zu Hause in San Francisco ...«

»Einen Dreck kennst du«, knurrte der Fahrer. Er knallte mit den Zügeln.

»Sir. Sie sind nicht ungehorsam. Sie haben Angst. Ich werde sie am Zügel nehmen ...«

Er drehte sich um und schlug mit der Peitsche nach ihr, verfehlte knapp ihre Schulter. »Ich sag's nicht noch einmal. Hau ab!« Er ließ die Peitsche auf den Rücken der Pferde knallen.

Die Pferde schrien auf.

»Entschuldigen Sie, Sir«, erwiderte May Chang ruhig. Sie griff in ihr Baumwollnetz und zog eine winzige, perlmuttbesetzte Pistole hervor.

Der Kutscher sah nach unten. Ihm blieb der Mund offenstehen.

Sie zielte mit der Pistole auf sein Gesicht. »Ich werde die Pferde am Zügel nehmen. So ist es viel besser, meinen Sie nicht auch?«

Er nahm seinen Hut ab, fuhr sich mit der Hand durch das fettige Haar. Seine Hand zitterte.

Ein Feigling wie alle Tyrannen, dachte May.

»Ja. Ja, das könnte klappen.«

Während sie ihn im Auge behielt und die Pistole so hielt, daß er sie sehen konnte, ging sie nach vorn zu den Pferden und streichelte ihre verschwitzten Hälse. Als sie sich beruhigt hatten, trat sie, die Zügel in der Hand, zurück und redete leise, mit der sanftesten Stimme, auf sie ein. Die Kutsche bewegte sich knarrend ein Stück nach vorn. Dann noch ein Stück. Und noch ein Stück. Und dann waren sie auf festem Boden.

May kletterte auf den Kutschbock. »Ich glaube, die Reise wird sehr viel angenehmer, wenn ich bei Ihnen bleibe, meinen Sie nicht auch?«

Er konnte den Blick nicht von der Pistole wenden. »Yeah.«

»Würden Sie die anderen jetzt bitte auffordern, einzusteigen?«

»Natürlich. Gute Idee.« Der Kutscher wandte sich dem kleinen Knäuel der Mitreisenden zu. »Es geht weiter, Leute.« Er sah zu May zurück. »Ich glaube, sie haben nicht gesehen, was passiert ist«, sagte er mit flehender Stimme.

»Gut«, sagte May. »Jetzt haben wir beide ein Geheimnis. So werden wir uns gegenseitig respektieren, stimmt's?«

»Genau«, erwiderte der Mann eifrig. »Da haben Sie völlig recht.«

Sie blickte verstohlen auf ihre Röcke. Sie waren völlig schlammverkrustet. May seufzte.

Der Kutscher trieb die Pferde an. »Verehrte Dame«, sagte er, als sie schneller wurden, »die Leute in Tabor werden nicht wissen, was sie von Ihnen halten sollen.«

8

Das Blatt Papier wurde quer über die Straße geweht und blieb am Knöchel des Gottgeweihten Mannes hängen. Er riß es sich vom Fuß und zerknüllte es mit der Faust. Dreck. Die Stadt steckte knietief im Dreck.

Er wollte es gerade wegwerfen, als ihm etwas ins Auge fiel. Er flüchtete sich in den Windschatten eines Gebäudes und strich das Papier glatt. Er runzelte die Stirn, als er sich den Text Wort für Wort vornahm. Das Stirnrunzeln wandelte sich in Erstaunen, dann in Gelächter, als ihm der Sinn des Gelesenen schlagartig aufging.

Alle Frauen von Tabor sind herzlich zu einem Treffen mit den Vertreterinnen der American Woman Suffrage Association eingeladen, stand da. *Mrs. Lucy B. Stone wird eine Rede halten, gefolgt von einem zwanglosen Beisammensein bei Tee und Kuchen. Sonntag, den 26. November, in Hayes' Warenhaus.*

Die Hexen versammelten sich.

Gott hatte ihm eine Nachricht gesandt, als Abfall getarnt. Herrlich! Es war an der Zeit, die Falle auszulegen.

Billy kam mit dem Karren, Lebensmitteln und einer Überraschung aus der Stadt zurück. Sie hörten das Singen, lange bevor der Wagen das Haus erreicht hatte. Blue Mary hörte es zuerst. Sie hatte einen Wollstrang, den Stoner zwischen den Händen hielt, zu einem Knäuel aufgerollt und sprang mit einem kleinen Jauchzer der Freude auf.

»Dorothy und die Mädchen!«

Stoner legte das Garn beiseite und stand auf. Bei der plötzlichen Bewegung drehte sich ihr das Zimmer vor Augen.

»Mary«, rief sie, während sie die Hand ausstreckte, um sich abzustützen. »Wissen sie, daß Billy ein ...?« Aber als sie die Tür erreichte, flog die alte Frau bereits dem Besuch entgegen.

Na gut, sagte sie sich, im Zweifelsfall halt lieber den Mund.

Lolly kam unter prustendem Gelächter, mit klirrenden Armreifen und einem Schwall kalter Luft ins Zimmer gestürmt. Sie trug einen Weidenkorb mit eingehängtem Aufsatz, mit dem sie Stoner auf sorglose und eigentlich lebensgefährliche Weise vor der Nase herumfuchtelte. »Warte nur, bis du siehst, was wir mitgebracht haben«, sprudelte es aus ihr hervor. Sie riß die Leinenserviette weg, mit der der Korb zugedeckt war. »Truthahn! Apfelstrudel! Gebäck! Cherry hat den ganzen Tag in der Küche gestanden. Es ist wie Weihnachten. Wo soll ich es hinstellen?«

»Ehem ...«, meinte Stoner, die sich nahezu überwältigt fühlte. »Auf den Tisch, schätze ich.«

Lolly begann die Sachen auszubreiten. »Ich weiß, daß du eine anständige Mahlzeit brauchst. In diesem Haus kriegt man ja nur gesundes Zeug. Ehrlich, Blue Mary ist ein Schatz, aber was ihren Essensgeschmack angeht ...« Sie verzog das Gesicht. »Ich verstehe nicht, wie du es so lange ausgehalten hast.«

Die Essensdüfte vermischten sich und hüllten sie ein. Der Truthahn roch besonders streng. Nach Wild. Der Geruch schlug ihr auf den Magen. »Das habe ich gar nicht bemerkt«, erwiderte sie. »Mir ging's nicht so gut ...«

»Ich weiß, ich weiß.« Lolly brach von einem mächtigen Teilchen ein Stück ab und schob es Stoner zu. »Probier mal. Das bringt dich im Handumdrehen wieder auf die Beine.«

Stoner nahm es in die Hand und inspizierte es. Es sah aus wie ein Stück Croissant mit Schokoladenfüllung. Es duftete nach Kirschlikör. »Ich weiß nicht recht, Lolly. Es könnte ein bißchen zu reichhaltig sein.«

»Natürlich ist es reichhaltig«, gab Lolly zurück, als sie sich die andere Hälfte des Gebäckstücks in den Mund schob. »Deshalb ist es ja so gut für dich.«

»Ich ...«

»Du bist nur krank, weil du dir selbst nichts gönnst. Glaub mir.«

Die anderen waren am Haus angelangt. »Lolly!« sagte Dot mit scharfer Stimme. »Zwing ihr nichts auf. Willst du, daß sie sich an Ort und Stelle übergibt?« Sie wandte sich Stoner zu und legte ihr den Arm um die Schultern. »Wie geht's, Kleines?«

»Schon besser, vielen Dank.«

Cherry rauschte mit einer Würde ins Zimmer, wie Stoner sie noch bei keinem anderen Menschen gesehen hatte. Sie stellte ihren Korb vorsichtig auf den Tisch und berührte Stoners Hand. »Freut mich, daß du wieder auf den Beinen bist«, sagte sie förmlich. Sie drehte sich gerade noch rechtzeitig um, um zu sehen, wie Lolly über den Picknickkorb herfiel. »Laß deine gierigen Finger davon, Miss«, fauchte sie und gab Lolly einen leichten Klaps auf den Arm.

»Komm schon«, jammerte Lolly. »Du hast mir versprochen, daß ich was davon haben kann.«

»Wenn sich alle bedient haben.« Cherry sah zu Stoner und verdrehte die Augen. »Sie hat die schlechtesten Manieren, die ich je bei einer weißen Frau gesehen habe. Und glaub mir, ich habe weiße Frauen mit schrecklichen Manieren gesehen.«

»Privilegien«, murmelte Stoner. »Sie machen uns überheblich.«

»Ja«, stimmte Cherry ihr zu. Sie wandte sich wieder dem Tisch zu und begann das Essen aufzutragen. Einen kleinen Truthahn und ein noch kleineres Stück Kochschinken. Verschiedene Saucen. Traubenkuchen mit einer Vollkornkruste. Hasel- und Pekannüsse.

»Billy tränkt die Pferde«, meinte Blue Mary, als sie die Tür zustieß. »Er kommt ...« Sie betonte das 'er'. »... gleich nach.«

»Ich muß schon zugeben«, sagte Dot, als sie einen prüfenden Blick auf den gedeckten Tisch warf, »daß ich den kleinen Racker letzte Woche vermißt habe. Obwohl er immer noch nicht besonders gut aussieht, oder?«

Blue Mary ließ sich am Kopfende des Tisches nieder. »Bevor du dich versiehst, spielt er draußen wieder mit seiner Pistole rum. Er hat die Jugend auf seiner Seite.«

Lolly, offensichtlich im siebten Himmel, ließ die Augen über das Essen auf dem Tisch wandern. »Seht bloß«, kreischte sie entzückt.

»Sehr nett von dir, Dorothy«, meinte Blue Mary. »Ich weiß kaum, was ich sagen soll.«

Big Dot zuckte fast verlegen die Achseln. »Unsinn, wir brauchten eine Ausrede, um herzukommen. Und ich weiß, daß dieses Mädchen hier ...« Sie setzte sich und zog Stoner auf den Stuhl neben sich, »bei den Sachen, von denen du dich ernährst, nicht wieder zu Kräften kommen kann.«

»Da magst du recht haben«, erwiderte Blue Mary.

»Natürlich hat sie recht«, rief Lolly, als sie sich Schinken und Süßkartoffeln und ein mächtig aussehendes Stück Hackfleisch-Pastete auf ihren Teller lud. »Von Kräutern und Körnern kann niemand anständig leben. Schlimm genug, daß wir Dots Gerichte essen müssen.«

»Es hat kaum Kräuter und Körner gegeben«, meinte Stoner. »Gestern abend gab es Bohnen mit Speck.«

Dot zog die Augenbrauen hoch. »Ich dachte, ich hätte dich vor dem Zeug gewarnt.«

»Ich hatte keine andere Wahl.«

Cherry sah angeekelt auf Lollys Teller. »Wenn du so weitermachst, wirst du so fett, daß du dir einen anderen Job suchen mußt.«

»Na ja, wieso nicht?«, erwiderte Lolly und griff nach dem zweiten Truthahnschenkel.

»Was kann eine alte Hure wie du denn schon machen?« fragte Cherry. »Unterrichten? Anderer Leute Wäsche waschen? Fürs erste fehlt dir die Bildung und fürs zweite das Durchhaltevermögen.«

»Hier draußen muß eine Frau doch noch andere Möglichkeiten haben«, meinte Stoner, die Lolly ein wenig bemitleidete.

»Heiraten«, erwiderte Dot. »Damit hat sich's.«

»Ich kann mich immer noch für eine verruchte Existenz entscheiden«, behauptete Lolly trotzig. »Wie Belle Starr und Sally Skull und Calamity Jane.«

Dot starrte sie wütend an. »Paß gut auf, was du über Miss Mary Jane Cannaray sagst. Zufällig bin ich persönlich mit ihr befreundet, und sie ist nicht verrucht, sondern einfach anders.«

Lolly wandte sich an Stoner. »Ist dir je aufgefallen, daß alle Bekannten von Dot irgendwie 'anders' sind?«

»Um ehrlich zu sein«, erwiderte Stoner. »Ja.«

»Sie ist einfach nur toleranter als die meisten Leute, das ist alles«, erklärte Cherry. Sie spähte auf Stoners Teller. »Ich habe mir für dieses Essen die Finger wund gearbeitet. Willst du nicht wenigstens mal probieren?«

Stoner nahm einen Truthahnflügel und probierte vorsichtig. Es schmeckte köstlich.

»Bist du verheiratet?« fragte Lolly zwischen zwei Mundvoll Apfelstrudel.

»Nein.«

»Was arbeitest du?«

»Ich arbeite in einem Reisebüro.«

Alle sahen sie an. Nach dem Ausdruck auf ihren Gesichtern zu schließen, hätte sie ebensogut sagen können, sie sei Astronautin.

»Im Reisebüro«, erklärte sie. »Wenn die Leute irgendwohin wollen – geschäftlich oder im Urlaub oder sonstwie – helfe ich ihnen, das zu arrangieren.«

Cherry beugte sich vor und tupfte sich mit der Serviette den Mund ab. »Wie machst du das?«

»Wir ... meine Partnerin Marylou und ich ... wir machen Reservierungen für Hotels und Motels, buchen Flüge ...«

Die anderen sahen einander an. »Motels reservieren? Flüge buchen?« fragte Dot.

»Genau. So etwas wie Flüge kennt ihr nicht, oder?«

»Natürlich kennen wir Pflüge«, erwiderte Dot. »Wenn in diesem Land irgendwo Pflüge gebraucht werden, dann hier.«

»Nein, ich meine Flüge mit dem Flugzeug.« Sie zermarterte sich das Hirn, um einen Vergleich zu finden. »Flugzeuge sind was ähnliches wie Eisenbahnwagen. Aus Metall. Befördern eine Menge Leute. Nur daß sie durch die Luft fliegen. Mit Flügeln.« Ihr wurde bewußt, wie verrückt das klingen mußte. »Man muß es gesehen haben, um es zu glauben.«

»Das würde wahrscheinlich helfen«, meinte Dot höflich.

Stoner warf Blue Mary einen Blick zu. Hilfe!

»Drüben in Boston ist alles ziemlich modern«, sagte Blue Mary. »Möchte noch jemand Tee?«

»Wasser tut's auch«, meinte Lolly, griff nach dem Krug und schenkte sich ein zweites Glas ein.

»Ich wette, hier draußen habt ihr keine Probleme mit dem sauren Regen«, sagte Stoner.

»Ich habe zwar keine Ahnung, was das sein soll«, sagte Dot, den Mund voller Kuchen, »aber soweit ich weiß, haben wir keine Probleme damit.«

»Er wird durch die Umweltverschmutzung verursacht. Von den Fabriken. Wißt ihr, der Rauch von fossilen Brennstoffen steigt in die Atmosphäre auf und sammelt sich in den Wolken, und wenn es regnet, kommt eine Art Säure vom Himmel.«

»Welche Art von Säure?« fragte Cherry.

»Ich glaube Schwefelsäure. Ich bin mir nicht sicher.«

»Du willst mir erzählen, daß es bei euch in Boston Schwefelsäure regnet?«

»Na ja«, meinte Stoner unsicher, »nicht in hoher Konzentration, aber genau genommen, schätze ich ... Na ja, es zerstört unsere Seen.«

»Kommst du wirklich aus Boston?« fragte Cherry. »Oder aus der Hölle?«

Stoner lachte. »Manchmal gibt es da kaum einen Unterschied.«

»Zumindest gibt es dort anständiges Essen«, erklärte Lolly.

Cherry schnaubte. »Essen, Essen, Essen. An was anderes kannst du wohl nicht denken?«

»Meine Freundin Marylou ist genauso«, teilte Stoner Lolly mit. »Ihr wärt ganz verrückt aufeinander. Sie könnte dir jedes einzelne exotische Restaurant in der Stadt zeigen. Manchmal begleite ich sie, aber ich kenne mich nicht so gut aus. Ich wette, innerhalb einer Woche würdet ihr fachsimpeln wie zwei alte Profis.«

Lolly strahlte übers ganze Gesicht. »Wenn du zurückgehst, nimm mich doch mit.«

»Ich wünschte, das wäre möglich«, meinte Stoner. Sie merkte, daß sie Lolly sehr zu mögen begann. »Was das Essen angeht, kenne ich keine, die so wählerisch ist wie Marylou.« Sie lachte. »Der Witz an der Sache ist, daß ihre Mutter nur Fast Food ißt.«

Wieder sahen alle sie an. »Fast Food?« fragte Lolly.

»Fast Food ist ... na ja, man holt es sich im Schnellimbiß. Ihr wißt schon, wenn man keine Zeit hat zu kochen. Bei uns gibt es Hunderte davon. Burger King. Kentucky Fried Chicken. Pizza Hut.«

Die verdutzten Blicke machten sie ein bißchen hysterisch. »Taco Bell? Arby's? Roy Rogers? McDonald's? Ihr habt noch nie von McDonald's gehört? Die gibt es auf der ganzen Welt. Sogar in Japan.«

»Mein Gott«, meinte Lolly, »du bist wohl überall gewesen.«

»Wie bitte?«

»Du bist schon mal in Japan gewesen?«

Stoner raufte sich verzweifelt die Haare. »Nein, bin ich nicht. Aber ich könnte es, wenn ich wollte. Wenn ich es mir leisten könnte.«

»Ich weiß, was du meinst«, schaltete Dot sich ein. »Eine so lange Reise muß ein Vermögen kosten. Aber ich glaube, ich würde es nicht aushalten, wochenlang auf den Ozean zu starren, selbst wenn ich das Geld zusammenkratzen könnte.«

»Es dauert nur Stunden«, entgegnete Stoner. »Von L.A. höchstens zwölf Stunden.«

»Mary«, wandte Dot sich mit gedämpfter Stimme an Blue Mary, »ich glaube, sie ist noch nicht wieder so gesund, wie sie meint.«

»Japan ist noch gar nichts«, fuhr Stoner beharrlich fort. »Manche Leute sind schon auf dem Mond gewesen.«

Dot schüttelte den Kopf. »Fieberwahn.«

»Ich habe es im Fernsehen gesehen.«

Blue Mary kam um den Tisch herum und faßte sie an den Schultern. »Stoner, meine Liebe, beruhige dich. Wir wollen unsere Gäste nicht erschrecken.«

»Tut mir leid.«

Es trat eine peinliche Stille ein.

»Na ja«, meinte Cherry schließlich, »es steht mir nicht zu, zu entscheiden, was möglich ist und was nicht. Mein Gott, was ich in New Orleans alles gesehen habe.«

»Das French Quarter?« fragte Stoner.

Cherry wandte sich ihr zu. »Bist du da schon gewesen?«

»Nein, aber es ist bei unseren Kundinnen und Kunden sehr beliebt. Vor allem das Soniat Hotel. An der Chartres Street.«

Cherrys Augen leuchteten auf. »Das kenne ich. Samstags geht es ein bißchen wild, aber dennoch anständig zu. Unten am Fluß.«

Stoner fühlte sich, als hätte sie Kontakt mit außerirdischen Lebewesen aufgenommen. »Genau. Bist du je im Quadroon Ballroom gewesen?«

Cherry warf den Kopf zurück und lachte. »Und in welcher Eigenschaft sollte ich dort gewesen sein, wenn ich fragen darf? Meine Mom war nicht gerade in der Position, mich vornehmen Gentlemen vorzuführen.«

Plötzlich überkam Stoner das panische Gefühl, einen schrecklichen sozialen Fauxpas begangen zu haben. »Davon wußte ich nichts«, sagte sie schnell.

Cherry wandte sich an die anderen. »Im Quadroon Ballroom«, erklärte sie, »werden die vornehmen Mulattinnen in die Gesellschaft von New Orleans eingeführt.«

Dot schnitt sich ein Stück Pastete ab und zog die Augenbrauen hoch. »Tatsächlich?«

»Für gewöhnlich finden sich dort die wohlhabenden jungen weißen Männer von New Orleans ein«, fuhr Cherry fort. »Sie sehen sich die Mädchen an und suchen sich eine Mätresse aus.«

»Wirklich«, meinte Stoner, »ich wollte damit nicht sagen ... ich meine, ich habe nicht im Traum ... ich meine, ich dachte, die Leute gingen einfach nur zum Tanzen in den Quadroon.«

»Schon gut«, meinte Cherry und berührte sie leicht am Arm. »Es schmeichelt mir, daß du mich einer solchen Gesellschaft zurechnest.«

»Nichts liegt mir ferner«, plapperte Stoner weiter. »Ich meine, ich würde nie behaupten, daß du eine Frau bist, die sich aushalten läßt.«

»Es gibt Schlimmeres. Die Frau hat bis an ihr Lebensende finanziell ausgesorgt. Ihre Kinder werden auf Kosten des Mannes ausgebildet. Es fehlt ihr an nichts.«

»Na ja«, sagte Lolly und verzog das Gesicht. »Ich wette, sie muß sich vor der Ehefrau in acht nehmen.«

»Ganz und gar nicht. Für gewöhnlich werden diese Dinge im Einvernehmen mit der Ehefrau geregelt.« Cherry wandte sich an Stoner. »Aber weißt du, man muß allein schon eine bestimmte Stufe in der Mulatto-Gesellschaft erreicht haben, um in den Quadroon reinzukommen. Und bei meiner Herkunft ...«

Stoner nahm sich ein zweites Stück Truthahn. »Hat sich seit der Sklavenbefreiung für dich etwas verändert?«

»Ja und nein«, erwiderte Cherry nachdenklich. »Für manche Schwarze ja. Aber ich hatte mich sozusagen schon selbst emanzipiert.« Sie warf ihr einen Blick zu. »Aber diese elende Geschichte willst du bestimmt nicht hören. Nicht am ersten Tag, nachdem du dem Tod von der Schippe gesprungen bist.«

»Doch«, meinte Stoner. »Sehr gern sogar.«

Cherry blickte in die Runde. »Könnt ihr es ertragen, sie noch mal zu hören?«

»Es ist meine Lieblingsgeschichte«, sagte Lolly. »Dabei muß ich immer heulen.«

»Meine Urgroßmutter ist vor Jahr und Tag von Afrika hergebracht worden, auf eine Plantage in Mississippi, drüben in der Nähe von Natchez. Ihre Tochter, meine Großmutter, die halb weiß war, ist an eine andere Plantage in Alabama verkauft worden, wo sie einen der Sklaven geheiratet hat. Natürlich nicht gesetzlich. Das war uns nicht erlaubt. Meine Mutter wurde von einem Rechtsanwalt aus Georgia namens Calhoun – er hatte nichts mit den Calhouns aus South Carolina zu tun – gekauft, der mein Vater wurde, obwohl er es nicht zugeben wollte. Ebensowenig wie seine Ehefrau, obwohl ich mir sicher bin, daß sie es wußte.«

Sie brach ein Stück Kuchen ab, aß es und tupfte sich mit der Serviette den Mund. »Meine Mutter hat sich hochgearbeitet, bis sie bei den Calhouns Köchin war, und ich durfte in der Küche spielen.

Aber was mich wirklich gereizt hat, war die Bibliothek. Wörter und Lesen haben mich fasziniert, und ich habe mir geschworen, lesen zu lernen, auch wenn ich sonst im Leben nichts erreichen würde.«

»In der Konföderation war Schwarzen das Lesen nicht erlaubt«, erklärte Blue Mary. »Jegliche Art von Ausbildung für Schwarze verstieß gegen das Gesetz.«

»Die Calhouns hatten einen Sohn«, fuhr Cherry fort. »Eigentlich ein kleiner Tyrann. Er war ein paar Jahre jünger als ich, aber er konnte lesen und schreiben, und ich habe ihn dazu bewegen können, es mir beizubringen. Das hatte natürlich seinen Preis – welchen muß ich bestimmt nicht sagen.«

»Nein«, meinte Stoner. »Wahrhaftig nicht.«

»Wo immer möglich, habe ich mir Bücher besorgt. Habe den Abfall anderer Leute durchwühlt. Mit sexuellen Gefälligkeiten gehandelt, mehr hatte ich nicht zu bieten. Ich habe mir sie sogar heimlich aus ihrer Bibliothek geborgt. Natürlich habe ich sie wieder zurückgebracht. Aber eines Tages haben sie mich erwischt und meine Mutter dafür geschlagen. Damit hatte sich die Ausleiherei erledigt.«

»Wie alt warst du damals?« fragte Stoner.

Cherry runzelte nachdenklich die Stirn. »Ich weiß nicht genau. Wir haben uns um solche Dinge nicht geschert. Aber ich weiß, daß ich noch keine Frau war.«

Sie seufzte. »Als es dann soweit war, waren die Calhouns – Vater wie Sohn – Tag und Nacht hinter mir her wie hinter einer läufigen Hündin. Ich fand das widerlich. Es ist eine Sache, Unannehmlichkeiten zu ertragen, wenn man davon profitiert. Aber es ist etwas ganz anderes, wenn man keinerlei persönlichen Nutzen davon hat, meint ihr nicht auch?«

»Absolut«, stimmte Stoner ihr zu.

»Ich konnte meine Gefühle für sie nicht verbergen, also haben sie mich an einen Viehtreiber aus Mississippi verkauft. Ein Scheusal durch und durch. Sadistisch. Zum Glück war er auch ziemlich blöd. Und versoffen. Ich habe etwa ein Jahr mit ihm zusammengelebt und mich eines Nachts davongemacht, als er sternhagelvoll war – was immer öfter vorkam. Da wir zu der Zeit in New Orleans waren, war es ein Leichtes, mich unter die Mulatto-Königinnen der Nacht zu mischen. Er hat mich nie gefunden.« Sie stieß ein scharfes Lachen aus. »Um ehrlich zu sein, glaube ich nicht, daß der

Mann mir je ins Gesicht geblickt hat. Er hätte bestimmt nicht gewußt, wonach er suchen sollte. Dann ist der Krieg ausgebrochen, und danach habe ich mich entschieden, hierherzukommen. Die Yankees sind trotz ihrer hehren Gesinnung um keinen Deut besser als unsere früheren Besitzer. Männer sind und bleiben halt Männer, oder?«

»Ja«, meinte Stoner. »Zweifellos.«

Cherry beugte sich vor und klopfte mit ihrem wohlgeformten Zeigefinger auf den Tisch. »Sie waren so stolz darauf, uns 'befreit' zu haben – und es läßt sich nicht bestreiten, daß es besser ist, in Freiheit zu leben als Sklavin zu sein –, aber ich frage mich, wie sie reagieren werden, wenn sie herausfinden, daß sie uns für unsere Arbeit bezahlen und uns ausbilden müssen. Ich frage mich, was sie tun werden, wenn wir uns entschließen, nicht nur frei, sondern auch gleichberechtigt sein zu wollen.«

Das könnte ich dir sagen, dachte Stoner. Ein weiteres Jahrhundert voller Armut und Lynchjustiz und Vorurteile. Der langsame, schmerzvolle Weg durch die gesetzlichen Instanzen. Martin Luther King, Jr. und Malcolm X und H. Rap Brown und die Black Panthers. Die Bürgerrechtsbewegung und die Demonstrationen und die Sit-ins und die Boykotts und die Hoffnungen. Attentate und Aufstände, und »Burn, Baby, burn«. Schwarzer Stolz und schwarze Kultur und neuer Respekt für euer afrikanisches Erbe. Gemischte Schulen und Antidiskriminierungsprogramme. Und die achtziger Jahre des 20. Jahrhunderts, das Jahrzehnt des Weißen Mannes, und die stückweise Unterwanderung dessen, was ihr schon erreicht hattet.

»Ich fürchte«, sagte sie vorsichtig, »es stehen schwere Zeiten bevor.«

Cherry lachte und nahm sich einen Keks. »Schwere Zeiten hinter uns, schwere Zeiten vor uns. Das Leben geht weiter.«

Lolly war ungewöhnlich still gewesen. Stoner blickte zu ihr hinüber. Ihr standen Tränen in den Augen. »Lolly?« meinte Stoner.

»Es ist so traurig«, brach es aus Lolly hervor. »Am liebsten würde ich diese Leute umbringen.«

Cherry beugte sich über den Tisch und streichelte Lollys Hand. »Wir tun, was wir können, meine Süße«, sagte sie. »Und was wir tun müssen. Und im Moment haben wir doch ein gutes Leben, oder?«

Lolly nickte. Eine Träne löste sich und zog eine Spur durch ihr gepudertes Gesicht. Dann noch eine. Und noch eine. Sie putzte sich mit einem zerknüllten Taschentuch die Nase. »Siehst du, was ich meine? Ich liebe diese Geschichte über alles.«

»Angenommen, du würdest dir eine Pistole kaufen«, meinte Cherry. »Angenommen, du würdest dem alten Calhoun und seinem Emporkömmling von einem Sohn nachstellen? Angenommen, du würdest sie aufstöbern und erschießen? Du weißt, daß sie dich erwischen würden, und was würde Cherry dann ohne dich tun?«

»Du würdest es schon schaffen«, murmelte Lolly. »Vorher bist du auch zurechtgekommen.«

»Aber wen könnte ich dann ärgern? Wer würde mir in den Ohren liegen, damit ich ihr feine Obsttörtchen backe? Wer würde meine Kleider flicken und mit mir den ganzen Winter am Ofen plaudern?« Sie zwinkerte Dot zu. »Nicht die Boss-Lady. Die Boss-Lady muß sich um ihr Geschäft kümmern, und du und ich, wir müssen uns umeinander kümmern, stimmt's?«

Wenn sie nicht bald aufhören, Süßholz zu raspeln, dachte Stoner, fange ich auch an zu weinen.

»Wie du nur wieder aussiehst«, sagte Cherry mit gespielter Strenge. Sie stand auf. »Wir sollten nach nebenan gehen und dein Make-up wieder herrichten, bevor Stoner noch auf die Idee kommt, daß Huren aus dem Mittleren Westen ihr Äußeres vernachlässigen. Wir müssen mit gutem Beispiel vorangehen.«

»Tja«, meinte Dot, als Cherry und Lolly sich vom Tisch erhoben. »Ich schätze, es bleibt der Boss-Lady überlassen, hinter den arbeitenden Mädchen herzuräumen.« Sie stapelte ein paar Teller aufeinander und ging zum Spülstein.

»Wo bleibt denn Billy?« fragte Stoner, als sie ihr mit den Tassen und dem Besteck folgte.

Dot sah aus dem Fenster. »Am besten heben wir etwas für ihn auf. Sieht aus, als würde er da draußen mit einem Cowboy reden.«

»Einem Cowboy?« Blue Mary kam zum Spülstein. »So spät im Jahr noch Cowboys? Muß ein Vagabund sein.«

»Gibt's hier im Winter keine Cowboys?« fragte Stoner.

»Meistens nur im Frühling und im Sommer«, erklärte Dot. »Sie treiben das Vieh zu den Märkten drüben in Kansas City und St. Louis. Aber sobald es Herbst wird, lassen sie sich meist auf den Viehfarmen nieder. Die Treiberei hat nicht viel Zweck, wenn die Chancen, daß das Vieh erfriert, eins zu eins stehen.«

Stoner sah nach draußen. Das Sonnenlicht war hart und kalt, die sanften Hügel sahen aus wie Aufwürfe aus Zement. Billy redete mit einem verstaubt aussehenden Mann auf einem staubigen schwarzen Pferd.

»In diesen Tagen würde ich als Vagabund nicht unbedingt nach Tabor kommen wollen«, meinte Dot nachdenklich. »Die Leute sind bereit, jedes fremde Gesicht aufzuknüpfen.« Sie wandte sich an Blue Mary. »Wahrscheinlich hast du noch nichts davon gehört. Heute nacht hat es wieder ein Feuer gegeben.«

»Ach du meine Güte«, sagte Blue Mary. »Wer war diesmal dran?«

»Die Allens, draußen beim Trail Ridge. Die ganze Familie ist umgekommen. Hast du sie gekannt?«

»Nicht wirklich«, erwiderte Blue Mary. »Jenny Allen habe ich ab und zu in der Stadt getroffen, aber wir sind nie warm geworden. Eine in sich gekehrte Person. Aber vermutlich wäre sie mit der Zeit ein bißchen offener geworden.« Sie schüttelte den Kopf. »Eine Schande.«

»Hört sich an wie die Sache damals im August, als die Scheune der DeSantis abgebrannt ist.« Sie wandte sich an Stoner. »Sie hatten sich eine Zeitlang durchgeschlagen, dann mußten sie einpacken und nach Mexiko zurück.« Sie schrubbte einen Teller ab. »Auch eine schreckliche Sache. Gute Leute.«

Blue Mary schüttelte langsam den Kopf. »Es scheint immer schlimmer zu werden. Dies ist das erste Mal, daß Leute dabei ums Leben gekommen sind.«

»Tja, ich wünschte, sie würden rausfinden, wer dahintersteckt«, warf Lolly ein, als sie zusammen mit Cherry ins Zimmer zurückkam. »Allmählich wirkt es sich schlecht aufs Geschäft aus.«

»Wirklich?« fragte Stoner.

»Alle sind gereizt«, erklärte Cherry. »Können sich nicht mehr auf das konzentrieren, was sie tun.«

»Man hört ja so einiges«, sagte Dot mit offenkundiger Zurückhaltung.

Blue Mary sah sie erwartungsvoll an.

»Cherry hat zufällig mitgekriegt, wie einige der Damen nach dem Gottesdienst ...«

»Also wirklich«, zischte Lolly, »treibst du dich da wieder rum?«

»Kann nicht schaden«, erwiderte Cherry.

»Kann auch nichts nützen. Wieso willst du dir den alten Mistkerl anhören?«

»Ich höre dem alten Mistkerl nicht zu. Ich versuche ein paar Gerüchte aufzuschnappen.«

»Wenn er dich in der Kirche erwischt, jagt er dich den ganzen Weg bis zum Saloon zurück, wie letztes Mal.«

»Entschuldigung ...«, warf Stoner ein.

»War das nicht ein Bild für die Götter?« Cherry lachte.

Stoner räusperte sich und sagte: »Ehem ...«

Alle sahen sie an.

»Wer ist der alte Mistkerl?«

»Der Pfaffe«, schnaubte Dot, während sie noch etwas heißes Wasser aus dem Kessel in die Spüle goß.

Blue Mary nahm ein Stück abgenutzten Flanells, das ihr als Geschirrtuch diente. »Na, na, Dorothy, das sind nur deine Vorurteile gegenüber der Geistlichkeit.«

»Stimmt nicht«, erwiderte Dot. »Ich bin schon ein oder zwei guten Geistlichen begegnet. Obwohl ich es, um ehrlich zu sein, für eine schändliche Lebensweise halte, herumzugehen und den Leuten zu erzählen, was dir an ihnen mißfällt, und dann noch zu erwarten, für dieses Vorrecht bezahlt zu werden.«

»Ich weiß nicht«, sagte Lolly. »Vor einiger Zeit hatte ich einen Kunden, der mich extra bezahlt hat, damit ich's für ihn tue.«

»Pst!« Cherry knuffte Lolly in die Rippen. »Du schockierst unseren Gast.«

Stoner lachte. »Keine Angst. Von solchen Sachen habe ich schon mal gehört.«

»Na, na, das schickt sich aber nicht«, meinte Dot. »Ein nettes Mädchen wie du.«

»Frau«, korrigierte Blue Mary sie. »Sie will Frau genannt werden.«

»Oh?« Dot hob die Augenbrauen. »Wieso das?«

Stoner überlegte, wie sie die Frauenbewegung in fünfundzwanzig Worten oder weniger erklären könnte. Vielleicht könnte sie die Sache mit dem gleichen Lohn weglassen ...

»Da, wo sie herkommt«, erklärte Blue Mary, »ist es ein Zeichen des Respekts.«

»Na ja«, meinte Dot, »das gibt mir natürlich zu denken.«

Draußen wandte der Cowboy sein Pferd und ritt davon. Billy kam aufs Haus zu.

Blue Mary stellte einen abgetrockneten Teller in den Schrank. »Nun, und was hört man so?«

»Du weißt ja, wie die Leute sind«, erwiderte Cherry. »Sie verdächtigen jede Person, die sie nicht kennen.«

»Mich?« fragte Stoner.

»Schon möglich«, antwortete Dot. »Habe ich auch getan, wie du dich vielleicht erinnerst. Aber die Brände haben schon vor einigen Monaten angefangen. Da warst du noch nicht in dieser Gegend, oder?«

Verdammt noch mal, nein. Da war ich noch nicht mal in diesem Jahrhundert.

Sie winkte Billy zu. Billy winkte zurück.

»Ich finde, du solltest es wissen, Mary. Es geht das Gerücht, daß etwas gegen unseren Jungen unternommen werden soll.«

Blue Mary drehte sich um und blickte Dot an. »Was für ein Gerücht?«

»Im Moment ist es noch müßiges Gerede, aber wenn die Dinge sich so weiterentwickeln ...«

»Billy würde so etwas nie tun«, wandte Stoner ein.

Dot zuckte die Achseln. »Du weißt das, und ich weiß es auch. Alles, was die Stadt weiß, ist, daß er mit einer Pistole, ohne Pferd und ohne Familie hier angekommen ist und sich, was die Zeit davor angeht, ziemlich zurückhält.«

»Aber Billy ist ...«

»Ein Kind«, unterbrach Blue Mary sie. »Nur ein Kind.«

»Hinter dem Gerede steckt vor allem unser Freund Hayes. Du kennst ihn ja.«

Blue Mary nickte. »Hast du gewußt, daß seine Frau eine Suffragette geworden ist?«

Cherry und Lolly brachen in schallendes Gelächter aus. »Du meine Güte«, meinte Dot. »Es gibt also doch einen Gott.«

Blue Mary wurde ernst. »Dorothy, wie lange kannst du Billy schützen?«

»Ich weiß nicht, ich tue mein Bestes.«

»Niemand bezweifelt das«, sagte Blue Mary. »Vielleicht kann Stoner uns dabei helfen.«

Dot wischte sich mit dem Handrücken eine feuchte Locke aus der Stirn und sah zu Stoner hinüber. »Meinst du?«

»Wenn ich herausfinden könnte, wer es wirklich gewesen ist ...«

»Nun«, sagte Dot, »ich zweifle nicht an deinen Fähigkeiten, aber diesmal – nur dieses eine Mal – wäre mir der U.S. Marshall wirklich willkommen. Falls er je herkommt.« Sie tauchte die Hände wieder ins Spülwasser. »Leider wissen wir nur zu genau, daß er als erstes Billy festnehmen würde.«

»Aber ...«

»Na, na, mach dir mal keine Sorgen«, meinte Blue Mary zu Stoner. »Wenn er hier eintrifft, hast du die ganze Sache wahrscheinlich schon im Griff.«

Dot warf einen raschen Seitenblick auf Stoner. »Was mir Sorgen macht ... was passiert, wenn die Leute beschließen, die Sache selbst in die Hand zu nehmen?«

Billy trat die Tür auf und schlenderte herein. Sie schwang ein Bein über die Bank, setzte sich rittlings hin und begann, an einem Truthahnschenkel zu knabbern.

Eines der hinreißendsten Bilder, die Stoner je gesehen hatte.

»Der Cowboy meint, sie würden eine Herde durch Tabor treiben«, sagte Billy. »Kampieren wohl an der West Fork. Sind Samstag abend in der Stadt.«

Dot seufzte. »Tja, das schlägt dem Faß den Boden aus. Hoffentlich habe ich genug Fusel, um die Krise zu überstehen.«

»Mist«, meinte Cherry. »Ich hatte mich schon so daran gewöhnt, die Abende für mich zu haben.«

Lolly verzog das Gesicht. »Wahrscheinlich besser, als wenn's Büffeljäger wären, aber ...«

»Büffeljäger!« Cherry drehte die Augen zum Himmel. »Bleib mir bloß weg mit den Büffeljägern!«

»Hey, Dot«, fragte Billy schroff. »Brauchst du mich in den nächsten Tagen?«

»Nicht unbedingt. Hast du Wichtigeres zu tun?«

Billy zog den Hut über die Augenbrauen, konnte aber die Röte nicht verbergen, die ihr Gesicht überzog. »Dachte, ich könnte Stoner die Gegend zeigen.«

Lolly kicherte.

»In dem Fall«, erwiderte Dot und warf Lolly einen vernichtenden Blick zu, »kannst du den Pferdekarren haben.« Sie sah scharf in Billys Richtung und wandte sich dann an Stoner. »Ich brauche ein bißchen frische Luft. Komm doch mit.«

»Na klar.« Stoner stand auf, nahm Dots Umhängetuch vom Haken neben der Tür und legte es der Frau um die Schultern.

»Danke«, sagte Dot. »Wo hast du dein komisches Teil?«

Stoner holte ihre Weste hervor und zog sie über. Dot befühlte den Saum. »Das ist ein Teufelszeug. Was soll das noch mal sein?«

»Reyon und imprägnierter Stoff, soweit ich weiß.«

Dot schüttelte bedächtig den Kopf, als wäre sie zu langsam für diese schnellebige Welt und würde ihr hilflos gegenüberstehen. »Solange es seinen Zweck erfüllt ...« Sie trat ins Sonnenlicht.

Stoner folgte ihr.

»Das Problem mit einem kleinen Haus ist«, sagte Dot, als sie sich bei Stoner unterhakte, »daß man keine Privatsphäre hat. Wären wir jetzt im Saloon, hätten wir nicht nach draußen in die Kälte gehen müssen, um zu reden.«

»Schon in Ordnung.« Stoner sog mit einem tiefen Atemzug die frische, kalte, trockene Luft ein. Als sie wieder ausatmete, fühlte sie sich, als würde sie sich ihre Krankheit aus dem Leib pusten. »Die Luft hier draußen ist herrlich.«

Dot stieß ein scharfes Lachen aus. »Im Frühjahr würdest du das nicht mehr sagen. Da liegt der Dung ganz schön schwer in der Luft.«

Eine Weile gingen sie schweigend weiter, lauschten nur dem Knacken des trockenen und gefrorenen Grases unter ihren Füßen.

»Hast du dich ein bißchen mehr eingelebt?« fragte Dot.

»Ich schätze schon.«

»Wahrscheinlich ist es schwer, sich an unsere Art zu gewöhnen.«

»Na ja«, meinte Stoner, »es ist ... ich weiß nicht recht ... verwirrend. Nicht nach Hause zu können und so.«

Dot drückte ihr verständnisvoll den Arm. »Heimweh?«

Stoner nickte.

»Als Kind habe ich immer ganz übles Heimweh gehabt«, erzählte Dot. »Hätte es wahrscheinlich immer noch, wenn ich es zulassen würde.« Sie dachte einen Moment lang nach. »Na ja, eigentlich ist es kein Heimweh, wenn man bedenkt, daß dies hier mein Zuhause ist und dazu noch ein verdammtes Stück besser als das, was ich zurückgelassen habe. Manchmal frage ich mich, warum ich mich nach einem Ort sehne, von dem ich genau weiß, daß ich ihn nicht mal sonderlich gemocht habe. Ich vermute, es hat was damit zu tun, daß man, ganz wie eine billige sentimentale Künstlerin, die Dinge in der Erinnerung schöner macht, als sie wirklich waren. Meinst du nicht auch?«

»Kann schon sein.«

»Manchmal kommt es mir vor, als wäre diese ganze Geschichte mit dem Heimweh nichts anderes als eine Art Einsamkeit.« Sie warf Stoner einen kurzen Seitenblick zu. »Die Art von Einsamkeit, die wie der Wind durch den Kamin deines Herzens streicht. Verstehst du, was ich meine?«

Stoner nickte. »Ich habe noch kein Mittel dagegen gefunden.«

»Ich auch nicht«, meinte Dot. »Vielleicht gibt es keins.«

»Mag sein.«

»Wenn es so was wie einen Himmel gibt, dann muß es ein Ort sein, an dem man sich nicht einsam fühlt.« Dot lachte. »Schwer vorzustellen.«

Sie gingen eine Weile weiter. Der Boden unter ihren Füßen war hart, aber anders als die unnachgiebige Härte von Bürgersteigen. Dieser Boden fühlte sich an, als schlummere Leben in ihm. Alt und träge, aber Leben. Wenn die Erde in Beton verwandelt wird, dachte Stoner, geht irgend etwas verloren - so wie die Federn eines Blauhähers ihre Schwungkraft verlieren, wenn er stirbt.

»Worüber grübelst du nach?« fragte Dot.

»Über Leben und Tod.«

»Davon gibt es hier draußen mehr als genug.«

»Ja. Dot, geht es hier immer so brutal zu? Ich meine, dieses ganze Gerede vom Töten, Leute mit Waffen ...«

Dot nickte. »Kann man schon sagen. Bei euch in Boston werden doch auch Leute umgebracht, oder?«

Stoner mußte ihr beipflichten.

»Der einzige Unterschied besteht darin«, fuhr Dot fort, »daß wir hier draußen für gewöhnlich die Leute kennen, die wir umbringen. Außer denen, die dafür bezahlt werden.«

Sie gingen ein Stück weiter.

»Ich muß dir etwas sagen«, sagte Dot schließlich. »Ich hoffe, dir ist bewußt, daß du für mich eine Fremde bist. Ich möchte dich nicht vor den Kopf stoßen.«

»Wirst du schon nicht.«

»Es geht um Billy.«

»Ja?«

»Normalerweise weiß ich über Männer nichts Gutes zu sagen. Die meisten von ihnen würde ich nicht mal mit der Kneifzange anfassen. Was mich betrifft, sind sie ein notwendiges Übel, und manchmal bin ich mir nicht sicher, wie notwendig sie wirklich sind. Aber ab und zu trifft man einen, der anders ist - einen, der darüber nachdenkt, was er tut und wie es um die Welt bestellt ist, dem es um mehr geht als darum, sich sinnlos zu besaufen und wieviel Blut er noch vergießen kann und welcher Frau er als nächstes seinen Willy in den Leib rammt.«

»Ich weiß schon«, meinte Stoner. »Ein paar davon kenne ich.«

»Na ja, irgendwie habe ich das Gefühl, daß Billy so ein Mann sein könnte. Oh, ich weiß, er versucht, sich hart zu geben, und Gott bewahre, wenn man ihm seinen Trommelrevolver wegzunehmen versucht. Aber er hat schwere Zeiten hinter sich und ist noch jung. Wenn man ihn richtig behandelt, könnte ein anständiger Mann aus ihm werden.«

Stoner versuchte, eine unverbindliche und belanglose Antwort zu finden. Ihr fiel nichts ein.

»Jedenfalls«, fuhr Dot fort, »sieht man auf den ersten Blick, daß er in dich verknallt ist, und wie du damit umgehst, könnte großen Einfluß darauf haben, was für ein Mann er wird. Verstehst du?«

»Natürlich.« Billy? Verknallt? In mich?

»Es macht dir doch nichts aus, wenn ich so offen mit dir rede?«

»Keineswegs.« Billy?

»Und ich kann mich darauf verlassen, daß du behutsam mit seinem zarten Herzen umgehst?«

»Ja, sicher.« Verknallt?

Dot drückte ihren Arm. »Ich habe doch gleich gewußt, daß du in Ordnung bist.«

Stoner blickte sie an. »Dot, als wir uns das erste Mal sahen, hast du die Pistole gezogen und auf mich geschossen.«

»Das heißt nicht, daß ich dich nicht gemocht habe.«

»Da kann ich nur sagen«, meinte Stoner mit einem Lachen, »es ist gut, daß du mich nicht sehr gemocht hast.«

Dot stimmte in ihr Lachen ein. Dann wurde sie wieder ernst. »Ich nehme an, du wirst demnächst weiterziehen.«

»Vermutlich.«

»Wie ich den Jungen kenne, wird er mitkommen wollen.«

»Tut mir leid«, sagte Stoner, und sie meinte es ernst. »Ich glaube kaum, daß ich ihn mitnehmen kann.«

Dot stieß einen tiefen Seufzer aus. »Das habe ich mir gedacht.«

»Wenn es stimmt, was du sagst ...«

»Es stimmt. Ich kenne mich mit Männern und Frauen aus.«

Entschuldige bitte, dachte Stoner, aber manchmal kannst du sie nicht unterscheiden. »... weiß ich nicht, wie ich ihn zurücklassen soll, ohne ihm weh zu tun.«

»Verflixt«, meinte Dot traurig, während sie einen Habicht beobachtete, der über ihren Köpfen kreiste, »das weiß ich auch nicht.«

Sie machte Cullum zu schaffen, diese enge Berührung mit dem Tod. Nicht die Möglichkeit, daß er sterben könnte. Darauf war er vorbereitet, seit er die Kopfgeldjägerei ernstlich betrieb. Nein, was ihn wirklich bedrückte, war die Tatsache, daß der Zug genau dort zum Stehen gekommen war, wo er ihn brauchte.

Ein Gleis von tausend Meilen, und er hatte genau an der Stelle angehalten. Direkt über seinem Kopf.

Gespenstisch.

Wäre er religiös, hätte er sich vorstellen können, daß der Gütige Herr ihn für etwas Besonderes ausersehen hatte. Aber er glaubte nicht an Gott, nach seiner langen Pechsträhne gebührte ihm einfach etwas Glück. Dennoch bereitete es ihm Unbehagen, so kurz vor dem Tod zu stehen und dann gerettet zu werden – na ja, es war fast wie eine Warnung. Als sollte er seinen Job noch einmal überdenken.

Der Tag war kaum angebrochen, als Billy kam, um sie abzuholen. Es sah aus, als hätte sie den Kutschbock geschrubbt. Auf dem frischen Stroh hinten im Karren standen ein Picknickkorb und ein Eimer Hafer für das Maultier.

»Hey!« begrüßte Billy sie fröhlich.

»Ebenfalls.« Stoner kletterte auf den Wagen. »Schöner Tag heute.«

»Stimmt.« Billy gab dem Maultier die Zügel. »Hast du ein bestimmtes Ziel, oder sollen wir einfach drauflosfahren?«

»Drauflosfahren klingt gut. Obwohl ich nichts dagegen hätte, einen Blick auf die Farm zu werfen, die neulich abgebrannt ist.«

Billy riß sich mit einer gespielten Verbeugung den Hut vom Kopf. »Zu Ihren Diensten, Ma'am.« Sie taxierte Stoner ziemlich unverblümt von oben bis unten. »Freut mich, daß Blue Mary dich nicht zu einem ihrer verdammten Röcke überredet hat. Würde komisch aussehen.«

»Würde sich auch komisch anfühlen.« Stoner lachte. »Wie gut, daß ich im 20. Jahrhundert geboren bin. Ich würde mich nie an euren Kleidungsstil gewöhnen.«

Der Karren schlingerte und holperte über Frosthuckel, warf sie von einer Seite zur anderen.

»Alles in Ordnung?« fragte Billy.

»Klar. Aber sie hätten Sicherheitsgurte in diesen Dingern anbringen sollen.«

»Sicherheitsgurte?«

»Etwas, womit man sich festschnallt.«

Billy lachte. »Hört sich gut an. Obwohl es ein bißchen schwierig wird, wenn man schnell runter muß.«

»Ja«, stimmte Stoner ihr zu. »Das Problem haben sie bislang noch nicht gelöst.«

Der Wind blies von den Rockies herüber, nahm an Geschwindigkeit und Stärke zu, als er auf die Ebene stieß. Er roch nach geschmolzenem Schnee und Präriestaub. Aber die Luft und die Sonne taten ihrer Haut gut. So bezaubernd und anheimelnd Blue Marys Hütte auch war, dort eingesperrt zu sein, hatte ihr das Gefühl vermittelt, auf sich selbst zurückgeworfen zu sein.

»Dort, wo du herkommst, gibt es ganz schön komische Sachen, was?« fragte Billy.

»Irgendwie schon. Ich schätze, es kommt auf den Blickwinkel an.« Sie betrachtete das Profil der Frau, das in seiner Weichheit und Stärke Gwens so ähnlich sah.

Hör auf damit, befahl sie sich. Billy ist und bleibt Billy, egal, wie sehr sie mich an Gwen erinnert, und es ist nicht fair, sie miteinander zu vergleichen.

Billy sah zu ihr hinüber. »Ich schätze, das war keine so gute Idee. Zu viel Wind und nicht genug Landschaft.«

»Mir gefällt's«, sagte Stoner und meinte es ernst. Sie war froh darüber, hier zu sein. Nicht nur aus dem Haus herauszukommen, sondern mit Billy zusammen zu sein.

»Wo ist deine Jacke?«

»Ich habe gedacht, ich würde sie nicht brauchen, und sie weggegeben.«

»Ganz schön dumm von dir«, meinte Billy.

»Wahrscheinlich.«

»Du bist ziemlich krank gewesen, weißt du?«

»Ich weiß. Du auch.«

»Ich bin daran gewöhnt.« Für ein paar Radumdrehungen blieb sie still. »Vielleicht solltest du die Decke von hinten holen.«

Stoner mußte lachen. »Es geht schon, Billy. Sei nicht so eine Glucke.«

»Na ja, ich mach mir Sorgen um dich.«

»Ist nicht nötig.«

»Irgend jemand muß es ja tun«, sagte Billy. »Du gibst nicht halb soviel auf dich acht, wie du solltest.«

»Und was ist mit dir?« fragte Stoner. »Du mußt dir viel mehr Sorgen machen als ich.«

Die Frau seufzte. »Zur Abwechslung wollte ich mich mal um jemand anders kümmern.«

Billy brachte das Maultier zum Stehen. Sie sahen auf die weite Ebene der Prärie hinaus. »Macht im Moment nicht viel her, was?« fragte sie.

»Wie überall im November.«

»Im Frühling und im Sommer ist es hier sehr schön, mit all den Kastillea, dem Rittersporn und den Butterblumen. Blue Mary meint, hier draußen würde man selbst zu dieser Jahreszeit alles mögliche finden – Höhleneulen und Präriehunde, Wurzeln und Körner und sonstige Dinge, die man essen kann. Aber ich sehe sowas nicht. Ich schätze, mir fehlt ihr Gespür.« Sie lächelte. »Einmal habe ich aber einen Adler gesehen. Ist ständig über einem Stück Blaugras gekreist. Und plötzlich hat er sich auf die Erde gestürzt, als wollte er sich den Kopf einschlagen oder so was. Aber er ist wieder hochgekommen, mit einer Schlange in den Fängen.« Sie lachte vergnügt auf. »Junge, das war ein Anblick!«

Billy auch, dachte Stoner. Billy, deren Gesicht sich gegen den blaßblauen Himmel abzeichnete, deren Haar vom Wind zerzaust und deren Wange vom Kragen der Jeansjacke gestreift wurde, Billy, die die Zügel in ihren starken und sanften Händen hielt. Sie mochte ja ursprünglich aus Tennessee sein, aber sie gehörte hierher, zu den Grasflächen und dem endlosen Himmel.

»Gefällt es dir hier?« fragte Stoner.

Billy nickte.

»Willst du hier bleiben? In Tabor?«

»Hat nicht viel Zweck, darüber zu reden, oder? Sobald es Frühling wird, muß ich weiterziehen.« Sie zögerte. »Vielleicht schon früher.«

»Wieso?«

»Irgendwer hat gestern den Mietstall in Brand gesteckt.«

»Ist er abgebrannt?«

Billy schüttelte den Kopf. »Sie haben das Feuer rechtzeitig löschen können. Nachts treibt sich dort ein streunender Hund rum. Der muß es gesehen oder gerochen haben, jedenfalls hat er angefangen zu bellen.«

»An dem Abend, als ich hier angekommen bin«, sagte Stoner, »habe ich gehört, wie dort jemand ein Streichholz angezündet hat. Erinnerst du dich? Du bist doch dagewesen, oder?«

Billy schwieg.

Stoner fragte sich, worüber sie wohl nachdachte.

»Ich war's nicht, Stoner«, sagte sie mit leiser Stimme. »Ich habe keins dieser Feuer gelegt. Ehrlich.«

»So habe ich es nicht gemeint. Das habe ich nie geglaubt.«

»Viele Leute glauben es aber.«

»Viele Leute glauben viele Dinge. Das heißt noch lange nicht, daß sie wahr sind.« Sie nahm Billys Hand. »Wenn du in Tabor bleiben könntest, was würdest du dann tun?«

»Lesen und Schreiben lernen. Vielleicht eine Ranch aufbauen. Vielleicht ein bißchen Landwirtschaft betreiben. Vielleicht könnte ich sogar ein bißchen unterrichten, sobald wir genug Kinder für eine Schule hätten. Es kann ja sein, daß Tabor eines Tages eine Großstadt ist.«

»Das bezweifle ich«, meinte Stoner, die sich daran erinnerte, was Blue Mary ihr erzählt hatte. »Aber trotzdem könntest du tun, was du vorhast.«

Billy spielte mit den Fingern. »Nett von dir, das zu sagen. Aber es hat keinen Zweck zu träumen. Wenn ich nicht wegen Mordes gehängt werde, dann wahrscheinlich wegen Brandstiftung.«

»Erstens«, sagte Stoner bestimmt, »war es Notwehr, kein Mord. Und wenn wir rausfinden, wer die Feuer gelegt hat ...«

»Klar doch«, meinte Billy ironisch. »Da haben wir echt gute Chancen.«

»Warum nicht?«

Billy sah aus, als hätte sie ihre Zweifel.

»Ich meine es ernst«, sagte Stoner. »Ich habe so was schon mal gemacht.«

»Im Ernst?« Billy stieß einen leisen Pfiff aus. »Die Arbeit in einem Reisebüro muß komplizierter sein, als ich dachte.«

Die Überreste eines Backsteinkamins standen noch dort, wo früher das Haus gewesen war, und die Flügel der Windmühle drehten sich träge und nutzlos im Wind. Abgesehen davon war vom Haus und der Scheune kaum mehr als ein Haufen verkohlten Holzes übrig.

Stoner sah sich um.

Sie ging im Kreis um die Asche herum, fing außen an und arbeitete sich langsam in die Mitte vor.

Billy hatte sich gegen den Karren gelehnt und beobachtete sie. »Ich wünschte, ich könnte dir helfen«, sagte sie.

Stoner sah auf. Der Wind blies ihr eine Haarsträhne in die Augen. »Gleich. Zuerst will ich mir einen allgemeinen Überblick verschaffen.« Sie untersuchte den Boden. »Hat irgend jemand gesagt, was zuerst gebrannt hat, das Haus oder die Scheune?«

»Macht das einen Unterschied?«

»Vielleicht. Wenn es im Haus losgegangen ist, könnte es ein Unfall gewesen sein. Ein Funke aus dem Kamin, dem Ofen oder sonst was. Aber wenn es in der Scheune angefangen hat ...« Sie dachte einen Augenblick nach. »Natürlich kann es auch ein Tier gewesen sein, das eine Lampe umgestoßen hat, wie die Kuh von Mrs. O'Leary.«

»Wessen Kuh?«

Stoner wischte sich die Strähne aus den Augen. »Vergiß es.« Sie wandte ihre Aufmerksamkeit der Scheune zu. »Könnte es sein, daß dort irgend etwas leicht Entzündbares aufgehoben wurde?«

»Da müßte man schon ziemlich blöd sein.«

»Die Leute, die hier gewohnt haben, waren die so blöd?«

»Nicht daß ich wüßte«, erwiderte Billy. »Hätte Dot bestimmt gesagt.«

»Das glaube ich auch.« Im Grunde hatte sie nicht die geringste Ahnung, wonach sie suchen sollte. Vor allem wollte sie Billy Hoffnung geben - die Hoffnung, daß sie ihr Leben ändern könnte, wenn sie es selbst in die Hand nahm, die Hoffnung, daß es Leute gab, denen sie nicht gleichgültig war. Und wenn sie nebenbei noch herausfinden würde, wer Tabor niederbrennen wollte - na ja, das wäre ein netter Nebeneffekt.

Sie hob eine Handvoll Asche hoch und roch daran. Der Petroleumgeruch war unverkennbar. Sie winkte Billy zu sich. »Wonach riecht das?«

Billy beugte sich über das verkohlte Stück Holz. »Petroleum.«

Das war schon mal ein Anfang. Sie sah sich um. Die schwarzen Überreste dessen, was wie eine Blechkanne aussah, lagen am Rande des verbrannten Areals. Stoner hob es auf. »Wozu braucht man das?«

Billy nahm es in die Hand. »Wenn man das Petroleum in Tonnen wie denen da drüben lagert ...« Sie zeigte auf einen Metallbehälter nicht weit vom Haus. »... dann holt man es in solchen Kannen. Um die Lampen und den Ofen aufzufüllen, wenn man diese Art von Ofen hat.«

»Ist es üblich, sie in der Scheune aufzuheben?«

»Kein normaler Mensch würde das tun«, erklärte Billy.

»So«, meinte Stoner. Sie stellte die Kanne beiseite. »Jetzt wissen wir, daß es Brandstiftung war.«

»Entschuldige bitte«, meinte Billy, »aber das wußten wir schon vorher.«

»Aber der Feuerteufel war unvorsichtig. Es könnte sein, daß er oder sie noch mehr Spuren hinterlassen haben.« Sie begann, in den Trümmern herumzustochern.

»Stoner«, fragte Billy. »Wissen wir überhaupt, wonach wir suchen?«

»Eigentlich nicht«, gab Stoner zu.

Billy zuckte die Achseln. »Na ja, wie du meinst. Aber es ist eine komische Art, seine Zeit zu verbringen.«

»Was wir herausfinden müssen«, sagte Stoner, als sie ein halbverkohltes Brett umdrehte und den Boden darunter absuchte, »ist das Motiv. Warum würde irgend jemand wollen, daß diese Leute abbrennen?«

»Ich weiß es nicht.« Billy hockte sich hin und starrte finster auf die Erde. »Die meisten Leute mochten sie. Soweit ich weiß, haben sie niemandem Geld geschuldet und sind regelmäßig zur Kirche gegangen.«

»Keine Feinde?«

»Nicht daß ich wüßte.«

»Was ist mit den anderen?« Ihr fiel etwas ins Auge – es sah aus wie ein Stück fester Stoff –, das unter einem Stein hervorragte, und sie ruckte leicht daran.

»Einige waren beliebt, andere nicht.«

»Kein Muster?« Das Stück löste sich. Sie drehte es um. Es sah aus wie ein Stück von einem Zügel.

»Darüber habe ich noch nicht nachgedacht, aber ...« Billy schüttelte den Kopf. »Diese Leute hatten nicht viel gemeinsam, bis auf die Tatsache, daß alle in dieser Gegend gelebt haben.«

»Hast du eine Ahnung, wer daran interessiert sein könnte, Tabor zu zerstören?« Sie warf das Stück Zügel zurück in die Asche und fuhr mit ihrer Suche fort.

Billy scharrte im Staub herum. »Keine Ahnung. Ich würde sagen, man zieht einfach woandershin, wenn's einem hier nicht gefällt.«

»Du wirst für die Feuer verantwortlich gemacht. Weißt du, ob dich irgend jemand loswerden will?«

»Es wäre ein leichtes, mich davonzujagen. Dazu müßte man nicht erst die Stadt niederbrennen.« Billy zog die Waffe hervor und überprüfte die Trommel.

»Dot meint, du hättest eine ungesunde Beziehung zu dem Ding da«, meinte Stoner.

»Ich weiß.«

»Brauchst du es wirklich?«

»Zumindest vom Gefühl her.« Sie stieß die Trommel an. »Ich werde den Gedanken nicht los, daß eines Tages etwas Schreckliches passiert, und dann will ich bereit sein.«

»Mit einer Waffe?«

Billy sah zu ihr auf. Ihre Augen waren dunkel vor Angst. »Was ist, wenn sie wirklich beschließen, daß ich die Feuer gelegt habe? Wenn der Sheriff hinter mir her ist? Ich muß mich schützen.«

Stoner überkam eine große warme Welle des Mitgefühls. Billy war niemand, die vor Schwierigkeiten davonrannte. Das spürte sie. Und Billy wollte dazugehören, so sehr, daß sie trotz der Gefahr und trotz der Art, wie sie behandelt wurde, in Tabor blieb. Wenn sie tatsächlich hinter das Geheimnis dieser Brände kämen - wenn Billy es lösen könnte, vielleicht würde man sie dann akzeptieren. Vielleicht würde sich die Stadt ihrer annehmen und sie beschützen. Vielleicht.

Ein ziemlich unrealistischer Wunsch.

Aber Tante Hermione glaubte an die Macht des Willens und der Vorstellungskraft.

Sie schwor sich, auf die Kausale Ebene zu springen und zu versuchen, ihre Wünsche wahr zu machen. Jede Möglichkeit wahrzunehmen.

Und unterdessen zu versuchen, auf der jetzigen Ebene etwas zu erreichen.

Im Moment wollte sie Billy nur in den Arm nehmen und halten. Sie einfach halten.

Billy bückte sich und hob etwas auf, das im Sonnenlicht funkelte. »Was hältst du davon?«

Es war ein Messer. Ein ganz normales Messer mit einem Griff aus Elfenbein, aber ziemlich klein und zierlich. Fast wie ein Filetiermesser.

Stoner nahm es in die Hand, fuhr mit dem Daumen vorsichtig

über die Klinge. Scharf wie ein Rasiermesser. Sie hielt es hoch. »Sind solche Messer hier sehr verbreitet?«

»Ich glaube nicht, daß ich so eins je gesehen habe.«

»Aha.«

»Aha?«

»Wir heben es besser auf. Es könnte wichtig sein.«

Billy warf das Messer in den Karren.

»Vorsicht!« rief Stoner. »Paß auf, daß du die Fingerabdrücke nicht verwischst.«

»Wieso nicht?«

»Sie könnten nützlich sein. Wenn die Brandstifterin oder der Brandstifter vorbestraft ist, sind die Abdrücke beim FBI wahrscheinlich aktenkundig. Wenn wir diese hier vom Messer abheben, und sie entsprechen ...« Sie hielt inne, als ihr einfiel, wo sie sich befand, und kam sich idiotisch vor.

»Was ist das FBI?«

»Eine bundesstaatliche Ermittlungsstelle.«

Billy fuhr fort, den Boden abzusuchen. »Wirklich? Was machen sie denn so?«

»Im Moment wahrscheinlich noch gar nichts.«

»Wieder so eine von diesen komischen Sachen, was?«

»Welchen Sachen?«

»Den Sachen, die es da gibt, wo immer du auch herkommst.«

»Genau.« Sie fuhr fort, in der Erde herumzustochern, war aber mit dem Herzen nicht bei der Sache.

»Hör mal«, sagte Billy, »ich muß dir was erzählen.«

Stoner sah auf.

Billy hockte sich hin. »Der Tag, an dem wir nach deinem Wagen gesucht haben, erinnerst du dich?«

»Ja.«

»Erinnerst du dich, wie ich dich an dem Tag geküßt habe?«

Stoner nickte.

»Ich schätze, es hat dir nichts ausgemacht, denn du hast mich nicht geohrfeigt oder so was.«

»Es war in Ordnung.«

Billy sah sie wagemutig an. »Ich weiß, du hast gedacht, ich wäre ein Junge, und deshalb war es in Ordnung. Und jetzt weißt du, daß ich kein Junge bin, und vielleicht findest du es jetzt nicht mehr in Ordnung, aber ...«

»Es ist ...«

Billy fiel ihr ins Wort. »Bitte, laß mich sagen, was ich zu sagen habe. Es ist nicht einfach, aber es ist mir lange im Kopf herumgegangen, und jetzt muß ich es sagen.« Sie holte tief Luft. »Eine Menge Leute halten das, was ich gemacht habe, für abstoßend, wo wir doch beide Frauen sind. Und wenn du es abstoßend findest, tut es mir leid. Aber ich schäme mich nicht dafür, denn ich hab's so gemeint, und das Gefühl, das dahinter gesteckt hat, war ein gutes Gefühl. Damals habe ich dich ein bißchen geliebt, jetzt liebe ich dich sehr. Es ist nichts Abstoßendes daran, jemanden zu lieben, und ich laß mir weder von dir noch von sonst jemandem einreden, daß es das ist.« Sie sah Stoner herausfordernd an. »So, das war's.«

Stoner ging zu Billy hinüber und berührte ihr Gesicht. »Ich finde es gar nicht abstoßend. So etwas Schönes habe ich schon lange nicht mehr gehört.«

Billy zuckte die Achseln. »Ich kann mich nicht gut ausdrücken.«

»Doch, das kannst du.« Sie faßte Billy an der Hand und wußte, daß sie etwas sagen sollte, wußte aber nicht was. Wie sie es erklären sollte. Die Sache mit der Zeit und mit Gwen. »Es ist so kompliziert.«

Billy entzog Stoner ihre Hand und ging zum Karren. »Laß uns zu Dot fahren«, sagte sie leichthin und schnell. »Wir können unterwegs etwas essen.«

»Wie du willst.«

»Na ja, ich will nicht hier rumstehen und mich unsicher und komisch fühlen.«

Die Sonne hatte den Zenit überschritten. Der Wind wurde schon kühler.

»Willst du nicht darüber reden ...«

»Nein. Ich habe gesagt, was zu sagen war, und mehr gibt es dazu nicht zu sagen.« Billy nahm die Zügel auf. »Zum Teufel noch mal, willst du dich zu Tode frieren, oder was?«

Stoner sah sich ein letztes Mal um. Hier würden sie nichts mehr finden. Sie stieg auf den Karren.

Liebe, dachte sie.

Da war sie nun, verloren in Zeit und Raum, was an sich schon genug war, um jeden halbwegs vernünftigen Menschen in Angstträume zu stürzen. Und jetzt war diese Frau auch noch in sie verliebt. Und, um ehrlich zu sein, war sie selbst auch ein bißchen in diese Frau verliebt.

Wenn ich es zulassen würde, könnte ich sie sehr lieben.

Aber wenn ich dieser Verliebtheit nachgebe und dann ins 20. Jahrhundert zurückkatapultiert werde, so wie ich in dieses hineinkatapultiert worden bin ...

Oder im Krankenhaus aufwache und herausfinde, daß alles nur durch eine Gehirnblutung oder eine Geisteskrankheit oder so was verursacht wurde ...

... bricht es mir das Herz.

Und was ist mit Gwen? Ich liebe Gwen. Ein Teil dessen, was ich an Billy so liebe, ist die Art und Weise, auf die sich mich an Gwen erinnert.

Was Billy gegenüber nicht fair ist.

Aber wenn Blue Mary und Tante Hermione recht haben und wir tatsächlich, stets derselbe Geist in verschiedenen Körpern, in einem ewigen Kreislauf von Leben zu Leben wechseln, dann ist Tante Hermione Blue Mary, und Blue Mary ist Tante Hermione, und dann ist Billy Gwen, und Gwen ist Billy, und eine Rose ist eine Rose ist ...

Wenn ich also meine Liebe zu Billy zulasse, liebe ich in Wirklichkeit Gwen.

Wie das I-Ging schon sagt, nur keine Vorwürfe.

Aber es ist mein 1989er Selbst, das ihr 1871er Selbst liebt. Wie verhält es sich da mit der Moral?

Nicht daß es falsch wäre, Billy zu lieben. Liebe ist immer ein Segen, und es gibt noch viele Kreise zu ziehen.

Diese Liebe in die Tat umzusetzen, das könnte problematisch sein.

Die Schwierigkeiten potenzierten sich geometrisch.

9

»Wenn dich das, was ich gesagt habe, so schweigsam macht«, meinte Billy, als die Stadt in Sicht kam, »werde ich noch bereuen, überhaupt den Mund aufgemacht zu haben.«

»Tut mir leid.«

Billy warf ihr ein zaghaftes Lächeln zu. »Was ist, ist, und was nicht ist, ist nicht.«

Stoner erwiderte Billys Lächeln. »Mein Gott, wie tiefgründig!«

»Ich will deine Freundschaft nicht verlieren. Das zählt am meisten.«

Als Stoner erkannte, welche Wahrheit darin lag, entspannte sie sich ein wenig. »Ja, da hast du recht.«

Aber sie fragte sich, ob es wirklich so einfach war.

Schweigend fuhren sie weiter. »Du bist wirklich unerbittlich, Stoner«, sagte Billy schließlich.

»Was meinst du damit?«

»Ich biete dir eine Fahrt ins Grüne an. Wir verbringen den halben Tag damit, in alten verbrannten Aschehaufen rumzuwühlen, und jetzt kriege ich nicht mal was zu essen.«

Stoner lachte und langte nach dem Picknickkorb. »Hast du das zusammengestellt?«

»Ich? Das würde ich dir nie antun!«

»Ich habe doch dein Stew probiert. Es war köstlich.«

»Ja, aber das ist alles, was ich kochen kann – Stew.«

Sie spähte unter die Serviette und betete darum, daß es keine von Lollys Mahlzeiten war. Die gestrige Einladung hatte ihren Bedarf an reichhaltigem Essen für einen Monat gedeckt.

Käse und Brot, eine Flasche Wasser und ein Stück Dauerwurst. »Ach, Gott sei Dank«, entfuhr es ihr.

»Dot hat's gemacht.« Billy warf ihr einen Seitenblick zu. »Besorgt?«

»Ein bißchen.«

»Ich hatte daran gedacht, Cherry zu bitten, uns ein Picknick zu machen, aber ich habe keine Lust, den ganzen Winter damit aufgezogen zu werden.«

»Ich hatte den Eindruck«, meinte Stoner, »als hätte Lolly ganz schönen Druck auf Cherry ausgeübt.«

»Richtig, einmal im Monat bringt sie Cherry dazu, auf ihre Wünsche einzugehen.«

»Heute hätte sie mich als Entschuldigung vorschieben können.«

Billy kicherte. »Mein Schatz«, sagte sie in perfekter Nachahmung von Cherrys Stimme, »einmal hat es ja funktioniert, aber so aufregend bist du nun auch wieder nicht.«

»Vielen Dank für das Kompliment.« Stoner holte das Brot aus dem Korb, kramte herum, bis sie ein Brotmesser gefunden hatte, und machte für Billy und sich selbst ein Sandwich.

»Es ist eine schöne Freundschaft zwischen den beiden.«

Billy kaute nachdenklich an ihrem Sandwich und nickte.

»Irgendwie erinnert sie mich an meine Freundschaft mit Marylou.«

»Marylou?«

»Meine Geschäftspartnerin. Sie tyrannisiert mich ständig, genau wie die beiden es miteinander tun.« Sie trank einen Schluck Wasser. »Eigentlich ist es ihre Schuld, daß ich jetzt hier bin.«

Billy blickte sie an. »Wirklich?«

»Bei uns im Reisebüro habe ich das reinste Chaos veranstaltet. Manchmal denke ich, daß ich für diese Art von Arbeit nicht geschaffen bin.«

»Mich darfst du nicht fragen«, meinte Billy. »Ich weiß ja nicht mal, worum es bei deiner Arbeit eigentlich geht.«

Sie fuhren jetzt einen Hügel hinunter, näherten sich der Stadt. Billy zog die Bremse leicht an. »Dieses alte Maultier ist so verdammt faul«, sagte sie, »daß es vom Karren eingeholt und überrollt werden würde, wenn wir nicht achtgäben.« Sie lachte. »Alle Maultiere sind faul, aber wenn man selbst ein faules erwischt hat ...«

Stoner mußte Billy, ihr klares Profil gegen den Himmel nur ansehen, und schon verspürte sie ein Prickeln unter der Haut. Am liebsten würde sie den ganzen Tag so weiterfahren.

»Billy?«

»Hm?«

»Nimm deinen Hut ab, ja?«

Billy stopfte den Hut unter den Sitz und fuhr sich mit den Händen durchs Haar, um es aufzulockern.

Stoner langte hinüber. »Du hast wirklich wundervolles Haar.«

»Danke«, erwiderte Billy barsch und wurde ein bißchen rot. »Sieht irgendwie abgehackt aus, seit ich's geschnitten habe.«

»Finde ich nicht. Da, wo ich herkomme, würdest du wahrscheinlich einen neuen Trend auslösen.«

»Um Gottes willen«, kommentierte Billy. Einen Augenblick war sie still. »Weißt du, was das Schlimmste an dieser Prärie ist?«

Stoner schüttelte den Kopf.

»Man kann nirgends hingehen, ohne daß man im Umkreis von hundert Meilen gesehen wird.«

»Ich weiß.«

»Ich möchte dich einfach umarmen. Nichts, was dich erschrecken könnte oder dazu führen würde, daß du wieder so komisch wirst, so nicht. Ich will mich einfach daran erinnern, wie es ist, dich zu umarmen. Seit du krank warst, habe ich das nicht mehr gemacht.«

»Und ich habe es vermißt.« Stoner erinnerte sich daran, wie

Gwen sie bezeichnet hatte, bevor sie ein Liebespaar wurden: romantische Freundinnen. Das gefiel ihr. »Ich würde dich auch gern umarmen.«

Einige Minuten vergingen.

»Die Leute hier draußen würden davon nicht gerade begeistert sein«, meinte Billy.

»Na ja«, gab Stoner zurück, »da hat sich in hundert Jahren nicht viel verändert.«

Sie dachte fieberhaft nach. Sie könnten zu Blue Mary gehen, aber Blue Mary war wahrscheinlich zu Hause. In Dot's Gulch gab es keine Privatheit. Billys Höhlenwohnung war ausgeschlossen – seit den Regenfällen, die den verfrühten Schnee zum Schmelzen gebracht hatten, war sie ziemlich hinüber. Seitdem hatte Billy in Dots Vorratskammer geschlafen, und dort gingen, besonders zu dieser Tageszeit, ständig Leute aus und ein. Und hier draußen, wo der Himmel so weit war und man über Meilen hinweg gesehen wurde, fühlte sie sich zu exponiert, zu nackt.

»Worüber denkst du nach?« fragte Billy.

»Nichts Besonderes.«

Eine Welle der Traurigkeit überkam sie. Sie wollten einander in den Armen halten, mehr nicht. Sich einfach umarmen. Und selbst das war nicht möglich. Nicht einmal diese einfache, zärtliche Geste, die niemandem weh tun würde. Nicht einmal das.

Genau wie zu Hause.

Billy nahm ihre Hand. »Die Welt ist engherzig, Stoner.«

Stoner nickte und spürte, wie Billys Hand die ihre umschloß.

Damit würden sie sich begnügen müssen.

»Mein Sohn!«

Stoner blickte nach rechts hinüber. Die schlichte, weißgetünchte Kirche aus Kiefernholz lag wie ein Fort auf einer Hügelkuppe. Die Turmspitze ragte in den aquarellfarbenen Himmel. Die Türen standen offen. Ein Mann mittleren Alters in schwarzen Wollhosen, mit aufgerollten Hemdsärmeln und einer verschossenen Paisley-Weste kam den Pfad hinunter auf sie zugerannt.

»Mist«, murmelte Billy vor sich hin. »Der alte Scheißkerl.« Sie stülpte sich den Hut auf den Kopf und nahm die Zügel in die Hand, um das Maultier mit einem kleinen Schlag zur Eile anzutreiben.

Stoner legte ihr eine Hand auf den Arm. »Moment mal.«

»Wie bitte?«

»Du willst es dir nicht mit allen in dieser Stadt verscherzen, oder? Nicht ohne daß sie dich provozieren.«

»Ich bin genug provoziert worden. Seitdem ich Tabor betreten habe, bin ich ständig provoziert worden.«

»Na ja, nur für den Fall, daß sich alles klären wird und du dich hier niederlassen kannst - obwohl ich wahrlich nicht begreife, wieso du das willst -, solltest du versuchen, ruhig Blut zu bewahren, okay?«

Billy stieß einen tiefen Seufzer aus.

Der Prediger erreichte den Wagen, gerade als Billy ihn zum Stehen brachte. »Guten Tag, mein Sohn«, sagte er. »Mein gutes Weib hat mir erzählt, was dir letzte Woche im Warenhaus zugestoßen ist. Es tut mir schrecklich leid.«

Sein gutes Weib hatte es liebend gern weitererzählt, aber nichts getan, um es zu verhindern, dachte Stoner. Sie zwang sich, den Mund zu halten.

Billy rutschte tiefer in den Sitz und beäugte den Prediger mißtrauisch.

»Ich hatte eine Unterredung mit Mr. Hayes. Es wird nicht wieder vorkommen.«

»Tja«, erwiderte Billy unsicher. »Vielen Dank.«

»Das Leben hier ist hart«, erklärte der Prediger und lächelte Stoner zu. »Manchmal vergessen die Leute ihre guten Manieren.«

Ihre guten Manieren? Schlichter menschlicher Anstand fiel unter »gute Manieren«? »Verstehe«, sagte sie.

Der Mann wandte sich wieder an Billy. »Mein Sohn, ich kenne deine Freundin noch gar nicht.«

Billy zog den Hut tiefer ins Gesicht. »Stoner McTavish«, murmelte sie. »Von der Ostküste.«

»Schottisch?«

»Größtenteils.«

»Willkommen in Tabor.« Er machte eine kleine Verbeugung. »Henry Parnell, zu Ihren Diensten.«

»Freut mich, Sie kennenzulernen.« Stoner beugte sich herab, um ihm die Hand zu geben, und erkannte zu spät, daß sich so etwas für Damen hier draußen wahrscheinlich nicht gehörte.

Parnell zögerte, warf ihr den »Was-hat-eine-Frau-in-Männerkleidern-zu-suchen«-Blick zu, an den sie sich schon gewöhnt hatte, ergriff dann ihre Fingerspitzen und schüttelte sie kurz. Es war, als würde er einen Regenwurm aufheben.

Sie erinnerte sich daran, daß dieser Mann sich mehr als einmal für Billy eingesetzt hatte, und versuchte, ihre Abneigung hinunterzuschlucken.

»Ich hoffe, es gefällt Ihnen bei uns«, sagte er.

Nein, es gefällt mir ganz und gar nicht bei euch. Ich will gar nicht hier sein, ich weiß nicht, wie ich hierhergelangt bin, ich will nach Hause, und ich finde, daß eure Stadt ein durch und durch unangenehmer Ort ist, den ich weder in diesem noch in einem anderen Leben jemals wiedersehen will. »Ja«, erwiderte sie. »Sehr sogar.«

Billy schnaubte durch die Nase. Stoner trat ihr heimlich auf den Fuß.

»Es wäre mir ein großes Vergnügen«, fuhr Parnell fort, »Sie am Sonntag im Gottesdienst begrüßen zu dürfen.«

»Vielen Dank«, erwiderte Stoner, die keineswegs die Absicht hatte, seiner Einladung zu folgen. »Das ist durchaus möglich.«

»Wie ich sehe, sind Sie draußen bei den Allens gewesen.« Er schüttelte traurig den Kopf. »Eine schreckliche Sache. Einfach schrecklich.«

»Es sah ziemlich schlimm aus«, meinte Stoner.

Der Prediger zog seine Weste zurecht. »Ich habe vor einiger Zeit nach dem Marshall geschickt. Ich frage mich, ob sie überhaupt vorhaben, jemanden zu schicken.«

»Bestimmt«, sagte Stoner.

Er seufzte. »Das hier ist ein großes Territorium, und U.S.-Marshalls sind dünn gesät.« Parnell bleckte lächelnd die Zähne. »Verzeihen Sie. Der Tag ist viel zu schön für so düstere Gedanken. Aber ich mache mir Sorgen um meine Herde.«

Billy gab ein ungeduldiges Knurren von sich.

»William«, sagte Parnell. »Ich möchte dich um einen kleinen Gefallen bitten.«

Billy blickte auf.

»Hinter der Kirche liegt ein Stapel Holz. Würdest du es bitte zu meinem guten Weib rüberbringen?«

»Weiß nicht«, erwiderte Billy. »Der Karren gehört nicht mir.«

»Aber gerne doch«, schaltete Stoner sich ein.

Parnell setzte ein aalglattes Lächeln auf. »Gott segne euch.« Er trat vom Karren zurück und wandte sich zum Gehen. »Wir freuen uns darauf, Sie am Sonntag zu sehen, Miss McTavish.«

Dem rothaarigen Mädchen hatte es nichts ausgemacht, daß Cullum ein Kopfgeldjäger war. Die meisten Leute verachteten diese Art der Beschäftigung, obwohl sie nur allzu bereit waren, ihn dafür zu bezahlen, daß er ihnen die Dreckarbeit abnahm. Zum Teufel, so wie er die Sache sah, war er wie die Bussarde und die Geier und die Rabenkrähen. Häßlich wie die Sünde, aber wenn Leute wie er nicht das taten, wozu sie geschaffen waren, würde die Welt unweigerlich im Dreck versinken.

Dennoch gab es Zeiten, in denen er sich dabei nicht wohl fühlte. Wie jetzt.

Cullum blinzelte in die Sonne und hielt nach einer Stadt, einer Hütte oder irgendeinem Ort Ausschau, an dem er sich für eine Weile herumtreiben, mit den Leuten plaudern und ein paar Fragen stellen könnte.

Das Mädchen, hinter dem er her war, war ausgerissen. Das hatte man ihm zumindest gesagt. Irgendein Streit um ihre Arbeit. Cullum spuckte in den Staub. Wahrscheinlich war es eher um die Sauferei des Vaters gegangen. Und wie es aussah, war es wohl auch mehr als nur ein Wortgefecht gewesen. Es war schon lange her, daß er eine so große Beule gesehen hatte wie die, die auf dem Kopf dieses Kerls prangte. Ein Schlag mit einer Flasche. Oder vielleicht mit einer Bratpfanne.

Außerdem war der Typ Cullum nicht gerade sympathisch gewesen. Ein aggressiver Knilch. Einer von denen, die gewohnt waren, ihren Willen zu bekommen. Die Frau hatte wie eine ausgehungerte, geprügelte Hündin ausgesehen. Er war versucht gewesen, dem Kerl zu sagen, er solle seine Drecksarbeit selbst erledigen.

Aber, Himmel, Arsch und Zwirn, Familiengeschichten waren nun mal Familiengeschichten und gingen ihn nichts an. Und wie es aussah, kam die Tochter auch gut allein zurecht.

Johnson kicherte vor sich hin. Er freute sich darauf, das Mädchen kennenzulernen, aber er mußte auf der Hut sein.

»Verdammt«, murrte Billy, als sie ein großes Stück grob gehacktes Holz zurechtrückte. »Warum hast du uns das bloß eingebrockt?«

Stoner wischte sich das Haar aus der Stirn und bekam dabei ein Körnchen Sägemehl ins Auge. Sie zwinkerte heftig. »Weiß ich auch nicht. Es war nur so ein Gefühl.«

Billy hievte das Holz auf die Ladefläche. »Nun, wenn du das nächste Mal so ein Gefühl hast, laß mich aus dem Spiel.«

»Tut mir leid.« Sie bohrte mit der Spitze ihres kleinen Fingers im Auge. Damit schien sie das Körnchen nur noch tiefer hineinzudrücken. »Ich dachte, es wäre eine nette Geste, und dir kann es nicht schaden, ein paar gute Taten zu sammeln.«

»Hm«, knurrte Billy und hievte ein zweites Brett auf den Karren.

Stoner zog das obere über das untere Augenlid, wie Tante Hermione es ihr immer geraten hatte.

Billy trat gegen den Holzstoß, so daß die Bretter zur Erde polterten. »Bis jetzt war es ein richtig schöner Tag, oder?« Sie zog ein langes Brett aus dem umgestürzten Haufen. »Oder?«

»Ja«, stimmte Stoner ihr zu, »aber ...«

»Wieso mußt du ihn jetzt ruinieren.«

Das Sägemehlkörnchen fühlte sich an, als hätte sie einen scharfen Metallsplitter im Auge. »Ich hatte nicht vor, ihn zu ruinieren. Es schien nur ...«

»Jetzt haben wir diesen blöden Job am Hals.« Billy stemmte die Fäuste in die Hüften und sah Stoner wütend an. »Hast du vor, mir zu helfen oder willst du nur zusehen?«

Stoner spürte, wie sie von Kopf bis Fuß ein warmes Prickeln durchströmte, ein Gefühl, das sie manchmal hatte, wenn Gwen sie anschrie – nicht wütend, aber ... na ja, um das Kommando zu übernehmen. Sie schluckte. »Ich will dir ja helfen. Aber ich habe da was ...«

»Meine Güte.« Billy ließ das Holz liegen und trottete auf sie zu. »Ich wollte dich nicht zum Weinen bringen.«

»Ich weine nicht. Ich habe etwas im Auge.«

»Laß mal sehen.« Billy schob Stoner mit dem Daumen das Lid zurück und spähte ihr in die Augen. »Sieh nach unten.«

Stoner gehorchte.

»Da ist es ja, das kleine Biest.« Billy zog ein Taschentuch aus der Tasche und machte einen Zipfel hinein. Sie nahm Stoners Kinn in die Hand. »Halt still. Ich will nicht, daß du blind wirst.«

»Billy?« Stoner stand ganz still da und fühlte sich, als würde sie dahinschmelzen. »Hat Mary dir was darüber erzählt ... na ja, wieso ich hier bin?«

»Ein bißchen.« Billy trat einen Schritt zurück. »Ich hab's.« Sie hielt Stoner das Taschentuch hin, damit sie es sehen konnte.

»Ich glaub's dir.« Das Auge fühlte sich immer noch entzündet an. Sie rieb daran.

»Hör auf damit«, sagte Billy und stieß ihre Hand weg. »Also

wirklich.« Sie feuchtete das Taschentuch mit dem Wasser aus dem Picknickkorb an und wusch Stoner den Schmerz aus dem Auge.

Das Gefühl des Dahinschmelzens nahm zu. Stoner bückte sich schnell, um das Ende eines langes Brettes hochzuheben. »Was hat Blue Mary dir erzählt?«

»Irgendein Märchen über Zeitreisen.« Billy nahm das andere Ende des Brettes. Zusammen warfen sie es auf den Karren und bückten sich nach dem nächsten.

»Findest du, daß es irgendeinen Sinn macht?«

»Klar.« Billy hob ein kleineres Brett hoch und warf es krachend auf den Haufen. »Verdammt praktisch, wenn du mich fragst.«

Es war offensichtlich, daß Billy wütend war.

»Praktisch?«

Billy schnappte sich eine Handvoll Holzklötze und schleuderte sie auf den Karren. Das Maultier wich ängstlich zur Seite.

»Du erschreckst das Maultier«, meinte Stoner.

»Wenn du mich fragst«, fuhr Billy fort, während sie ihr den Rücken zuwandte und Holzspäne vom Boden auflas, »ist es wirklich praktisch, wenn es unbehaglich wird. 'Entschuldige bitte, war toll, dich kennenzulernen, aber ich muß in meine eigene Zeit zurück.'« Sie warf die Späne auf den Haufen.

Stoner hob ein paar kurze Bretter hoch und legte sie auf den Stapel. »Ich weiß, es klingt verrückt. Ich finde es auch verrückt. Aber es ist die Wahrheit ... zumindest, soweit ich es verstehe.«

»Schön«, meinte Billy. »Dann verstehst du mehr als ich.«

Stoner hielt mit der Arbeit inne. »Billy, habe ich dich irgendwie verletzt?«

Die Frau warf ihr einen kurzen Blick zu. »Natürlich nicht.«

»Das glaube ich dir nicht.«

Billy zuckte die Schultern. »Dann glaubst du mir eben nicht.« Sie nahm einen Armvoll Bretter und warf sie auf den Karren.

»Bitte«, flehte Stoner sie an. »Sag mir, was los ist.«

Die Frau drehte ihr den Rücken zu. Stoner ging auf sie zu. »Billy ...«

Billy weinte.

»Hey«, meinte Stoner, drehte sie um und nahm sie in den Arm. »Ich habe dir weh getan. Das habe ich nicht gewollt.«

Billy schlang die Arme um Stoner und hielt sie fest. »Schon gut«, sagte sie mit einer Stimme, aus der die Wut gewichen war. »Es ist einfach albern von mir.«

»Das bezweifle ich.« Stoner küßte sie sanft auf die Schläfe. Es war ihr egal, daß sie bei vollem Tageslicht hinter der Kirche standen und meilenweit zu sehen waren.

»Es ist einfach nicht fair«, sagte Billy nach einer Weile.

»Was denn?«

»Daß sich das hier so gut anfühlt.«

Stoner lächelte und war sich der Berührung mit dem festen, weichen Körper der Frau bewußt, spürte jeden ihrer Atemzüge. Sie versuchte, den Atem anzuhalten. Ein Gefühl der Kraft durchströmte sie. Kraft ihres bloßen Willens, dachte sie, könnte sie die Welt aus den Angeln heben. »Ich weiß«, erwiderte sie.

»Ich liebe dich«, sagte Billy.

Stoner holte tief Luft. »Ich glaube, ich liebe dich auch.« Sie begann zu lachen, wußte, daß es unpassend war, konnte sich aber nicht helfen, denn sie war nervös und glücklich, beides gleichzeitig. »Bei mir zu Hause gibt es Lieder über solche Situationen.«

»Hier draußen«, meinte Billy, »handeln die meisten Lieder von Kühen.« Sie wich zurück, steckte die Hände in die Taschen und runzelte die Stirn. Plötzlich verschwand der verwirrte Ausdruck von ihrem Gesicht. »Du hast schon jemanden. Da, wo du zu Hause bist.«

»Ja. Aber mein Zuhause ist kein Zuhause im üblichen Sinn. Ich meine, wenn ich jetzt nach Boston zurückkäme, wäre sie nicht da. Noch nicht.« Sie schüttelte den Kopf. »Ich werde daraus nicht klug.«

Billy hob ein Brett an einem Ende hoch und bedeutete Stoner, das andere Ende zu nehmen. »Weißt du, was dein Problem ist?« fragte sie, als sie das Brett auf den Karren hievten. »Du denkst zuviel nach.«

»Da hast du vollkommen recht«, stimmte Stoner ihr zu.

»Ich will mich nicht zwischen dich und ...?«

»Gwen.«

Billy rückte die Bretter ein wenig zurecht. »Du hast sie im Fieber erwähnt.«

»Ich habe dich mit ihr verwechselt.«

»Ein schöner Name.«

»Walisisch«, sagte Stoner, obwohl das nicht zur Sache gehörte.

»Ich wette, sie ist ein hübsches Mädchen.«

»Frau.«

»Eine hübsche Frau.«

»Jedenfalls für mich«, meinte Stoner.

»Ich wünschte, ich wäre hübsch.«

Stoner sah sie an. »Billy, du bist wunderschön.«

»Klar.« Sie zog ein Seil unter dem Kutschbock hervor und begann, die Bretter festzubinden.

Stoner beobachtete sie. »Du bist ganz durcheinander«, sagte sie.

»Ein bißchen. Ich habe noch keiner Frau gesagt, daß ich sie liebe.«

»Tut mir leid. Nicht daß du es mir gesagt hast, aber daß die Dinge ... na ja, so sind, wie sie sind.«

Billy machte einen kniffligen Knoten und zog ihn fest zu. »Ich weiß.«

»Billy ...«

Die Frau schwang sich auf den Kutschbock und nahm die Zügel auf. »Ich will nicht mehr darüber reden, okay? Laß uns diesen Job so schnell wie möglich hinter uns bringen.«

Es war der Antichrist, genau. Und die Fremde gehörte dazu.

Er spähte aus seinem Versteck unter der Erde hervor.

Der Bastard und die Fremde, in einer Umarmung.

Er hatte nichts anderes erwartet.

Und so zu tun, als würden sie dem Prediger einen Gefallen tun. In der Stadt würde niemand sie verdächtigen, sobald sich herumgesprochen hatte, daß sie dem Prediger zur Hand gegangen waren.

Niemand außer ihm selbst.

Sie waren draußen bei der abgebrannten Farm gewesen. Mußten dort gewesen sein. Da draußen gab es sonst nichts zu sehen.

Er hätte wetten können, daß sie das Messer gefunden hatten.

Stoner sah zu, wie Billy dem Maultier Fußfesseln anlegte und dann begann, die Seile loszubinden, mit denen das Holz auf dem Karren gesichert war. Es lag eine solche Anmut und Sicherheit in ihren Bewegungen. In der Art, wie sie sich auf jeden Knoten konzentrierte und ihn geduldig löste. In der Art, wie sie das Seil über die Ladung warf, es unter dem Stapel durchzog, es aufrollte, mit einer Schlaufe festzog und es dann wieder auswarf. Keine überflüssige Bewegung, sie nahm sich Zeit. Es war faszinierend.

Sie überlegte, wie es sich anfühlen würde, von diesen Händen berührt, von diesen Fingern gestreichelt und in diesen Armen gehalten zu werden. Sie stellte sich vor, den Kopf an Billys Schulter zu legen, sich geborgen und geliebt zu fühlen, ihr zu sagen ...

Billy drehte sich zu ihr um. »Ist was?«

»Nein.« Stoner schüttelte den Kopf. »Ich habe nur nachgedacht.«

»Willst du darüber reden?«

Sie zeigte mit dem Kopf zum Haus, wo Caroline (Mrs. Reverend Henry) Parnell sie durch die Vorhänge beobachtete. »Nicht hier.«

Sie hob das Ende einer drei Meter langen Latte hoch. Billy faßte am anderen Ende an. Sie trugen die Latte zu dem freigeräumten Platz neben den Überresten eines abgebrannten Nebengebäudes, auf den Billy drei kurze Holzbalken gelegt hatte, so daß sie eine Plattform bildeten, die dafür sorgte, daß das frische neue Holz den Boden nicht berührte.

»Ich habe noch nie so dicke Bretter gesehen«, meinte Stoner, als sie zurückgingen, um ein weiteres Brett zu holen. »Was, meinst du, will er hier bauen?«

Billy ließ ihren Blick über das Holz schweifen. »Ich nehme an, einen Schweinestall.«

»Einen Schweinestall?«

»So dick, wie das Holz ist. Schweine reißen fast alles nieder. Ganz schöne Biester.«

»Stärker als Pferde?«

»Entschlossener. Wahrscheinlich schlauer.« Billy hob ein Brett an einem Ende hoch und gab Stoner ein Zeichen, am anderen Ende anzupacken. »Mit Schweinen sollte man sich nicht anlegen.«

»Auf keinen Fall«, sagte Stoner. »Mich mit Schweinen anzulegen ist nicht gerade meine Lieblingsbeschäftigung.« Das Brett landete mit einem ohrenbetäubenden Knall auf dem Stapel. »Bist du auf einer Farm aufgewachsen?«

»Eigentlich nicht. Obwohl wir Schweine hatten. Zum Schlachten.«

Na, klar. Gegen ein Uhr nachts zum nächsten Super Stop & Shop zu laufen, um sich ein Pfund gesüßten, mit Konservierungsstoffen vollgepumpten und nitritverseuchten Schinkenspeck zu kaufen, das gab es hier nicht. Nicht in diesem Jahrhundert. »Vermißt du dein Zuhause?«

»Ein bißchen.« Billy machte eine Pause und lehnte sich gegen den Karren, um sich einen Splitter aus der Hand zu ziehen. »Ich vermisse meine Tiere. Und meine Freundinnen und Freunde.« Sie warf einen Blick auf die ununterbrochene Linie des Horizonts. »Und natürlich vermisse ich die Bäume.«

»Ich weiß, was du meinst.« Stoner krempelte die Ärmel ihres Sweatshirts hoch. »Was ist mit deiner Mutter? Vermißt du sie?«

Billy dachte angestrengt nach. »Manchmal sehne ich mich nach ihr. Aber wenn ich es mir recht überlege, ist es nicht sie, nach der ich mich sehne. Sie ist in Ordnung, aber weil sie sich immer gefragt hat, was er wohl als nächstes anstellen würde, konnte sie nie eine richtige Mutter sein.«

Stoner wollte sie umarmen, hielt sich aber zurück. Caroline Parnell beobachtete sie immer noch.

»Also glaube ich, daß ich mich eigentlich danach sehne«, fuhr Billy fort, »von jemandem geliebt zu werden. Nach einer Person, die sich um mich kümmert. Nicht die ganze Zeit, aber ab und zu.«

»Verstehe«, meinte Stoner.

»Um meine Mutter habe ich mich kümmern müssen.« Billy bohrte mit dem Fuß im Staub. »Weißt du, manchmal bin ich froh, daß ich auf der Flucht bin, weil ich diese Sorge los bin.« Sie blickte auf. »Findest du es schlimm, daß ich so empfinde?«

»Keineswegs. Wie Dr. Edith Kesselbaum immer sagt: 'Gefühle sind Informationen und liegen deshalb jenseits moralischer Überlegungen.'« Sie grinste. »Dr. Kesselbaum ist ein wahrer Quell der Weisheit. Einiges von dem, was sie sagt, macht sogar Sinn.«

Billy lachte und schickte sich an, loszugehen, um ein weiteres Brett zu holen. »Wer ist Dr. Kesselbaum?«

»Die Mutter meiner Partnerin Marylou.« Sie nahm das andere Ende des Brettes. »Sie war mal meine Therapeutin.«

»Deine was?«

»Meine Psychotherapeutin.«

»Was ist das?«

Stoner überlegte, wie sie es Billy mit ihrem prä-freudianischen Bewußtsein erklären könnte. »Eine Psychotherapeutin ist eine Frau, der du deine Probleme erzählst und die dir hilft, sie zu verstehen und herauszufinden, was du dagegen tun kann.«

»Klingt gut«, meinte Billy. »Schön, eine so enge Freundin zu haben.«

»Na ja, eine Psychotherapeutin ist nicht gerade eine enge Freundin. Manchmal kennt man sie nicht mal, wenn man mit der Therapie anfängt.« Manchmal kennt man sie nicht mal, wenn man aufhört, dachte sie, beschloß aber, daß das zu kompliziert wäre.

Billy hob die Augenbrauen. »Du erzählst einer Frau, die du gar nicht kennst, deine Probleme? Komischer Brauch.«

»Ich wette, alle möglichen Leute erzählen Dot ihre Probleme.«

»Na, klar. Wenn sie betrunken sind.« Sie strahlte über das ganze Gesicht. »Auf der anderen Seite habe ich dir meine geheimsten Gedanken erzählt, obwohl ich dich eigentlich nicht richtig kenne.«

»Stimmt«, sagte Stoner und erwiderte ihr Lächeln. »Aber ich hatte sehr gute Empfehlungen.«

Billy lachte. »Meinst du Blue Mary? Sie hat dich auch nicht gekannt.«

»Vielleicht, vielleicht auch nicht«, meinte Stoner. »Schwer zu sagen.«

Sie luden ihr Brett ab und gingen zurück, um ein weiteres zu holen.

»Was willst du damit sagen?« fragte Billy.

»Manchmal habe ich das komische Gefühl, daß sie meine Tante Hermione ist.«

»Himmel«, wandte Billy ein. »Du mußt doch wissen, ob du mit jemandem verwandt bist oder nicht.«

»Normalerweise schon.« Stoner zögerte. »Billy, glaubst du an Reinkarnation?«

»Weiß nicht«, antwortete Billy. »Bei uns in Tennessee hat es ein paar Spiritualisten gegeben, die immer davon geredet haben.« Sie zuckte die Schultern. »Verdammt, ich habe mit meinem Leben hier und jetzt genug Probleme. Da muß ich mich nicht auch noch um das Davor und das Danach kümmern. Glaubst du denn dran?«

»Allmählich ja.«

»Tja, ich hoffe, es macht dir Spaß.«

Sie hörte, wie in ihrem Rücken ein Fenster aufgerissen wurde.

»Billy Devon!« Caroline (Mrs. Reverend Henry) Parnell kreischte wie ein aufgeschrecktes Huhn. »Trödle nicht so rum, werd lieber mit deiner Arbeit fertig!«

Das Fenster wurde zugeknallt.

»Eine liebenswürdige Person«, sagte Stoner, als sie einen Armvoll Holzklötze aufsammelte. »Ist das dein Name? Devon?«

»Nicht mein richtiger. Ich müßte ja verrückt sein, hier draußen meinen richtigen Namen zu gebrauchen.« Billy hob eine Ladung Holz hoch, die doppelt so groß war wie Stoners. »Aber ja, so werde ich hier genannt.«

»Verrätst du ihn mir?«

Billy zögerte. »Irgendwie habe ich Angst davor, denn so gut kenne ich dich auch wieder nicht. Ich meine, ich glaube, du bist okay, aber was ist, wenn sich herausstellt, daß du eine Kopfgeldjägerin oder so was bist?«

»Schon gut«, erwiderte Stoner. »Ich verstehe.«

Die Frau sah sie besorgt an. »Sicher?«

»Sicher.«

Billy lachte. »Erst erzähle ich dir, daß ich dich liebe, und dann will ich dir nicht mal meinen richtigen Namen verraten. Du mußt mich für verrückt halten.«

»Nein, tu ich nicht.«

»Doch, tust du.«

»Manche Leute verlieben sich in Menschen, denen sie nicht wirklich vertrauen. Das passiert ständig.«

»Mag schon sein.«

»Billy, ich wünschte, es stünde mir frei ...«

»Oh, verflixt noch mal«, sagte Billy leicht gereizt. »Hörst du wohl auf, dir ein schlechtes Gewissen zu machen?«

Stoner wurde rot und grinste und wurde von einer großen Welle der Zuneigung zu Billy erfaßt. Sie sammelte die letzten Holzreste auf und warf sie auf den Haufen. »Ich war mal mit einer Frau zusammen – als ich sie zum ersten Mal getroffen habe, hat sie mir eine Heidenangst eingejagt. Ich habe wie eine Hündin darauf reagiert, habe mich quasi mit gesträubtem Fell in eine Ecke verkrochen und so. Dann, als ich sie näher kennenlernte, habe ich mich irgendwie in sie verliebt und mir vorgenommen, meinem ersten Gefühl zu mißtrauen.«

»Und, was ist passiert?« Billy untersuchte den Stapel, rückte ihn hier und da zurecht.

»Tja, um es kurz zu machen, ich hätte meinem ersten Gefühl vertrauen sollen.«

»Oh.« Billy rollte das Seil auf, indem sie es um den Ellbogen und die Hand wand. »Diese Frau, mit der du in Boston zusammen bist – ist es mit ihr auch so?«

»Ganz und gar nicht. Ich habe Gwen immer vertraut, selbst als sie noch straight war.«

Die Frau blickte auf. »Straight?«

»Ehem ... heterosexuell ... verheiratet ... du weißt schon.«

»Aha.« Billy grinste. »'Straight' – gerade. Ein verrücktes Wort. Und was bist du dann – krumm?«

»Im Grunde genommen«, erwiderte Stoner, »glaube ich, ist das Gegenteil von straight unverklemmt.«

»Verklemmt. Klingt wie das, was Männern passiert, wenn ihnen die Hose nicht paßt.« Billy zog die Hose hoch und stellte sich mit schmerzverzerrtem Gesicht auf die Zehenspitzen. *»Verklemmt.«*

Stoner kicherte.

Billy warf das Seil auf den Karren und bückte sich, um dem Maultier die Fußfesseln abzunehmen. »Was für ein Gefühl ist es denn, so zu sein?« fragte sie, als sie dem Tier über die weichen Nüstern strich. »Ich meine, wie behandeln dich die Leute?«

»Einige sind ganz in Ordnung«, erwiderte Stoner. Sie kletterte auf den Karren. »Andere nicht. Manchmal weißt du schon von vornherein, ob die Leute dich akzeptieren, manchmal aber auch nicht.« Sie zuckte die Achseln. »Das Leben ist voller Überraschungen.«

»Zweifellos.« Billy schwang sich neben sie. Sie nahm die Zügel auf.

Stoner hielt sie zurück. »Billy, es tut mir wirklich leid, das mit ... du weißt schon. Ich wollte dir um nichts in der Welt weh tun.«

»Weiß ich.«

»Wenn die Dinge anders liegen würden ...«

»Tja, tun sie aber nicht«, sagte Billy und trieb das Maultier an.

Als sie am Haus vorbeikamen, nahm Stoner aus dem Augenwinkel eine Bewegung wahr und blickte auf.

Caroline Parnell ließ den Vorhang fallen und zog sich in die Dunkelheit des Hauses zurück.

»Was ist nur mit ihr los?« wunderte sich Stoner. »Zuerst guckt sie raus und brüllt uns an, dann versteckt sie sich vor uns.«

Billy brachte das Maultier zum Stehen und warf Stoner die Zügel zu. »Ich glaube, ich weiß, was los ist.«

Sie schwang sich vom Karren, ging zur Tür und klopfte. »Miz Parnell.«

Schweigen.

Billy wartete, klopfte dann noch einmal. »Miz Parnell!«

Wieder Schweigen.

Billy trat von der Tür zurück. »Miz Parnell«, rief sie durch die hohlen Hände, »ihr Mann hat schon bezahlt. Lassen Sie sich also nicht von der Arbeit abhalten, und es tut mir leid, wenn ich Sie gestört habe.«

Die Vorhänge im oberen Stockwerk wurden zurückgezogen. »Gut, Billy«, rief Caroline Parnell durch die Fensterscheiben. »Ich sage dem Reverend, du hättest deine Arbeit gut gemacht.«

Billy führte die Hand an den Hut. »Ja, Ma'am. Vielen Dank, Ma'am.« Sie kletterte wieder auf den Karren und nahm die Zügel auf.

»Das war nett von dir«, sagte Stoner.

»Verdammt.« Billy lenkte das Maultier in Richtung Stadt. »Ich weiß doch, daß der blöde Mistkerl sie kurzhält.«

»Woher weißt du das?«

»Paß auf, wenn die Damen das nächste Mal zum Einkaufen in die Stadt gehen. Wenn sie aus dem Warenhaus kommen, ist sie die einzige, die kein Paket hat.«

Stoner berührte sie am Arm. »Nun, trotzdem war es nett von dir, vor allem angesichts dessen, wie sie dich behandeln.«

Billy zuckte die Achseln. »Ich schätze, es hat keinen Zweck, eine Gemeinheit mit einer anderen zu vergelten. Das hat noch nie was gebracht.«

Als sie in Dot's Gulch anlangten, fanden sie Dot in einem Chaos von Mops und Besen und Eimern vor. Der Saloon sah aus wie nach einem Wirbelsturm. Die Tische waren umgekippt. Die Stühle standen auf dem Kopf. Lolly polierte wie verrückt das Messing, während Cherry die Flaschen mit den Spirituosen abstaubte.

»Mein Gott«, rief Stoner. »Was ist passiert?«

Dot wischte sich mit der Schürze den Schweiß von der Stirn. »Gäste.«

Der Raum roch nach Petroleum. »Hat jemand versucht, euch abzubrennen?«

»Wie bitte?« fragte Dot.

Billy kicherte.

»Irgend jemand hat hier drinnen Petroleum verschüttet«, sagte Stoner.

»Wir benutzen Petroleum zum Putzen«, erklärte Billy.

»Oh.« Sie brauchte einen Moment, um das Gefühl der eigenen Dummheit sacken zu lassen.

»Billy«, sagte Dot mit barscher Stimme, »steh hier nicht so rum. Sieh lieber zu, daß du das Feuer im Ofen ankriegst. Wir müssen alle Bettücher waschen. Und die Sachen der Mädchen.«

»Ich habe geahnt, daß dies ein schrecklicher Tag würde«, murmelte Billy und stapfte in die Küche.

»Und dein Zeug auch«, rief Dot ihr hinterher. »Morgen abend mußt du anständig aussehen.«

Stoner nahm ein Tuch und machte sich daran, die Theke zu polieren. »Ich finde, für einen Haufen Cowboys macht ihr euch ganz schön viel Arbeit.«

»Cowboys!« Dots Augenbrauen schossen in die Höhe. »Meine Güte, die Cowboys habe ich ganz vergessen!«

»Wir sollten den Laden dichtmachen«, knurrte Lolly. Sie spuckte auf den Spucknapf und wienerte ihn mit einem Ledertuch. »Wenn ich die Cowboys nur schon sehe, kommt's mir hoch.«

»Wenn es nicht wegen der Cowboys ist«, fragte Stoner, die wie besessen an einem Glasring herumrieb, »wozu dann das ganze Theater? Kriegt ihr Besuch?«

»Nicht bloß Besuch«, erwiderte Cherry. »Wichtigen Besuch. Der schlimmsten Art.«

»Ich habe sie vor etlichen Monaten eingeladen«, erklärte Dot, während sie ein Tuch auswrang und den Boden zu schrubben begann. »Ich hatte es ganz vergessen. Wußte nicht mal, daß sie hier reden wollen. 'Sollten Sie je nach Tabor kommen', habe ich gesagt. Hab's sogar ernst gemeint, hätte aber nie im Leben gedacht ...«

»Im Warenhaus hängt schon seit einer Woche die Ankündigung«, sagte Cherry. »Natürlich ist mir nicht in den Sinn gekommen, daß sie hier wohnen könnten.«

»Ist doch klar«, meinte Lolly. »In einem Bordell würde man solche Damen ja wohl kaum vermuten.«

»Ich hab's euch schon mal gesagt«, meinte Dot, »solange diese Frauen unter meinem Dach sind, ist dies kein Bordell, sondern ein Hotel.«

»Entschuldigung«, warf Stoner ein, als sie mit der Theke fertig war und sich an die Regale machte. »Ich weiß immer noch nicht, wovon ihr redet.«

Dot stellte ihren Mop beiseite. »In einigen Jahren soll Colorado ein Staat werden. Wir wollen, daß es dann das Frauenstimmrecht gibt. Deshalb reisen diese Damen im ganzen Territorium rum, halten Reden und versuchen, für uns das zu erreichen, was ihnen drüben in Kansas fast geglückt wäre.«

Stoner verspürte ein aufgeregtes Kribbeln in den Fingerspitzen. »Suffragetten!«

Dot nickte. »Tja, letzten Sommer habe ich sie in einem Moment der Begeisterung eingeladen, hier im Gulch zu wohnen, wenn sie je nach Tabor kämen. Natürlich habe ich nicht Gulch gesagt sondern nur 'bei mir'.«

»Moment mal«, warf Stoner ein und wippte auf den Fußballen. »Hierher kommen Suffragetten?«

»Genau«, erwiderte Cherry. »Auf dem Weg nach Denver.« Sie begann, die fleckigen und zerrissenen Tischdecken einzusammeln und in einen Korb zu werfen. »Was Dot schon früher gewußt hätte, wenn sie je die Ankündigungen lesen würde, die im Warenhaus gleich hinter der Tür angeschlagen sind, aber das tut sie ja nicht, weil sie es vorzieht, unwissend zu bleiben.«

Dot murmelte etwas vor sich hin.

Lolly verdrehte die Augen. »Und jetzt müssen wir deine Lügen ausbaden.«

Dot wühlte in ihrer Schürzentasche, zog einen zerknitterten Brief hervor und reichte ihn Stoner.

Stoner strich ihn glatt. Der Brief war in einer flüssigen, verschnörkelten Handschrift verfaßt:

Topeka, Kansas, den 10. Oktober 1871

Liebe Mrs. Gillette,
ich möchte mich, auch im Namen von Mrs. Jenney und Mother Armstrong, für Ihre herzliche Einladung bedanken. Wir würden uns freuen, anläßlich unseres Besuches in Tabor Ihre Gastfreundschaft in Anspruch nehmen zu dürfen.

Voraussichtlich werden wir am Samstag, den 25. November, in Tabor eintreffen. Da Mrs. Stone und ihr Ehemann, Dr. Blackwell, uns begleiten werden, benötigen wir ein zusätzliches Zimmer, also insgesamt drei (Mrs. Jenney und ich sind daran gewöhnt, uns ein Zimmer zu teilen).

Wir freuen uns darauf, Sie und die Einwohnerinnen und Einwohner Ihrer schönen Stadt bald zu sehen. Wir kämpfen für eine gerechte Sache. Wir werden siegen.

Herzlichst,

Ihre Clarina Nichols

Stoner sah noch einmal auf das Ankunftsdatum. Der 25. November. Heute mußte Thanksgiving sein. Sie fragte sich, wieso das niemand feierte.

»Deshalb«, fuhr Cherry fort, »haben wir erst von unseren noblen Gästen erfahren, als die Postkutsche aus Denver den Brief gebracht hat.« Sie ging rückwärts auf die Schwingtüren zur Küche zu und stieß sie auf. »Der uns erst auf Umwegen erreicht hat, weil irgendein Idiot in Topeka ihn auf die Bahn gegeben hat, statt ihn einem nach Westen fahrenden Postkutscher zusammen mit den Zeitungen und der anderen Post mitzugeben, wie es jeder normale Mensch getan hätte.«

Die Türen schwangen mit einem »Wusch« hinter ihr zu.

Stoner kramte in ihrer Tasche nach ihrem Susan B. Anthony-Glücksdollar.

»Guck mal.« Sie hielt Dot die Münze hin.

Dot betrachtete sie genau. »Susan B. Anthony.«

»Genau. Du weißt, wer das ist, oder?«

»Nun, natürlich weiß ich das«, erwiderte Dot. »Ich bin doch nicht blöd.« Sie starrte auf die Münze. »1979? Wieso steht da 1979?«

»Das ist das Jahr, in dem sie geprägt wurde. Geprägt werden wird.« Da wären wir wieder. »Es ist eine Gedenkmünze.«

»Das erklärt alles«, sagte Dot mit einem Lachen und gab ihr die Münze zurück. »Du mußt sie wirklich bewundern.«

»Stimmt.« Sie hielt sich an der Theke fest, wagte kaum zu hoffen. »Die Mrs. Stone aus dem Brief ... ist das zufällig ...« Sie holte tief Luft. »... Lucy B. Stone?«

»Ganz recht«, erwiderte Dot und schickte sich an, weiterzuwischen. »Mrs. Lucy Stone. Hat ihren Mädchennamen beibehalten. Mein Gott, ist das hier ein Chaos.«

»Kaum zu glauben«, sagte Stoner aufgeregt. »Ich werde tatsächlich Lucy B. Stone treffen.«

Dot blickte auf. »Das wirst du, wenn dich nicht gleich vor lauter Aufregung der Schlag trifft.«

»Ich bin nach ihr benannt worden!«

Lolly ließ ihr Ledertuch sinken. »Nach Lucy B. Stone?«

»Genau. Das ist mein voller Name, Lucy B. Stoner McTavish.«

»Menschenskind, dann mußt du sie ja kennen.«

»Na ja, eigentlich nicht.«

»Dann kennt deine Familie sie?«

Stoner schüttelte den Kopf.

»Das verstehe ich nicht«, sagte Lolly. »Wie ist es möglich, daß du nach einer Person benannt wirst, die deine Familie nicht mal kennt?«

»Sie war eine berühmte Frau.«

»Da hast du wohl recht«, meinte Dot. »Aber als du geboren wurdest, war sie wahrscheinlich noch ein Mädchen.«

»Als ich geboren wurde, war sie schon seit Jahren tot.«

Dot seufzte und schüttelte den Kopf. »Ganz wie du meinst, mein Schatz.«

Der Freitagmorgen war warm und klar.

Der Hintereingang der chinesischen Wäscherei stand einen Spaltbreit offen. Dampf strömte heraus. May klopfte leise an und wartete. Von innen hörte sie Stimmengeplapper. Sie lauschte einen Moment und genoß den vertrauten Rhythmus, dann klopfte sie wieder, diesmal lauter. Das Gesicht eines Mannes erschien an der Tür. Er trug die traditionelle Arbeitskleidung, auf dem Kopf eine enganliegende Kappe. Als er sie erblickte, zeigte er sich kurz überrascht, nahm aber rasch wieder den leeren, unverbindlichen Gesichtsausdruck an, den sie bei ihren Landsleuten in Amerika so oft beobachtet hatte.

»Entschuldigen Sie«, sagte May. »Ich würde gern Kwan Lu sprechen.«

Der Mann ging in den hinter ihm liegenden Raum und redete schnell und mit gedämpfter Stimme. Er kehrte an die Tür zurück und trat beiseite, während er sie mit einer Geste hereinbat.

Nach dem Tag im Sonnenlicht dauerte es einen Moment, bis sich ihre Augen an die Dunkelheit gewöhnt hatten. Sie wußte, daß sie schrecklich aussah. Ihr Kleid, ihr Haar und ihre Tasche waren mit einer dicken Staubschicht bedeckt. Ihre Schuhe waren schlammverkrustet.

»Entschuldigen Sie mein Aussehen«, sagte sie. »Ich habe einen weiten Weg gemacht, um Kwan Lu zu sehen.«

Über dem Duft von Seife und Dampf lag ein durchdringender Essensgeruch. Es roch wie bei May zu Hause, anders als der schwere fettige Küchengeruch, der ihr auf ihrer Reise entgegengeschlagen war. Sie mußte lächeln.

Im Dunkel zeichnete sich die Gestalt einer untersetzten Frau mittleren Alters ab. Sie erhob sich aus einem Lehnstuhl. »Ich bin Kwan Lu.«

»Sie haben mir einen Brief geschickt.« May kramte in ihrer Tasche und zog den Brief hervor. »Sie meinten, Sie hätten Informationen für mich. Ich bin gekommen, um mit Ihnen darüber zu reden.«

»Was für Informationen?« fragte der Mann.

»Das hier ist reine Frauensache«, sagte die ältere Frau.

Der Mann bezeugte mit einer Handbewegung sein Desinteresse und ging nach vorn ins Geschäft.

»Wie oft«, sagte Kwan Lu mit einem Lachen, »haben wir die Arroganz des Mannes schon zu unserem Vorteil genutzt.«

May nickte, erleichtert, sich endlich wieder in Gegenwart einer Chinesin zu befinden, die sich in der Sprache der Frauen auskannte.

»Setz dich doch«, forderte die Frau sie auf. »Ich schlage vor, daß wir erst Tee trinken und dann darüber sprechen.«

Sie tranken den Tee aus Tassen, die so zart waren, daß das Licht hindurchschien, und redeten über alltägliche Dinge. Über das Leben hier und in San Francisco. Darüber, daß Mays Mutter von ihrem Vater hergeholt worden war, ebenso wie Peter (da er sich als Amerikaner verstand, nannte er sich selbst Peter Kwan) Lu hergebracht hatte. Darüber, daß die Arbeitgeber der Männer es verbieten wollten, sie aber heimlich gespart hatten, um die Reise bezahlen zu können. Darüber, wie die Kwans aus der Bahnkolonne geflüchtet waren, sich in der Nacht weggeschlichen, wochenlang versteckt und von den paar Bissen gelebt hatten, die die Männer, die bei der Kolonne geblieben waren, zu ihnen geschmuggelt hatten. Über ihre lange Wanderung aus Nebraska in Richtung Osten, zu verängstigt, sich eine Pause zu gönnen, bevor sie im fernen, abgelegenen Tabor in Sicherheit waren. Über China und ihre Verwandten und mögliche Beziehungen zueinander.

Schließlich lehnte sich Lu, an einem Plätzchen knabbernd, in ihrem Stuhl zurück und sagte: »Also.«

»Der Mann ist hier?« fragte May.

»Wenn das der Mann ist, nach dem du suchst.«

»Er hat meinen Vater umgebracht«, sagte May. »Es war eine dunkle und kalte Nacht. Mein Vater hatte getrunken ...« Sie wußte nicht, wieso sie das sagte. Es war unwichtig, aber sie verband ihren Vater immer mit dem Geruch von Alkohol. »Der Mann muß ihn von hinten überfallen und dann erwürgt haben. Er muß gerächt werden.«

Lu nickte.

»Wir haben nicht gewußt, wo wir suchen sollten. Er hätte überall sein können. Schließlich habe ich beschlossen, mit einigen meiner Cousins zu reden, die bei der Eisenbahn arbeiten. Ihnen könnte zufällig etwas zu Ohren kommen. Ich habe sie gebeten, überall bekannt zu machen, daß wir diesen Mann suchen. Ich wußte, daß wir, sollte er noch in der Nähe sein, früher oder später davon erfahren würden.«

»Und das ist dann auch passiert.«

»In Ihrem Brief«, sagte May, »haben Sie geschrieben, daß es dieser Mann ist. Darf ich fragen, wieso Sie sich so sicher sind?«

»Im Herbst vor zwei Jahren, als der Bahndamm nördlich von hier gebaut wurde, hatten einige unserer Landsleute hier in der Nähe ihr Lager aufgeschlagen. Natürlich sind wir hingegangen, um zu sehen, wie wir ihnen das Leben erleichtern könnten. Sie haben uns von einem Mann – einem weißen Mann – erzählt, der zusammen mit ihnen von San Francisco nach Kansas gekommen ist und damit geprahlt hat, einen Chinesen auf die Art und Weise umgebracht zu haben, die du mir beschrieben hast.« Lu schüttelte den Kopf. »Dieser Mann wußte, daß er offen damit prahlen konnte, ohne daß er um sein Leben fürchten mußte. Es war seine Art, seine Überlegenheit kundzutun. Er wußte, daß er niemals dafür bestraft würde, einen Chinesen umgebracht zu haben. Aber wenn einer unserer Leute die Hand gegen ihn erhoben hätte ...«

»Ich weiß«, sagte May Chang. »Aber er hat sich geirrt.«

Kwan Lu warf ihr einen erschrockenen Blick zu. »Glaubst du wirklich, daß du diesen Mann zur Rechenschaft ziehen kannst?«

»Ja.«

»Das Gericht wird einen weißen Mann niemals auf das Wort einer Chinesin hin verurteilen.«

»Er wurde bereits angeklagt und für schuldig befunden«, erwiderte May. »In meinem Herzen.«

Die ältere Frau saß einen Moment schweigend da, um zu verdauen, was May gesagt hatte. »Ich verstehe«, meinte sie schließlich. »Was du da vorhast, ist gefährlich.«

»Nein«, widersprach May. »Was er getan hat, war gefährlich. Woher wissen Sie, daß er jetzt hier ist?«

»Man hat ihn mir damals gezeigt«, erwiderte Lu. »Und vor achtzehn Monaten, als er nach Tabor gekommen ist, habe ich ihn wiedergesehen. Er hatte sein Aussehen verändert, aber es ist derselbe Mann. Als ich hörte, daß du ihn suchst ...«

»Vielen Dank für Ihre Hilfe«, sagte May. Jetzt, da sie so kurz vorm Ziel war, wollte sie es hinter sich bringen. In diesem gewalttätigen Land hatte sie schnell den Geschmack an Gewalt verloren. Sie erhob sich, um zu gehen. »Und für den Tee. Wenn Sie mir noch sagen, wo ich ihn finde, können wir vergessen, daß diese Unterhaltung je stattgefunden hat. Ich will nicht, daß Sie deswegen in Schwierigkeiten kommen.«

Kwan Lu stand auf und legte ihr die Hand auf die Schulter. »Ich muß dich wirklich warnen. Der Mann hat es geschafft, ein angesehenes Mitglied dieser Gemeinde zu werden. Die Menschen werden sich nicht einfach zurücklehnen und tatenlos zusehen, wie du ihm Schaden zufügst.«

»Ich werde mich schnell davonmachen. Ich reite wie der Wind.«

»Wo ist dein Pferd?«

»Ich werde eins mieten müssen.«

»Wie denn? Willst du einfach in den Mietstall gehen und ein Pferd verlangen? Du bist eine Chinesin, May, und eine Frau. Sie werden dir nicht mal einen klapperigen Wagen und ein halb verhungertes Maultier vermieten. Und du wirst den Leuten auffallen.« Lu schüttelte den Kopf. »Ich glaube nicht, daß du das schaffst.«

May sank auf den Stuhl zurück. Diesen langen Weg gemacht zu haben ... Sie mußte tun, weswegen sie hergekommen war. Das war sie ihrer Ehre schuldig. Hätte sie Brüder gehabt, hätten sie das natürlich übernommen. Aber dafür zu sterben? War das der Preis, den sie zahlen mußte?

»Vielleicht«, sagte Lu, die Mays Verzweiflung und Entschlossenheit spürte, mit nachdenklicher Stimme, »kenne ich eine weiße Frau, die für dich ein Pferd mieten könnte.«

May sah auf. »Und wer ist das?«

»Geh zum Saloon, zum Hintereingang, und rede mit der Besitzerin, Mrs. Gillette. Du kannst dich auf mich berufen. Sie wird dir weiterhelfen. Ab und zu haben wir uns gegenseitig einen Gefallen getan.« Sie lächelte. »Die Außenseiterinnen in dieser Stadt verstehen einander zu helfen.«

»Sie wird sich fragen, wieso ich mir das Pferd nicht selbst besorge.«

»Sie muß dich nur ansehen. Sie wird sich nicht wundern. Und wenn doch, wird sie keine Fragen stellen.«

May strich ihren Rock glatt. »Vielen Dank für Ihre Hilfe.«

Kwan Lu wehrte ihren Dank ab. »Natürlich bleibst du hier, bis du getan hast, wozu du gekommen bist.«

»Ich kann Sie in diese Sache nicht hineinziehen.«

»Hör zu«, sagte Lu. »Du darfst dich hier nicht blicken lassen. Das hier ist nicht San Francisco. Fremde fallen auf und sind Gesprächsstoff. Wo würdest du denn übernachten? Im Bordell? Im Stall?

Außerdem ist mir der Anblick einer anderen chinesischen Frau willkommen.«

May lächelte. Sie wußte, was Einsamkeit bedeutete. »Aber nur für eine Nacht. Ich denke, ich sollte so bald wie möglich verschwinden, bevor die Leute anfangen, sich zu wundern.«

»Gut.«

»Jetzt sagen Sie mir bitte, wie ich den Mann finden kann.«

»Das ist ganz einfach«, sagte Lu. »Es ist der Prediger.«

Cullum kam am Nachmittag des nächsten Tages in der Stadt an, gerade als Billy das Maultier in der Gasse neben dem Saloon zum Stehen brachte.

Billy streifte den Fremden mit einem flüchtigen Blick. Dann sah sie genauer hin. Sie wurde leichenblaß.

»Was ist los?« fragte Stoner.

Billy warf Stoner die Zügel zu, sprang vom Karren, rannte nach hinten und zog, noch während sie rannte, die Pistole aus dem Halfter.

»Billy!«

Stoner band das Maultier an einem Pfosten fest und lief ihr hinterher.

»He, du«, rief Dot vom Hintereingang.

Stoner hielt inne.

»Ich muß mit dir reden.«

Unschlüssig sah sie Billy nach. »Da stimmt was nicht«, sagte sie.

»Pubertäre Probleme«, erklärte Dot, als Billy etwas auf einen Zaunpfahl am anderen Ende des Korrals setzte. »Er kriegt sich schon wieder ein, wenn er ein bißchen rumgeballert hat.« Sie zog Stoner in die Küche. »Ich muß mit dir reden.«

In dem Bugholzstuhl neben dem Ofen saß eine Chinesin, aufrecht und gerade, die Hände im Schoß gefaltet.

»Das ist May Chang. Aus San Francisco. Sie braucht deine Hilfe«, erklärte Dot.

Meine Hilfe? »Okay.«

»Kannst du zum Mietstall rübergehen und für morgen ein Pferd mieten?«

»Klar«, meinte Stoner. »Aber wieso gerade ich?«

»Du bist fremd hier. Alles, was du tust, ist seltsam. Sie werden sich zwar die Mäuler zerreißen, aber keine Fragen stellen.«

Das werden sie aber, sobald sie mich reiten sehen, dachte Stoner.

Sie hörte, wie Billy draußen einen Schuß nach dem anderen abfeuerte. »Muß ich es reiten?«

Dot sah sie an. »Wäre das ein Problem?«

»Ich kann nicht sehr gut reiten.« Um ehrlich zu sein, habe ich eine Heidenangst vor Pferden. Und das eine Mal, als ich geritten bin, reiten mußte, hat mir diese Angst nicht gerade genommen.

»Du mußt es nur herbringen«, sagte Dot. »Meinst du, du kannst so tun, als könntest du reiten?«

»Denke schon. Wann?«

»Bei Sonnenuntergang«, erwiderte May.

»Irgendein bestimmtes Pferd?«

»Ein schnelles.«

Meine Lieblingspferde. Schnell und hinterhältig. Großartig.

Sie wollte fragen, wozu die Frau das Pferd brauchte, aber die beiden waren so wortkarg, daß es sich um eine jener 'Je-weniger-du-weißt-desto-besser'-Situationen handeln mußte. »Kein Problem. Stimmt was nicht?«

»Sie werden an mich nicht vermieten«, entgegnete die Frau. »Mit einer Person meiner Rasse machen sie kein Geschäft.«

»Wißt ihr«, meinte Stoner frustriert, »die Leute hier draußen haben wirklich Gesinnungsprobleme. Sie mögen keine anderen Hautfarben, sie mögen bestimmte Berufe nicht, sie mögen keine Waisen und keine unehelichen Kinder, sie mögen Frauen nicht sonderlich ...«

May blickte auf. »Dort, wo du herkommst, ist es da anders?«

»Na ja, eigentlich nicht«, gab Stoner zu. »Aber wenigstens ist es nicht so ausgeprägt.« Zumindest nicht bis vor ein paar Jahren, bevor Mr. Reagan uns um vierzig Jahre zurückgeworfen hat, indem er über Verbrechen, die aus purem Haß begangen wurden, geflissentlich hinwegsah und die verschiedenen Klassen und Hautfarben, die Geschlechter und sexuellen Orientierungen gegeneinander ausgespielt hat. Indem er eifernde Borniertheit wieder in Mode gebracht hat.

Dot drehte sich zu der Frau um. »Richte Lu Kwan bitte aus, daß ich in den nächsten Tagen bei ihr vorbeikomme. Wir haben seit Ewigkeiten nicht mehr miteinander geplaudert.«

Von Dot entlassen, lief Stoner los, um Billy zu suchen.

»Meinst du, du könntest mir sagen, was los ist?«

Mit ausgestreckten Armen zielte Billy sorgfältig auf eine Blechbüchse, die auf einem Zaunpfahl stand. »Nichts.« Sie feuerte ab und verfehlte ihr Ziel. Der Knall war ohrenbetäubend.

»Erzähl mir doch nichts«, meinte Stoner, als sie wieder hören konnte. »Der Mann vorhin hat dich doch verrückt gemacht. Dir Angst eingejagt.«

»Stimmt nicht«, stieß Billy hervor und feuerte wieder ab. Die Blechdose blieb unversehrt stehen. Sie drückte wie wahnsinnig ab, wieder und wieder und wieder.

Stoner packte sie am Arm. »Hör auf damit und sag mir, was los ist!«

Billy riß sich los und kramte eine Handvoll Kugeln aus ihrer Tasche. »Es ist nichts«, sagte sie, als sie die Kugeln in die Trommel rammte.

»Billy.«

Sie feuerte kurz hintereinander sechs Schüsse ab. Die Luft stank nach Schießpulver. Die Blechdose stand immer noch unversehrt da. »Verflucht noch mal!« Angst schwang in ihrer Stimme.

»Komm schon, sag mir, was los ist.«

Billy kramte in ihrer Tasche nach weiteren Kugeln. »Ich kenne ihn. Habe nie mit ihm geredet. Ihn nur mal gesehen.«

Stoner wartete.

»Es ist ein Kopfgeldjäger aus meiner Heimat.«

Stoner packte die nackte Angst. »Meinst du, er ist ...«

»Verflucht noch mal, ja, ich meine, daß er mich ...« Sie sah Stoner an und ließ die Hand mit der Pistole sinken. »Was soll ich bloß tun?« fragte sie mit tonloser Stimme.

Stoner fühlte sich hilflos. »Ich glaube nicht, daß er dich erkannt hat.«

»Das wird er aber.«

»Was meinst du, wie er dich gefunden hat?« fragte Stoner, um Zeit zum Nachdenken zu gewinnen.

Billy zitterten die Hände. Stoner nahm die Waffe an sich, steckte sie ins Halfter zurück und hielt Billys Hände fest umschlossen.

»Wenn ich das wüßte«, sagte Billy mit bebender Stimme, »wäre ich ihm einen Schritt voraus.« Ihre Augen wurden feucht und glitzerten vor Tränen. »Meinst du, meine Mutter hat ihn mir nachgeschickt?«

»Kann schon sein«, meinte Stoner mit sanfter Stimme. »Aber vielleicht ist dein Vater doch nicht tot.«

»Ich kann nicht dorthin zurück, Stoner.«

»Ich weiß. Das mußt du auch nicht.«

»Lieber sterbe ich.«

»Uns wird schon was einfallen«, sagte Stoner und versuchte, zuversichtlicher zu klingen, als sie war. »Es gibt bestimmt noch andere Möglichkeiten.«

»Ich habe dir nicht alles erzählt ...«, gestand Billy verzweifelt. »Er hat Sachen mit mir gemacht ...«

Stoner schüttelte sie sanft. »Ich habe dir versprochen, daß du nicht zurück mußt, und dazu stehe ich.«

»... schlimme Sachen. Dinge, über die ich nicht reden will.«

»Du brauchst es mir nicht zu erzählen«, meinte Stoner und nahm sie schützend in die Arme, unbesorgt darum, ob die Leute sie sahen oder was sie denken könnten. »Ich weiß, wovon du sprichst.« Sie hielt sie einen Moment lang fest. »Hör zu«, schlug sie schließlich vor, »bevor wir völlig den Kopf verlieren, gehe ich rein und finde heraus, wieviel er tatsächlich weiß.« Sie küßte Billy auf den Kopf. »Okay?«

Billy nickte.

»Üb ruhig weiter, aber beruhige dich, um Gottes willen. So verschwendest du nur deine Munition.«

Sie war die schönste Frau, die Cullum Johnson je gesehen hatte. So schön wie das rothaarige Mädchen, aber dazu kamen die Reife und die Würde des gesetzten Alters. Er nahm sein Glas in die Hand und ging zu einem Tisch hinüber, wo er an seinem Drink nippen und sie ansehen und ein bißchen verschnaufen konnte.

Als sie die Gläser abgetrocknet hatte, schenkte sie sich einen Schuß Bourbon ein und kam zu ihm an den Tisch. »Nun, Sir«, sagte sie, als sie Platz nahm. »Was bringt Sie denn nach Tabor?«

Er wurde rot wie ein Schuljunge. Er hoffte, daß sein Gesicht so wettergegerbt war, daß sie nichts davon bemerkte. »Geschäfte«, erwiderte er barsch.

»Welche Art von Geschäft betreiben Sie, Mr. ... Mr.?«

»Johnson. Cullum Johnson.« Er nahm den Hut ab, legte ihn behutsam auf den Tisch und kämmte sich mit den Fingern durch das Haar.

Sie streckte ihm die Hand entgegen. »Dorothy Gillette. Die meisten nennen mich Dot.«

Ihre Hand verlor sich in seinen großen rauhen Pranken. »Freut mich, Ihre Bekanntschaft zu machen, Mrs. Gillette.«

Er wartete darauf, daß sie ihn korrigierte, ihn aufforderte, »Miss Gillette« zu sagen. Aber sie tat es nicht. Das versetzte ihm einen kleinen Stich. »Gehört das hier Ihrem Mann?« Wieso sollte er nicht versuchen, sich ein Bild von dem Mann zu machen, bevor er sich weiter vorwagte?

Sie warf den Kopf zurück und lachte. Das süßeste Lachen, das er je gehört hatte. Noch süßer als die Stimme der Opernsängerin aus dem Wandertheater, die er vor einigen Jahren gehört hatte.

»Nein, Sir«, antwortete sie. »Mein Nichtsnutz von Ehemann hätte diesen Saloon innerhalb von zwei Monaten auf den Hund gebracht.« Sie schüttelte den Kopf. »Ich würde niemals zulassen, daß dieses nutzlose Subjekt etwas in die Hände kriegt, das mir gehört und mir ganz allein.«

Hoffnung ließ sein Herz höher schlagen. »Getrennt?« Ihm wurde bewußt, was er da gesagt hatte, und wieder wurde er rot. »Ich wollte nicht neugierig sein.«

»So gut wie«, sagte Dot. »Ich habe den alten Schurken nicht mehr gesehen, seit ...« Sie nippte an ihrem Drink. » ... das muß jetzt fünf, sechs Jahre her sein. Das letzte, was ich von ihm gehört habe, ist, daß er sich irgendwo im hintersten Winkel von Texas zu Tode säuft.« Sie nahm noch einen Schluck. »Es sei denn, die Indianer oder Mexikaner haben ihn in die Finger gekriegt.«

Cullum fand, daß dies einer der glücklichsten Tage seines Lebens war. »Manche Leute wissen ihr Glück nicht zu schätzen«, sagte er tiefsinnig.

»Da sagen Sie ein wahres Wort. Haben Sie vor, länger hierzubleiben, Mr. Johnson?«

»Kommt drauf an. Wo kann ich in dieser Stadt unterkommen?«

»Da brauchen Sie nicht weit zu gehen, Sie sind schon da«, erwiderte Dot.

Er hob die Augenbrauen. »Kein Hotel?«

»Überflüssig, die Bahn hat die Stadt umgangen. Tabor ist nicht gerade das Zentrum der zivilisierten Welt.«

Cullum räusperte sich, wurde plötzlich schüchtern. »Tja.« Wieder räusperte er sich. »Sie können mich wohl nicht zufällig unterbringen?«

»Heute nacht können Sie ein Gästezimmer haben«, antwortete Dot. »Aber morgen sind wir ganz ausgebucht.«

»In Ordnung«, sagte Cullum. »Morgen abend habe ich entweder alles erledigt oder ziehe weiter.«

Er blickte hoch, als Stoner durch die Tür unter der Treppe eintrat.

»He, sowas sieht man nicht alle Tage«, meinte er. »Eine Frau in Hosen. Und einem komischen Hemd.«

Dot sah zu Stoner hinüber. »Sie behauptet, es wäre ein Sweatshirt. Haben Sie so was Verrücktes schon mal gehört?«

Cullum verzog das Gesicht. »Eine Fremde?«

»Soweit ich weiß, ja.«

»Wissen Sie, woher sie kommt?«

»Nun, sie behauptet, aus Boston«, erwiderte Dot und schüttelte den Kopf. »Aber ich weiß nicht recht. Sie könnte sonstwo her sein.«

Er trank einen Schluck. »Ich wette, aus England. Die haben da schreckliche Ausdrücke für alles mögliche.«

Dot lächelte ihn an. »Sie scheinen ein Mann von Welt zu sein, Mr. Johnson.«

Als er hörte, wie sein Name auf diese Weise, von dieser absolut grandiosen Frau ausgesprochen wurde, machte er sich vor Freude fast in die Hose. »Oh«, murmelte er. »Ich schätze, ich bin ein bißchen rumgekommen.«

»Sie haben mir noch nicht verraten, womit Sie sich beschäftigen.«

Zum ersten Mal seit langer Zeit schämte er sich fast, es zu sagen. »Man könnte wohl sagen, daß ich so eine Art Suchdienst bin.«

Die Augen der Frau verengten sich ein wenig, als könnte sie das nicht ganz billigen. »Tja«, sagte sie schließlich und sah ihn scharf an, »ich habe mich immer schon gefragt, was einen Mann dazu bewegt, auf diese Weise seinen Lebensunterhalt zu verdienen.«

Er zermarterte sich den Kopf, um eine wahre Antwort zu finden. Er wollte dieser Frau die Wahrheit sagen. »Bin immer schon irgendwie rastlos gewesen. Aber ich kann nicht viele Leute um mich haben, damit fallen die Viehtreiberei und die Eisenbahn weg. Ich hab' mal dran gedacht, Gold zu suchen, aber ich bin nicht gerade vom Glück gesegnet. Und ich kann gut mit der Waffe umgehen und bin ganz geschickt im Aufspüren von Leuten.«

»Hinter wem sind Sie jetzt her?«

Er rieb sich das Kinn und wünschte, er wäre zum Barbier gegangen, bevor er hergekommen war. »Ein junges Mädchen von dort, wo ich herkomme. Hat ihrem Pa eins über die Rübe gegeben und sich davongemacht. Hat wohl gedacht, er wäre tot. Aber er ist nicht tot, nur fuchsteufelswild.«

Dot runzelte die Stirn. »Klingt komisch. Wahrscheinlich hatte sie allen Grund dazu.«

»Kann schon sein.« Allmählich fühlte er sich niedergeschlagen.

»Was, glauben Sie, wird er dem Mädchen wohl antun, wenn Sie es finden?«

Er ließ den Kopf hängen. »Bestimmt nichts Gutes.«

»Bestimmt nicht«, sagte Dot in mißbilligendem Ton.

»Sie haben das Mädchen nicht zufällig gesehen?«

»Nein, aber selbst wenn, würde ich es Ihnen nicht erzählen«, entgegnete Dot. »Was Sie da tun, Mr. Johnson, ist abscheulich.«

Er fragte sich, ob er sich jetzt gleich erschießen oder lieber bis Sonnenuntergang warten sollte. »Na ja, so habe ich das noch gar nicht gesehen.«

Dot schnaubte. »Sie sind mir ja der Richtige! Was haben Sie sich denn dabei gedacht?«

Hol's der Teufel! Schlechter als jetzt konnte sie nicht von ihm denken. »Ich war pleite«, sagte er, »und habe keinen Sinn mehr im Leben gesehen.«

»Nur weil Sie pleite waren?«

»Pleite und ein Narr. Habe mich in ein junges Mädchen verliebt. Sie sogar gefragt, ob sie mich heiraten wollte.« Er lachte bitter. »Einen alten Trottel wie mich.«

Dot schenkte ihm einen weiteren Drink ein. »So ist das nun mal mit der Jugend, Cull. Sie bricht einem immer wieder das Herz.«

Sie gab ihm einen freundlichen Klaps auf den Arm, und da ging für Cullum wieder die Sonne auf.

Eine Weile saßen sie schweigend da. Die Fremde beschäftigte sich damit, saubere Gläser zu spülen.

»Stoner!« rief Dot ihr zu. »Laß das sein.«

Stoner blickte auf. »Wie?«

»Wenn du dich nützlich machen willst, versuch etwas zu tun, was noch nicht erledigt ist.«

Das Mädchen sah sich um. »Was denn?«

»Hast du das gute Leinen von den Kwans geholt, wie ich dir gesagt hatte?«

»Ist im Karren.«

»Dann geh Cherry in der Küche zur Hand.«

»Ich kann nicht gut kochen.«

»Gütiger Gott«, sagte Dot. »Du kannst dir doch sagen lassen, was du tun sollst, oder?« Sie scheuchte Stoner mit einer Handbewegung weg.

Das fremde Mädchen schlich sich aus dem Raum.

»Stoner?« fragte Johnson. »Ein komischer Name.«

Dot verdrehte die Augen. »Wollen Sie mal was wirklich Komisches hören?«

Er nickte.

»Sie behauptet, sie wäre nach einer Frau benannt worden, die schon tot war, als sie geboren wurde.«

»Daran ist doch nichts Komisches.«

»Gar nichts, nur daß diese Frau, die schon tot war, als sie geboren wurde, morgen hierherkommt.«

Er runzelte die Stirn und bemühte sich, das zu verstehen, aber es machte keinen Sinn. »Wissen Sie, was ich glaube, Mrs. Gillette?«

»Ich hab's eben schon gesagt«, meinte sie kokett, »nenn mich einfach Dot.«

»Dot.« Das Wort zerging ihm wie warme Muffins mit Erdbeermarmelade auf der Zunge. »Ich finde, die Welt wird immer schneller immer verrückter.«

»Fürwahr, Cull«, sagte Dot und schenkte zwei weitere Drinks nach.

»Du hattest recht«, sagte Stoner zu Billy.

Billy sank auf eine Holzkiste und ließ die Hände zwischen den Knien baumeln. »Scheiße.«

»Aber du hast deinen Vater nicht umgebracht.«

»Doppelte Scheiße.«

Stoner setzte sich neben sie. »Ich glaube, Dot versucht ihm auszureden, dich zu verfolgen.«

Die Frau blickte hoch. »Dot weiß Bescheid? Über mich?«

»Ich glaube nicht. Sie hat prinzipiell was dagegen.«

Billy nahm den Hut ab und drehte ihn zwischen den Händen. Die Sonne ging unter und tauchte die Prärie in flüssiges Zinn. Irgendwo in einer Gasse veranstaltete ein Huhn ein Riesenspektakel. Daraufhin fing der Hund aus dem Mietstall an zu bellen. Billy sah auf. »Ich schätze, ich mach' mich lieber auf die Socken.«

»Wohin willst du denn? Du hast doch gar kein Geld, oder?«

Billy schüttelte den Kopf.

»Du hast nicht mal ein Pferd.«

»Ich kann doch eins stehlen.«

»Nein«, widersprach Stoner. »Du kannst nicht einfach ein Verbrechen ans nächste reihen. Irgendwann muß damit Schluß sein.«

Billy stieß ein scharfes, verbittertes Lachen aus. »Ich habe fast schon dran geglaubt«, sagte sie. »Heute mittag habe ich ein paar Minuten lang geglaubt, ich könnte anfangen, Pläne zu schmieden. Mein Gott, Stoner, ich will nicht den Rest meines Lebens auf der Flucht sein.«

10

Am späten Freitagnachmittag trafen die ersten Cowboys ein. Gegen sieben Uhr abends hatte sich herumgesprochen, daß die oberen Räume in Dot's Gulch geschlossen waren, und das Ganze nahm üble Formen an. Gegen acht Uhr abends hatten die Cowboys die Kuh der Reinhardts so erschreckt, daß ihre Milch sauer wurde und sie angeblich besprungen werden müßte. Was Gus Reinhardt zu der Bemerkung veranlaßte, er habe sich schon gedacht, daß die alte Daisy Belle seit langem nur auf eine Gelegenheit gewartet hätte, zu dem Svensens-Bullen auf die Weide zu kommen. Die Cowboys versuchten, den Mietstall in Brand zu setzen, und schossen die Scheiben aus den oberen Fenstern von Doc Kreugers Praxis, was den alten Mann so sehr erschreckte, daß er für die nächsten zwölf Stunden dem Alkohol abschwor.

Dot nahm das alles ziemlich gelassen hin. Sie hatte in ihrem Leben schon viele unangenehme, enttäuschte Cowboys gesehen. Ihrer Meinung nach ging sie das Ganze nichts an, solange die Cowboys sich draußen auf der Straße austobten. Im Saloon trennte sie ein paar Raufbolde, und gerade als alles außer Kontrolle zu geraten drohte, tauchte Cull auf und ernannte sich zum Rausschmeißer des Abends. Lolly und Cherry flirteten und neckten die Cowboys und zogen einigen, die glaubten, sie hätten doch noch eine Chance, wenn das Trinkgeld für die Drinks nur hoch genug sei, ein paar Dollar aus den Taschen.

Mittendrin empfahl sich Cherry und ging mit einem schwarzen Cowboy aus Alabama, der in der Unionsarmee gedient hatte, nach oben – nur um der einzigartigen Erfahrung willen, es mit einem Gentleman ihrer eigenen Hautfarbe getrieben zu haben – und kam bald darauf wieder nach unten, um Lolly zuzuflüstern, daß die schwarzen Jungs zwar geschickter zu sein schienen als die weißen, aber nicht viel.

Irgend jemand streute das Gerücht aus, daß Cullum Johnson nicht nur Dots Rausschmeißer sei, sondern eigentlich der Sheriff der Stadt – so abgebrüht und unnachgiebig, daß er nicht mal seinen Stern tragen müßte, sondern allein durch seine Gegenwart eine Meute zur Vernunft bringen könnte. Das setzte allem einen beträchtlichen Dämpfer auf, und Dot gratulierte sich zu der weisen Voraussicht, dieses Gerücht in Umlauf gebracht zu haben.

Gegen neun kam Lolly hinter der Theke hervor, griff nach einem Besen, um das zerbrochene Glas aufzufegen, und meinte zu Dot: »Wenn diese Suffergisten genauso rauhbeinig sind, werden wir das Wochenende nicht überleben.«

»Suffragetten, nicht Suffergisten«, bellte Dot, die langsam die Geduld verlor. »Und ich will, daß du diese Damen mit Respekt behandelst.«

»Damen«, stöhnte Lolly und stürzte sich wieder ins Getümmel.

Er hätte erwartet, schon früher von dem Biest zu hören. Er hatte ihm den Fehdehandschuh hingeworfen. Bestimmt ...

Angenommen, sie hatten das Messer nicht gefunden.

Er verschränkte die Arme vor der Brust und starrte in die Abenddämmerung.

Ein paar Wolkenfetzen standen am Horizont. Ein Gänseschwarm, ihr Schreien wie fernes Hundegebell, flog hoch über ihm pfeilförmig dahin.

Was, wenn er das Messer zu gut versteckt hatte? In seiner Aufregung könnte er es zu tief vergraben haben.

Der Gottgeweihte Mann kaute an den Lippen.

Leichtsinnig. Genau das war er gewesen, leichtsinnig. Genauso wie sein Pa es immer gesagt hatte. Leichtsinnig und zu nichts nütze.

Aber Pa war einer von Ihnen. Einer der Satan-Leute. Genau wie die Fremde, die dem Biest folgte. Vielleicht nicht so mächtig, aber er hatte die Fähigkeit besessen, sich zu verwandeln.

Was, wenn das Biest sie ins Leben zurückrief, alle, die er schon zerstört hatte? Was, wenn das Biest seinen Vater von den Toten erwecken konnte?

Seine Hände zitterten wie Espenlaub.

Das Messer würde ihn beschützen. Die Heiligen Zeichen würden dem Teufel die Macht entziehen, schon bei der ersten Berührung. Sie würden glauben, sie hätten seine Waffe gefunden. Sie würden es selbstgefällig herumreichen. Sie würden nicht ahnen, daß das Ding, das sie einander weiterreichten, das Instrument ihrer eigenen Zerstörung war.

Aber wenn sie es nun nicht gefunden hatten ...

Er konnte nicht einfach herumsitzen, sich Sorgen machen und sich das Schlimmste ausmalen. Er mußte es wissen.

Er hastete zur Scheune hinüber, warf seinem Pferd den Sattel über und machte sich auf den Weg zu der abgebrannten Farm.

Die Nacht war kalt, die Sterne funkelten kühl aus weiter Ferne. Kaum Mondlicht. Aber er kannte den Weg. Er war ihn schon Dutzende Male geritten – um auf ein seelsorgerisches Schwätzchen hereinzuschauen oder um Trost zu spenden, als das Jüngste krank geworden und gestorben war. Und letzte Nacht.

Den Kamin, der als einziges noch stand, spürte er mehr, als daß er ihn sah. Er sprang vom Pferd. Blieb einen Moment stehen, um sich zu sammeln, kauerte sich dann auf den Boden und führte ein Streichholz an seine Laterne. Nachdem er die Klappe bis auf einen kleinen Spalt geschlossen hatte, schwang er die Lampe über den Trümmern hin und her und suchte dann den Boden in der Nähe des Feuers ab.

Er fand die Ölkanne. Aber nicht dort, wo er sie hingeworfen hatte. Irgend jemand war eindeutig hiergewesen.

Er ließ sich auf alle viere nieder und suchte nach Fußabdrücken. Es dauerte nicht lange, bis er sie in dem scharf umrissenen Licht seiner Laterne gefunden hatte. Zwei Paar. Und am verräterischsten war, daß eines dieser Paare ein Profil zeigte, das er noch nie zuvor gesehen hatte. Tiefe dreieckige Kerben waren über den Fußabdruck verteilt. Er hatte noch nie gehört, daß jemand Stiefel mit solchen Sohlen machte. Zumindest nicht in diesem Teil des Landes.

Man brauchte kein Genie zu sein, um zu wissen, von wessen Stiefeln diese Fußabdrücke stammten.

Das Biest hatte das Messer gefunden.

Ein Lächeln ging über sein Gesicht.

Jetzt konnte er losschlagen. Heute nacht. Er brauchte sie nur in die Stadt zu locken. Morgen würden die Hexen eintreffen, ahnungslos. War Das Biest erstmal vernichtet, würde sich ihre Macht in nichts auflösen. Nichts im Vergleich zu seiner eigenen.

Schon jetzt meinte er zu spüren, wie ihn die Kraft, aufsteigend aus eben jenem Boden, auf dem er jetzt stand, durchdringen würde. Pulsierend. Pochend. Er würde eine durch nichts aufzuhaltende, unerbittliche Maschine sein. Eine Maschine der Rechtschaffenheit. Der Reinheit. Der Tugend. Der Gerechtigkeit. Eine Maschine der Rache.

Er streckte die Arme gen Himmel, dem letzten Rest des schwindenden Tageslichts entgegen.

Heute nacht würde er die Macht an sich reißen.

Trotz der Entfernung trug die frische, klare Luft den Lärm bis zu Blue Marys Hütte hinaus. Schüsse, Schreie, zerbrechendes Glas. Stoner hatte einen solchen Lärm nicht mehr gehört, seit die Red Sox die Al East Meisterschaft gewonnen hatten.

Blue Mary schien das alles gelassen hinzunehmen. Sie saß in ihrem Schaukelstuhl, zupfte Kräuterblätter von ihren Stengeln, zerbröselte sie zwischen den Händen und steckte sie in beschriftete Behälter. Ab und zu sah sie auf und nickte und lächelte Stoner aufmunternd zu.

Stoner ging im Zimmer auf und ab und versuchte so, die Angst abzuschütteln.

Sie wünschte, sie könnte irgend etwas unternehmen. Jetzt. Heute abend. Das einzige, was sie heute vollbracht hatte, war, ein Pferd bei May Chang abzuliefern.

Billy konnte auf keinen Fall in Tabor bleiben. Nicht jetzt, wo der Kopfgeldjäger ihr auf den Fersen war und ihr immer mehr auf den Leib rückte. Wenn sie die Frau nur mit sich nach Hause nehmen könnte ... Aber sie war sich nicht sicher, ob diese Reise durch die Zeit nur eine Spritztour für eine Person war, wie Blue Mary ihr versichert hatte, oder ob nicht doch genug Platz für eine Gruppenreise vorhanden war. Noch entscheidender war, daß sie nicht einmal wußte, ob sie selbst wieder nach Hause käme. Es konnte ja sein, daß es sich um eine einfache Fahrt gehandelt hatte und sie dazu verdammt war, den Rest ihres Lebens in Tabor zu verbringen, um imprägnierten Stoff zu erklären.

Hör auf damit, befahl sie sich barsch, bevor sie in Schwermut versank. Das Ganze war wie eines dieser Computerspiele. Sobald sie zufällig auf den richtigen Knopf drückte, würde sie hier raussein.

Billy schien jegliche Fähigkeit zum Denken und Handeln verloren zu haben. Sie saß zusammengesunken am Tisch, starrte in eine schnell kalt werdende Tasse Kaffee und biß sich auf die Lippen. »Sie wird sauer auf mich sein«, sagte sie schließlich.

»Wer?«

»Dot. Sie braucht heute abend meine Hilfe, und ich habe sie im Stich gelassen.«

Stoner raufte sich verzweifelt die Haare. »Darüber machst du dir Gedanken?«

»Klar.«

»Um Gottes willen, Billy! Ein Kopfgeldjäger ist hinter dir her, und du sorgst dich um deinen Job?«

»Wenn Leute auf einen zählen, darf man sie nicht hängenlassen.«

Stoner ging zu ihr hinüber und nahm ihr Gesicht in die Hände. »Hör zu. Dot wird dafür Verständnis haben. Wie ich sie kenne, kommt sie auch ohne dich zurecht. Du bist diejenige, ...«

»Du kannst dir nicht vorstellen, wie es dort mit zwei Dutzend besoffenen Cowboys aussieht.«

»Wir müssen uns überlegen, was mit dir passieren soll«, sagte Stoner nachdrücklich.

Billy ließ den Kopf auf den Tisch sinken. »Darüber will ich nicht mal nachdenken.«

»Mußt du aber.«

»Laß mich einfach in Ruhe, Stoner«, meinte Billy mit erschöpfter Stimme.

»Tut mir leid.« Sie legte Billy die Hände auf die Schultern.

Billy schob ihre Hände unter Stoners, und ihre Finger verschränkten sich. »Wir könnten zusammen irgendwohin gehen«, murmelte sie.

Stoner schloß sie in die Arme. »Ich wünschte, das wäre möglich. Aber ich fürchte, es geht nicht. Es ...« Sie warf Blue Mary einen flehentlichen Blick zu.

»Du kannst nicht hierbleiben«, sagte die Frau sanft, aber bestimmt. »Und Billy kann nicht mit dir zurück. Wenn sie sich bei diesem Hin und Her selbst begegnet ...« Sie schüttelte traurig den Kopf. »Wahrhaftig eine unmögliche Situation. Wir haben es schlecht geplant.«

»Ich habe das hier nie geplant«, entgegnete Stoner.

»Natürlich hast du das, meine Liebe. Wir alle haben es geplant. Selbst Billy.«

»Jetzt fängt sie schon wieder damit an«, knurrte Billy.

Stoner stieß ein ziemlich humorloses Lachen aus. »Es ist hoffnungslos. Wie bei Tante Hermione.« Sie zog Billy dicht an sich, sog das Gefühl, den Rücken der Frau an ihren Brüsten zu spüren, begierig in sich auf.

»Ich liebe dich wirklich«, meinte Billy sanft.

Stoner legte die Wange an ihren Kopf. »Ich dich auch. Mir kommt es vor, als würde ich dich schon seit Ewigkeiten kennen.«

»Mir auch.«

»Stimmt ja auch«, sagte Blue Mary.

Billy stöhnte auf.

»Ich werde nie begreifen«, meinte Blue Mary, »wieso die Leute darauf bestehen, aus einer so einfachen Sache etwas Mysteriöses zu machen.«

»Für dich ist es einfach«, erwiderte Stoner. »Viele Leute finden es ziemlich verrückt.«

Blue Mary lächelte. »Das liegt nur daran, daß sie es vorziehen, sich zu quälen.« Sie war mit dem ersten Kräuterhaufen fertig und nahm sich den nächsten vor. »Es will mir einfach nicht in den Kopf.« Sie sah nachdenklich auf. »Sollte ich es je begreifen, werde ich wohl bereit sein, auf eine andere Ebene überzuwechseln.«

»Wieso ich nicht daran glauben kann«, meinte Stoner, die sich bewußt war, daß Billy spüren mußte, wie sehr ihr das Herz klopfte, »liegt daran, daß es so verlockend ist.«

Blue Mary schüttelte den Kopf. »Verblüffend. Absolut verblüffend.«

Irgend jemand in der Stadt ließ etwas hochgehen, das sich wie eine Packung Chinakracher anhörte.

»Heute geht's aber wirklich hoch her«, sagte Stoner.

Billy strich Stoner mit der Wange am Arm entlang. »Letztes Jahr im August sind hier innerhalb einer Woche drei Viehtriebe durchgekommen. Ich wette, in der ganzen Stadt war keine einzige Glasscheibe mehr heil, als sie weitergezogen sind.«

»Wieso lassen die Leute sich das gefallen?«

»Es gibt keinen Sheriff.«

»Aber sie könnten doch einen einstellen.«

»Vielleicht tun sie das auch«, sagte Blue Mary.

Billy lachte. »Wer will sich hier schon niederlassen? Genau deshalb habe ich ja geglaubt, ich wäre hier sicher. Niemand kommt freiwillig hierher.«

»Mir kommt es vor«, sagte Stoner, »als hätten wir gerade den Höhepunkt der Touristensaison erreicht. Cowboys, Suffragetten und Zeitreisende.«

Sie wünschte, es würde sich nicht so gut anfühlen, Billy in den Armen zu halten. Es verwirrte und verunsicherte sie, warf sie aus dem Gleichgewicht. Sie wich zurück und schob die Hände in die Taschen.

Ihre Hand berührte das seltsame Messer. Sie zog es hervor. »Mary, hast du so etwas schon mal gesehen?«

Blue Mary nahm es in die Hand und betrachtete es eingehend. Sie schnappte kaum hörbar nach Luft.

»Was ist?«

»Satanische Symbole.«

»Im Ernst?«

»Sieh her.« Die Frau zeigte auf die groben Einkerbungen. »Das umgekehrte Pentagramm. Das umgedrehte Kreuz. Das Zeichen der Hörner ... Wo hast du das gefunden?«

»Draußen bei den Allens.«

»Das gefällt mir nicht.«

Billy blickte sie an. »Was meinst du damit?«

»Das hier hat nichts mehr mit dem normalen Leben zu tun.«

»Magie?« fragte Stoner.

»Mag sein. Aber Schwarze Magie ist unberechenbar und wendet sich leicht gegen die Anwendenden selbst. Nein, hier haben wir es mit jemandem zu tun, der glaubt, im Besitz magischer Kräfte zu sein. Und das sind die gefährlichsten.«

»Jetzt verstehe ich gar nichts mehr«, sagte Billy.

Blue Mary stand auf und ging zu der Kiste neben ihrem Bett. Sie kramte darin und holte eine Handvoll glitzernder polierter Steine hervor. »Hier, nehmt. Alle beide.«

Stoner teilte sich die Steine mit Billy.

»Sind das magische Steine?« fragte Billy.

»Kann schon sein«, erwiderte Blue Mary geheimnisvoll. »Es kommt drauf an, wer an sie glaubt.«

Eine Bewegung im Fenster weckte Stoners Aufmerksamkeit. Sie sah nach draußen. Am Horizont glühte der Himmel in rötlichen und gelben Farben. Lichtsäulen ragten in den Himmel und fielen wieder zurück. »Wirklich erstaunlich«, bemerkte Stoner. »Solche Nordlichter habe ich noch nie gesehen.«

Blue Mary folgte ihrem Blick. »Das Fenster geht nach Süden, meine Liebe. Es können keine ...«

Sie rannte zum Fenster und riß die Vorhänge zur Seite. »Da stimmt was nicht.« Sie griff nach ihrem Mantel. »Billy, spann das Maultier an. Schnell!«

Billy stürmte aus der Hütte.

»Komm schon«, befahl Blue Mary und reichte Stoner ihre Weste und Billys Jacke, Hut und Halfter.

»Was ist denn los?«

»Tabor brennt.«

Als sie die Stadt erreichten, gab es Dot's Gulch nicht mehr. Die Cowboys, die in dem Durcheinander wieder einigermaßen nüchtern geworden waren, schlugen mit nassen Decken auf die Flammen ein. Die Einwohnerinnen und Einwohner der Stadt hatten eine Eimerkette gebildet, doch aufgrund des langen Sommers war nur wenig Wasser im Brunnen, so daß sie nicht schnell genug pumpen konnten, um das Feuer einzudämmen.

Stoner sah die Leute schreien, aber das Prasseln und Krachen herabfallender Balken übertönte die Stimmen. Eine Wand fiel in sich zusammen. Funken stoben wie Schwärme von Leuchtkäfern gen Himmel. Für einen kurzen Augenblick erspähte sie den goldgerahmten Spiegel, der das Feuer reflektierte. Dann stieg vor ihren Augen eine schwarze Rauchwolke auf, und als sie sich verflüchtigt hatte, war der Spiegel weg. Der Balkon stürzte funkenstiebend hinab.

Stoner sprang vom Karren und warf sich in die Menge. Sie packte den nächsten Cowboy am Arm. »Dot! Hast du Dot gesehen?«

Er brauchte einen Moment, um sich zu besinnen. »Yeah. Yeah, sie ist draußen.«

»Lolly und Cherry?«

»Keine Ahnung.« Er riß sich los und rannte weiter, um das Feuer zu bekämpfen.

Stoner folgte ihm, drückte sich durch die Menschenmenge. Gaffende Zuschauer bildeten einen dichten Ring um das Geschehen. Sie warf sich mit aller Kraft dagegen, schob und drängte mit den Ellbogen, bis sich ein Spalt auftat. Als sie hindurchschlüpfte, wurde sie plötzlich von einer Hitzewelle zurückgeschleudert, die ihr die Haare auf den Armen versengte. In der Nähe der Flammen sah sie Dot, die mit wehenden Haaren auf und ab schritt. Ihr Gesicht und ihre Arme waren schwarz vor Asche. Tränen rannen in hellen Rinnsalen durch den Ruß auf ihrer Wange.

Stoner packte sie am Arm. »Dot!«

Die Frau klammerte sich an ihren Ärmel. »Die Mädchen«, rief sie über die Flammen hinweg. »Im Hinterzimmer.«

»Komm mit!« Stoner packte Dot am Arm und zog sie in die Gasse. Einem vorbeikommenden Cowboy entriß sie eine feuchte Decke. Funken stoben von den zusammenbrechenden Wänden empor und setzten sich auf Dots Kleid. Stoner bürstete sie verzweifelt weg. Sie sah Joseph Hayes, im Begriff, einen Eimer Wasser auf das Feuer zu verschwenden. »Hierhin!« schrie sie. »Hierhin schütten!«

Er drehte sich um, sah die winzigen Flammen, die an Dots Kleid leckten, und schüttete das Wasser in ihre Richtung, so daß beide bis auf die Haut durchnäßt waren. Die plötzliche Kälte drang tief in die Knochen.

Die hintere Küchenwand stand noch, aber die Tür und die Fensterscheiben fehlten. Stoner spähte durch die Rauchschwaden. Irgend jemand war da drin, bewegte sich, rannte orientierungslos im Kreis herum. Sie konnte nicht erkennen, wer es war.

»Bleib hier!« befahl sie Dot. Bevor Dot widersprechen konnte, zog sie sich die wassergetränkte Decke über den Kopf und warf sich in die Flammen.

Der Lärm war ohrenbetäubend. Das Licht blendete sie. Das Wasser in ihren nassen Kleidern schien zu kochen. Sie holte tief Luft. Das Feuer trocknete Nase und Mund aus und brannte in der Lunge.

Sie mußte schnell sein. Als sie sich verzweifelt umsah, erspähte sie am Boden eine menschliche Gestalt. Sie duckte sich und rannte hinüber.

Es war Cherry, die sich an den Dielen festkrallte und sich schützend über Lolly geworfen hatte.

»Cherry!«

Die Frau blickte auf.

»Cherry! Halt den Kopf unten. Kriech los!«

Cherry schüttelte den Kopf. »Ich laß sie nicht allein.«

Stoner warf sich auf den Boden und kroch auf sie zu. Sie warf die dampfende Decke über die beiden Frauen. »Du nimmst einen Arm, ich den anderen. Beeil dich!«

Sie meinte zu sehen, wie die Außenwände anfingen, sich zu bewegen, sich nach innen zu wölben.

»Zieh schon!« Sie stützte sich mit den Füßen am Boden ab und kroch, Lolly hinter sich herziehend, rückwärts zum Ausgang.

Cherry schnappte sich den anderen Arm. »Was machst du denn hier?« keuchte sie. »Wir sind doch nur Nutten!«

»Halt den Mund und zieh!«

Sie hatten gerade die Tür erreicht, als die Wand sich nach außen neigte, dann nach innen, dann wieder nach außen ...

»Dot!« schrie Stoner. »Weg da!«

... und zu fallen begann.

Stoner sah, wie Dot auf sie zurannte.

Sie versuchte, sie zurückzuwinken. »Hau ab!«

»Kümmer du dich gefälligst um deine Angelegenheiten!« schrie

Dot. Sie war bei ihnen angelangt und unterstützte sie tatkräftig.

Die Wand hing einen Augenblick lang in der Luft, erzitterte, schwankte ...

Ziehend und kriechend erreichten sie die Dunkelheit hinter der Sattlerei.

... und fiel in sich zusammen.

Das Feuer erlosch, fraß sich von innen her auf.

Für einen Augenblick lag Stoner ausgestreckt auf dem Boden. Begierig sog sie die kalte Luft ein. Cherry lag neben ihr.

Dot kniete neben Lolly und griff nach ihrem Handgelenk, um den Puls zu fühlen.

»Und?« fragte Stoner.

Die Frau gab keine Antwort. Ihre Finger wanderten zu Lollys Halsschlagader.

Dot hockte sich auf die Fersen. »Verdammt«, sagte sie.

Cherry kroch zu ihr. »Sie ist nicht tot, Dot, oder?«

»Ich fürchte doch, mein Liebes.«

Cherry nahm Lollys schlaffen Körper in die Arme. »Du bist nicht tot, mein Kleines. Sag mir, daß du nicht tot bist!« Sie schüttelte sie. »Komm schon, ich bin's, Cherry. Hör auf, die alte Cherry zum Narren zu halten, das ist nicht der richtige Zeitpunkt!«

»Tut mir leid, Cherry«, sagte Dot.

Cherry drückte Lolly noch fester an sich und streichelte ihr Gesicht. »Verfluchte weiße Hure«, flüsterte sie, während die Tränen Furchen über ihre verrußten Wangen zogen. »Verfluchte alte weiße Hure.« Sie blickte auf, das Gesicht vor Trauer verzerrt. »Ich habe ihr nie gesagt, daß ich sie liebe.«

»Schon gut«, meinte Dot.

»Ich habe sie wirklich geliebt, Dot. Meinst du, sie hat es gewußt?«

»Bestimmt, mein Kleines. Wir alle haben es gewußt.«

Cherry warf den Kopf zurück und heulte auf, ein Schrei der Wut und der Trauer und der Einsamkeit. Er erhob sich über den Lärm des Feuers, über das Schreien der Leute. Er wurde in die Prärie hinausgetragen.

Aus weiter Ferne antwortete ein Wolf.

Dot lehnte sich zurück und schnappte nach Luft, während ihr die Tränen übers Gesicht strömten. »Sie war ein gutes Mädchen«, sagte sie. »Ein verdammt gutes Mädchen.«

Stoner fühlte sich, als würde ihr das Herz brechen, und wußte plötzlich, daß sie diese Leute wirklich gern hatte. Sie mochten aus einer anderen Zeit oder einer anderen Welt stammen oder nur ihrer Einbildung entsprungen sein, aber sie hatte sie gern.

Dots Gesicht war schlimm verbrannt. Cherry war blaß unter ihrer dunklen Haut. Schock, dachte Stoner. Sie selbst würde später noch trauern können. Sie stand mühsam auf. »Du brauchst Hilfe«, sagte sie.

»Zwing mich nicht, sie alleinzulassen«, entgegnete Cherry und umklammerte den Körper ihrer Freundin. »Ich will sie nicht alleinlassen.«

»Du kannst nichts mehr für sie tun ...«, setzte Stoner an.

Dot fiel ihr ins Wort. »Sie braucht ein bißchen Zeit. Es wird schon wieder.«

»Okay, ich hol den Arzt.«

»Er wird nicht kommen.«

»Natürlich wird er das. Ihr braucht ihn doch.«

»Stoner«, erklärte Dot mit fester Stimme, »wir sind Huren. Er wird nicht kommen.«

»Nicht mal in so einem Fall?«

»Nicht mal dann.«

Stoner sah Cherry an. »Stimmt das?«

Cherry nickte.

Der Kopf dröhnte ihr vor Wut. Ohne eine Antwort abzuwarten, stapfte sie zur Straße zurück, um Blue Mary zu suchen. Sie würde bestimmt helfen. Sie würde wissen, was zu tun wäre. Blue Mary wußte mehr als alle anderen Leute in Tabor zusammen.

Sie ließ den Blick über die Menge schweifen, in der Hoffnung, ein vertrautes Gesicht zu finden. Im Licht des Feuers glühten die Gesichter rot auf, dämonisch und anonym, von tiefen Schatten durchzogen. Die Menschen standen wie versteinert, wie Gestalten aus einem Alptraum, und beobachteten die verlöschenden Flammen. Mary mußte hier irgendwo sein. Oder Billy. Wo war Billy?

»Stoner.«

Sie drehte sich um. Blue Mary drängte sich durch die Menge auf sie zu.

Stoner ergriff ihre Hände. »Wir brauchen dich. Lolly ist tot. Cherry und Dot ...«

»Hast du Billy gesehen?«

»Nein.«

»Gerade war sie noch direkt neben mir, und als ich mich umdrehte, war sie weg.«

Stoner reckte den Hals und suchte die Menge ab. »Ich versuche, sie zu finden. Cherry und Dot ... dort in der Gasse.«

»Wenn wir uns verlieren«, sagte Blue Mary, »treffen wir uns bei Kwans Wäscherei wieder. Am Hintereingang.«

Die Hitze ließ nach, kalte Nachtluft kam von der Prärie herangeweht. Der Wind fachte die Glut an, das einzige, was von Dot's Gulch noch übrig war. Das Feuer loderte noch einmal kurz auf und legte sich dann. Es war noch dunkler als zuvor.

Irgend jemand tippte ihr auf die Schulter. Sie fuhr zusammen.

»Sind Sie Stoner?« fragte ein Cowboy.

Stoner nickte.

»Der Prediger meint, ich soll Ihnen ausrichten, daß Billy mit ihm zusammen oben bei der Kirche ist. Er meint, der Junge wäre schwer verletzt, und Sie sollten sofort kommen.«

Sie drehte sich um und rannte durch die Dunkelheit in Richtung Kirche. Lolly tot, Cherry und Dot verletzt. Und jetzt auch noch Billy. Sie konnte es nicht ertragen.

Die Luft stach ihr in der Lunge. Eigentlich dürfte sie nicht rennen. Sie hatte heißen Rauch eingeatmet. Sie müßte sich schonen.

Unmöglich.

Nicht Billy. Um Himmels willen, nicht Billy.

Ihr wurde bewußt, daß sie weinte. Vor Angst und Erschöpfung schluchzte. Es schmerzte ihr in der Brust. Erschwerte das Laufen.

Die Kirchentür stand offen, drinnen war es dunkel.

Sie hielt keuchend inne, zögerte und rief dann: »Billy!«

Eine rauhe Hand schloß sich um ihren Mund. Erschrocken versuchte sie, sich umzudrehen. Irgend jemand stieß sie mit dem Rücken gegen die Wand. Der Mann preßte sich gegen sie, nagelte sie fest.

»Keine Bewegung«, sagte er mit Flüsterstimme. »Ich will dich nicht erschießen müssen.«

Sie sah die Waffe in seiner Hand, ein silbernes Funkeln im Licht des aufgehenden Mondes.

Zum Teufel! Es könnte nicht schaden, herauszufinden, was der Gentleman von ihr wollte.

Sie nickte.

Er nahm die Hand von ihrem Mund und trat einen Schritt zurück. Die Waffe war direkt auf ihr Gesicht gerichtet.

»Eine nette Waffe«, sagte sie.

»Erkennst du sie nicht wieder?«

Die Waffe erkannte sie nicht wieder, aber den Mann.

»Sie gehört deinem Freund«, sagte er.

»Reverend Parnell, von einem Geistlichen hätte ich ein solches Verhalten nicht erwartet.« Du liebe Güte, jedesmal wenn ich in Schwierigkeiten komme, fange ich an, aus schlechten Spielfilmen zu zitieren.

»Halt den Mund!«, herrschte er sie an.

»Ich kann es Ihnen nicht verübeln«, sagte sie. »Bei dem, was mir in so verdammt ungünstigen Augenblicken wie diesem über die Lippen kommt ...«

»Schnecken. Kröten. Schlangen des Satans.«

»Tatsächlich«, meinte sie, als er sie auf den Altar zu stieß, »fallen mir nur mittelmäßige Dialoge ein.«

Er trat ihr gegen die Fußknöchel, so daß sie der Länge nach hinfiel. »Ich weiß, wer du bist«, sagte er. Er packte sie am Haar und stieß ihren Kopf auf den harten Holzfußboden. Der Raum drehte sich. Ihr war schlecht.

Der Mann war jetzt über ihr, hatte sich auf ihren Rücken gesetzt. Die Waffe lag unbeachtet neben ihrem Kopf.

Als sie danach greifen wollte, wurde ihr bewußt, daß er sie an den Handgelenken festhielt. »Wenn das hier eine Vergewaltigung sein soll«, sagte sie, »sollten Sie wissen, daß ich HIV-positiv bin.«

»Ruhe!« schrie er und riß ihr mit einem Ruck die Arme nach hinten, bis die Gelenke knirschten.

Oh, Mist. Sie spürte, wie er ihr die Hände mit einem rauhen, schweren Strick fesselte.

»Gegen deine Tricks bin ich gefeit«, zischte er ihr ins Ohr. »Ich weiß, wer du bist.«

»Ich kann Ihnen gar nicht sagen«, meinte sie, »wie tröstlich es für mich ist, das zu wissen.«

Er zerrte sie auf die Knie und schlang ihr ein Seil um den Hals.

Allmählich ging ihr trotz der Schmerzen und des Erstaunens und der komischen Art ihres Gehirns, sich zumindest kurzfristig zu weigern, den Ernst lebensbedrohlicher Situationen zu erkennen, auf, daß sie in Schwierigkeiten steckte. In großen Schwierigkeiten. Um den Präsidenten zu zitieren, tief in der Sch...

Sie hatten das Messer.

Das Biest hatte es angefaßt. Hatte es vielleicht lange in den Händen gehalten. Obwohl Es sich gegen seine Umklammerung gewehrt und um sich geschlagen hatte, war Es nicht in der Lage gewesen, ihn zu überwältigen.

Seine Gefolgsfrau war stärker, aber nicht stark genug. Auch sie mußte das Messer in den Händen gehalten haben. Ansonsten wären sie ihm mit ihrer Kraft des Bösen überlegen gewesen.

Jetzt, da ihre körperliche Überlegenheit ausgeschaltet war, stand ihm nichts mehr im Weg. Er hatte bereits bewiesen, daß er sie austricksen konnte.

Er wollte diese Kreatur jetzt töten. Diesem abscheulichen Etwas die Pistole an die Schläfe halten und ihm das Hirn rauspusten, daß es vom Altar bis in den Kirchturm spritzte. Aber Gottes Wort besagte, daß damit nur eine seiner körperlichen Erscheinungen aufgehoben wäre – genau so hatte es in Gottes Wort geheißen, »Erscheinungen«. »Der Teufel und seine Gefolgsleute treten in vielen Erscheinungen auf, so gräßlich, daß allein ihr Anblick alle bis auf die Auserwählten Gottes vernichten wird.«

Das beunruhigte ihn ein wenig. Bei ihrem bloßen Anblick schon vernichtet zu werden ... Dann mußte er über sich selbst lachen. An ihn war das Wort ergangen. Er war hierhergesandt worden. Hier, an diesen Ort unter tausend anderen. Hier, wo das Etwas sich schließlich zeigen würde. Er hatte die Macht. Er war einer der Auserwählten.

Aber er mußte es richtig anpacken. Er mußte das Etwas zerstückeln, Es foltern, bis Es jedes seiner gräßlichen Gesichter enthüllte. Dann wiederum mußte er jedes einzelne Gesicht zerstören. Erst dann, nach der Offenbarung der zehn Gesichter und deren Vernichtung, wäre die Welt erlöst.

Und dann gab es da noch die Rituale. Das Opfern der Tiere, während das dämonische Biest zusah. Es würde versuchen, wegzusehen. Er würde ihm die Augenlider abschneiden müssen. Ja, so müßte es gehen.

Dann die Reinigung durch Feuer. Das Tränken seiner Kleider mit Petroleum. Das Anzünden des Streichholzes.

Die Flammen. Die heiligen glorreichen Flammen Gottes.

Der Dämon würde sich in seinem Todeskampf drehen und winden. Würde um Gnade betteln. Würde so tun, als stürbe er.

Aber er kannte seine Tricks.

So kurz vorm Ziel. Der Herrlichkeit Gottes so nahe.

Tabor war fast schon erlöst. Das Niederbrennen des Bordells war nur der letzte Schritt in einem Prozeß gewesen, der vor sechs Monaten begonnen hatte. Zuerst die mexikanische Familie mit ihrem katholischen Gebaren. Die Selders mit ihrem mißgestalteten Sohn. Am besten gefielen ihm die Unschuldigen, diejenigen, die er nur zerstört hatte, um das Muster zu verschleiern – wie der Wind, der über den Sand fegt und alle Fußspuren verweht. Die Gottesfürchtigen, die er in Seinem Namen geopfert hatte, um den Pfeil auf das Biest zu richten, das sie Billy nannten. Die Stadt war jetzt geläutert, bis auf die Hexe Mary, und wenn deren Hexenschwestern morgen kämen, wären sie leicht aufzuspüren, denn ihr Versammlungsort war zerstört. Er würde so tun, als sei er einer von ihnen, und sie mit dem Versprechen zur Kirche führen, daß sie dort ihren Herrn und Meister finden würden. Dann, wenn sie alle versammelt waren ...

Der Gottgeweihte Mann grinste. Die Kirche abbrennen. Den Hexen die Schuld geben. Er würde warten, bis sich eine Menschenmenge angesammelt hätte, und dann so tun, als würde er in die Kirche rennen, um die Bibel zu retten.

Ihre blöde Bibel, eine Kinderfibel, verglichen mit dem Wort, das an ihn ergangen war. Aber sie zu retten würde ihnen gefallen.

Danach würde die Stadt unter seinem Kommando stehen. Die Leute würden seine Schafe, seine Lämmer sein.

Er würde den Namen der Stadt ändern müssen, so daß er die neuen Zustände widerspiegelte.

PARNELL müßte sie natürlich heißen.

»Ich will ja nicht unhöflich sein«, sagte Stoner, »aber wenn Sie vorhaben, die ganze Nacht hier rumzustehen, könnten Sie dann nicht den Strick ein bißchen lockern?«

Er besann sich und gab dem Strick einen Ruck. Die Fasern schnitten ihr tief in den Nacken. »Schweig, elende Kreatur!«

Stoner schluckte mühsam. »Hey«, krächzte sie, »wo ich herkomme, gibt es auch Homophobie, aber treiben Sie es nicht ein bißchen zu weit?«

Er versetzte ihr einen Schlag zwischen die Schulterblätter und drückte ihr Gesicht auf den Boden. »Kriech!« befahl er ihr. »Kriech wie ein Hund!«

Okay. Klar doch. Nichts gegen Hunde. Was immer dich anmacht.

Sie blickte zu ihm hoch und zuckte die Achseln. »Nach Ihnen.«

Der Mann stürzte los, lief, Stoner hinter sich herziehend, auf die Tür neben dem Altar zu. Es war nicht leicht, mit ihm Schritt zu halten – sie rutschte auf den Knien wie eine Pilgerin auf dem Weg zum Schrein der Unglaublichen Wunder. Als er die Tür aufstieß und auf seine vogelscheuchenhafte Art nach draußen taumelte, lief das Seil mit einem kurzen Ruck aus und brachte sie aus dem Gleichgewicht. Sie fiel hin und zog ihn mit sich zu Boden.

Ah, das Wechselbalg war gerissen. Er mußte vorsichtiger sein. Er mußte zusehen, daß es vor ihm herkroch.

Er ruckte am Strick und befahl ihm, aufzustehen. Ein wenig wackelig auf den Beinen, stand es vor ihm.

Er würde sich von dieser gespielten Schwäche nicht täuschen lassen. Über seine eigene Schlauheit kichernd, nahm er den Leinensack vom Mantelhaken und stülpte ihn der Fremden über den Kopf.

»Jetzt«, sagte er mit einem Grinsen, »wollen wir doch mal sehen, wer hier das Sagen hat.«

Offensichtlich er, dachte Stoner.

Der Leinensack war rauh und roch nach alten Kellern mit ungefliesten Fußböden. Nach der Art von Häusern, in denen sechs Generationen langlebigen Ungeziefers zugleich hausten. Wahrscheinlich wimmelte der Sack nur so von Milben und Läusen und Mehlwürmern und Larven und Maden und ...

Keine gute Idee, ihrer Vorstellungskraft freien Lauf zu lassen. Nicht unter diesen Umständen.

Ihr Körper meldete sich zu Wort, erinnerte sie daran, daß die Umstände kaum ungünstiger sein könnten. Ihre Haut war gereizt. Blasen bildeten sich dort, wo sie mit dem Feuer in Berührung gekommen war. Der Kopf schmerzte, weil er so oft gegen die Wand geschlagen worden war. Angst nagte an ihr, wühlte in ihrem Magen.

Sie mochte ja um hundert Jahre zurückversetzt worden sein, aber Schmerzen waren und blieben Schmerzen, egal in welchem Quadranten des Kosmischen Geistes sie sich befand.

Stoner spürte, wie sie ein paar Stufen hinuntergestoßen und über ein kleines trockenes Grasstück geführt wurde.

»Steig auf den Karren«, befahl Parnell ihr und schob ihr die Beine hinterher.

Sie hatte keine Ahnung, wohin sie fuhren, aber sie wußte, daß sie es nicht eilig hatte, dort anzukommen.

Cullum fand Dot schließlich hinter der Sattlerei, wo sie mit Cherry und dem, was von Lolly noch übrig war, auf dem Boden saß. Auf den ersten Blick war ihm klar, daß die Kleine tot war.

Er zerrte sich den Hut vom Kopf. »Oh, mein Gott«, sagte er, »das tut mir leid.«

Dot nickte geistesabwesend.

Er hockte sich neben sie. »Ihr beide solltet hier weg. Wißt ihr, wo ihr bleiben könnt?«

»Ich schätze, bei Blue Mary«, erwiderte Dot apathisch. »Vor einer Minute war sie noch hier. Wollte irgendwas gegen die Verbrennungen besorgen.« Sie streckte ihm die Hände entgegen. Sie waren rissig und aufgesprungen, die ganze Innenfläche war dort, wo die verkohlte Haut aufgeplatzt war, mit großen, schwarzen, klaffenden Wunden übersät.

Er schnappte nach Luft. »Um Gottes willen, Mädchen! Du siehst ja schlimm aus.«

Dot nickte. »Ich bin so gut wie erledigt, Cull.«

Langsam und vorsichtig, darum bemüht, ihr nicht zu nahe zu treten, legte er ihr einen Arm um die Schultern. Dot lehnte sich gegen ihn und sackte für einen kurzen Augenblick kraftlos in sich zusammen. Durch sein Hemd spürte er ihre Tränen.

Er strich ihr über den Kopf. »Mädchen, Mädchen, das Leben kann einem manchmal übel mitspielen, nicht?«

»Kann man wohl sagen«, meinte Dot. Sie ließ es zu, daß er sie weiterhin im Arm hielt.

Die Gestalt, die im Dunkel der Gasse stand, war Kwan Lu. »Mrs. Gillette«, sagte sie mit sanfter Stimme. »Sie brauchen einen Ort zum Ausruhen. Kommen Sie zu mir.«

Dot schüttelte heftig den Kopf. »Sie können solche Probleme nicht brauchen. Wir schlagen uns schon zu Blue Mary durch.«

»Bin schon da«, kam Blue Marys Stimme aus der Dunkelheit. »Ich denke, wir sollten Mrs. Kwans Gastfreundschaft vorläufig in Anspruch nehmen.«

Cullum ließ Dot los. »Nun geh schon, Liebes«, sagte er, dieses eine Kosewort riskierend. »Ich kümmere mich schon um den Rest.«

Kwan Lu half Cherry auf die Beine und wandte sich an Cullum. »Bringen Sie sie zu meinem Haus«, sagte sie und zeigte auf Lollys Körper. »Dort können wir uns um sie kümmern.«

Er tippte zustimmend mit dem Zeigefinger an den Hutrand. »Ma'am.«

Die Stadt war so gut wie ausgestorben, als sie die Straße überquerten. Ein paar von den Cowboys waren zurückgeblieben, um die Überreste von Dot's Gulch zu durchsuchen und nach heißen Kohlen und Andenken zu wühlen.

Dot wandte den Kopf ab. Morgen würde sie den Überresten ihrer Träume vielleicht ins Auge blicken können. Heute abend nicht.

Blue Mary drückte ihren Arm. »So wie ich die Männer kenne«, sagte sie, »werden sie schon einen Weg finden, dir beim Wiederaufbau zu helfen. Sie brauchen dich hier.«

»Ich weiß«, stimmte Dot ihr zu. »Aber ich wünschte wirklich, ich hätte den Spiegel retten können.«

»Wie hat das Feuer angefangen?« fragte Cherry Kwan Lu. »Haben Sie was darüber gehört?«

Kwan Lu schüttelte den Kopf. »Irgend jemand ist ins Warenhaus eingebrochen und hat eine Gallone Petroleum gestohlen. In der Gasse hinter dem Saloon hat man eine Kanne gefunden. Aber niemand weiß, ob es da einen Zusammenhang gibt.«

»Natürlich gibt es da einen Zusammenhang«, stieß Cherry hervor. »Es hat noch keinen Ort gegeben, an dem nicht irgend jemand früher oder später versucht hätte, mich davonzujagen.«

Lollys Körper in den Armen und mit einigem Abstand zu den Frauen, damit sie die Leiche nicht sehen mußten, fragte sich Cullum Johnson, wie es weitergehen sollte. Wenn er jetzt die Ausreißerin erwischte, würde er sie nach Tennessee zurückschleppen müssen. Aber wenn sie nicht hier wäre – und das würde er wohl ziemlich bald herausfinden –, würde er weiter in Richtung Westen ziehen müssen. Auf jeden Fall würde er Tabor verlassen müssen. Und Tabor zu verlassen, würde bedeuten, Dot Gillette zu verlassen.

Er war sich nicht sicher, ob ihm danach zumute war, dieser Lady den Rücken zu kehren.

Parnell schob den Riegel an der schmalen, niedrigen Tür zurück und stieß den Dämon hinein. Er schob den Riegel wieder vor, griff nach dem Hammer und nagelte die Tür zu. Das wär's, dachte er, als er sich die verschwitzten Hände an seiner Hose abwischte. Die wären sicher eingesperrt, bis er bereit war.

Er wünschte, er könnte irgendwie herausfinden, ob sie das Jesusmesser hatten.

Stoner lag ausgestreckt auf dem Boden und rührte sich nicht. Die Dunkelheit um sie herum war undurchdringlich. Sie glaubte, allein zu sein, traute sich aber nicht, sich zu bewegen. Bei dieser pechschwarzen Finsternis konnte man ja nie wissen.

Die Luft war eisig. Der Strick schnitt ihr tief in die Handgelenke. Der Boden war hart und roch leicht nach Asche. Vielleicht waren es aber auch nur ihre eigenen Kleider, die sie roch. Sie war sich nicht sicher. Und es lag ein Geruch nach frisch gehacktem Holz in der Luft.

Sie versuchte, ruhig durchzuatmen, war dankbar für die Kälte, die den Schmerz ihrer Verbrennungen linderte. Auch wenn sie wußte, daß die Kälte, die ihr jetzt so wohltat, sie umbringen würde, wenn sie für längere Zeit hierbleiben mußte.

Tja, Ironie des Schicksals, oder?

Nach und nach spürte sie, daß sich außer ihr noch etwas in diesem engen Raum befinden mußte.

Ein Lebewesen.

Die schlimmste Art von Lebewesen.

Ein unbekanntes Lebewesen.

Sie fragte sich, welche Art von unbekanntem Lebewesen hier herumlungern könnte. Sich in engen Räumen versteckte. Atmete.

Was sie hörte, war unverkennbar ein leichtes Atmen.

Es atmete und wartete und rührte sich nicht.

Nein, letzteres konnte sie streichen. Das Etwas bewegte sich. Nicht viel. Nicht auf eine irgendwie sinnvolle Weise, die ihr Aufschluß darüber geben könnte, was es war.

Natürlich nicht. Dieses Etwas war heimtückisch.

Sie ließ eine Liste heimtückischer Lebewesen vor ihrem inneren Auge Revue passieren. Katzen, Mäuse, Opossums, Schlangen, Hunde mit Persönlichkeitsproblemen, Menschen ...

Viele Menschen. Heimtückische Menschen. Menschen wie ... wie Reverend Henry Parnell.

Aber sie wußte ziemlich sicher, daß es nicht Mr. Reverend Parnell war. Mr. Parnell war draußen.

Oder etwa nicht?

Natürlich war er das. Er hatte die Tür zugenagelt. Von außen.

Das hatte sie gehört. Sie hatte ihre Sinne noch genug beisammen, um ein Hämmern von innen von einem Hämmern von außen unterscheiden zu können.

Glaubte sie zumindest.

Mein Gott, dachte sie, ich hasse diese totale Dunkelheit. Sie nimmt einem jegliche Orientierung.

Es gab Leute, die bezahlten Unsummen, um in absoluter Dunkelheit in warmem Wasser zu treiben und völlig die Orientierung zu verlieren. Sie war sich nicht sicher, wie man das jetzt nannte. Im College – in Psychologie 102 –, hatten sie es »Sensorische Deprivation« genannt. Davon drehte man durch und bekam Halluzinationen.

Was nur mal wieder beweist, daß sich, egal, was man anbietet, irgendein Dummkopf findet, der es einem abkauft.

Das heimtückische Etwas bewegte sich. Nur ein bißchen, aber es bewegte sich.

Kam verstohlen auf sie zugekrochen, was nichts Gutes verhieß.

Wahrscheinlich ein Tier. Wenn sie es sich recht überlegte, strömte der Raum, unter all der Asche und dem neuen Holz, einen leichten Tiergeruch aus.

Okay, wenn es tatsächlich ein Tier ist, verhalt dich einfach ruhig, entspann dich, laß es neben dir rumwühlen. Wenn es dich für tot hält, läßt es dich in Ruhe. Tiere essen keine toten Sachen.

Mit Ausnahme von Wölfen und Hyänen.

Hier gibt es keine Hyänen, sagte sie sich, als das Etwas ein wenig herumraschelte. Und Wölfe kriechen und schleichen nicht. Wölfe sind direkte, nüchterne, aufrechte und offenherzige Kreaturen. Sollte ich je auf einer einsamen Insel festsitzen, möchte ich Wölfe um mich haben.

Dieses Etwas war also kein Wolf. Es war ein Herumschleicher. Es war eines dieser »Wenn ich mich totstelle, geht es schon weg«-Biester.

Sie zwang sich, sich zu entspannen. Versuchte, nicht zu atmen. Wünschte, sie hätte einen dieser Anti-Stress-Workshops mitgemacht, wo einem beigebracht wird, wie man seinen Herzschlag verlangsamt.

Irgend etwas berührte sie.

»Ih!« quietschte sie.

»Stoner?« Nur ein Flüstern.

»Billy?« Ihr Herz begann, in einem ganz anderen Takt zu schlagen.

»Ich dachte mir, daß du es bist, war mir aber nicht sicher. Bist du in Ordnung?«

»Sobald du mich losgebunden hast«, erwiderte sie.

»Geht nicht. Er hat mich auch gefesselt.«

»Du hast mich doch gerade berührt. Mach das noch mal.«

Billy bewegte ihren Fuß. Mit der Stiefelspitze gab sie Stoner einen Stups an die Schulter. Indem sie Billys Bein als Orientierung benutzte, kroch sie langsam zur Wand und setzte sich mühsam auf. »Weißt du, wo wir sind?«

»Im Schweinestall des Reverends.«

»Ich dachte, der wäre abgebrannt.«

»Ist er auch«, erwiderte Billy. »Er hat aus dem Holz, das wir ihm gestern gebracht haben, einen neuen gebaut.«

»Wie nett von uns.« Sie bewegte sich unter Schmerzen. »Weißt du, was das alles soll?«

»Nein.« Sie spürte, wie Billy in der Dunkelheit die Schultern zuckte. »Er hat irgendwas von Gott und dem Teufel gefaselt, aber Prediger faseln ständig von Gott und dem Teufel, oder?«

»Schon möglich. Ich bin nicht gerade eine eifrige Kirchgängerin.«

»Früher bin ich immer mit meiner Familie gegangen. Aber als der Krieg anfing ... na ja, da waren wir ziemlich viel unterwegs. Haben uns nicht in der Öffentlichkeit blicken lassen.«

»Wieso? Wart ihr Spione?«

»Nee, wir sind abgetaucht«, erwiderte Billy.

Sie genoß Billys Körperwärme an ihrer Haut. »Abgetaucht?«

»Ja, wie viele Leute, die nicht kämpfen wollten. Ganze Familien, die irgendwo in den Wäldern untergetaucht sind.«

»Bei unserem Krieg hat es das auch gegeben«, meinte Stoner. »Nur, daß die Leute da nach Kanada gegangen sind.«

»Tatsächlich?« fragte Billy.

»Wieso hat dein Vater nicht kämpfen wollen? Verstieß das gegen seine Prinzipien?«

Billy lachte bitter. »Er hatte keine Prinzipien. Er hatte nur Angst vorm Kämpfen.«

»Na ja«, sagte Stoner, »so wie du dich durchschlägst, wundert es mich, daß er nicht dich an seiner Stelle losgeschickt hat.«

»Das hätte er, wenn er auf die Idee gekommen wäre«, entgegnete Billy.

Das hier war vollkommen verrückt. Sie saßen in einem eiskalten

Schweinestall, in den ein Mann, der nicht ganz bei Verstand war und ihnen offensichtlich etwas antun wollte, sie eingesperrt hatte – und sie diskutierten über Kriegsdienstverweigerung.

»Wir sollten uns überlegen, wie wir hier wieder rauskommen«, schlug Stoner vor.

»Klingt gut.«

»Irgendeine Idee?«

»Ich habe die ganze letzte Stunde oder so darüber nachgedacht«, sagte Billy. »Mir ist nichts eingefallen.«

»Bist du okay?«

»Ich frier mich zu Tode und bin halb verrückt vor Angst. Davon mal abgesehen, könnte es nicht besser sein. Und du?«

»Ich werd's schon überleben«, erwiderte Stoner und hoffte, daß das stimmte. »Er hat mich ein bißchen in die Mangel genommen. Hat er dich verletzt?«

»Ein bißchen«, gab Billy trocken zu. »Geht der Gemeinde mit gutem Beispiel voran, nicht wahr?«

Die Vorstellung, daß der Mann Billy verletzt, sie mit seinen dreckigen Pfoten berührt hatte, machte sie wütend. »Am liebsten würde ich ihm was Schreckliches antun«, zischte sie.

»Mach nur, solange du mir etwas übrig läßt.«

Von weitem hörten sie ein merkwürdiges rhythmisches, schabendes, pfeifendes Geräusch. Stoner konnte es nicht einordnen, aber irgendwie paßte es nicht in diese nächtliche Stunde.

»Was für ein Geräusch ist das?«

Billy lauschte einen Moment. »Ich bin mir nicht sicher.«

»Du hast diesen Kerl doch nicht etwa vor den Kopf gestoßen oder so was? Aus Versehen?«

»Nein. Um Himmels willen, Stoner, du wirfst mir ständig irgendwas vor.«

»Entschuldigung. Vielleicht hat ihm nicht gefallen, wie wir das Holz gestapelt haben.«

»Vielleicht«, meinte Billy nachdenklich, »hat ihm nicht gefallen, daß ich gesehen habe, wie er Dots Karren gestohlen hat.«

»Durchaus möglich.«

»Aber ich dachte, er hätte mich nicht gesehen.«

Ihre Händen wurden von dem Strick, mit dem ihre Handgelenke gefesselt waren, allmählich taub. »Hör zu«, meinte Stoner, »wenn wir uns Rücken an Rücken setzen, meinst du, dann kriegst du den Strick los?«

»Ich kann's ja versuchen.«

Als sie, Rücken an Rücken, die Knie angezogen und die Füße gegen die Wand gestemmt, dasaßen, hatten sie in dem winzigen Stall kaum noch Platz. »Meine Hände liegen nach außen gekehrt auf dem Rücken«, meinte Billy, als sie an dem Knoten herumfummelte. »Ich weiß nicht, ob es mir gelingt ...«

»Es muß dir gelingen.«

Die dünnen Hanffasern schnitten ihr in die empfindliche Haut. Stoner biß sich auf die Lippen und versuchte, sich auf etwas anderes zu konzentrieren. Aber abgesehen von dem fernen schabenden Geräusch gab es nichts, auf das sie sich hätte konzentrieren können.

»Meinst du, es ist ein Insekt?« fragte sie.

Billy hielt inne und lauschte. »Nee. Obwohl es mir bekannt vorkommt.« Sie machte sich wieder an die Arbeit. »Hör mal, ist eigentlich alles in Ordnung? Bei Dot?«

»Ich fürchte nein. Lolly ist tot.«

Billy unterbrach ihre Arbeit. »Oh, Mist.« Sie zupfte leicht am Strick. »Oh, Mist.«

»Immer mit der Ruhe«, sagte Stoner. »Billy, hast du eine Ahnung, wer das Feuer gelegt haben könnte?«

»Yep.«

»Wer denn?«

»Es wird dich nicht gerade beruhigen.«

»Ich will es trotzdem wissen.«

Billy ruckte am Seil. »Parnell.«

Sie war nicht überrascht. »Wie hat er dich hierhergelockt?«

»Ich weiß nicht, ob ich's dir erzählen soll.« Billy löste ein Ende des Stricks und zog es durch den Knoten.

Stoner biß die Zähne zusammen, als es an ihrer offenen, verbrannten Handfläche entlangstreifte. Sie drängte die Tränen zurück. »Wieso nicht?«

»Du wirst mich für eine komplette Idiotin halten, weil ich auf einen so billigen Trick reingefallen bin.«

»Das bezweifle ich.« Das Brennen an ihrer Hand ließ nach. Sie spürte, wie Billy das andere Ende des Knotens in Angriff nahm. »Versuchst du, ein bißchen vorsichtiger zu sein, ja?«

»Tut mir leid. Er hat mir erzählt, du wärst verletzt und wärst oben bei der Kirche, und ich bin darauf reingefallen. Hast du so was Blödes schon mal gehört?«

»Ich bin auf die gleiche Geschichte reingefallen.«

»Tatsächlich?« Billy kicherte. »Tja, wir sind schon ein Paar!«

Billy bekam das andere Ende des Stricks frei und zog es durch den Knoten. Fest und schnell.

»Himmel!« schrie Stoner, als rote Lichter vor ihren Augen aufblitzten. »Sachte, sachte!«

Das schabende Geräusch brach ab, als hätte, wer immer es auch verursacht hatte, etwas gehört und würde lauschen.

Sie hielten den Atem an.

Das Geräusch setzte wieder ein.

»Ich wollte dir nicht weh tun«, flüsterte Billy.

»Das weiß ich. Meine Hände sind nur ganz schön wund, das ist alles.«

»Wie kommt's?«

»Ich bin ins Feuer gegangen. Um Lolly und Cherry rauszuholen.«

»Mein Gott«, hauchte Billy. »Wieso hast du mir das nicht gesagt?«

»Bis jetzt ist das Gespräch noch nicht drauf gekommen.«

Sie spürte, wie Billy sich, diesmal sanfter, wieder an die Arbeit machte. »Wie geht's Dot und Cherry?«

»Cherry nimmt es sich ziemlich zu Herzen.«

»Kann ich mir vorstellen. Die Mädchen hatten niemanden außer einander.«

»Billy, wieso sind die Menschen so intolerant?«

Billy zog am Strick. »Sind sie das dort, wo du herkommst, nicht auch?«

»Doch. Aber hier draußen, wo es so wenige Leute gibt, sollte man meinen, daß sie einander zu schätzen wissen.«

»Damals, als wir drüben in Kentucky untergetaucht sind«, sagte Billy, »habe ich immer die Eichhörnchen beobachtet.« Bei der Erinnerung mußte sie ein wenig lachen. »Es gab nicht viel anderes zu tun. Ich konnte nicht zur Schule gehen, weil wir abgetaucht waren. Und meine Ma war zu sehr damit beschäftigt, es meinem Pa recht zu machen, um sich viel um mich zu kümmern. Also, könnte man sagen, war ich ziemlich auf mich gestellt.«

Ein weiteres Stück Strick kam frei. Stoner spürte, wie ihr das Blut wieder in die Hände strömte.

»Jedenfalls habe ich eines Tages diese beiden blöden Eichhörnchen beobachtet, die für den Winter Nüsse beiseitegeschafft haben. Sie sind den Baum raufgerannt, haben sich eine Nuß geschnappt, sind wieder runter und in verschiedene Richtungen davongeflitzt. Da war dieses Büschel voller Nüsse am Ende dieses einen Zweigs dicht am Boden. Zuerst ist eins von ihnen auf den Baum gerannt, und der Zweig hat sich fast bis zur Erde geneigt. Aber sobald dieses blöde Eichhörnchen losgelassen hat, um nach den Nüssen zu greifen, ist es abgerutscht und der Zweig wieder nach oben geschnellt. Während Eichhörnchen Nummer eins noch gezetert und nachgedacht hat, versuchte Eichhörnchen Nummer zwei sein Glück, und natürlich ist ihm das gleiche passiert. Tja, wären sie bereit gewesen zusammenzuarbeiten, hätte eins von ihnen den Zweig nach unten halten können, während das andere die Eicheln abgepflückt hätte. Aber das wäre den beiden nicht im Traum eingefallen, o nein. Sie wollten ihre Differenzen nicht beilegen. Lieber wären sie verhungert.« Sie zog das letzte Stück Strick weg. »Ich schätze, die Menschen sind genauso.«

Stoner lächelte. »Das hört sich an wie eine der Parabeln aus Gwens Heimat«, sagte sie, als sie die schmerzenden Handgelenke und Schultern streckte. »Nur handeln die immer von Georgia.«

»Hast du vor, mich loszubinden?« fragte Billy gereizt, »oder willst du nur hier rumsitzen und deine Freiheit genießen?«

»Tut mir leid.« Sie drehte sich um und machte sich an Billys Knoten zu schaffen. »Kann sein, daß ich ein bißchen langsam bin. Meine Finger sind steif.«

Billys Schweigen hatte etwas Unnachgiebiges an sich.

»Stimmt was nicht?« fragte Stoner.

Billy antwortete mit eisigem Schweigen.

»Billy? Hör zu, wenn ich dich irgendwie verletzt habe ...«

»Mir scheint«, murrte Billy, »wenn sich eine Frau schon die Zeit nimmt und die Mühe macht, dir etwas Persönliches zu erzählen und dir vertraut, obwohl sie dich kaum kennt und du ihr gefährlich werden könntest, und aus sich herausgeht und dir Geschichten erzählt, um dich von den Schmerzen abzulenken ... Na ja, mir scheint, dann gibt es bessere Möglichkeiten, sich dieser Frau gegenüber dankbar zu erweisen, als ihr, sobald du den Mund nur aufmachst, irgendwelche Geschichten über eine andere Frau an den Kopf zu werfen.«

Beschämt unterbrach Stoner ihre Arbeit. »Ach, Billy, es tut mir leid.« Sie legte ihr den Arm um die Schultern. »Ich würde dich um nichts in der Welt verletzen wollen. Ich wollte nicht selbstsüchtig sein.«

Billy seufzte. »Na ja, es ist nicht deine Schuld, daß ich dich liebe.«

»Ich liebe dich auch, Billy. Wirklich. Und wenn ich hierbleiben könnte ...«

»Du willst nicht hierbleiben.«

Stoner vergrub ihr Gesicht in Billys Nacken. »Nein, das will ich nicht. Aber das liegt nicht an dir, ich gehöre nicht hierhin, Billy.«

Der Rücken der Frau fühlte sich heiß an. Stoner wußte, daß Billy weinte. Sie hielt sie fest umarmt und spürte, daß auch ihr die Tränen in den Augen brannten. »O Billy.«

»Das ist nicht fair«, sagte Billy.

»Ich weiß.«

»Hast du je versucht, dir die Nase zu putzen, wenn dir die Hände auf den Rücken gebunden sind?«

Stoner drückte sie an sich. »Du brauchst keine gute Miene zum bösen Spiel zu machen.«

»Verdammt noch mal, das tu ich auch nicht.« Sie bewegte die Schultern. »Wenigstens haben wir hier mal so was wie eine Privatsphäre. Bindest du mich jetzt los, oder nicht?«

»Schon gut, schon gut.« Sie fummelte weiter an den Knoten herum. »Tante Hermione behauptet immer«, meinte sie, »daß wir – alle, die besondere Gefühle füreinander hegen – zwischen unseren verschiedenen Leben zusammenkommen, um zu entscheiden, welchen Part wir das nächste Mal übernehmen wollen.« Sie bekam ein Ende des Stricks frei. »Sollte sie recht haben, verspreche ich dir, es beim nächsten Mal besser zu regeln.«

Noch während sie das sagte, verspürte sie ein seltsames Kribbeln im Bauch. Genau an der Stelle, von der Tante Hermione behauptete, daß sich dort die übersinnliche Wahrnehmung niederzulassen pflegte. Einen Moment lang zitterte sie innerlich vor Kälte.

Sie schüttelte das Gefühl ab und löste den letzten Knoten. »Das hätten wir. Was jetzt?«

Sie spürte, wie Billy sich in der Dunkelheit zu ihr umdrehte, spürte, wie Billy die Arme um sie legte, spürte, wie Billy den Mund auf ihren preßte.

Ein geheimnisvolles, wunderbares Pochen regte sich tief in ihrem Innern wie Wellen tief am Grunde des Ozeans. Sie zog Billy näher zu sich heran und erwiderte ihren Kuß.

Ihre Hände schienen sich selbständig zu machen, zogen Billy das Hemd aus der Jeans, fuhren darunter und berührten die zarte, weiche Haut ihres Rückens. Dann tasteten sie sich um den Brustkorb herum nach vorn, fühlten die zerbrechlichen Knochen und die warmen, weichen, samtkissenartigen Brüste.

Sie spürte das Herzklopfen der Frau, spürte, wie ihre Muskeln sich anspannten. Sie wollte sie lieben, sie berühren und jede einzelne Zelle und Faser ihres Körpers in Bewegung bringen. Sie erregen und erfreuen und mit ihr verschmelzen ...

»Stoner«, wisperte Billy in die Dunkelheit hinein.

»Ja?«

»So fühlt es sich an?«

Das brachte Stoner wieder zur Besinnung. »Ja«, erwiderte sie. »Aber ...«

»Meinst du, wir sollten besser aufhören?«

»Ich glaube ...«

»Wegen Gwen?«

Stoner dachte nach. Vielleicht hätte Gwen nichts dagegen, aber es würde sie selbst verändern. Sie wußte es. Selbst wenn sie daran glauben würde – wirklich daran glauben und es nicht nur für eine Rationalisierung halten würde –, daß Billy eines Tages Gwen wäre, würde es sie verändern. Nach und nach würde sich ihr Körper verschließen. Nach und nach würde sie sich in sich zurückziehen, Gwen, ja sogar sich selbst ausschließen. Und es würde nichts mit Gwen zu tun haben. Es würde daran liegen, daß sie mit sich selbst unzufrieden war.

»Ich habe nicht nachgedacht«, entschuldigte sie sich. »Tut mir leid.«

»Stoner«, meinte Billy sanft und nahm ihre Hand, »es ist nicht wichtig, ob wir miteinander schlafen oder nicht. Wichtig ist nur, daß du es gewollt hast. Und ich habe es auch gewollt. Jetzt weiß ich, wie es sich anfühlt. Und dafür werde ich dir immer dankbar sein.«

Stoner streckte die Hand aus und berührte Billys Haar. »Du bist eine bemerkenswerte Frau, Billy. Ich bin verdammt froh, daß ich dich kennengelernt habe.«

11

Das schabende Geräusch hielt an und zerrte so an ihren Nerven, daß sie hätte schreien können. »Was um alles in der Welt ist das?« murmelte sie.

»Ich hab's gleich«, erwiderte Billy leise. »Bei mir zu Hause habe ich so etwas schon ein paarmal gehört.«

»Vielleicht eine Art Rad?«

»Ich glaube ... oh!«

Stoner versuchte, sie in der Dunkelheit zu erkennen. »Oh was?«

»Es ist eine Schleifscheibe.«

»Was macht man mit einer Schleifscheibe?«

Billys Stimme klang flach. »Man wetzt etwas.«

»Was denn?«

»Äxte. Messer.«

Stoner saß regungslos da, versuchte, das Wespennest der Angst in ihrem Magen nicht aufzustören. Es gelang ihr nicht. »Ich glaube kaum«, sagte sie schließlich, »daß Reverend Henry Parnell Messerwetzen als Hobby betreibt.«

»Ich auch nicht«, stimmte Billy ihr mit ängstlicher Stimme zu.

»In dem Fall«, sagte Stoner, »mache ich einen Vorschlag.«

»Und der wäre?«

»Daß wir aufhören, wie ein paar Schweine in diesem Stall rumzusitzen, und uns darauf konzentrieren, wie wir aus diesem Schlamassel rauskommen.«

»Gute Idee.«

»Also, zuerst versuchen wir mal, in diesen Wänden eine schwache Stelle zu finden.« Sie kniete sich hin und tastete die Bretter ab. Sie waren hart wie Stein. Sie spürte, daß Billy die gegenüberliegende Wand überprüfte. »Und?«

»Nichts. Sie sind stabil. Das sind Schweineställe fast immer, weißt du. Wir werden ihn wahrscheinlich auch nicht umstoßen können.«

Stoner versuchte, das kleine Haus zum Schwanken zu bringen. Ohne Erfolg. Die Eckpfosten waren tief in die Erde eingelassen. »Nichts.«

»Na ja, wahrscheinlich würde es ohnehin zu viel Lärm machen.«

»Wahrscheinlich.« Denk nach, befahl sie sich. Es muß einen Ausweg geben.

Das Schleifgeräusch brach plötzlich ab. Die Stille war noch beängstigender als der vorherige Lärm. Sie konnte sich richtig vorstellen, wie er sich in seinem Stuhl zurücklehnte, die Schneide des Messers mit dem Daumen überprüfte, vor sich hinlächelte ...

Irgend jemand kam quer über die gefrorenen Getreidestoppel auf sie zu. Zertrat die kleinen Blätter und hohlen Halme unter den Füßen. Ging langsam. Entschlossen. Das Ziel stand außer Frage.

»Billy!« Sie flüsterte und tastete auf dem unbefestigten Boden nach den Stricken.

»Was denn?«

»Tu so, als wärst du immer noch gefesselt und bewußtlos. Er wird uns beide rausziehen müssen. Vielleicht gelingt es einer von uns, sich auf ihn zu stürzen.«

Sie fand einen der Stricke, reichte ihn Billy und wühlte verzweifelt mit den Händen im Dreck und in der Asche weiter.

Er war bereits kurz vor der Tür. Sie konnte nicht weitersuchen. Er könnte sie hören.

Parnell hielt inne, lauschte.

Sie hörte die Nacht, stiller als still. Ruhiger als ruhig. Das Fehlen von Geräuschen, wo Geräusche hätten sein sollen. Eine abwartende Stille.

Dann hörte sie seinen Atem. Zuerst ganz leise. Dann wurde er schwerer, schneller. Erregt.

Um Gottes willen. Schlimm genug, daß dieser Verrückte uns gekascht hat. Sag bloß nicht, daß es ihn auch noch anmacht.

Die Zeit war gekommen. Die Zeremoniemesser waren scharf wie die Zähne des Teufels, lagen, eingeschlagen in das Heilige Tuch, an der Heiligen Stätte bereit. Der Altar war geputzt und poliert, die Kerzen brannten, das Wort Gottes war an der entsprechenden Stelle aufgeschlagen.

Zeit für das Heilige Gemetzel.

Er stand vor dem Kerker und lauschte.

Vorsicht! Der Teufel war hinterlistig.

Er leckte sich die Lippen und rammte die Fackel in den Boden. Dann nahm er die Kanne mit dem Petroleum in beide Hände und besprengte damit das Haus und den umliegenden Boden.

Petroleum.

Der Geruch stieg ihr in die Nase, nahm ihr den Atem.

Er hatte vor, sie zu verbrennen.

Er zündete ein Streichholz an und hielt es über den naß glänzenden Boden. Sobald er ihn angesteckt hatte, würde er schnell handeln müssen. Das Feuer würde den einen zurückhalten, während er sich um die andere kümmerte, aber er durfte keine Zeit verschwenden. Keine Zeit, um mit dem Biest zu spielen, keine Zeit, um Es über die vorgeschriebene Folter hinaus zu quälen. Keine Zeit, um kreativ zu sein.

Aber bevor er loslegte, während Es noch eingesperrt war ...

Er blies das Streichholz aus und hob das Brecheisen auf. Mit aller Kraft ließ er es auf das Dach des Schweinestalls sausen.

Es traf mit einem Höllenlärm auf. Wieder holte er aus und stellte sich vor, daß er mit jedem einzelnen Schlag den Dämonen treffen würde.

Noch mal.

Und noch mal.

Er schlug gegen die Seitenwand des Gebäudes. »Teufelsbrut!« kreischte er.

Wie ein Derwisch sprang er um das winzige Gebäude herum. »Teufelsbrut!«

Schneller und schneller. Er schlug gegen das Holz.

Hämmerte dagegen.

Wumm!

Wumm!

Jeder Schlag hallte in Stoners Kopf wider. Sie legte die Hände über die Ohren, aber es nützte nichts.

Wumm!

Es durchfuhr ihren Brustkorb wie der Rückstoß einer Kanone.

Wumm!

Sie wollte schreien. Aber sie ahnte, daß es genau das war, was er von ihr erwartete.

Wumm!

Den Teufel würde sie tun.

Wumm!

Ihr dröhnte der Kopf.

Wumm!

Hör auf, hör auf, hör auf.

Wumm!

Lieber Gott, mach, daß er aufhört!

Dann, plötzlich, Stille.

Sie griff in die Dunkelheit und faßte Billy an der Hand. Sie versuchte, ihr durch diese Berührung Mut zu vermitteln.

Sie fürchtete, das einzige, was sie vermittelte, war Angst.

Billy drückte ihre Hand.

Parnell ließ das Brecheisen fallen, und die kalte Nachtluft kühlte seine fiebrige Haut.

Er nahm seine Fackel auf, zündete das Streichholz an und setzte den öligen Lumpen in Brand.

Keine Luft, um die Haut des Teufels abzukühlen, dachte er, als er die Fackel in den Boden rammte. Er zwängte das Brecheisen zwischen die Querbalken des Schweinestalls und drückte es nach unten. Die Nägel kreischten wie Ratten in Todesangst.

Er lächelte.

Sein schweißnasses Gesicht glänzte vom orangefarbenen Licht der Fackel.

Schnell, jetzt noch die andere Seite.

Er rammte das Brecheisen tief in die Wand. Das Holz quietschte. Er griff nach dem fallenden Holzblock und schleuderte ihn in die Dunkelheit.

Sie ließ Billys Hand los.

Kratzte panisch im Dreck herum.

Mit den Fingern stieß sie auf ein kleines Stück Strick. Sie wickelte es sich um die Handgelenke. Ein kläglicher Versuch, aber wenn er nicht auf der Hut war ...

Parnell holte tief Luft, schnappte sich die Fackel und riß die Tür auf.

Drinnen regte sich nichts.

Er beugte sich vorsichtig vor und spähte, mit der freien Hand nach der Waffe tastend, hinein.

Die beiden Körper lagen ineinander verschlungen da, wie ein Haufen lauernder Schlangen.

Vorsichtig stieß er den ersten Körper mit der Stiefelspitze an.

Er bewegte sich nicht.

Er stellte die Fackel beiseite, zog die Waffe hervor und griff mit seiner freien Hand nach der Fremden.

Nichts.

Ihr Fuß lag direkt an der Tür. Er packte ihn und zog sie nach draußen.

Die Fremde lag bewußtlos auf dem Boden.

Das Biest hatte sich nicht gerührt.

Er bückte sich nach der Kreatur, die vor seinen Füßen lag, und bohrte ihr den Finger in die Halsschlagader. Ihr Herz klopfte. Schnell. Kleine schnelle Schläge, die sich anfühlten, als würde ihm ein Tausendfüßler über die Hand krabbeln.

Einen Augenblick lang hatte er Angst. Was da unter seinen Händen pulsierte, war kein menschliches Herz. Es war der Herzschlag dieses Etwas, das vor ihm lag, dieses Etwas, das er in seiner heiligen Stätte im Keller entlarven mußte.

Schnell. Bevor Es aufwachte.

Er knallte die Tür zum Schweinestall zu, stieß ein schnelles Gebet aus und führte die Fackel an das petroleumgetränkte Holz.

Die Flammen loderten mit einem »Wusch!« und unter schwarzen Rauchschwaden auf.

Er brannte den Stall ab, und Billy war immer noch drinnen.

Stoner befreite sich von dem lose gebundenen Strick und trat um sich. Mit der Ferse traf sie ihn am Schienbein, und er ging zu Boden. Die Waffe flog ihm aus der Hand, lag außer Reichweite, weit weg vom Schein des Feuers. Sie stürzte sich auf ihn.

Wut verschlug ihr die Stimme. Sie wollte ihn erwürgen, ihm den Kopf auf die Erde schlagen, ihm wie mit einem Schraubstock den Hals zusammendrücken, bis ihm die Augen aus dem Kopf quollen.

»Scheißkerl«, schrie sie ihn schließlich an, und rammte ihm die Faust in den Mund. »Du verfluchter Scheißkerl!«

Der Mann spuckte ihr ins Gesicht.

Sie legte ihm die Hände um den Hals und drückte zu.

Er stieß seine Arme unter ihre und warf sie mit einem Grunzen zur Seite. Sie landete auf der harten Erde.

Das Licht des Feuers flackerte über seine verzerrten Gesichtszüge. Er saugte an seiner aufgesprungenen Lippe und wischte sich den Mund ab. Die Fackel baumelte von seiner Hand.

Komm schon raus, Billy. Bitte komm raus.

Der Mann holte mit dem Fuß aus, traf sie in die Rippen. Der Schmerz schoß in Wellen durch ihren Körper. Kraftlos versuchte sie, ihn zu packen, und verfehlte ihn.

Er schleuderte ihr seine Feuerlanze ins Gesicht.

Sie rollte sich zur Seite.

Wieder ging er auf sie los, stieß und stach mit der Fackel auf sie ein, trieb sie rückwärts über den Boden.

Sie krabbelte außer Reichweite.

Zurück ...

... und noch weiter zurück ...

Irgend etwas stoppte sie von hinten. Etwas Großes und Flaches. Die Seitenwand einer Scheune.

Er hatte Es in die Enge getrieben.

Jetzt konnte er die Kreatur töten. Sie verbrennen. Sie erschießen. Sich ihrer entledigen, bevor sie wieder zu Kräften kam.

Aber er wollte sie zerstückeln, Stück für Stück. Er wollte zusehen, wie sie litt.

Seine Stärke war größer als die der Kreatur. Ihm oblag es, sie zu quälen. Er war besser als diese Tiere. Besser als sein Vater. Damit würde er dem Allmächtigen und Gütigen Gott das Höchste Opfer darbringen.

Er tastete in die Dunkelheit und griff nach der rostigen Mistgabel, die an das Scheunentor gelehnt war.

Er hob sie hoch und drückte der Kreatur die Zinken an den Hals.

Ein kräftiger Stoß, und er hätte sie aufgespießt. Sie würde nicht sterben. Aber sie würde unter Schmerzen gefangen sein, bis er den Strick gefunden hatte.

Er schickte sich an, die Mistgabel tief hineinzurammen.

»Wenn Sie mich schon umbringen wollen«, sagte sie mit einer Stimme, die so ruhig war, daß es ihr Angst machte, »sehen Sie mir wenigstens in die Augen.«

Er grinste.

Sie spürte, wie sich die Zinken tiefer in ihren Hals bohrten.

»Gib mir das Messer«, befahl er mit krächzender Stimme und lachte.

»Das Messer?«

Er drückte die Mistgabel tiefer. Eine der Zinken riß ihr die Haut auf.

»Das Messer.«

»Oh, das war Ihr ...«

Während er ihr mit einer Hand die Mistgabel an den Hals drückte, streckte er die andere aus und begann, ihre Taschen zu befingern.

»Wenn Sie mir nur sagen würden, was Sie wollen ...«

»Gib mir das Messer.«

Die Mistgabel bohrte sich tiefer in ihren Hals. Eine weitere Zinke durchstieß ihre Haut.

»Mein Gott!« keuchte sie.

Das brachte ihn in Rage. »Wie kannst du es wagen, Seinen Namen zu beschmutzen! Ich sollte dich jetzt umbringen!«

»Nun«, meinte sie, »das scheint ja Ihre Absicht zu sein.«

Der Mann grinste. »O nein«, erwiderte er mit öliger Stimme. »Mit dir habe ich viel interessantere Dinge vor.«

Viel interessanter als jetzt kann es nicht werden.

Das Dach des Schweinestalls fiel in sich zusammen. Sie fragte sich, wieso sie Billy nicht hatte schreien hören. Rauchvergiftung vielleicht. Bewußtlos.

O Gott. Billy.

Nicht jetzt. Darüber kannst du dir später Gedanken machen. Du mußt dich selbst retten.

Dich selbst retten. Mit den Zinken einer Mistgabel am Hals und einem Verrückten am anderen Ende.

»Willst du nicht wissen, was ich vorhabe?« fragte Parnell.

»Ich schätze ...«, würgte sie hervor, »wenn es soweit ist, werden Sie mich schon einweihen.«

»Zuerst das Feuer. Das wird dir gefallen. Zuzuhören, wie dein Fleisch brodelt. Den Gestank deiner gerösteten Haut zu riechen.« Er lächelte. »Menschliches Fleisch riecht wie Bratochse, wenn es brennt. Deins wird wie Schweinefleisch riechen.«

Sie zitterte bis tief ins Mark.

Sie warf einen schnellen Blick nach rechts, dann nach links. Sie waren ganz allein in der Dunkelheit. Alles war dunkel bis auf die Überreste des Schweinestalls, die immer noch glühten und sie daran erinnerten, daß Billy noch irgendwo da drinnen war.

»Aber du wirst noch eine Weile leben. Und zusehen, wie ich deinen Herrn und Meister zerstöre.«

»Meinen Herrn und Meister?«

Der Mann warf den Kopf zurück und drohte ihr mit dem Finger. »Ich werde dich befreien, o Sklavin des Satans.«

»Klingt gut - mich befreien.«

»Ich werde deine *Seele* befreien.«

»Ach so.« Sie bewegte sich ein bißchen, um zu prüfen, inwieweit er sich noch auf die Mistgabel konzentrierte.

Er bohrte sie ihr tiefer in den Hals. »Versuch nicht, mich auszutricksen«, knurrte er. »Das würde dir schlecht bekommen.«

»Hey, ich wollte mich nur vergewissern, ob Sie alles unter Kontrolle haben.«

Parnell lachte. »Meine Kontrolle wirst du noch mehr zu spüren bekommen als die deines Herrn und Meisters.«

»Hören Sie, was soll dieses ganzes Gerede über meinen 'Herrn und Meister'?«

»Der Teufel«, höhnte Parnell. »Der Satan, der sich gerade qualvoll in den Flammen windet.«

Er meinte Billy. Billy? Der Satan?

Billy?

Aber Billy war nicht mehr da, war irgendwo unter dem verkohlten Holzhaufen.

Billy war verschwunden, und niemand war in der Nähe, um ihr zu helfen.

Die Verrückten siegen mal wieder.

Stoner packtvie die Wut. »Wenn Sie mich schon töten wollen, dann los. Lassen Sie das blöde Gequassel.«

Er starrte sie einen Moment lang an. Schien nachzudenken ... Faßte einen Entschluß.

»Es ist an der Zeit«, sagte er mit sanfter Stimme.

Sie schloß die Augen.

Sie spürte die winzige Bewegung, mit der er die Mistgabel zurückzog, um dann zuzustoßen.

Wartete.

Nichts geschah.

Sie zwang sich, die Augen zu öffnen.

Es gab ein Geräusch, als sauste ein Gegenstand durch die Luft. Ein dumpfer Schlag. Die Mistgabel flog ihm aus den Händen. Die Fackel rollte in die Dunkelheit davon und setzte ein paar Grasstoppel in Brand.

Billy stand mit einer dicken Holzlatte vor ihr. Sie griff nach Stoners Hand.

»Ich dachte, du wärst tot«, sagte Stoner.

»Und ich dachte, du wärst tot.«

Sie blickte auf den Körper des Mannes. »Meinst du, er ist tot?«

»Das bezweifle ich«, erwiderte Billy. »Ich hab's nicht mal geschafft, meinen Vater mit einer halbvollen Whiskyflasche zu erledigen.« Sie schätzte das Gewicht der Holzlatte ab. »Dieses Ding wiegt nicht mal ein Viertel davon.«

Stoner prüfte die Lage des Mannes und berechnete auf der Stelle seine Fallrichtung. »Nicht schlecht. Die Red Sox könnten eine gute Linkshänderin als Schlagfrau gebrauchen.«

»Die Red Sox?«

Sie drehte sich zu Billy um und wollte nie mehr den Blick von ihr wenden. Sie lachte. »Wie bist du da rausgekommen?«

»Feuer macht Löcher.« Billy blickte auf ihre Hände, die mit

Stoners verschränkt waren. »Ich glaube, du hast mir gerade den Ringfinger gebrochen.«

»Mein Gott«, rief Stoner und ließ ihre Hand los. »Das tut mir wirklich leid.«

Billy warf die Arme um Stoner. »Es war nur ein Scherz, Stoner. Ich hatte solche Angst um dich.«

»Und ich um dich. Ich dachte, du wärst tot.«

»Daß du nicht tot warst, wußte ich. Hier draußen ist viel zuviel gequasselt worden, als daß es Tote hätte geben können.« Sie blickte auf Parnells zusammengesunkenen Körper hinunter. »Weißt du, was wir jetzt eigentlich tun sollten? Damit wir wirklich in Sicherheit sind?«

Stoner nickte. »Ihn töten.«

»Willst du es tun?«

»Nicht unbedingt«, erwiderte Stoner. »Und du?«

»Nicht unbedingt.« Billy sah zu ihr hoch. »Ich finde, du solltest es tun.«

»Wieso?«

»Weil du an der Reihe bist. Ich habe schon einen Mann umgebracht. Oder habe es zumindest geglaubt.«

»Ich auch.«

»Aber bei mir ist es noch nicht so lange her.«

»Und ich hatte mehr Erfolg.«

Beide starrten nachdenklich auf den Haufen schwarzer Kleider. Im Osten zog das dämmerige Grau des beginnenden Tages am Himmel auf. Die blasseren Sterne waren schon verschwunden.

Stille kehrte ein. Sie wurde von einem schwachen, gedämpften Schlag unterbrochen.

»Was ist das?« fragte Billy.

Stoner lauschte und verfolgte das Geräusch bis ins Innere der Scheune zurück. »Irgendwer ist da drin. Oder irgendwas.«

»Um Himmels willen. Du meinst doch nicht etwa, daß es zwei waren, oder?«

»Wir sollten lieber sichergehen.« Sie sah sich nach einer Waffe um und fand Billys Pistole, wo Parnell sie hatte fallen lassen. Sie hob sie auf. »Falls er aufwacht, zieh ihm wieder eins über.«

Billy umfaßte das Holz fest mit der linken Hand.

Vorsichtig zog Stoner das Scheunentor einen Spaltbreit auf und spähte hinein. Es war zu dunkel, um etwas sehen zu können, aber da war es wieder, das dumpfe Geräusch.

Okay, was würden Cagney und Lacey in so einem Fall tun?

Sie umfaßte die Waffe noch fester mit beiden Händen, holte tief Luft, trat das Tor auf und zielte mit ausgestreckten Armen in die Dunkelheit. »Polizei! Keine Bewegung!«

»Hä?« wunderte sich Billy.

Niemand fiel über sie her. Sie ließ ihren Augen ein paar Sekunden Zeit, um sich an die noch tiefere Dunkelheit zu gewöhnen, und trat in die Scheune.

Caroline Parnell lag gefesselt und geknebelt in der hintersten Ecke.

Stoner rannte zu ihr. »Warten Sie«, sagte sie, als sie an den Stricken zerrte. »Ich hab' Sie gleich frei.«

»Gott segne Sie«, sagte Caroline Parnell, als sie wieder sprechen konnte. »Ich war sicher, daß er mich umbringen würde.«

»Das hatte er vermutlich vor«, meinte Stoner. Sie half der Frau auf die Beine. »Alles in Ordnung?«

»Lassen Sie mir eine Minute Zeit.« Caroline stützte sich schwer auf ihre Schulter. »Ich muß nur wieder zu Atem kommen.«

Stoner führte sie eine Weile umher.

»Dieser gräßliche Mann«, sagte die Frau. »Was müssen Sie bloß von mir denken, wo ich einen so gräßlichen Mann geheiratet habe?«

»Hey, das kommt schon mal vor.«

»Blue Mary hat versucht, mich zu warnen, aber ich habe nicht auf sie gehört.« Caroline begann zu schluchzen, ein wenig hysterisch, wie Stoner fand. »Ich bin nie sehr hübsch gewesen, wissen Sie? Er hat mir geschmeichelt und mich dann ausgenutzt.« Sie stieß einen lauten, zittrigen Schluchzer aus. »Ach, wie-war-noch-gleich-Ihr-Name ...«

»Stoner«, erwiderte Stoner. »Stoner McTavish.«

»Er hat mich so gedemütigt.«

»Hören Sie, Sie sind nicht die erste. Sie sollten mal ein paar von den Sachen sehen, die in *Unsolved Mysteries* ablaufen.« Sie lächelte die Frau an, bis sie gezwungen war, zurückzulächeln. »Ich wette, ich könnte Ihnen bei Giraldo einen Auftritt verschaffen.«

Mrs. Reverend Henry Parnell glotzte Stoner an, während sie versuchte, aus ihrem Gerede schlau zu werden. Aber schließlich hatte sie sich wieder unter Kontrolle.

»Hey, Stoner«, rief Billy. »Der alte Mistkerl regt sich.«

Stoner lenkte Caroline Parnell zum Scheunentor.

Sie sahen auf den zuckenden Körper hinab.

»Miz Parnell«, meinte Billy. »Ich fürchte, wir werden Ihren Mann töten müssen.«

»In Ordnung«, erwiderte Caroline zerstreut. »Tu, was du für richtig hältst.«

»Es ist deine Pistole«, meinte Stoner. »Mach du's.«

Billy zögerte.

Stoner zögerte.

Der Mann versuchte aufzustehen.

»Eine von uns sollte es lieber tun«, sagte Stoner.

Sie blickten einander an.

»Ach, du liebes bißchen«, sagte Caroline Parnell. »Dann mache ich es eben.«

»Niemand zwingt Sie dazu ...«, hob Billy an.

Die Frau nahm Stoner die Waffe aus der Hand. »O doch.« Das Gesicht der Frau war starr und grau vor Wut. »Das bin ich der Stadt schuldig. Er ist ein grausamer, herzloser Mensch.«

»Und ein bißchen verrückt, wenn Sie meine Meinung wissen wollen«, fügte Stoner hinzu.

Caroline Parnell drehte sich zu ihr um. »Meine Liebe, Sie haben ja keine Ahnung, wie tief die Verderbtheit dieses Mannes reicht. Die Dinge, die er Ihnen antun wollte ...« Sie schüttelte sich. »Ich wage nicht mal, sie auszusprechen.«

»Schon gut«, sagte Stoner schnell. »Ich muß es nicht unbedingt wissen.«

Der Mann kam auf die Knie, rang nach Atem, wackelte verwirrt mit dem Kopf wie ein alter Köter.

»Lassen Sie uns lieber allein«, sagte Caroline Parnell. »Nehmen Sie den Karren. Er gehört sowieso Mrs. Gillette. Sagen Sie ihr ... sagen Sie ihr, daß es mir leid tut wegen des Saloons.«

»Es war nicht Ihre Schuld«, sagte Billy.

»Ich habe davon gewußt. Ich hätte sie warnen können. Ich hoffe, sie wird mir verzeihen.«

»Da bin ich sicher«, erwiderte Stoner. Sie wandte sich dem Karren zu, drehte sich dann noch einmal um. Parnell versuchte, auf die Beine zu kommen, stolperte und fiel wieder in den Staub. »Er kommt wieder zu sich. Vielleicht sollten wir doch hierbleiben, für alle Fälle.«

Caroline Parnell winkte ab. »Ich habe ihm noch ein paar Dinge zu sagen. Aber unter vier Augen.«

Stoner und Billy zögerten.

»Keine Angst. Ich laß ihn nicht entkommen. Ich bin wieder bei Verstand.«

»Na schön«, meinte Stoner. »Seien Sie vorsichtig. Er ist hinterhältig.«

Die Frau lächelte auf furchterregende Weise. »Ich kenne alle seine Tricks.«

Billy schlenderte zum Karren. »Komm, los.«

Stoner folgte ihr. »Brauchst du deine Pistole nicht?«

»Nee. Ich habe mir überlegt, meine kriminelle Laufbahn aufzugeben.« Sie sprang auf den Karren und nahm die Zügel auf. »Na los, Muli.«

Stoner schwang sich neben Billy auf den Kutschbock. »Ich weiß nicht, was uns in Tabor erwartet. Als ich losgegangen bin, war es das reinste Chaos.«

»Dann machen wir uns am besten auf die Socken.« Billy stand auf und knallte mit den Zügeln. »He-ja!«

Der Himmel ging in ein aquarellfarbenes Blau über, als sie endlich auf dem Land der Parnells die Schüsse hörten.

Den Hut in der Hand, betrat Cullum Johnson den Salon. »Meine Damen ...«, murmelte er.

Cherry fuhr ihn an. »Was hast du hier zu suchen, weißer Mann?«

May Chang legte Cherry beschwichtigend die Hand auf den Arm und wandte sich an den Kopfgeldjäger. »Sie ist ganz durcheinander«, erklärte sie.

Cullum nickte. »Schon gut.« Voller Unbehagen sah er sich um. »Ich frage mich, ob ich Ihnen, meine Damen, Gesellschaft leisten dürfte, während ...« Er zeigte vage in Richtung Lagerraum. »Ich würde ihnen ja zur Hand gehen, aber es scheint eine ziemlich persönliche Sache zu sein.«

»Natürlich«, sagte May.

»Nein!« schnappte Cherry. »Sehen Sie lieber zu, daß Sie denjenigen finden, der das getan hat.«

Cullum trat von einem Bein aufs andere. »Das Problem ist, daß jeder, mit dem ich spreche, dasselbe sagt. Sie glauben, daß es der Junge war, der für Sie arbeitet.«

»Billy?« Cherry sah ihn scharf an. »Billy würde so etwas nie tun.«

»Das habe ich auch nicht behauptet, Ma'am. Ich wüßte gern, was Sie davon halten.«

Cherry sank auf einen Stuhl und vergrub das Gesicht in den Händen. »Jeder in dieser Stadt könnte es gewesen sein. Sie halten uns alle für den letzten Dreck.«

»Selbst dann«, wandte Cullum ein, »geht nicht jeder los, um Feuer zu legen. Soweit ich gehört habe, haben diese Brände angefangen, kurz nachdem der Junge eingetroffen ist.«

»Na und? Nichts als Lügen«, rief Cherry, während May ihr eine Tasse Tee einschenkte. »Und wenn Sie derselben Meinung sind, schnappen Sie sich am besten Ihr Pferd und reiten dahin zurück, wo Sie hergekommen sind.«

»Miss Calhoun«, sagte Cullum so sanft und respektvoll wie irgend möglich, »ich glaube nicht zwangsläufig an diese Geschichten.«

»Die Leute in dieser Stadt können Menschen, die anders sind, einfach nicht ausstehen, das ist alles.«

»Tja«, gab er zu, »ich fürchte, so ist die Welt nun mal. Das Problem ist nur, daß ich keine bessere Erklärung habe.«

May ging auf ihn zu und führte ihn zu einem Stuhl. »Bitte, Mr. Johnson. Wir müssen die Karten auf den Tisch legen, egal, wie schlimm oder unwahrscheinlich es sein mag. Dann finden wir vielleicht die Wahrheit.« Sie wandte sich an Cherry. »Bist du bereit, deine Wut so lange zurückzuhalten?«

»Na gut«, knurrte Cherry. »Aber ich sage euch, es war nicht Billy.«

Johnson nahm die Tasse Tee entgegen, die May ihm anbot. »Miss Calhoun, ich weiß, was Sie für den Jungen empfinden, aber ...« Er räusperte sich und versuchte, Zeit zu gewinnen, um die richtigen Worte zu finden. »Nun, ich habe darüber nachgedacht, und ... na ja, ich bin mir nicht mal sicher, ob er ein Junge ist.«

Cherry starrte ihn an, und die Röte stieg ihr ins Gesicht. »Natürlich ist er ein Junge. Daß er sich nicht wie ein aufgeblasener, fluchender, tabakspuckender, angeberischer, schäbiger, stinkender Gockel aufführt, heißt noch lange nicht, daß er kein Junge ist.«

»Das stimmt«, pflichtete May Chang ihr bei. »In San Francisco, wo ich herkomme, gibt es Männer, die ganz anders sind.«

»Ich muß Ihnen recht geben, meine Damen«, sagte Johnson, »und ich hoffe, die Beschreibung von Miss Calhoun trifft auf mich nicht zu. Aber ...« Er hielt inne, um sich mit einem Taschentuch die Stirn abzuwischen, und verfluchte das Schicksal, das ihn zu dieser ganz speziellen Unterredung geführt hatte. »Verzeihen Sie, aber es fällt mir schwer, die richtigen Worte zu finden.«

»Vielleicht«, schlug May Chang vor, »ist es besser, wenn Sie einfach anfangen.«

Er nickte ihr dankbar zu. »Wahrscheinlich wissen Sie, wieso ich hier bin.«

Cherry schnaubte. »Kopfgeldjäger.«

»Ja, Ma'am. Kein bewundernswerter Beruf, ich weiß. Aber im Gegensatz zu den meisten anderen Dingen habe ich dafür zumindest ein gewisses Talent.«

»Na ja«, sagte Cherry unwirsch. »Ich schätze, jetzt soll ich Ihnen mein Mitgefühl aussprechen.«

Er holte tief Luft und fuhr fort, bevor er den Mut verlor. »Ich wurde angeheuert, um eine junge Frau zu finden ...«

»Eine Frau?« stieß Cherry aus. »Sie sind hinter einer Frau her? Wissen Sie eigentlich, was Sie sind? Der allerletzte Dreck, das sind Sie!«

»Ja, Ma'am«, sagte Cullum. »Aber diese Frau hat versucht, ihren Vater umzubringen. Erfolgreich, wie sie glaubt.«

»Was soll daran so schlimm sein?« verlangte Cherry zu wissen.

»Der Vater sieht es etwas anders. Jedenfalls bin ich ihr jetzt seit einigen Monaten auf der Spur, und die führt hierhin, nach Tabor. Also, die einzige Person, die neu in der Stadt ist ... mal abgesehen von der seltsamen Engländerin, oder was immer sie auch sein mag, mit ihren komischen Klamotten ... ist euer Billy.«

»Und deshalb soll er gleich eine vatermordende Frau sein?« fragte Cherry verächtlich. »Das wäre ja das Neueste, daß eine Person gehängt wird, nur weil sie neu in der Stadt ist.«

Cullum konnte sich nur mit Mühe zusammenreißen. »Von seinen Kleidern und seinem kurzen Haar mal abgesehen«, fuhr er mit fester und gleichförmiger Stimme fort, »paßt die Beschreibung der fraglichen jungen Frau genau auf ihn. Außerdem habe ich ihn schießen sehen, und, so wie es aussieht, fällt ihm das nicht gerade leicht.«

»Ich nehme an, Sie sind mit einem 45er Colt in der Hand zur Welt gekommen«, sagte Cherry. Ihre Stimme triefte förmlich vor Sarkasmus.

Cullum Johnson stieß einen tiefen Seufzer aus und stand auf. »Na schön, meine Damen. Wie ich sehe, komme ich hier nicht viel weiter, also werde ich wieder auf die Straße gehen und mal sehen, was ich so mitkriege.«

»Einen Moment«, sagte May. »Ich habe einen anderen Verdächtigen für Sie.«

Beide sahen sie an.

»Ihren Prediger.«

Cherry prustete los. »Den alten Mistkerl? Der Versager kann doch nichts anderes, als lauthals die Bibel verkünden und an sich selbst rumfummeln, und zwar nicht unbedingt in dieser Reihenfolge.«

»Hören Sie«, fuhr May beharrlich fort. »Ich bin hergekommen, um nach dem Mann zu suchen, der meinen Vater vor fast zwei Jahren umgebracht hat. Durch Verwandte habe ich neulich die Nachricht erhalten, daß der Mann hier ist, und es ist der hiesige Prediger.«

»Das muß ein Witz sein«, sagte Cherry mit weit aufgerissenen Augen.

»Nein. Er selbst hat vor ihnen damit geprahlt. Es besteht kein Zweifel.«

»Wieso sollte er mit einem Mord angeben?« fragte Cherry mit einem ungläubigen Schnauben.

»Er hat keine Angst vor Chinesen. Er weiß, daß er in der Welt des weißen Mannes sicher ist.«

»Na ja«, sagte Cherry, »aber ich wette, das zählt bei Ihren Landsleuten nicht die Bohne.«

»Eben«, sagte May. »Genau deshalb bin ich hier.«

Zum ersten Mal lächelte Cherry ein wenig. »Du bist hergekommen, um unseren Prediger umzubringen?«

May nickte.

»Donnerwetter«, rief Cherry. »Ein Mädchen nach meinem Herzen.«

Cullum Johnson schüttelte den Kopf. »Hol mich der Teufel.«

»Hat er doch schon«, murmelte Cherry.

»Ich weiß nicht, ob er die Feuer gelegt hat«, fuhr May fort. »Oder, wenn ja, wieso er es getan hat. Aber ich weiß, daß er nicht ganz richtig im Kopf ist. Meinen Sie nicht, das wäre eine Möglichkeit?«

Cullum sah sich im Raum um, nahm das Halbdunkel, die schweren Brokatvorhänge und die Geruchsmischung aus Weihrauch und Seifenlauge in sich auf. Ja, das wäre eine Möglichkeit. Eine verdammt gute sogar. Aber sein zweites Problem war damit noch nicht gelöst, das mit dem Jungen – dem Mädchen, falls der Junge tatsächlich das Mädchen war, und da war er sich ziemlich sicher. Logik wie Instinkt deuteten darauf hin. Wenn er das Mädchen tatsächlich gefunden hätte und sie nicht nach Hause brächte, würde er sich dessen schuldig machen, unter falschen Vorgaben Geld angenommen zu haben. Natürlich nicht das ganze Geld, das man ihm zugesichert hatte, nur den Teil, den er sich vorab hatte ausbezahlen lassen, um seine Ausgaben zu decken. Aber Betrügen blieb Betrügen, und so etwas behagte ihm nicht.

Auf der anderen Seite war ihm nach der Reaktion dieser Cherry Calhoun ziemlich klar, daß er es sich aus dem Kopf schlagen könnte, Dot Gillette je wiederzusehen, wenn er das Mädchen nach Tennessee brächte. Und er war sich nicht sicher, ob er das ertragen könnte.

Hier bist du also, alter Mann, dachte er. Zwischen zwei Stühlen. Nicht daß Mrs. Gillette dir den geringsten Anlaß gegeben hätte, zu glauben, daß sie irgendwas für dich empfindet. Aber das könnte ja noch kommen. Wenn du sie richtig nett behandelst und ihr nicht auf die Nerven gehst. Vielleicht kann sie sich dann dazu durchringen, dich ein bißchen zu mögen.

Und würde das die langen, kalten Winter nicht in einen ewigen Frühling verwandeln?

Die Frauen blickten ihn an und warteten darauf, daß er etwas sagte. »Ja«, meinte er. »Es ist eine Möglichkeit, die man in Betracht ziehen sollte.«

Die Vorhänge, die zum Lagerraum führten, teilten sich, und Dot steckte ihren Kopf ins Zimmer. »Cherry«, meinte sie sanft, »möchtest du uns helfen, sie anzuziehen?«

Cherry zögerte und wurde unter ihrer dunklen Gesichtsfarbe blaß.

»Sie sieht gut aus«, sagte Dot. »Mary meint, du solltest sie sehen. Es würde dir helfen, dich an die guten Zeiten zu erinnern.«

Cherry straffte die Schultern, nickte düster und verließ den Raum.

Dot blickte ihr nach. »Armes Kind«, sagte sie. »Es hat ihr das Herz gebrochen.« Sie setzte sich hin und nahm von May eine Tasse Tee entgegen.

»Wie geht es Ihnen, Mrs. Gillette?« fragte Cullum.

Sie wischte sich mit dem Handrücken das zerzauste Haar aus der Stirn. »Schon bessere Tage gehabt, Cull.« Sie nippte an ihrem Tee. »Was erzählt man sich so auf der Straße?«

Er betrachtete ihr wunderschönes Profil, wie es sich gegen das Fenster abzeichnete. Wie ein wertvolles Juwel war sie. Wenn es in der Welt nur ein bißchen Gerechtigkeit gäbe, müßte sie die Königin des Universums sein. »Viel Gerede.«

»Gerede gibt's immer. Ist irgendwas dran?«

»Viele Leute verdächtigen Ihren Jungen.«

Dot nickte erschöpft. »Kann ich mir denken. Obwohl es nicht sein kann. Als es losging, war er draußen bei Blue Mary und hat der Kleinen von der Ostküste den Hof gemacht.« Wieder trank sie einen Schluck Tee. »Nicht, daß den Leuten das irgendwas ausmachen würde, sobald sie in Rage sind. Sie würden ihn eher hängen, als ihn anzuhören. Ich schätze, es wird Zeit für ihn, weiterzuziehen.«

Sie stellte ihre Tasse ab und wandte sich an Cullum. »Cull, ich möchte, daß du den Jungen findest. Gib ihm das hier.« Sie griff in das Oberteil ihres Kleides und zog eine Rolle Geldscheine hervor.

Johnson wurde rot und blickte zu Boden.

»Nimmst du's nun oder nicht?«

Er blickte auf. »Ja, Ma'am.« Er umschloß das Geld mit seiner Hand, die ihm riesig vorkam. Es war noch warm von ihren Händen. Dort, wo er sie zufällig berührt hatte, verspürte er ein Kribbeln in den Fingerspitzen.

»Sag ihm, daß er die Stadt möglichst weit hinter sich lassen soll. Sag ihm, daß unsere Herzen mit ihm gehen. Sag ihm, daß er ein guter Junge ist und wir ihn lieben.«

Er stopfte das Geld in seine Hemdtasche. »Wir haben noch einen anderen Verdächtigen. Den Prediger.«

Dots Augenbrauen schossen in die Höhe. »Tatsache?«

»Es ist zumindest möglich«, sagte May.

»Tja, dann könnte aus dem Morgen ja doch noch was werden.«

Er hatte die Hälfte des Weges zum Haus des Predigers hinter sich, als er auf Billy und die Fremde stieß, die in Richtung Stadt fuhren, als sei der Teufel hinter ihnen her. Er zog die Zügel an und ritt in leichtem Trab auf sie zu. Es wäre nicht gut, die Kleine zu erschrecken, wo er sich über sie nicht mal ganz sicher war.

Er tippte freundlich an den Hut, begrüßte Stoner mit »Ma'am« und Billy mit »Mein Sohn.«

Als Billy ihn erblickte, wurde sie blaß und begann, hinten im Karren nach etwas zu suchen.

Aber nicht, bevor Cull nicht einen genauen Blick auf ihre Augen geworfen hatte.

Jawohl, sie hatte tiefe, dunkelbraune Augen mit einer winzigen Narbe über der linken Augenbraue, genau wie ihr Vater es beschrieben hatte.

Mist.

»Wie ich sehe, seid ihr draußen beim Prediger gewesen«, sagte er im Plauderton. »Wie steht's da drüben?«

Um ihn von Billy abzulenken, sagte Stoner: »Es hat ein paar Schwierigkeiten gegeben. Parnell hat versucht, uns umzubringen. Ich glaube, er hat die Feuer gelegt. Er ist tot. Am besten sehen Sie mal nach ...«

Tja, die Dinge nahmen eine seltsame Wendung. Das Geld und die Fragen konnten warten.

Er tippte wieder an den Hut und ritt weiter.

So früh am Morgen war es noch ruhig in Tabor. Der Geruch nach verkohltem Holz und feuchter Asche hing in der Luft. Auf den hölzernen Bürgersteigen klang jeder Schritt laut und hart.

Stoner zuckte zusammen, als das Quietschen des Wagens in den Gassen widerhallte. Irgend etwas stimmte nicht. Sie wollte nicht, daß sie gesehen wurden. Der Kopfgeldjäger wußte, wer Billy war. Das hatte sie aus seiner bemühten Lässigkeit geschlossen. Aber wieso hatte er sie laufenlassen?

Vielleicht hätte sie ihm nichts von Parnell erzählen sollen. Aber man würde es ohnehin bald herausfinden. Immerhin war morgen Sonntag. Es würde der ganzen Stadt auffallen, wenn er nicht zum Gottesdienst erschien. Aber dann könnte Billy schon über alle Berge sein.

Caroline Parnell allerdings auch. Und dann würde man Billy bestimmt die Schuld geben. Das einzige, was sie noch retten konnte, war, daß Caroline Parnell mit der Wahrheit herausrückte.

Billy kramte unter dem Kutschbock, bis sie das seltsam verzierte Messer gefunden hatte, und steckte es in ihr Halfter. »Das sollten wir griffbereit haben. Man kann nie wissen.«

»In Ordnung«, meinte Stoner, »wohin fahren wir jetzt?«

»Zur Wäscherei.«

»Zur Wäscherei?«

»Dot ist mit Mrs. Kwan befreundet. Sie wird wissen, wo die anderen sind.« Sie lenkte das Maultier die Gasse hinunter und hielt vor dem Laden an.

Blue Mary steckte den Kopf aus dem Fenster, erkannte sie und winkte ihnen energisch zu. »Kommt rein. Schnell.«

Billy entdeckte Cherry sofort und lief hin, um sie zu umarmen. »Das mit Lolly tut mir so leid.«

»Ich weiß«, meinte Cherry und wischte sich die Augen. »Wenn ich den Scheißkerl erwische, der das getan hat!«

»Es war Parnell«, sagte Stoner. »Er hat versucht, uns umzubringen.«

Cherry kniff den Mund zusammen. »Wo ist er?«

»Tot.«

»Habt ihr das getan?«

»Nein«, sagte Stoner. »Seine Frau.«

»Hm«, brummte Dot. »Hätte ich ihr nicht zugetraut.«

Blue Mary kam herein, nachdem sie das Maultier angebunden hatte. »Habt ihr Mr. Johnson gesehen?«

»Den Kopfgeldjäger?« Billys Augen schossen Blitze. »Ja, haben wir.«

»Er sollte euch etwas von mir geben«, sagte Dot.

»Hat er aber nicht.«

Dot sank langsam auf den Stuhl zurück und sagte: »Verdammt.«

»Na, na, Dorothy«, sagte Blue Mary. »Keine voreiligen Schlüsse.«

»Ich glaube, er wollte uns etwas sagen«, meinte Stoner. »Aber als wir ihm von Mrs. Parnell erzählt haben, hat er sich davongemacht.«

»Er ist hinter dir her«, klärte Cherry Billy auf.

Billy seufzte. »Dachte ich mir.«

»Er weiß, wer du bist.«

Dot sah zu ihnen hinüber. »Weiß, wer du bist?«

»Ja«, erwiderte Billy. »Er ist meinetwegen hier. Weißt du ...« Sie nahm den Hut ab. »Ich habe dir nicht ganz die Wahrheit gesagt.«

Stoner konnte sich nicht bremsen. »Nicht ganz!«

Billy starrte sie wütend an.

»Entschuldige.«

»Weißt du ...«, wandte Billy sich an Dot. »Ich habe da was angestellt, drüben in Tennessee ...«

»Du hast mir erzählt, du wärst aus Illinois«, warf Dot ein.

»Ja. Das stimmte nicht ganz.«

Dot fuhr sich mit der Hand übers Gesicht. »Na gut, das Schlimmste zuerst.«

»Ich habe meinen Vater umgebracht. Zumindest habe ich das geglaubt. Weißt du, er hat meine Ma und mich ständig verprügelt. Und noch andere Sachen. Hat versucht, mich ins Bett zu kriegen. Manchmal mit Erfolg.« Sie warf Stoner einen raschen Blick zu.

»Ich weiß«, sagte Stoner mit sanfter Stimme.

»Und eines Tages habe ich es nicht mehr ausgehalten, also habe ich ihm eine Whiskyflasche über den Schädel gezogen. Als ich weggerannt bin, habe ich gedacht, er wäre tot, war er aber wohl nicht, denn er hat mir ja Mr. Johnson auf den Hals gehetzt.«

Dot legte das Gesicht in Falten und starrte auf ihre Hände.

»Tut mir wirklich leid, daß ich dich angelogen habe«, entschuldigte Billy sich. »Dich anzulügen war schlimmer als alles, was ich in Tennessee getan habe.«

»Pst«, sagte Dot. »Ich denke nach.« Einen Augenblick saß sie schweigend da. Dann leuchtete ihr Gesicht auf. »Er ist nicht hinter dir her, Billy. Er sucht nach einem Mädchen.«

»Dot«, meinte Billy mit leiser Stimme. »ich bin ein Mädchen.«

Dot starrte sie an. »Komm her.«

Den Hut in der Hand, ging Billy zu ihr hinüber.

Dot sah ihr tief in die Augen. Sie befühlte ihr Haar und fuhr dann mit dem Finger über Billys Gesicht. »Weich wie ein Kinderpopo«, sagte sie und schüttelte voller Erstaunen den Kopf. »Kind, Kind ...«

»Sie ist kein Kind mehr«, warf Stoner ein. »Sie ist fünfundzwanzig.«

»Tja, da kann sie sich glücklich schätzen«, meinte Dot grimmig. »Sonst hätte ich sie schneller übers Knie gelegt, als sie gucken kann.«

Billy griff nach Dots Hand. »Bitte verzeih mir, Dot. Du bist die einzige Person, die mich je anständig behandelt hat, und ich hatte solche Angst ...« Eine Träne lief ihr über die Wange.

»Ach, hör schon auf«, sagte Dot barsch und zog Billy auf ihren Schoß. Sie nahm sie in die Arme und wiegte sie sanft hin und her. »Ich bin nicht wütend auf dich, meine Süße. Und was das Lügen betrifft, na ja, was soll's, es ist schließlich das Vorrecht einer Frau, über ihr Alter zu lügen, oder etwa nicht?«

In der Ferne erhob sich ein wütendes Stimmengewirr – eine Menge wütender Stimmen. Es klang wie eine Gänseherde, die weit entfernt war, aber näher kam.

Stoner gefiel das nicht. Sie schlüpfte in den vorderen Raum der Wäscherei und spähte durch den Vorhang. Ein Mob wälzte sich die Straße hinunter, wirbelte Staubwolken auf und kam direkt auf sie zu. Etwa fünfzig Leute, soweit sie es erkennen konnte. Die Männer vorne, die Frauen hinten.

Sie versuchte, einen möglichen Anführer auszumachen, und

glaubte, ihn gefunden zu haben. Er ging rückwärts und schrie den anderen etwas zu.

Joseph Hayes.

Sie konnte nicht verstehen, was gesagt wurde, aber es sah nicht gut aus. Es sah aus, als wären sie froh, einen Schuldigen gefunden zu haben, und als seien sie bereit, die Sache selbst in die Hand zu nehmen.

Sie hatte noch nie einen richtigen Mob gesehen. Nur planmäßig ablaufende Begegnungen zwischen durchgedrehten Abtreibungsgegnern und Abtreibungsbefürworterinnen. Und gelegentlich, wenn sie kurz nach einem Spiel zwischen den Red Sox und den Yankees zufällig den T-Bus über den Kenmore Square nahm, eine prügelnde, besoffene Horde langaufgeschossener Jugendlicher.

Das hier war etwas anderes. Diese Leute sahen nicht selbstgerecht oder streitsüchtig aus. Diese Leute fühlten sich anonym und sicher, jeder für sich nicht verwundbarer als eine einzelne Zelle im Körper. Und sie waren wütend, Haß sprühte aus ihren Augen. Und, am erschreckendsten, sie hatten ein Ziel. Sie wußten, wohin sie gingen und wen sie wollten und was sie tun würden, wenn sie ihn zu fassen bekämen.

Sie rannte zurück in den anderen Raum. »Sie kommen.«

»Billy!« sagte Blue Mary mit scharfer Stimme. »Nimm den Karren, bleib bis zum Ende der Gasse hinter den Geschäften, fahr dann zu meinem Haus. Ich werde versuchen, sie hinzuhalten!«

»Okay«, sagte Billy. Sie ging zur Tür.

Blue Mary packte sie am Hemdschoß. »Nimm Stoner mit. Wenn ihr ankommt, versteckt den Wagen. Geht runter in den Sturmkeller. Du weißt, wo er ist. Laßt euch nicht blicken.«

»Was ist mit dir?«

»Mir werden sie nichts tun«, erwiderte Blue Mary.

Stoner hoffte, daß sie recht hatte. Im Moment war nichts sicher.

Blue Mary gab ihr einen Schubs. »Ihr habt keine Zeit zu verlieren.«

Sie rannten zur Hintertür hinaus und kletterten auf den Karren. Billy ergriff die Zügel.

»Los doch, verfluchtes Vieh!«

Das alte Maultier trottete los.

Sie konnten jetzt einzelne Stimmen im Mob unterscheiden. »Her mit dem Bastard.« »Hängt ihn!«

»Mein Gott«, murmelte Billy. Sie knallte die Zügel hart auf den Rücken des Maultiers.

Sie brachen aus dem Schutz der Gasse hervor und kamen auf die offene Prärie. Stoner blickte zurück. Der Mob hatte sich rempelnd und schreiend vor Kwans Wäscherei versammelt. Sie strengte die Augen an, doch der Staub und das gleißende Sonnenlicht nahmen ihr die Sicht.

»Ich fühl' mich gar nicht wohl dabei«, sagte sie. »Was ist, wenn sie uns brauchen?«

»Ich weiß«, sagte Billy, die sich auf das Fahren konzentrierte. »Aber Blue Mary wird es schon wissen. Außerdem sind sie hinter mir her. Ohne mich sind sie wahrscheinlich sicherer.«

Das mochte ja stimmen. Dennoch war sie unschlüssig.

Billy spürte den inneren Kampf hinter dem Schweigen. »Willst du, daß ich umkehre?«

Nein, das hätte auch keinen Sinn. Und sie konnte Billy nicht einfach allein lassen. Wenn sie tatsächlich bei Blue Mary nach ihr suchen würden – und das würde früher oder später geschehen –, hätte Billy mit ihr mindestens doppelt so gute Chancen.

Was nicht viel hieß.

O mein Gott, dachte sie, als der Karren weiter den Feldweg entlang schlingerte und rumpelte. Sag bloß nicht, ich habe den ganzen Weg gemacht, um zu versagen.

»Verdammt«, sagte Billy über die Windstöße und das Knirschen der Karrenräder hinweg, »ich wünschte, ich hätte meine Pistole behalten.«

»Wozu? Du triffst sowieso kaum.«

»Stimmt, aber ich könnte ihnen bestimmt einen Schreck einjagen.«

Sie meinte, in der Ferne Glas zerspringen zu hören, war sich aber nicht sicher. Sie blickte zurück und versuchte, etwas zu erkennen.

Der Mob schien an Größe und Wut zugenommen zu haben.

Ein Knoten der Angst saß ihr im Magen.

Was sollen wir bloß tun, wenn wir bei Blue Mary sind? Uns verstecken natürlich. Aber für wielange?

Vielleicht bis es dunkel wird. Nach Einbruch der Dunkelheit könnten wir uns rausschleichen, und Billy könnte sich davonmachen.

Sie fuhren über die erste Hügelkuppe und an der anderen Seite wieder hinunter. Jetzt konnte sie Tabor nicht mehr sehen. Aber wenn sie auf der nächsten Kuppe wären ...

Sie fuhren den nächsten Hügel hinauf. Jetzt müßte sie jeden Augenblick die Stadt sehen können.

Am besten wäre es, wenn Billy nach Denver ginge. Dort würde sie sich unter die Menge mischen können.

Oder nach Norden, in die Wildnis.

Auf jeden Fall würde sie die Prärie durchqueren müssen, wo sie meilenweit gesehen werden konnte.

Bei Nacht reisen. Bei Tag untertauchen. In Uferböschungen und Schluchten.

Wie soll sie sich warm halten? Was wird sie essen?

Blue Mary meint, ich könnte sie nicht begleiten. Ich müßte in meine eigene Zeit zurück.

Aber wie kann ich sie allein losziehen lassen?

Stoner packte das Entsetzen. Billy. Allein. In Dunkelheit und Kälte.

Sie wird's nicht schaffen.

Tabor war jetzt zu sehen, aber sie waren zu weit weg, um ...

»*Haaalt*«, brüllte Billy und riß an den Zügeln. Der Karren kam mit einem Ruck zum Stehen, so daß Stoner fast hinausgeschleudert worden wäre.

»Um Gottes willen, Billy, was ...?«

Sie wandte das Gesicht nach vorn und starrte.

Dort, mitten auf der Straße, das Gewehr fest umklammert, stand der Reverend Henry Parnell.

12

»Sieh an, sieh an«, sagte Parnell mit einem schmierigen Grinsen. »Ist das nicht eine Überraschung?« Er hob das Gewehr und zielte auf Billy. »Mein Sohn, ich wäre dir dankbar, wenn du mir mein Eigentum zurückgeben würdest.«

»Hä?« fragte Billy.

Stoner stupste sie an. »Das Messer. Gib es ihm.«

»Das tu ich nicht«, sagte Billy laut. »Soll er doch kommen und es sich holen, der alte Scheißkerl.«

»Um Himmels willen«, murmelte Stoner, »sprich doch ein bißchen leiser.«

Billy erhob sich. »He, du Scheißkerl!« Sie schrie ihn an. »Weißt du, was du bist, Parnell? Ein Arschloch!«

Stoner wollte ihren Ohren nicht trauen. »Du mußt verrückt sein.«

»Na, wenn schon«, entgegnete Billy wütend. »Ich habe es satt, mich von den Leuten rumschubsen zu lassen.« Sie wandte sich an Parnell. »*Geh mir aus dem Weg, du altes Scheusal!*«

»Billy«, sagte Stoner mit fester Stimme, »beruhige dich doch.«

Billy fuhr sie an. »Mein ganzes Leben lang bin ich von Männern rumkommandiert worden. Ich denk nicht dran, mich von dem hier auch noch rumkommandieren zu lassen.«

Stoner spähte zum Reverend Henry Parnell hinüber, der sich nicht von der Stelle gerührt hatte. »Hör zu«, redete sie auf Billy ein, »es ist eine Sache, in der netten Geborgenheit einer Selbsterfahrungsgruppe politisiert zu werden. Etwas ganz anderes ist es, wenn man dabei ein Schießeisen vor der Nase hat.«

Billy ignorierte sie. »Mach schon, drück ab, du Pisser!«

Die Gefolgsfrau des Biests hatte Angst. Gut so.

Die Stadt war bereit, Blut zu vergießen. Hayes hatte dort einen wahren Taumel des Hasses und der Vergeltung entfacht.

Der arme alte Joseph Hayes. Es war leicht gewesen, ihn zu gewinnen. Ein Feigling von Geburt, katzbuckelnd und sich bei jedem einschmeichelnd, der ein paar Cents übrig hatte. Und eine Frau, die er nicht unter Kontrolle hatte. Sein Leben war kläglich gewesen, bis Parnell ihm eines Tages - natürlich ganz unaufdringlich - zu verstehen gegeben hatte, daß einige seiner Schwierigkeiten den Suffragetten zur Last gelegt werden könnten. Hayes hatte sich auf diesen Gedanken gestürzt wie ein Hund auf einen frischen Knochen. Und als seine Frau sich ihnen angeschlossen hatte ...

Ja, er konnte sich darauf verlassen, daß Hayes tat, was er von ihm verlangte.

Sie waren ein gutes Team gewesen. Hayes hatte im Hintergrund gearbeitet und Gerüchte verbreitet, während er sich als Prediger aufrichtig und unschuldig und sanft wie eine Taube gegeben hatte.

Sie gierten danach, den Bastard für die Brände zu hängen. Na schön. Der Dämon würde als erstes drankommen. Während ihnen das Blut wie flüssiges Eisen in den Adern kochte.

Die Fremde wäre ihm selbst vorbehalten, später.

Aber zuerst mußte er sie dazu bringen, das Jesusmesser zu berühren.

Stoner gefiel es nicht, wie seine Augen glitzerten. Ein hartes, kaltes, silbriges Glitzern, wie ein Spiegel. Nicht daß sie eine Expertin auf diesem Gebiet gewesen wäre, aber das hier sah eindeutig nach Psycho aus.

»Komm schon«, forderte Billy den Prediger auf. »Drück ab, verdammt noch mal, oder gib die Straße frei.«

Stoner fragte sich, ob es etwas bringen würde, Billy einen stumpfen Gegenstand über den Schädel zu ziehen.

Parnell hob das Gewehr an die Schulter und spannte den Hahn.

»Hören Sie, Mr. Parnell«, sagte Stoner, »ich bin sicher, wenn wir uns zusammensetzen und das in aller Ruhe bereden ...«

Er drückte ab.

Der Schuß machte sie taub, erschreckte das Maultier und schlug in die Seitenwand des Karrens ein.

Zudem brachte er Billy wieder einigermaßen zur Vernunft. »Mein Gott, Stoner«, ächzte sie, als sie sich mit dem Maultier abmühte, das herumtänzelte, sich aufbäumte und gegen das Geschirr ankämpfte. »Es tut mir so leid.«

Stoner riß ihr die Zügel aus der Hand. »Laß los.«

Das Maultier jagte los, auf die offene Prärie hinaus. Stoner umklammerte den Sitz. »Halt dich fest!«

Billy hielt sich fest.

Der Boden raste unter ihnen hinweg. Der Karren holperte und schlingerte dahin und schien jede Sekunde in tausend Stücke zu zerspringen. Gemessen daran wirkten alle Verfolgungsjagden, die sie je in VistaVision, Cinerama oder 3-D-Filmen gesehen hatte, wie ein geruhsamer Abend auf dem Wasserbett. Und bei dieser wurde das sinnliche Erlebnis gleich mitgeliefert. Ihr Herz klopfte im Takt mit dem Hufschlag des Maultiers. Sie wurde gegen den Sitz geschleudert. Als sie auf die rechte Seite fiel, schlug sie mit dem Bein gegen die hölzerne Seitenwand. Jeder Stoß drohte sie gen Himmel zu schleudern. Sie biß die Zähne zusammen, bis sie knirschten. Sie hielt den Sitz so fest umklammert, daß ihre Hände gefühllos wurden. Ein stummer Schrei des Entsetzens schüttelte sie.

Vielleicht schrie sie ja tatsächlich.

Oder Billy.

Oder das Maultier.

Irgend jemand schrie.

Ein großer Stein lag in ihrem Weg. Das Maultier raste geradewegs darauf zu. Wenn sie ihn träfen, würde er den Wagen auseinanderreißen und sie zum Mars schießen.

Stoner packte fester zu.

Billy ebenfalls.

Sie blickten sich hilflos an, als wollten sie einander Lebewohl sagen.

Und verfehlten den Stein.

Und prallten auf den dahinterliegenden, den sie vorher nicht gesehen hatten.

Stoner fühlte, wie sie nach oben und zur Seite geschleudert wurde. Ihre Hand löste sich mit einem Ruck vom Sitz. Sie schlug mit den Armen um sich.

Sie flog in die Luft.

Billy packte sie am Gürtel und hielt sie fest.

Es gelang ihr, sich am Karren festzuhalten und hineinzuziehen. Das Herz drohte ihr die Brust zu sprengen.

Aber zumindest hatten sie Parnell hinter sich gelassen.

Schließlich wurde das Maultier müde. Verfiel in Trab, dann in Schritt und blieb endlich stehen.

Um sie herum war nichts als die Prärie.

»Mein Gott«, meinte Stoner, als sie sich nach Knochenbrüchen – kein einziger – und Blutergüssen – Hunderte – abtastete. »Kein Wunder, daß alle zu Hause bleiben, wenn das hier euer einziges Fortbewegungsmittel ist.«

»Ehem, Stoner ...« sagte Billy mit einem Kiekser in der Stimme.

Stoner blickte zu ihr hinüber.

Parnell hielt Billy die Waffe an die Schläfe.

Oha!

»Hi!« sagte Stoner. »Schon lange hier?«

Der Reverend Henry Parnell grinste, entblößte seine faulen Zähne. »Habt wohl geglaubt, ihr könntet mir entkommen, was? Habt wohl vergessen, daß ich im Besitz der Macht bin.«

»Was die Macht angeht, bin ich mir nicht so sicher«, entgegnete Stoner. »Aber Sie haben die Waffe.«

Er spannte den Hahn. »Ich wäre dir dankbar, wenn du das Messer aufheben würdest, mein Sohn«, wandte er sich an Billy.

Zum Glück siegte der gesunde Menschenverstand. Billy griff nach dem Messer und hielt es ihm hin.

Parnell schüttelte den Kopf. »Behalt es nur«, sagte er und lachte.

»Ich dachte, Sie wollten es haben«, meinte Stoner. »Oder geht es nicht darum?«

Der Mann starrte sie wütend an. »Ein kleines Geschenk. Von mir an deinen Freund. Jetzt sollten wir in die Stadt zurückkehren. Schön ruhig. Und keine Tricks.«

Billy nahm die Zügel auf und wendete den Karren. »Wenn es eines gibt, das ich nicht ausstehen kann«, murrte sie, »sind es Leute, die einfach daherkommen, auf deinen Karren aufspringen und dir ihre Waffe an den Kopf halten, ohne daß du sie darum gebeten hättest.«

Es war eine schweigsame Fahrt.

Es sah aus, als hätte die Entrüstung der Bewohnerinnen und Bewohner von Tabor ein Ziel gefunden. Aus der Ferne wirkten sie wie ein Schwarm Ameisen, der geschäftig um einen Picknickkorb krabbelte.

Stoner hatte die leise Ahnung, daß sie um den Grund wußte. Und sie hatte genug alte Western gesehen, um zu wissen, was es hieß, wenn die Bevölkerung einer Stadt sich aufgeregt um einen hohen Pfosten mit einem Querbalken versammelte.

Sie machten sich bereit, jemanden zu hängen.

Und sie konnte sich ziemlich gut vorstellen, wen sie hängen wollten.

Sie warf einen kurzen Blick auf Billy, die offensichtlich zu demselben Schluß gekommen war. Ihr Gesicht war hart und aschfahl.

Okay, was sollen wir jetzt tun? Versuchen, ihn uns hier vorzuknöpfen? Oder Zeit schinden und auf Hilfe oder eine Eingebung hoffen, was immer als erstes kommt?

Sie drehte sich um und warf einen kurzen Blick auf Parnell. Seine Waffe war unverwandt auf Billys Nacken gerichtet. Mit schnellen und unablässigen Bewegungen behielt er die Stadt, Stoner und Billy im Blick. Genauso wie es einem in der Fahrschule beigebracht wird: Straße, Rückspiegel, Tacho, Straße, Rückspiegel, Tacho, alles ständig im Blick.

Die Chancen, ihn in einem unbedachten Moment zu erwischen, standen ziemlich schlecht.

Bei einem seiner Rundblicke fing sie den Blick des alten Mistkerls auf. Irgend etwas schien ihn zu beschäftigen. Vielleicht imprägnierter Stoff.

Sie bezweifelte es.

Sie wartete, bis sein Blick wieder auf sie fiel, und starrte zurück. Parnell lächelte und zwinkerte ihr vertraulich zu, als teilten sie ein geheimes Wissen.

Seltsam.

Caroline mußte tot sein. Er hätte es bestimmt nicht riskiert, sie entwischen zu lassen. Und es dürfte ihm nicht sonderlich schwergefallen sein, sie zu beseitigen.

Alles, was er bislang getan hatte, zielte auf Billy ab. Die Brände. Die Entführung. Der Mordversuch. Und jetzt dies.

Alles nur um eine Ausreißerin loszuwerden?

Selbst wenn er der beste Kumpel von Billys Vater gewesen wäre, war das hier übertrieben. Und Parnell war schon vor diesem Vorfall in der Stadt gewesen. Außerdem hatte Billys Vater den Kopfgeldjäger nach ihr geschickt. Wieso hätte er das tun sollen, wenn er Parnell dafür gehabt hätte?

Nein, hier ging es um mehr als nur um Billy. Und so, wie er sie anstarrte und ihr zuzwinkerte, sah es aus, als beträfe es auch sie.

Sie wünschte, sie hätte dem, was er gestern abend gesagt hatte, mehr Beachtung geschenkt – mein Gott, war das erst gestern abend gewesen? –, statt das Ganze einfach als das Gefasel eines Verrückten abzutun.

Wieder fing sie seinen Blick auf.

Er lächelte. »Haben dir meine Feuer gefallen?«

»Na ja«, erwiderte sie vorsichtig, voller Respekt für seinen Zeigefinger, der am Abzug lag, »ich bin mir nicht sicher, ob ich die Symbolik des Ganzen verstehe.«

»O doch, das tust du.« Er grinste. »Man könnte sogar sagen, daß ich das alles für dich getan habe.« Er nickte zu Billy hinüber. »Und für ihn.«

Wie bitte? »Sehr freundlich von Ihnen, aber das wäre nicht nötig gewesen.« Sie blickte auf die Stadt hinunter. Gestern abend hatte sie nur auf den brennenden Saloon geachtet, und heute morgen war sie zu sehr mit ihren eigenen Problemen beschäftigt gewesen, als daß es ihr aufgefallen wäre. Aber es war mehr als nur Dot's Gulch zerstört. Die gesamte Ostseite der Straße bis hin zu der Gasse, die zwischen Dots Saloon und der Sattlerei hindurchführte – also mindestens ein Drittel von Tabor –, lag in Schutt und Asche.

Kein Wunder, daß die Bevölkerung verschnupft war.

Parnell wies mit dem Kopf auf den zerstörten Stadtteil. »Geläutert«, erklärte er.

»Wie bitte?«

»Die Stadt ist jetzt geläutert. Das Böse wurde ausgebrannt.«

Du solltest in hundert Jahren wiederauferstehen, Parnell, dachte sie. In Vietnam haben sie diese »Wir mußten das Dorf zerstören, um es zu retten«-Logik geradezu gefeiert. »Ich finde, Sie sind ein bißchen zu weit gegangen.«

Er lachte.

Irgend etwas sagte ihr, daß er nicht über ihre Redegewandtheit lachte.

»Wie wirkt sich das auf eure Macht aus?« fragte er mit einem hinterhältigen Blick.

»Ein Punkt für Sie«, erwiderte sie liebenswürdig. »Es nimmt mir tatsächlich den Wind aus den Segeln.«

Die Kreatur spielte mit ihm. Es machte ihn nervös und wütend. Er wünschte, sie wären schon am Ziel. Zurück in der Stadt, wo man ihn schon erwartete.

Er sah auf. Seine Leute hatten sich müßig um den Galgen geschart. Das war nicht gut. Untätigkeit war unnütz und milderte ihren Durst nach Rache.

Mit einer schnellen Bewegung, bevor der Dämon reagieren konnte, riß er das Gewehr hoch und feuerte in die Luft.

Die Leute drehten sich um und sahen in seine Richtung.

Er rammte dem Bastard wieder den Lauf in den Nacken.

Die Explosion durchzuckte Stoner von Kopf bis Fuß. Es war, als züngelten heiße Flammen an ihren Nerven entlang. Sie wollte ihm das Gewehr aus der Hand reißen und ihm das Gesicht einschlagen.

Sie blickte kurz zu Billy hinüber.

Billy weinte, war, ihre Wut in Angst verkehrt, am Ende ihrer Kräfte.

Stoner wollte sie berühren.

Sie halten.

Sie wollte, daß alles vorbei war.

Er hatte jetzt zwei Schüsse abgefeuert. Vielleicht war das Magazin leer. Hatten solche Gewehre überhaupt ein Magazin?

Komm schon, du weißt nicht mal über die Waffen deiner eigenen Zeit Bescheid. Bis auf die halbautomatischen. Im Amerika des Jahres 1989 waren alle Expertinnen und Experten auf diesem

Gebiet. Die Medien hatten sie mit endlosen Schnellkursen über halbautomatische Waffen und die Verfassung versorgt.

Sollte das Magazin leer sein, könnten sie ihm das Gewehr abnehmen, ihn aus dem Karren werfen und sich davonmachen.

Bevor sie die nicht gerade freundlich wirkende Menschenmenge erreichten.

Sollte das Magazin nicht leer sein ...

Die Menge brach in Jubel aus.

Am liebsten hätte er einen Jauchzer des Triumphes ausgestoßen, aber das wäre seiner nicht würdig.

Einem Auserwählten Gottes nicht würdig.

»Schneller«, bellte er, und der Bastard knallte mit den Zügeln.

Die Kräfte des Bastards ließen jetzt schnell nach. Er konnte es sich erlauben, seinen Sieg zu genießen.

Henry Parnell zog unter tosendem Beifall in Tabor ein, auf einem elenden Karren, der von einem erschöpften Maultier gezogen wurde. Genau wie Jesus auf seinem Esel.

Die Männer reichten hinauf, um ihm die Hand zu schütteln. Die Frauen winkten mit Taschentüchern.

Hinten in der Menge stimmte irgendwer einen Sprechchor an.

»Hängt den Bastard!«

»Hängt den Mörder!«

Es war einfach herrlich.

Stoner sah wild um sich, hoffte auf Hilfe.

Blue Mary war verschwunden.

Und Dot war verschwunden.

Nirgends ein freundliches Gesicht. Sie waren ganz auf sich gestellt.

Parnell wandte sich der Menge zu und hob triumphierend die Arme.

Die Menge jubelte.

Er packte Billy am Kragen und zog sie auf die Beine. »Da habt ihr ihn«, schrie er. »Euren Feuerteufel, euren Killer.«

Die braven Kirchgängerinnen und Kirchgänger von Tabor schrien nach Blut.

Billys Gesicht war fahl vor Entsetzen.

»Moment mal!« hörte Stoner sich schreien, als sie sich erhob. »Er ist im Unrecht.«

Der Reverend Henry Parnell lachte ihr ins Gesicht.

»Hört her!«

Die Menge brach in ein Brüllen und Johlen aus, in dem ihre Stimme unterging.

Parnell gab zwei zornig wirkenden Männern in zerrissenen schwarzen Hosen und Hemden aus ehemaligen Mehlsäcken ein Zeichen. »Sperrt die hier im alten Lagerhaus ein!« befahl er ihnen.

Grobe Hände langten nach oben und zerrten sie vom Karren.

Der Ausdruck von Panik und Hoffnungslosigkeit auf Billys Gesicht zerriß ihr das Herz.

Die Männer zerrten sie vom Mob weg in Richtung des verlassenen Gebäudes, das sie an ihrem ersten Tag in Tabor gesehen hatte. Es war das Gebäude mit dem Lehmboden und den Spinnen und den Mäuseköddeln. Nicht gerade das, was sie sich unter einer Ferienwohnung vorstellte, aber sie hatte das Gefühl, daß sie nicht lange dortbleiben würde.

Sie warfen sie in das Gebäude, knallten die Tür zu und lehnten sich dagegen.

Es war die einzige Tür im ganzen Raum.

Das einzige Fenster führte auf die Straße.

Irgendwie mußte sie zu Billy gelangen.

Draußen auf der Straße hielt Parnell Hof.

Der Karren wurde am Fuß des Galgens angehalten. Die Leute drängten und scharten sich um ihn wie Schafe um einen Futtertrog.

»Sehet her«, sagte Parnell mit seiner Sonntagspredigerstimme. »Heute zeige ich euch Dinge, von denen ihr nicht einmal geahnt habt, daß es sie gibt.«

Er schüttelte Billy. Das Messer glitt ihr aus der Hand. Er hielt ihr das Gewehr an den Kopf und zwang sie, es aufzuheben.

»Gott hat diesen elenden Brandstifter und Mörder unter Anklage gestellt. Gott hat ihn für schuldig befunden. Jetzt ...« Er stieß mit der Faust in die Luft, *»hat Gott uns erwählt, seine Strafe zu vollstrecken.«*

Es half ihnen beiden nicht viel, wenn sie hier herumstand, die Ereignisse beobachtete und sich hilflos fühlte. Stoner wandte sich vom Fenster ab und machte sich auf die Suche nach einem Riß in den Wänden. Draußen hörte sie Parnell seine Tiraden herunterleiern.

Typisch für die Geistlichkeit, vor jedem noch so belanglosen Ereignis erstmal eine halbstündige Predigt abzulassen.

Stoner hoffte nur, daß sie sich auch diesmal darauf verlassen konnte, daß die Geistlichkeit vom Hundertsten ins Tausendste kam.

»Heute«, schrie Parnell, »werde ich euch wunderbare Dinge zeigen. Dinge, die ihr euch nie hättet träumen lassen.«

Ich wünschte, er würde mir zeigen, wie ich aus diesem Schlamassel rauskomme.

Sie fuhr fort, die Wände abzusuchen, langsam, zwang sich zur Konzentration, denn sie wußte, daß die Zeit drängte.

Und da war es. In einer dunklen Ecke, wo die Sonne selten hinkam. Ein paar Bretter, morsch und verrottet, dort, wo die Wände auf den Boden stießen.

Tatsächlich mußte vor ihr jemand hiergewesen sein. Irgendein kleines Etwas mit Zähnen - eine Maus, eine Ratte oder vielleicht sogar ein Stachelschwein - hatte ein nettes faustgroßes Loch in die Wand genagt. Sie drückte gegen die morschen Bretter. Sägespäne und Holzstückchen fielen ihr in die Hände.

»Tausend Wunder. Gottes Wunder.«

Die Menge murmelte, wurde unruhig.

Wäre heute Sonntag, würden sie diesem Geschwätz stundenlang lauschen, ohne zu murren, aber wenn's ums Töten ging ...

Ein großes Stück Brett kam frei.

... konnten sie's kaum erwarten.

Sie ächzte und zog. Das Loch war jetzt groß genug, daß ihr Bein hindurchpaßte.

Komm schon, Parnell, schlag sie in deinen Bann.

»Heute zeige ich euch, meine lieben Freunde und Bürger von Tabor ...«

Er legte eine dramatische Pause ein.

Sie drückte gegen ein Brett. Ein Nagel quietschte. Sie hielt den Atem an.

»*... den Teufel in Person!*«

Ja, genau. Sie haben den Teufel vor Augen, ohne es auch nur zu ahnen. Haben den alten Beelzebub das liebe lange ...

Das Brett gab nach.

... Jahr jeden Sonntag vor Augen gehabt.

Sie glaubte, daß sie jetzt hindurchpaßte. Sie steckte die Füße durch das Loch und arbeitete sich langsam ans Tageslicht vor.

Plötzlich fiel ihr ein, daß da draußen jemand auf sie warten könnte, einfach herumstand, vor sich hinpfiff und darauf wartete, daß sie ganz herauskam, damit er ihr eine Kugel durch den Kopf jagen könnte.

Tja, im günstigsten Moment fallen dir doch immer wieder erfreuliche Dinge ein, dachte sie, als sie langsam die Schultern drehte und zusammenzog.

»Den Teufel!« kreischte Parnell.

Sie war draußen. Niemand schoß auf sie.

Tatsächlich war weit und breit kein Mensch zu sehen.

Okay, was nun?

»Den wahren Fürsten der Finsternis!«

»Das ist nicht der Fürst der Finsternis«, erhob sich eine Stimme der Vernunft mitten aus den Trümmern von Dot's Gulch. »Das da ist Dots Junge.«

Eine Reihe kurzer Bretter war an die Seitenwand des Gebäudes genagelt, Treppen, die zu etwas führten, das wie die Luke zu einem Heuboden aussah. Sie sah sich die Treppe genauer an.

Sie wußte, daß sie zu ebener Erde keine Chance gegen den Mob hatte. Nicht ohne eine Waffe und mindestens die Hälfte der U.S. Kavallerie. Aber von einem erhöhten Standort aus ...

Sie sahen nicht gerade sicher aus. Ziemlich weich und faul, wie die Bretter, die sie gerade mit bloßen Händen losgerissen hatte.

In der Not frißt der Teufel Fliegen.

Sie holte tief Luft und schwang sich auf die erste Stufe.

»Ein Junge?« rief Parnell gerade. »Ja, es sieht aus wie ein Junge.«

Je höher sie kam, desto besser wurde das Holz.

Drüben hörte es sich an, als würde ein Stück Stoff zerrissen. Die Menge schnappte nach Luft.

»Aber zugleich ist es *weiblich!«*

Sie war oben angelangt. Das Dach, mit Teerpappe und Vogeldreck bedeckte Kiefernbretter, schien stabil genug zu sein.

»Es will sich mit dem *Mann* auf eine Stufe stellen!« kreischte Parnell. »Es ist *weiblich!* Und es wagt, die Kleidung von *Männern* zu tragen!«

Du meine Güte, dachte sie. Noch so ein Typ, der an den Kleidervorschriften hängt.

Was nun? Sie wußte nicht, was sie als nächstes tun sollte. Sie holte tief Atem und ließ ihn langsam entweichen. Sie zwang sich, sich auf ihr Innerstes zu konzentrieren und übersinnliche Fühler auszustrecken, um sich einen Eindruck von diesem Mann zu verschaffen, nach Schwachstellen zu suchen, die sie gegen ihn verwenden könnte. Auf was sie stieß, war erschreckender als alles, was sie bislang erlebt hatte. Die Eindrücke eines ganzen Lebens – Dinge, die er gefühlt und gehört und gesehen hatte, Dinge, die getan oder gesagt worden waren – waren in die Kiste, die sein Hirn war, hineingefallen, durcheinandergeworfen und wieder ausgeschüttet worden, und das Muster, das sie dabei bildeten, hielt er für die Wahrheit. Henry Parnells Hirn war ein Computer, darauf programmiert, alle Eingaben nach dem Zufallsprinzip zu bearbeiten.

Soviel zu seiner Enträtselung.

»Seht her!« kreischte Parnell.

Stoner arbeitete sich vorsichtig bis zum Dachfirst vor und sah nach unten.

Er hielt ein Stück Papier, kaum größer als eine Spielkarte, hoch. Es war mit bunten Farben bemalt.

Eine Tarotkarte.

»Seht her! Das hier habe ich der Hexe höchstpersönlich entwendet. Es ist eine Seite aus dem Buch der Hexen. Es ist ein Porträt des Satans.«

Ach, du liebes bißchen. Wenn die Leute bereit waren, ihm das zu glauben ...

Sie warf einen Blick auf Billy. Der Mann hatte ihr das Hemd zerrissen. Mit nackten Brüsten stand sie in der kalten Novemberluft.

Er riß Billy das Messer aus der Hand. »Mit diesem Messer«, wetterte Parnell und fuchtelte mit seinem seltsamen Dolch herum, »mit genau diesem Jesusmesser, diesem Werkzeug der Rache, in das die heiligen Symbole der Gerechtigkeit Gottes eingeritzt sind, werde ich euch das wahre Wesen des ...« Er fuhr herum und hielt Billy das Messer vors Gesicht, »... Biests enthüllen!«

Sie sah sich um. Das konnten sie ihm unmöglich abkaufen.

Die Blicke der Menge waren auf Parnell geheftet.

»Ich werde ihm diesen Dolch der Gerechtigkeit tief ins Fleisch stoßen«, kreischte er. »Und vermeintlich werdet ihr es sterben sehen. Aber gleich darauf wird eine neue Erscheinung zum Leben erweckt, jede einzelne gräßlicher als die davor. *Zehnmal wird das Biest sterben und wiedergeboren werden.«*

Speichel flog ihm von den Lippen. Kleine Schweißperlen hingen ihm wie Regentropfen vom Bart. *»Und mit den elften Tod wird der Herrschaft des Satans ein Ende gesetzt!«*

Er griff nach dem Strick. »Der erste Tod soll durch Hängen erfolgen!« Hayes ging von hinten auf Billy zu und fesselte ihr die Hände.

Er legte ihr die Schlinge um den Hals.

Jetzt oder nie.

Vorsichtig, im Bewußtsein, daß das Stehen auf dem First eines alten Daches mit einer blutrünstigen Menge zu ihren Füßen ein gewisses Risiko barg, richtete Stoner sich auf.

»Parnell!«

Parnell hielt mitten in einem Bibelzitat aus einem dieser netten frauenfeindlichen Apostelbriefe des Paulus inne.

»Das stimmt nicht!« Die Worte entrangen sich ihrer Kehle, kratzten ihr wie Nägel an den Stimmbändern. »Sie hat nichts getan.«

Sie ließ einen flehentlichen Blick über die Menge schweifen, versuchte, ihre Aufmerksamkeit zu erregen. »Parnell hat die Feuer gelegt.«

Als sich ihre Gesichter verschlossen, wußte sie, daß sie genau das nicht hätte sagen dürfen.

»Sie wagt es, euren Pastor zu beschuldigen«, kreischte er. »Eine Schande!«

Die Menge stimmte in den Ruf ein. »Eine Schande! Eine Schande!«

Er hörte einen Augenblick zu, sog die Worte in sich auf.

Seine Leute.

Die seine Worte wiedergaben.

Er warf den Kopf zurück.

»Laßt uns beginnen, hängt sie!« krähte er.

Das Biest kämpfte gegen seine Fesseln an, schrie um sein Leben.

Irgendwer kam mit einem Knebel nach vorn, um die Schreie des Dämons zu dämpfen. Er scheuchte ihn weg. Sollten sie seine Qualen doch hören. Es würde ihr Blut zum Kochen bringen.

»Ihr müßt damit leben, was ihr jetzt tut«, schrie das Biest. »Jeden einzelnen Tag, für den Rest eures ganzen erbärmlichen Lebens werdet ihr euch daran erinnern. *Ihr habt eine unschuldige Frau umgebracht!«*

Parnell lachte.

»Hört her!« schrie Stoner. Die Menge wandte sich ihr wieder zu. »Dieser Mann ist wahnsinnig.« Sie sah wild um sich.

Zwei Leute kamen aus dem hinteren Eingang von Kwans Wäscherei gerannt. Dot und May Chang.

In der Ferne entdeckte sie einen Reiter, der in einem Höllentempo auf Tabor zukam. Es sah aus wie Cullum Johnson.

Immer mit der Ruhe. Versuch, Zeit zu schinden.

»Er hat seine Frau umgebracht!« schrie sie aus voller Kehle. »Caroline Parnell ist tot.«

»Lügnerin!« kreischte er.

Aha. Ein wunder Punkt. Er hatte Angst, daß sie es herausfinden könnten.

»Ich habe gesehen, wie er es getan hat. Seht euch doch um. Ist Caroline Parnell etwa hier?«

Ein paar Leute suchten die Menge ab und fingen an zu tuscheln.

Ein Fortschritt.

Parnell erhob sein Gewehr. »Kommst du wohl runter!«

Für den Bruchteil einer Sekunde sahen sie sich über den Lauf der Waffe hinweg in die Augen. Wieso erschoß er sie nicht einfach?

Vielleicht befürchtete er, daß sich die Menge gegen ihn wenden könnte. Eine unbewaffnete Frau erschießen. Verstieß wohl gegen den Pionierskodex oder so was.

Sein Finger spannte sich um den Abzug.

Sie stand wie erstarrt da.

Die Hände gefesselt, die Schlinge um den Hals, gelang es Billy, Parnell einen gezielten Tritt in den Hintern zu versetzen.

Er fiel der Länge nach hin und stand, hochrot vor Zorn, wieder auf. Er zeigte auf Stoner. »Steinigt den Dämon«, schrie er.

Ein Stein traf sie an der Schulter. Sie duckte sich hinter den Dachfirst.

Steine prasselten um sie herum aufs Dach nieder.

Das brachte sie auf eine Idee. Während sie in den Taschen ihrer Jeans wühlte, kam sie auf die Knie. Das könnte heikel werden. Falls irgend jemand einen großen Stein warf und sie aus dem Gleichgewicht brachte ...

Sie griff schnell in die Luft, tat so, als würde sie die Steine im Flug aufschnappen. »Hey, Parnell, willst du mal echte Magie sehen?«

Sie tat so, als würde sie die Steine zurückwerfen ...

... und schleuderte statt dessen die Handvoll Kristalle, die Blue Mary ihr gegeben hatte, in die Menge.

»Edelsteine!« schrie jemand.

Die Leute, die ihr am nächsten standen, richteten ihre Blicke auf den Boden. Sie fielen im Dreck auf die Knie und balgten sich um die polierten Kieselsteine.

Parnell war außer sich vor Wut. »Hört nicht auf sie!« kreischte er. »Es ist nur ein Trick!«

Er hatte sie nicht mehr im Griff. Wankelmütige Schafe! Blöde Kreaturen, so auf den Trick des Teufels reinzufallen.

Er mußte sie wieder in seinen Bann ziehen. »Hängt den Bastard!«

Aus dem Augenwinkel sah er ein silbernes Glitzern.

Ohne es zu beachten, wandte er sich der Menge zu. »Zählt mit mir zusammen! Laßt uns die letzten Sekunden seines Lebens auszählen!«

Sie waren wieder interessiert. Er hatte sie wieder im Griff.

»Zehn. Neun. Acht ...«

Er spürte, daß er angestarrt wurde. Eindringlich.

»Sieben! Sechs!«

Eine schlitzäugige Frau. Weit weg von der Menge, auf der anderen Seite des Karrens.

»Fünf!«

Ihr Gesicht war wie versteinert.

»Vier!«

Dann sah er die winzige Pistole in ihrer Hand.

Die Kugel bohrte sich in seine Brust und explodierte in seinem Herzen.

Die Welt glühte in roten Farben auf.

Langsam, Auge in Auge mit seiner Angreiferin, sank er zu Boden.

Ihr Gesicht schien sich zu verändern.

Seine Augen weiteten sich vor Erstaunen und Entsetzen.

»Vater?« fragte der Gottgeweihte Mann.

Und starb.

Die Menge wich tonlos, erschrocken zurück.

May Chang steckte die Pistole anmutig in ihr Baumwollnetz zurück. Sie wandte sich, mit dem Rücken zum Karren, der Menge zu. »Für meinen Vater«, sagte sie mit klarer Stimme, »und die Ehre meiner Familie.«

»Sie hat den Prediger umgebracht!« schrie irgendwer, und die Menge drängte nach vorn.

»Er hat meinen Vater umgebracht«, sagte May.

Verunsichert zögerten sie. Es würde nicht lange dauern, bis sie wieder Mut gefaßt hätten.

Stoner rannte vom Dach hinunter. Halb kletternd, halb fallend kam sie unten an.

Sie vertrat sich den Knöchel. Der Schmerz durchfuhr sie wie ein Messer.

Hol's der Teufel.

Sie rannte gerade die Gasse hinter den Überresten von Dot's Gulch entlang, als Cullum Johnson sein Pferd zügelte.

»Ich erklär's Ihnen später«, bellte sie und riß ihm das Gewehr aus der Hand.

Unentschieden, wohin sie sich wenden sollte, entstand in der Menge ein Gedränge.

»Packt euch das Schlitzauge! Ihre Pistole ist leergeschossen.« Das war Joseph Hayes. »Hängt alle beide!«

Die Menge ging auf May Chang los.

Stoner feuerte in die Luft.

Die Menge erstarrte und ließ May los.

Stoner sprang auf den Karren und zog May zu sich hinauf.

»Bind sie los«, herrschte sie Hayes an.

Er zögerte.

Stoner erhob die Waffe. »Mach schon!«

Hayes nahm Billy das Seil vom Hals und band ihre Hände los, dann sprang er vom Karren.

Billy setzte sich, die Arme fest um den Oberkörper geschlungen, um ihre nackten Brüste zu verbergen.

Stoner legte ihr eine Hand auf den Kopf. Sie hatten es noch nicht geschafft, aber sie mußte sie einfach berühren.

»Verzeihung«, sagte May Chang. Sie streifte ihr Umhängetuch ab und warf es Billy über die Schultern.

Billy blickte sie dankbar an.

Das Meer der Körper wogte, erwachte zu neuem Leben. Sie waren jetzt von Menschen umringt, deren Prediger soeben getötet worden war.

Stoner nahm mit einer Hand die Zügel auf. In der anderen hielt sie linkisch das Gewehr. Sie wußte nicht, ob sie es schaffen würde.

Ein Murmeln ging durch die Menge.

Sie versuchte, das Maultier vorwärts zu treiben.

Die Menge hielt sie auf.

Es war eine Patt-Situation.

Das Murmeln schwoll zu einer Klage an. Dann zu einem offenen Grollen.

»Haltet sie auf!« jammerte Hayes. »Laßt sie nicht entkommen!«

Die Menge rückte näher.

»Na, na, immer langsam, verdammt noch mal!« rief Cullum Johnson. Er drängte sich mit Toby durch den Mob. In der einen Hand hielt er eine Pistole. Eine zweite Pistole hatte er um die Hüfte geschnallt. Quer über seine Brust hing ein voller Patronengurt.

Die Menge verstummte und blickte ihn neugierig an.

»Mir scheint, wir sind gerade dabei, einen großen Fehler zu machen«, erklärte Cullum.

Joseph Hayes drehte sich zu ihm um. »Für was halten Sie sich eigentlich, verdammt noch mal?«

Cullum führte den Lauf seiner Pistole an den Hut. »Johnson ist mein Name. Cullum Johnson. Von drüben, aus Tennessee.«

Hayes grinste hämisch. »Tja, Mr. Johnson, ich denke, wir kommen allein zurecht, ohne die Hilfe von Außenstehenden wie Ihnen.«

Irgend jemand in der Menge stimmte ihm zu.

»Mir ist aufgefallen«, erwiderte Cullum, »daß es dieser Stadt an Recht und Ordnung mangelt. Also habe ich beschlossen, mich zum Sheriff zu ernennen.«

Hayes kicherte. »Und wie kommen Sie darauf, daß wir Sie haben wollen?«

»Natürlich wollt ihr mich«, sagte Cullum mit einem leichten Grinsen. »Ich bin besser bewaffnet als ihr.« Er wandte sich an Stoner. »Zumindest, wenn du mir die Waffe zurückgibst, die du dir eben geborgt hast.«

»Mit größtem Vergnügen.« Sie reichte ihm das Gewehr.

Joseph Hayes fand schließlich die Sprache wieder. »Moment mal!« schrie er der Menge zu. »Wie sollen wir wissen, ob wir diesem Mann vertrauen können?«

Die Menge bewegte sich unbehaglich. Aber niemand trat Cullum Johnson entgegen.

Am Rande der Menge entdeckte Stoner Big Dot, die vor Stolz zu platzen drohte. Dot trat vor. »Weil ich es euch sage.«

»Seid ihr bereit, den Worten einer Hure und eines Kopfgeldjägers zu glauben?« fragte Hayes.

»Du warst nur allzu bereit, mir zu glauben, daß die Mädchen sauber sind, Joseph«, versetzte Dot. »Ich wüßte nicht, wieso du mir jetzt nicht glauben solltest.«

Es war ein abgedroschener Trick, aber er funktionierte. Für einen Moment war Hayes sprachlos.

Führerlos, zog sich die Menge unsicher zurück, verwandelte sich wieder in einzelne unsichere Männer und Frauen.

»Joseph Hayes!«

Getragen von einer Woge ehrlicher Entrüstung, kam Arabella Hayes quer über die Straße marschiert. Hayes' Gesicht nahm den Ausdruck eines Hundes an, den man dabei erwischt hat, wie er im Abfall der Nachbarn herumwühlt.

»Was glaubst du, was du da tust, Joseph?«

Er versuchte, ein tapferes Gesicht aufzusetzen. »Diese Leute haben es zugelassen, daß die Chinesin unseren Prediger umbringt, Arabella. Sie müssen bestraft werden.«

Arabella blickte auf Parnells zusammengesunkenen Körper, auf die letzten Blutstropfen, die im Staub versickerten. »Kein Verlust, wenn du mich fragst. Ein Scheusal von einem Mann, der seine eigene Frau mißhandelt und alle anderen Frauen gehaßt hat. Hat wahrscheinlich auch die arme Caroline auf dem Gewissen ...«

»Verzeihen Sie, Ma'am«, meinte Cullum. »Sie ist nicht tot, nur böse verletzt. Ich habe sie bei diesem alten Mädchen, dieser Mary zurückgelassen.«

»Frau«, murmelte Dot vor sich hin. »Ein bißchen Respekt!«

»Dieser Frau«, korrigierte Johnson sich.

»Ach, du meine Güte«, sagte Arabella Hayes mit schroffer Stimme, um ihre Freude zu verbergen. »Dann war der Mann ja nicht nur ein Taugenichts, sondern auch noch unfähig.« Mit einer Handbewegung entließ sie die Menge. »Na los, Leute, geht nach Hause. Das hier ist kein geselliges Beisammensein. Mr. Johnson hat hier noch einiges zu erledigen, und wir sollten ihn dabei nicht stören.«

Die Menge scharrte mit den Füßen und murrte.

»Liebe Leute«, wandte Cullum Johnson sich an die Menge, »ich weiß, für euch ist das hier eine sehr verwirrende Situation. Aber Miz Parnell hat mir gesagt – ob ihr mir glaubt oder nicht, bleibt ganz euch überlassen –, sie hat mir gesagt, daß der Reverend die Feuer gelegt hat. Hat vor ihr damit geprahlt, nur hatte sie Angst, was zu sagen, und das tut ihr verdammt leid.« Er warf Arabella Hayes einen hilfesuchenden Blick zu.

»Klingt ganz nach Caroline«, sagte Arabella. »Verängstigt und beschämt. Ich wette, er war nicht mal ein echter Prediger.«

»Ja, Ma'am«, stimmte Johnson ihr zu. »Das hat sie auch erwähnt.«

Als sich die Menge langsam zerstreute, wandte Cullum sich an

May Chang. »Ma'am, wie es aussieht, werde ich mich hier niederlassen, und mein Pferd Tobe verträgt das Stadtleben nicht.« Er schwang sich aus dem Sattel. »Sie würden mir einen Gefallen tun, wenn sie ihn mir abnehmen würden.«

»Sind Sie sicher?« fragte May.

»Ja, Ma'am. Ich möchte Ihnen nur raten, wie der Wind zu reiten. Die Leute hier können jede Minute aus ihrem Koma erwachen, und ich weiß wirklich nicht, was ihnen dann in den Sinn kommen wird.«

May nickte. »Ich werde gut für ihn sorgen«, sagte sie und stieg auf.

»Paß gut auf das Mädchen auf, Tobe«, sagte Cullum, dem es schier das Herz brach. Er strich dem Pferd über die samtigen Nüstern. »Du bist das beste Pferd, das ich kenne.«

May beugte sich schnell hinunter und berührte Cullums rauhe Wange, dann wandte sie das Pferd um und galoppierte davon.

Dot schlüpfte zum Karren hinüber. »Ich will mich ja nicht einmischen, aber mir scheint, es ist an der Zeit, daß ihr euch verabschiedet.«

Stoner nahm die Zügel auf. »Vielen Dank für alles, Dot. Ich hoffe, alles wird wieder gut.«

Die Frau reichte nach oben und drückte ihr die Hand. »Wird schon werden, mein Liebes.«

Stoner fuhr ein Stück vor.

»Moment mal«, sagte Cullum. Er griff in seine Hemdtasche, holte eine Rolle mit Geldscheinen hervor und warf sie Billy zu. »Das sind ein paar hundert Dollar. Ein bißchen von Mrs. Gillette und der Rest von dem, was dein Pa mir gegeben hat, damit ich dich zu ihm zurückbringe.«

»Sie lassen mich laufen?« fragte Billy.

Johnson zuckte die Schultern. »Man könnte sagen ...« Er warf Dot einen schüchternen Blick zu, »... daß ich das Interesse an der Kopfgeldjägerei verloren habe.«

»Tja, vielen Dank ...«, erwiderte Billy.

Dot nahm seinen Arm. »Du bist ein guter Kerl, Cull. Ich bin stolz darauf, dich zum Freund zu haben.«

»Mrs. Gillette«, sagte Cullum, »ich hoffe, bevor der Winter vorbei ist, bin ich Ihnen mehr als ein Freund.«

»Mag sein«, erwiderte Dot und sah mit einem koketten Lächeln zu ihm auf. »Ich werd's mir überlegen.«

Er wandte sich wieder an Billy. »Aber du läßt Tabor am besten weit hinter dir, meine Kleine. Als ich deinen Pa das letzte Mal gesehen habe, war er verdammt wütend und wild entschlossen. Es ist nur eine Frage der Zeit, bevor er jemand anderes hinter dir herschickt.«

»Pa lebt noch?«

»Das letzte Mal war er quietschlebendig und außer sich vor Wut ...«

Billy nickte finster. Sie wandte sich an Dot. »Du bist gut zu mir gewesen, Dot. Tut mir leid, daß ich dir solche Probleme bereitet habe.«

»Probleme«, meinte Dot wegwerfend. »Das Leben ist ein einziges Problem. Wahrscheinlich sind wir nur deshalb auf der Welt. Wenn du je wieder in dieser Gegend bist, laß dich mal blicken.«

»Sagst du Cherry von mir auf Wiedersehen?«

»Mach' ich, mein Liebes. Im Moment ist sie ein bißchen fertig. Du verstehst schon.«

»Klar.« Sie beugte sich vor und schlang Dot die Arme um den Hals. »Ich werde dich vermissen.«

»Ich dich auch. Solltest du je in der Gegend von South Dakota sein, sieh mal bei Miss Mary Jane Cannary vorbei. Sie ist eine alte Freundin von mir. Hat ein loses Mundwerk, aber ein gutes Herz. Und wehe, du glaubst, was die Leute sich über sie erzählen.« Dot gab ihr einen schnellen Kuß und wandte sich ab, um sich die Augen zu tupfen. »Nun haut schon ab, bevor ich mich noch blamiere.«

Billy setzte sich auf den Kutschbock.

Stoner spielte mit den Zügeln. »Noch mal vielen Dank für deine Hilfe, Dot. Du bist wirklich 'ne imposante Boss-Lady.«

»Du bist auch nicht übel«, meinte Dot. »Obwohl du was gegen dein hitziges Temperament tun solltest.«

Stoner lachte und schnalzte dem Maultier zu. Sie fuhren los, fort von Tabor.

»Wohin wirst du jetzt gehen?« fragte Stoner nach einer Weile.

Billy zuckte die Achseln. »Wohl einfach weiterziehen.«

»Allein?«

»Sieht so aus.«

»Ich wünschte, du könntest mit mir kommen.«

»Ich wünschte, du könntest bei mir bleiben.«

»Vielleicht«, sagte Stoner, »treffen wir uns eines Tages wieder.«

»Vielleicht.«

Stoner wußte, daß keine von ihnen daran glaubte.

Das Maultier, das ziellos weitergezockelt war, hatte sie in die Nähe jener Stelle gebracht, an der sie sich zum ersten Mal begegnet waren. Stoner erkannte den Hügel und den langen Abhang zum Topeka-Denver-Trail wieder. Das verwitterte Schild.

Irgend etwas sagte ihr, daß sie bis hierher und nicht weiter konnte.

Sie brachte das Maultier zum Stehen und starrte in die Ferne. Sie fühlte sich, als würde ihr das Herz aus der Brust gerissen. »Ich werde dich vermissen.«

Billy ließ ihre Hand in Stoners gleiten. »Ich werde dich auch vermissen.« Mit ihrer freien Hand berührte sie Stoners Gesicht. »Vergiß mich nicht, wenn du wieder zu Hause bist.«

Stoner bedeckte Billys Hand mit ihrer eigenen. »Ach, Billy, ich werde dich nie vergessen.« Sie streckte die Hand aus und fuhr ihr mit den Fingern über die Lippen, fühlte die weiche Haut ihrer Wangen. »Ich hoffe, du hast ein gutes Leben.«

Billy lächelte. »Im Moment bin ich schon zufrieden, wenn es nur lang genug ist.« Sie blickte nachdenklich zum Horizont. »Schade, daß du die Frau, nach der du benannt bist, nicht mehr getroffen hast.«

Stoner hielt den Atem an. Natürlich!

Sie griff in die Tasche ihrer Jeans und holte den Susan B. Anthony Dollar hervor. »Versuch, sie zu finden«, sagte sie. »Zeig ihnen das hier.«

Billy betrachtete die Münze. »Ja.«

»Sag ihnen, daß sie aus der Zukunft kommt. Sag ihnen, daß sie nicht aufgeben sollen. Sag ihnen, daß sie das Stimmrecht bekommen werden. Vielleicht nicht mehr zu ihrer Zeit, aber es wird kommen. Sag ihnen, daß ich für eine Frau als Vizepräsidentin gestimmt habe ...«

»Erzähl mir nichts«, warf Billy ein.

»Doch. Sag ihnen, daß es eines Tages eine nationale Frauenorganisation geben wird, und Demonstrationen in Washington für die Rechte der Frauen, mit Hunderttausenden von Teilnehmerinnen. Sag ihnen, daß eine Revolution der Frauen bevorsteht, die die Welt verändern wird.« Sie reichte Billy die Münze. »Und sag ihnen, daß es in hundert Jahren Fachbereiche für Frauenstudien an den Colleges geben wird, und daß die Leute auf das zurückblicken werden, was diese Frauen getan haben, und wissen werden, daß hier alles angefangen hat.«

Sie übergab Billy die Zügel. »Schließ dich ihnen an, Billy. Sie werden sich um dich kümmern.« Sie grinste. »Und ich bin mir sicher, daß sie eine aufgeweckte Frau wie dich gebrauchen können.«

Billy sah sie mit dunklen, feuchten Augen an. »Mach's gut, Stoner«, sagte sie und nahm sie in den Arm.

Ihr Kuß war lang und süß und brach ihr fast das Herz.

Stoner ertrug es nicht, sie fortfahren zu sehen. Sie glitt vom Karren, blieb stehen und starrte auf die Erde. Sie hörte den Hufschlag des Maultiers in der Ferne verklingen, bemühte sich, auch noch die letzten schwachen Erschütterungen der Erde aufzufangen.

Dann wurde es still, bis auf das Geräusch des Windes, der durch die trockenen und abgeknickten Grashalme strich.

Sie holte tief Luft und wischte sich die Augen und wandte sich nach Norden in Richtung Trail.

Plötzlich stand Blue Mary, Stoners Rucksack in der Hand, vor ihr. »Nun, meine Liebe«, meinte sie munter, »ich nehme an, du willst uns verlassen.«

»Was war vorhin mit dir los? Du warst plötzlich verschwunden.«

Die Frau kicherte. »Ja, nicht wahr?«

Ein Anflug von Ärger erfaßte Stoner. »Wenn du solche Tricks beherrschst, hättest du das Ganze vielleicht auch verhindern können.«

»Nein«, widersprach Blue Mary mit einem ernsten Kopfschütteln. »Ich kann nicht verhindern, was geschehen soll, ich kann nur helfen, es voranzutreiben. Und eigentlich hast du mich gar nicht gebraucht. Wie immer bist du gut allein zurechtgekommen.«

»Ich glaube, ich habe nicht viel anderes getan, als den Leuten in die Quere zu kommen. Eigentlich war es Billys Geschichte, oder?«

Blue Mary lächelte sie liebevoll an. »In dem Theaterstück, das wir Leben nennen,« sagte sie, »können wir nicht immer die Hauptrolle spielen. Manchmal haben wir nur eine Nebenrolle. Aber er hätte uns alle umgebracht, weißt du? Dorothy und die Mädchen, Billy, selbst mich. Und deine alte Bekannte, Lucy Stone. Wir haben deine Hilfe gebraucht.«

Stoner zuckte die Schultern. »Ich schätze ...«

»Und du hattest einen Einfluß auf Billys Leben, den man auf Jahre hinaus nicht erkennen wird. Alles, was du tust, egal, wie wenig es ist, ändert die Welt für immer.«

In diesem Moment war es ihr egal, ob sie die Welt veränderte. Sie blickte auf ihre Hände hinab. »Ich werde sie vermissen, Mary. Ich glaube, ich ertrag' es nicht.«

Blue Mary nahm Stoners Gesicht in die Hände. »Stoner, Stoner, hast du es immer noch nicht begriffen?«

»Ich weiß«, sagte sie. »Aber es ist nicht dasselbe.«

»Wahrscheinlich nicht.« Sie drückte ihr einen kurzen Kuß auf die Wange. »Es ist hart, auf dieser Ebene zu leben. Ich frage mich, wieso wir uns immer so darum reißen.« Mit einem Seufzer reichte Blue Mary ihr den Rucksack und zog sich das Tuch enger um die Schultern. »Tja, ich muß los. Gute Reise, und wir sehen uns in Boston.« Sie ging über den Hügel in Richtung Tabor davon.

»Warte«, rief Stoner. Sie rannte ihr hinterher.

Aber als sie die Hügelkuppe erreichte, war Blue Mary verschwunden.

Hinter sich hörte sie ein Geräusch. Ein tiefes, fernes Rumpeln. Sie drehte sich um.

Der Vierzigtonner wechselte auf die Mittelspur, um ihrem Wagen auszuweichen, und brauste dann weiter die I-70 entlang in Richtung Osten.

13

Sie wußte nicht, wieso sie sich zu dem Hotel hingezogen fühlte. Eigentlich waren Motels eher ihr Stil. Dort trug man mit einem Mindestmaß an Aufwand und Kommunikation das Gepäck selbst hinein und wieder hinaus. Keine Fahrstuhlfahrten mit Fremden, bei denen man die Reihe der aufleuchtenden Zahlen oberhalb der Tür anstarrte und so tat, als würde man angestrengt über die - soziale und kulturelle - Bedeutung der Protestsongs der siebziger Jahre nachdenken, mit denen man berieselt wurde. Man mußte sich nicht fragen, ob die abgetragenen Jeans, für lange Autofahrten wie geschaffen, im Foyer auf offenkundige Ablehnung stoßen würden. Es gab keine überteuerten Restaurants. Keine dieser netten, kleinen, ach so praktischen Andenkenläden, in denen das Wall Street Journal und die neuesten, hoffnungslos überteuerten Mode- und-Kosmetik-Magazine auslagen und man Fotofilme kaufen konnte, die doppelt so teuer waren wie sonst.

Ein Bett, ein Bad und Ruhe. Ein Drive-up-Restaurant ganz in der Nähe. Mehr brauchte sie nicht.

Aber das Whitley strahlte etwas Besonderes aus. Es war ein altes Hotel, an einer der Seitenstraßen im Zentrum Topekas gelegen. Es wäre ihr nicht einmal aufgefallen, hätte es da nicht einen Unfall oder einen Stromausfall oder einen Wasserrohrbruch gegeben – eines jener rätselhaften Ereignisse, die mit Polizeiwagen, aufblinkenden orangenen Lichtern, Dampf und einem allgemeinen unerklärlichen Durcheinander verbunden sind. Was immer es auch gewesen war, es hatte dazu geführt, daß der Verkehr über Nebenstraßen um das Zentrum herumgeführt wurde.

Da war sie also, am Ende der Umleitung auf der Remington Street, und konnte zusehen, wie sie den Weg ins Geschäftsviertel zurückfand – dabei war sie nicht einmal sicher, wie sie das erste Mal ins Geschäftsviertel gelangt war, wußte nur, daß sie die falsche Ausfahrt genommen und über die Ausfallstraße mit den Motels und den Fast-Food-Restaurants hinausgeschossen war. Seit Stunden schon war es dunkel. Sie war müde und schlecht gelaunt. Verzagt. Und, mit dem Körper im Topeka des Jahres 1989 und mit dem Herzen bei Billy im Jahre 1871, in einer Art zeitlichem Niemandsland gefangen.

Selbst der kurze Zwischenstop in der Notaufnahme des nächstgelegenen Krankenhauses, wo sie sich eine Tetanusspritze hatte geben lassen, hatte sie nicht ins Jetzt zurückholen können – obwohl er die uralte Frage beantwortet hatte, ob Schmerzen mit der Zeit reisen. Selbst das vertraute Hin und Her wegen der Versicherung, die wohlbekannte endlose Warterei oder der schwache Versuch, die kleinen Einstiche in ihrem Hals zu erklären, hatten nichts genützt. (Sie hatte gesagt, sie hätte sie sich bei dem Versuch geholt, durch einen Stacheldrahtzaun zu klettern. Der junge Assistenzarzt hatte sie zweifelnd angesehen. Hatte wahrscheinlich geglaubt, sie kämen vom Fixen. Sie wünschte, sie hätte ihm erzählt, es sei der Biß eines Vampirs gewesen.)

Sie hatte im Krankenhaus daran gedacht, zu Hause anzurufen. Aber sie wußte, sobald sie eine vertraute Stimme hörte – egal, wie lieb sie ihr war –, wären Billy und Big Dot und Blue Mary und Tabor auf immer für sie verloren.

Dazu war sie noch nicht bereit. Noch nicht.

Es war kalt. Sie fragte sich, ob Billy, wo immer sie jetzt sein mochte, frieren würde. Hatte sie die Suffragetten gefunden? Oder zog sie allein und einsam und ungeliebt in der Prärie herum?

Sie vermißte Billy. Sie würde sie wahrscheinlich immer vermissen.

Auch wenn sie jetzt, in einer anderen Inkarnation, ein Liebespaar waren - Billy war immer noch Billy, und ein großes Stück ihres Herzens überwand die Grenzen der Zeit und sehnte sich nach ihr.

Der aggressive Ton einer Hupe holte sie abrupt in die Gegenwart zurück. Sie hatte jene Millionstelsekunde verpaßt, die es braucht, bis der Kerl hinter einem, nachdem die Ampel grün geworden ist, auf die Hupe drückt. Passiv-aggressiv, fuhr sie im Schrittempo weiter, wobei sie so tat, als suchte sie nach etwas am Straßenrand.

Und da war es. Das Whitley. Auf beiden Seiten ein Stück von den Nachbarhäusern abgerückt. Alt, aber sauber. Klein. Mit einem leeren Parkplatz davor.

Ihrer Erfahrung nach waren leere Parkplätze ein Zeichen. Wie eine Sternschnuppe oder ein Schmetterling, der sich auf der Schulter niederläßt. Ein Zeichen, das besagt: »Paß gut auf. Gleich passiert etwas sehr Wichtiges.«

Sie parkte ein, stieg aus und schloß den Wagen ab. Als sie den Kofferraum öffnete, um ihren Koffer herauszuholen, fragte sie sich, was wohl mit dem Parka passiert war, den sie der Arapaho-Frau in Tabor überlassen hatte. Vielleicht würde sie eines Tages dorthin zurückkehren und die Überreste der alten Stadt finden. Vielleicht würde sie sogar ein Stückchen imprägnierten Stoff finden. Was, wenn ihr irgendwelche Archäologen zuvorkämen? Was würden sie davon halten?

Wahrscheinlich würden sie es als einen Scherz abtun, so wie alles, was nicht in ihr enges Schema paßte. Der Wissenschaft war es tatsächlich gelungen, mit den Erklärungen »Scherz« und »Massenhysterie« fast alles zu vernichten, was irgendwie interessant war.

Es hatte eines langen Weges bedurft, bis sie sich von dieser Denkweise hatte lösen können, aber sie wußte, daß sie noch weit vom eigentlichen Ziel entfernt war. Vielleicht könnte sie eine Selbsthilfegruppe gründen - Überlebende der Wissenschaft.

»Kleine-Jungs-Denken«, nannte es Gwen.

Sie schlug den Kofferraum zu und lief die Stufen zum Hotel hoch.

Das Foyer war dunkel und ohne Berieselungsmusik. Die Wände waren mit Eiche getäfelt, und an den vergoldeten Säulen standen Topfpflanzen. Tiefe, abgenutzte Sessel boten sich, in kleinen Gruppen angeordnet, für Gespräche an. Die Orientteppiche mit ihren einstmals satten Farben waren jetzt abgelaufen. Die rothaarige Endsechzigerin an der Rezeption sah aus, als hätte sie den größten Teil ihres Lebens hier gearbeitet.

Sie lächelte, als Stoner auf sie zukam. »Kann ich irgend etwas für Sie tun?«

»Haben Sie noch ein Einzelzimmer? Für eine Nacht?«

»Bei uns sind fast immer Zimmer frei«, erwiderte die Frau. »Wir sind ziemlich schwer zu finden.«

»Um ehrlich zu sein«, sagte Stoner, als sie sich in die Gästeliste eintrug, »wären Sie mir auch nicht aufgefallen, wenn da nicht diese Umleitung gewesen wäre.«

»Wissen Sie«, meinte die Frau, als sie den Schlüssel über die Rezeption schob, »ich muß zugeben, daß es mir so ganz lieb ist. Es ist viel persönlicher. Möchten Sie, daß Ihnen jemand mit dem Koffer hilft, oder würden Sie ihn lieber selbst tragen?«

»Ich komme schon zurecht.«

»Schön. Ihr Zimmer ist im zweiten Stock. Vom Aufzug aus rechts und dann immer geradeaus. Es ist ein ruhiges Zimmer. Leider hat es kein Telefon.« Sie grinste verlegen. »Wir haben seit – oh, wohl ungefähr seit 1965 – vor, Zimmertelefone zu installieren. Irgendwie scheinen wir nie dazu zu kommen. Aber es gibt eins in der Lounge, und sollte ein Anruf für Sie kommen, sagen wir Ihnen Bescheid. Haben Sie schon zu Abend gegessen?«

»Noch nicht.«

»Der Speisesaal hat bis zehn geöffnet, aber ich fürchte, es gibt keine große Auswahl. Das Hauptgericht ist heute ...« Sie konsultierte ein Stück Papier, das in der oberen Ecke des Gästebuchs steckte. »Stew.«

Stew? Das rief bei Stoner ein unwirkliches Gefühl hervor, so als sei die Vergangenheit gleich um die Ecke.

»Dazu die übliche Auswahl an Sandwiches«, fügte die Frau hinzu. »Und lassen Sie noch Platz für die selbstgemachte Pastete. Das ist meine Spezialität.«

»Klingt großartig.«

»Wenn Sie was brauchen, rufen Sie mich einfach. Ich heiße Bea.«

»Danke.«

Alles, was sie im Moment wollte, war ein langes Bad. Seit dem letzten waren entweder vierundzwanzig Stunden oder zehn Tage vergangen.

Das heiße Wasser war beruhigend, entspannend. Es spülte die Trauer sanft hinweg. Billy war nicht mehr da, wie eine alte Freundin, die in ein anderes Land gezogen war. Egal, wie sehr sie sie vermißte, Billy war jetzt ein Teil ihrer Vergangenheit. Eines Tages würde sie sie vielleicht wiedersehen, zumindest in ihren Träumen, ganz gewiß in der Erinnerung. Damit würde sie sich begnügen müssen. Behutsam wusch sie sich und trocknete sich ab, machte aus dem Bad ein heilendes Ritual. Sie schlüpfte in frische Kleider. Sie glaubte, wieder bereit zu sein.

Der Barkeeper, der Bea so ähnlich sah, daß er ihr Sohn hätte sein können, was er wahrscheinlich auch war, zeigte ihr das Telefon in der einen Ecke des Raumes. Zuerst meldete sie ein Gespräch mit Gwen an. Ihr Herz begann schneller zu schlagen. Ihre Fingerspitzen kribbelten. Eine angenehme Mischung aus Nervosität und einem klein bißchen Angst. Es war ein vertrautes Gefühl, ein Gefühl, das sie immer befiel, wenn sie Gwen längere Zeit nicht gesehen hatte. Als hätte ihr Körper vergessen, daß sie Freundinnen und Geliebte waren.

Das Telefon klingelte. Vier Mal. Ein schlechtes Zeichen. Gwen konnte das Telefon aus jeder Ecke ihrer Wohnung beim zweiten Läuten erreichen, was hieß, daß sie wahrscheinlich den Anrufbeantworter ...

»Hi. Hier spricht Gwen Owens. Ich sehe mir gerade *Designing Women* an. Wieso Sie eigentlich nicht? Sie können mich nach der Show erreichen oder mir Ihren Namen und Ihre Rufnummer hinterlassen ...«

Stoner legte auf und versuchte es bei Tante Hermione.

»Hallo. Dies ist der Anrufbeantworter von Hermione Moore und Stoner McTavish. Im Moment meditieren wir, aber wenn Sie uns Ihren Namen und Ihre Telefonnummer hinterlassen, rufen wir zurück. Einen gesegneten Abend.«

Marylou mußte zu Hause sein.

»Sie sind mit der Winterresidenz von Max und Edith Kesselbaum und dem Hauptwohnsitz von Marylou Kesselbaum verbunden. Leider können wir gerade nicht ans Telefon kommen. Edith hat beschlossen, heute abend selbst zu kochen, statt den Fast-Food-Service zu bestellen, und es war ein absolutes *Desaster*. Wir sind entweder dabei, den Schaden zu beheben, oder unterwegs zu einem Laden. Aber ...«

Es gibt nichts Traurigeres oder Deprimierenderes als gerade in einem anderen Jahrhundert einen Kampf auf Leben und Tod ausgestanden zu haben, um dann zurückzukommen und zu erfahren, daß niemand zu Hause ist, der man es erzählen könnte.

Eigentlich könnte sie jetzt einen Drink vertragen. Es würde noch zwanzig Minuten dauern, bis *Designing Women* zu Ende wäre.

Seufzend legte sie den Hörer auf die Gabel, ging an die Bar und kletterte auf einen Barhocker mit einem Bezug aus brüchigem grünem Leder.

Der Barkeeper legte einen Papieruntersetzer vor Stoner. »Was darf's sein?«

»Einen doppelten Manhattan, bitte.«

»Schon passiert.«

Sie sah sich in der Lounge um. Lampen mit grünen Glasschirmen tauchten sie in ein dämmriges Licht. Auch hier war alles in altem, dunklem und poliertem Holz gehalten. An der gegenüberliegenden Wand gab es Sitznischen, und am anderen Ende der Theke flimmerte das montägliche Footballspiel lautlos über den Bildschirm. Eine dieser stinknormalen, durchschnittlichen Schlummertrunk-Bars, inklusive der Flaschenregale unter einem Porträt ...

Sie hielt den Atem an.

Die Frau auf dem Porträt sah aus wie Mitte fünfzig. Sie hatte einen Haarschnitt, der um die Jahrhundertwende populär gewesen war. Sie trug eine weiße Seidenbluse und Reithosen aus Cordsamt. Sie stand gegen einen weißgetünchten Zaun gelehnt und hatte den Kopf leicht abgewandt. Hinter ihr erstreckten sich endlose Meilen Präriegras und ein blauer Präriehimmel. Ihr Gesicht wirkte verschlossen, und dennoch sah es aus, als könnte sie jeden Moment in Gelächter ausbrechen.

Es war Billy.

Der Mann brachte ihr den Drink.

»Entschuldigen Sie«, sagte Stoner, als er sich dem Fernseher zuwandte. Sie zeigte auf das Porträt. »Wer ist das?«

Er würdigte es kaum eines Blickes. »Das fragen die Leute ständig. Sie muß irgendwas Besonderes an sich haben.«

»Das hat sie. Wissen Sie, wer es ist?«

»Billy Whitley. Hat dieses Hotel gegründet. Ein paar Leute behaupten, ihr hätte mal ein ziemlich großer Teil von Topeka und das meiste von Emporia gehört.«

Stoner wollte es kaum glauben. Bei all den Hotels, in denen sie abgestiegen sein könnte ... Aber Tante Hermione zufolge gibt es natürlich keine Zufälle. Unsere Seelen haben sich einfach zusammengetan und beschlossen, sich hier zu treffen. Eine Art Wiedersehensfeier. »Was wissen Sie über sie?«

Er zuckte die Schultern. »Nicht viel. Bea könnte mehr wissen. Sie steht auf solche Sachen.«

Sie schnappte sich ihren Drink und steuerte aufs Foyer zu.

Bea markierte in einem Taschenbuchroman mit dem Titel *Die Dekadenz der Reichen* die Stelle, an der sie gerade war, und legte das Buch beiseite. »Ja?« fragte sie freundlich.

»Das Porträt über der Bar. Billy Whitley. Wissen Sie etwas über diese Frau?«

Die Frau lächelte. »Das hier war ihr Hotel.«

»Ja, und sonst? Ich meine, wo stammte sie her? Wie hat sie ihren Lebensunterhalt verdient? Solche Sachen.«

»Nun«, meinte Bea, »lassen Sie mich kurz nachdenken.« Sie dachte einen Moment nach. »Damals, 1976, haben ein paar Leute aus der hiesigen Geschichtswerkstatt eine Broschüre über sie gemacht. Damals hat man sich sehr für Geschichte interessiert, wissen Sie. Eigentlich müßte ich das verdammte Ding auswendig kennen. Soweit ich mich entsinne, hat Billy Whitley im Territorium von Colorado, damals, noch bevor es ein Staat war, als eine Art Outlaw oder so etwas angefangen.«

»Wieso war sie denn ein Outlaw?«

»Das scheint niemand zu wissen. Manche meinen, sie hätte da draußen ein paar Feuer gelegt. Andere behaupten, sie hätte in Tennessee, Kentucky oder einem von diesen Staaten einen Mann umgebracht. Aber das ist reine Spekulation. Allerdings weiß man, daß sie sich einer Gruppe von Suffragetten angeschlossen hat, damals, als Colorado vor der Entscheidung stand, welche Art von Bundesstaat es werden wollte - Sie wissen schon, ob mit oder ohne Gleichberechtigung für Schwarze und Frauen. Als die gesetzgebende Versammlung von Colorado beschloß, der Union ohne das Frauenstimmrecht beizutreten, ist sie nach Wyoming gezogen und hat dort gearbeitet, bis es 1890 als der sogenannte Equality State in die Union aufgenommen wurde.« Sie hielt inne, um nachzurechnen. »Damals muß Billy, na, so ungefähr Mitte vierzig gewesen sein.«

»Wissen Sie zufällig«, fragte Stoner, »ob sie je lesen und schreiben gelernt hat?«

Bea blickte sie an. »Komische Frage. Wie kommen Sie darauf?«

»Ehem ...« Stoner zuckte die Achseln. »Ich schätze, ich habe das mal irgendwo gehört.«

»Tja – auch das ist möglicherweise nur ein Gerücht, aber – wie es heißt, hat sie es noch nicht gekonnt, als sie sich mit den Suffragetten zusammentat. Aber Mrs. Stone – damit meine ich Lucy B. Stone –, sie war in der frühen Suffragettenbewegung aktiv ...«

»Ja, ich weiß.«

»Mrs. Stone hat sie unter ihre Fittiche genommen und ihr die Grundlagen beigebracht. Für eine gute Sache war Mrs. Stone immer zu haben. Hat ihren Mädchennamen beibehalten, wissen Sie?«

»Ich weiß.«

»Offenbar war Billy eine intelligente junge Frau mit einer schnellen Auffassungsgabe. Deshalb hat Mrs. Stone sie an ihre Freundin Frances Willard vom Evanston College für Damen in Illinois weitervermittelt.«

Stoner mußte lachen. Billy an einem »College für Damen« – eine verrückte Vorstellung. Sie fragte sich, wie die Damen dort mit Billys Neigungen zur Revolverheldin zurechtgekommen waren.

»Aber«, fuhr Bea fort, »da ist sie nicht lange geblieben. Hat gesagt, es würde sie unruhig machen, eingesperrt zu sein. Also hat sie sich wieder der politischen Schiene zugewandt. Hat sich dann in Wyoming niedergelassen und Weizenanbau betrieben. Als die Wirtschaftskrise von 1893–1897 zugeschlagen hat, gehörte sie zu den wenigen wohlhabenden Farmerinnen und Farmern, die ihr Geld wieder ins Land gesteckt haben. Als es dann 1897 in Europa die Mißernte gab, hat Billy das große Geld gemacht. Hat den Gewinn genutzt, um Immobilien in Emporia und Topeka und weiß ich wie vielen anderen Städten aufzukaufen. Aber hier hat sie sich am liebsten aufgehalten. 1930 ist sie hier gestorben, im vorderen Zimmer im zweiten Stock. War vierundachtzig und immer noch im Vollbesitz ihrer geistigen Kräfte.«

»Woran ist sie gestorben?«

»Ich schätze, an Altersschwäche. Ist eingeschlafen und nicht wieder aufgewacht.« Sie lächelte. »Ein paar Leute behaupten, ihr Geist würde noch immer in dem Zimmer spuken. Aber Sie wissen ja, wie die Leute sind. Immer hinter einer guten Geschichte her.«

Stoner rührte mit dem Finger in ihrem Drink herum. »Weiß man, wie sie gewesen ist? Als Person?«

»Na ja, die Leute haben sie gemocht. Man konnte viel Spaß mit ihr haben, sie war gut im Erzählen von derben Geschichten und hat sich nie wichtig gemacht. War zu allen freundlich. Bis auf die Geistlichen. Aus irgendeinem Grund hat Billy die Geistlichen nicht ausstehen können.«

»Hat sie je geheiratet?«

»Davon ist nichts bekannt. Eine Menge Männer waren hinter ihr her. Sie haben ja ihr Porträt gesehen. Da weiß man, wieso. Dazu noch wohlhabend. Und erfolgreich. Aber Männern gegenüber war sie immer irgendwie zurückhaltend. Frauen gegenüber eigentlich auch. Sie hat mit allen möglichen Leuten gescherzt und geredet, aber gefühlsmäßig ist ihr nie jemand nahegekommen. Nicht, daß sie einsam gewesen wäre. Wenn doch, dann hat sie es zumindest nie gesagt.«

Bea wirkte nachdenklich. »Es gibt diese eine Geschichte über sie, danach hat sie einmal in ihrem Leben eine große Liebe gehabt. Hat bis zum Schluß nie jemand anderem ihr Herz geöffnet. War schottisch. Gehörte wahrscheinlich zu denen, die damals in diese Gegend gekommen sind. Zu der Zeit sind viele Briten durch diesen Teil des Landes gezogen. Hieß ...« Sie warf Stoner einen entzückten Blick zu. »McTavish! Mein Gott, Sie könnten verwandt sein.«

Stoner lächelte in sich hinein. »Das glaube ich kaum. Meine Leute haben sich nie so weit im Westen niedergelassen.«

»Tja«, meinte Bea. »Wahrscheinlich haben Sie recht. Ich bin eine hoffnungslose Romantikerin. Vielleicht stimmt die Geschichte ja nicht mal.«

»Na ja«, sagte Stoner, »wäre auch zu schade. Wenn ihr die richtige Person über den Weg gelaufen wäre, hätte sie ihr wahrscheinlich viel geben können.«

»Was sie wirklich rasend machte, war, wie die Männer die Frauen behandeln. Dafür war sie ziemlich bekannt. Wenn sie sah, daß eine Frau von ihrem Mann mißhandelt wurde, ist sie einfach reinmarschiert und hat ihr befohlen, ihre Sachen zu packen, und hat sie da rausgeholt und in eins ihrer Hotels gebracht. Manchmal war die Hälfte der Zimmer mit solchen Frauen belegt. So ähnlich wie die Frauenhäuser heutzutage. Wenn es so aussah, als würde der Mann sich nicht bessern, und die Frau nicht wußte, wohin sie sollte, hat Billy sie auf ihre Ranch in Wyoming geschickt. Die ganze Farm ist von Frauen betrieben worden. Männer haben sich nicht in die Nähe getraut, aus lauter Angst, kastriert zu werden.«

Sie war tatsächlich hier, dachte Stoner. Sie ist in diesem Hotel gestorben. Und manche Leute behaupten ...

Der Gedanke machte sie traurig und glücklich und erschreckte und erregte sie, alles zur gleichen Zeit.

»Wäre es möglich«, wandte sie sich an Bea, »daß ich mir das Zimmer, in dem sie gestorben ist, mal ansehen könnte?«

Bea zögerte. »Tja, ich weiß nicht recht ...«

»Ich würde auch nichts anfassen. Ich möchte einfach nur – tja, ich schätze, da ich jetzt ein bißchen über sie weiß, möchte ich ihr einfach nur ein bißchen näher sein.«

»Ach, was soll's. Sie haben ein ehrliches Gesicht.« Bea griff in die Schublade, holte einen alten Schlüssel hervor und reichte ihn Stoner. »Lassen Sie sich ruhig Zeit. Aber bitte schließen Sie ab, wenn Sie gehen.«

Als Stoner dann vor der Tür stand, war sie nicht mehr sicher, ob sie wirklich hineingehen wollte. Das Leben ging weiter, und sie hatte genug Probleme, ohne daß sie Vergangenheit und Gegenwart vermischte – und vielleicht sogar die Zukunft auf ein Schwätzchen hereinbat.

Ach, sei nicht albern, befahl sie sich. Es ist nur ein Zimmer.

Sie drehte den Schlüssel um und stieß die Tür auf.

Eine Welle ungeheurer Traurigkeit schlug ihr entgegen. Eine so tiefe, dichte Traurigkeit, daß sie meinte, sie mit den Händen greifen zu können. Eine Traurigkeit, die sich ihr aufs Herz legte und es wie in einem Schraubstock zusammenpreßte.

»Ach, Billy«, wisperte sie. »Es tut mir so leid.«

Sie berührte die Ablage der Kommode, fuhr mit den Fingern über die silberne Bürste, den Kamm und den Handspiegel. In der Bürste hingen immer noch ein paar Haarsträhnen. Haare, weich wie Kaninchenfell und weiß wie Schnee. In einem kleinen Porzellanteller lagen winzige Ohrringe und eine einzige Perlenschnur aus bunten, polierten Steinen. Jenen Steinen, die Blue Mary ihr gegeben hatte. Sie fragte sich, was Billy wohl mit dem Susan B. Anthony-Dollar gemacht hatte. Hatte man ihn unter ihren Sachen gefunden? Wenn ja, wie hatte man ihn sich erklärt? Oder hatte sie ihn schon Jahre vor ihrem Tod nicht mehr gehabt, ihn verloren oder ausgegeben oder ihn vielleicht sogar einer besonderen Freundin gegeben. Stoner hoffte, daß sie eine enge Freundin gehabt hatte, der sie die Münze hätte geben können.

Sie blickte in den alten, trüben Spiegel, der über der Kommode hing. In ihm spiegelten sich die Schatten des Zimmers wider, aber hinter diesen Schatten waren noch andere Schatten, Schatten, die in den Spiegel selbst eingeschlossen waren.

Sie meinte, im Spiegel eine Bewegung wahrzunehmen, und fuhr herum, um zu sehen, was es war. Aber das Zimmer war leer.

Sah leer aus. Fühlte sich aber nicht leer an.

Sie ist hier, dachte Stoner.

Sie trat von der Kommode zurück und setzte sich, darauf bedacht, das Bettzeug nicht zu zerknittern, auf die Bettkante.

Die Atmosphäre schien sich zu verdichten.

»Ich bin hier, Billy«, flüsterte sie.

Das Zimmer füllte sich mit dem Duft von Heu und Lavendel.

Sie spürte, wie sich die Schwingungen des Raums am Kopfende des Bettes konzentrierten, und drehte sich um. Es war nichts zu sehen, aber sie wußte, daß jemand da war. Sie streckte die Hand aus.

Sie hätte schwören können, daß jemand sie berührte. Ihr mit dem Finger über die Knöchel strich.

Eine wahre Flut von Bildern jagte ihr durch den Kopf, wie Erinnerungen, die sich mit halsbrecherischer Geschwindigkeit entfalteten. Orte, an denen sie nie gewesen war, Gesichter, die sie nie gesehen hatte. Eine Menschenmenge im Schein von Fackeln, von einer Art Podium aus gesehen, die Gesichter nach oben gewandt, gespannt und hoffnungsvoll. Eine weite Prärielandschaft. Präriebrände bei Nacht, lodernde Flammen, die sich wie ein brennendes Halsband um den schwarzen Horizont legten. Eine Invasion von Heuschrecken, die wie ausschwärmende Bienen in einer schwarzen Wolke einfielen und alles auffraßen, was ihnen in den Weg kam – Getreide, Gärten, Gras, selbst Kleider und die hölzernen Scheunenwände. Wenn man sie mit dem Fuß zertrat, machten sie ein knackendes Geräusch wie zerbrechende Walnußschalen. Schneebedeckte Berge. Jahre der Dürre und der Überschwemmung. Das Nähen von Quilts aus Kleiderfetzen und von Kleidern aus Getreidesäcken und alten Decken, ja selbst aus dem Segeltuch der Planwagen. Winzige Räume in einfachen Hütten. Schreibpapier, in ungeschickter Handschrift beschrieben, die gleichen Buchstaben und einfachen Wörter wieder und wieder geübt. Noch mehr Zimmer. Eine endlose Reihe von Zimmern und Karren und Zugabteilen. Eine Weizenfarm, die sich erstreckte, so weit das Auge reichte, und nur von Frauen betrieben wurde. Immer wieder

Frauen. Frauen, die zusammen lachten, zusammen weinten, sich stritten, sich neckten, gemeinsam träumten und sich liebten. Feldbrände, Frauen, die mit wassergetränkten Decken und Leinensäcken und sogar mit abgetragenen Unterröcken auf die rasenden Flammen einschlugen. Frauen, die tot waren, im Sterben lagen. Das erste Automobil - eine barbarische, Hunde tötende Maschine, daraus konnte nichts Gutes werden. Das erste elektrische Licht, die ersten Telefone und Radios. Alles entwickelte sich zu schnell, veränderte sich zu schnell. Unmöglich, Schritt zu halten. Gefühle - Freude und Angst und Zärtlichkeit und Trauer und Triumph. Und, alles durchziehend, Einsamkeit.

Sie schloß die Augen. Der Reigen der Erinnerungen verlangsamte sich, und da waren sie, Big Dot und Lolly und Cherry. Blue Mary und der Reverend Henry Parnell. Tabor und das Feuer. Der Schneesturm. Billys Höhlenwohnung in der Uferböschung. Der weiße Wolf.

Und dann sah sie sich selbst, so wie Billy sie zum ersten Mal gesehen hatte. Wie sie, wenig mehr als ein dunkler Schatten gegen den malvenfarbenen und grauen Himmel des Westens, auf dem Hügel gestanden hatte. Verloren und verwirrt.

Ein überwältigendes Gefühl der Zuneigung hüllte sie ein, nahm ihr den Atem.

Sie spürte, wie ihr die Tränen in die Augen stiegen und überquollen. Sie legte das Gesicht aufs Kopfkissen. »Ich liebe dich auch, Billy«, sagte sie mit ihrem Herzen. »Ich werde dich nicht vergessen.«

Irgend etwas berührte ihr Haar, strich wie eine warme Brise über ihren Körper.

Und plötzlich wurde der Raum hell und heiter. Stoner stellte fest, daß sie lachte, sich daran erinnerte, wie Billy, in James-Dean-Pose und mit jugendlicher Schroffheit, den pubertierenden Jungen gespielt hatte. »Hey, Billy«, sagte sie mit lauter Stimme. »Ich hatte nie Gelegenheit, es dir zu sagen, aber für einen Jungen warst du eine phantastische Frau.«

Sie stand auf und strich das Bettzeug glatt. »Schau an einem Montagabend doch mal bei Gwen und mir vorbei«, sagte sie. *»Designing Women* würde dir bestimmt gefallen.«

Sorgfältig schloß sie die Tür hinter sich zu.

»Was meinen Sie?« fragte Bea. »Spukt es?«

»Ich hatte nicht den Eindruck.« Sie nahm den Manhattan auf,

der immer noch auf der Rezeption stand und langsam wässerig wurde.

»Na ja«, meinte Bea, »ist sowieso eine ziemlich harmlose Vorstellung, finden Sie nicht?«

»Genau«, stimmte Stoner ihr zu. »Vielen Dank, daß Sie mich das Zimmer haben sehen lassen.«

Sie überließ Bea der *Dekadenz der Reichen* und ging wieder zum Telefon. Diesmal nahm beim zweiten Klingeln jemand ab.

»Hallo?«

Ihr Herz machte einen Satz. »Billy?«

»Stoner?« fragte Gwen mit verwirrter Stimme.

Sie schüttelte den Kopf. »Ja, ich bin's. Hast du dir schon Sorgen gemacht?«

»Wieso sollte ich mir Sorgen machen?« fragte Gwen mit einem Lachen in ihrer samtweichen Stimme. »Du bist doch erwachsen. Frag mich lieber, ob ich dich vermißt habe.«

»Hast du mich vermißt?«

»Wahnsinnig!«

Stoner merkte, daß sie übers ganze Gesicht grinste. »Gwen, welcher Tag ist heute?«

»Du weißt nicht, welcher Tag heute ist?«

»Na ja, irgendwie schon. Ich habe mich nur gefragt, ob hier der gleiche ist wie bei euch.«

Es gab eine kurze Pause. »Bist du etwa im Ausland?«

Stoner lachte. »Ich bin in Kansas.«

»Aus welchem Grund sollte dort ein anderer Tag sein als hier?«

»Alles ist möglich«, meinte Stoner trocken. »Wieso sagst du mir nicht einfach, welcher Tag heute ist?«

»Montag.«

»Montag dieser Woche? Ich meine, Anfang der Woche, in der ich dich anrufen sollte?«

»Wenn das nicht der Fall wäre, meine Süße«, erwiderte Gwen, »würde es da draußen von FBI-Agenten nur so wimmeln. Willst du, daß ich ein Flugzeug nehme und zu dir komme?«

»Wozu?«

»Wenn du nicht mal weißt, welcher Tag heute ist, bist du offenbar nicht ganz richtig im Kopf und stellst für dich und deine Umgebung eine Gefahr dar.«

»Mir geht es gut. Ich muß das Datum wissen.«

»Einen Moment.« Papierrascheln. Gwen stöberte in dem Durcheinander auf ihrem Schreibtisch. »Ich hab's. Der dreizehnte.«

»November?«

»Natürlich November. Wo bist du überhaupt?«

»In Kansas.«

»Wo in Kansas?«

»In einem Hotel in Topeka. Dem Whitley. Ich bin am ...« Sie überschlug schnell die Zeit, »... Donnerstagabend wieder zu Hause.«

»Du wirst *China Beach* verpassen.«

»Nimm es für mich auf, ja? Dann können wir's zusammen sehen.«

»Gute Idee«, sagte Gwen. »Dana Delaney turnt dich immer an.«

Stoner spürte, wie sie rot wurde. »Gwen!«

»Was ist denn? Hört jemand mit?«

»Schon möglich.«

»Du«, meinte Gwen, »bist die verrückteste Frau auf der ganzen Welt, und ich liebe dich wahnsinnig.«

»Ich dich auch.« Stoner nippte an ihrem Drink. »Hör zu«, sagte sie, weil sie jetzt, wo sie endlich Gwens Stimme hörte, nicht auflegen konnte, obwohl sie nicht auf Einzelheiten eingehen wollte. »Hat es je eine Zeit gegeben, in der die Leute kein Thanksgiving gefeiert haben?«

»Nicht daß ich wüßte. Interessierst du dich neuerdings für Feiertage, an denen man patriarchale Völkermorde zelebriert?«

»Nein, ich habe mich nur gefragt ... hat man irgendwann das Datum geändert?«

Gwen dachte einen Augenblick nach. »Ja. Ich glaube, irgendwann in den vierziger oder fünfziger Jahren. Soll ich es nachschlagen?«

»In den vierziger Jahren unseres Jahrhunderts?«

»Ja.«

»Tja«, meinte Stoner. »Das erklärt alles.«

»Erklärt was?«

»Wieso es dort, wo ich war, kein Thanksgiving gegeben hat.«

»Stoner«, fragte Gwen behutsam, »wo bist du gewesen?«

»Im Jahre 1871.«

»Jetzt reicht's. Ich komme zu dir.«

Stoner lachte. »Ich weiß, es klingt komisch. Ich erklär's dir später.« Wirklich? Würde sie das je erklären können? »Hör mal, Gwen, hast du je das Gefühl gehabt, daß wir uns schon früher gekannt haben? In einem früheren Leben oder so?«

»Natürlich. Du nicht?«

»Ich glaube, es könnte sein, daß ich dich getroffen habe. Ich meine, eine andere Gwen. In dieser anderen Zeit da.«

»Hast du mich gemocht?«

»Sehr sogar!«

»Göttin sei Dank.«

»Na ja, beinahe hätte ich ... ich meine, beinahe ...«

»Stoner«, fragte Gwen, »bist du mir untreu geworden?«

»Nein, aber ich ... na ja, das bist ohnehin du gewesen.«

»Wenn du's wirklich nicht getan hast, und es ohnehin ich gewesen bin, mit der du es nicht getan hast, wieso klingst du dann so schuldbewußt?«

Stoner blickte zu Boden. »Ich war in Versuchung.«

»Schon verziehen«, sagte Gwen.

»Na ja, es wäre möglich, daß du es gewesen bist, aber damals war es nicht das gleiche Du wie jetzt. Aber ich war dieselbe wie jetzt, selbst wenn du nicht dieselbe warst. Also ist es eigentlich egal, wer es tatsächlich war, du oder nicht du, weil es offensichtlich ich selbst war, die in Versuchung gekommen ist ...«

»Es kommt oft vor, daß Leute in Versuchung geraten, Stoner. Das gehört zum Leben dazu. Ich hoffe nur, daß sie nett zu dir war.«

»Das war sie. Warst du. Das Problem ist nur, daß ich's beinahe getan hätte.«

»Hast du aber nicht.«

»Du verstehst das nicht. Es hätte sein können ... ich meine, da waren gewisse Umstände. Ich war einsam und hatte Angst und wußte nicht, ob ich dich je wiedersehen würde. Oder irgend jemand sonst, was das betrifft. Aber das ist keine Entschuldigung.« Sie wußte, daß sie unsinnig klang, konnte aber nicht aufhören. »Ich meine, dafür gibt es keine Entschuldigung. Egal, wie kalt es war. Es spielt keine Rolle, daß er uns umbringen wollte.« Sie holte tief Luft. »Gwen, ich wollte mit Billy schlafen.«

»Ist das der Name dieser mysteriösen Frau? Billy?«

»Gwen, hörst du mir überhaupt zu?«

»Hör mal, was immer auch geschehen oder nicht geschehen ist, es ist okay. Wenn du mit mir über Monogamie diskutieren willst, diskutieren wir über Monogamie, aber daß die Telefongesellschaft sich daran eine goldene Nase verdient, sehe ich nicht ein.«

»Ich fühle mich schrecklich, Gwen.«

»Sag mir nur eins. Stellt Billy eine echte Gefahr dar?«

»Was?«

»Wird sie nach Boston ziehen und versuchen, dich mir abspenstig zu machen? Wird sie wie eine Schlange in unser Leben geschlichen kommen und einen bösen Zauber über dich aussprechen, während ich hilflos zusehe, verzweifelt die Hände ringe und mir die Augen ausweine?«

Stoner lachte. »Natürlich nicht. Sie ist seit neunundfünfzig Jahren tot.«

»Stoner McTavish«, sagte Gwen, »das ist einfach widerlich.«

»Das habe ich nicht gemeint. Verdammt, ich kann's dir nicht erklären.«

»Ich glaube, ich versuche lieber, das nächste Flugzeug zu erwischen«, meinte Gwen. »Wo bist du noch mal?«

»Im Whitley. In ihrem Hotel.«

»Willst du mir etwa weismachen, daß du deine Zeit mit einer neunundfünfzig Jahre alten Leiche verbringst, zu der du dich sexuell hingezogen fühlst?«

»Sie war noch nicht tot, als ich ...«

»Morgen um die Mittagszeit bin ich spätestens bei dir. Ich gebe dir noch die genaue Uhrzeit durch.«

»Gwen, du verstehst nicht.«

»Ich verstehe nur eins, meine Liebste. Es ist mir egal, was oder mit wem du etwas getan hast. Ich liebe dich, und ich vermisse dich, und ich halte es keine drei Tage mehr aus, bis ich dich wiedersehe.«

Stoner spürte, wie etwas in ihrem Innern schmolz. »Ich liebe dich auch, Gwen.« Irgendein Knoten löste sich in ihrer Brust. »Verdammt noch mal, ich war wieder in ein Abenteuer verwickelt.« Sie begann zu weinen. »Ich glaube, ich bin zu jung für Abenteuer.«

»Schon gut, mein Schatz«, sagte Gwen mit sanfter Stimme. »Bevor du dich versiehst, bin ich bei dir.«

»Was ist mit deinem Job?«

»Die Teenies von Watertown High können warten. An dem Tag, an dem mir mein Job wichtiger ist, als die Frau, die ich liebe, in den Armen zu halten, lasse ich mich auf eine Testosteronvergiftung untersuchen.«

Stoner lächelte unsicher. »Du hast immer eine Antwort parat.«

»Und ich hoffe, das bleibt so. Hör mal, laß uns aufhören, damit ich Marylou wegen der Tickets anrufen kann.«

»Ich habe es bei ihr versucht. Es war nur ihr Anrufbeantworter dran.«

»Ich versuch's über ihren Beeper.«

Stoner wollte es kaum glauben. »Marylou hat einen Beeper?«

»Es ist ihr neues Spielzeug. Die Carharts haben es ihr geschenkt.«

»Die Carharts? Die Carharts reden nicht mehr mit uns.«

»Jetzt wieder. Marylou hat sie zu Hause besucht, sie bekocht und den ganzen Abend damit verbracht, sich ihre Dias anzusehen. Hast du gewußt, daß sie seit zehn Jahren nach St. Croix fahren? Und jedes Jahr mindestens sechs Diafilme verschießen? Und nie auch nur einen Schritt aus der Anlage des Pirate's Cove tun?«

Stoner mußte einfach lachen. »Geschieht ihr ganz recht, wenn sie sich mit Yuppies rumtreibt.«

»Ich lege jetzt auf, Stoner. Ich rufe später zurück.«

»Ich liebe dich, Gwen.«

»Ich dich auch.«

»Ich meine es ernst. Ich liebe dich wirklich.«

»Ich weiß. Ich rufe dich ...«

»So eine Frau wie dich gibt es kein zweites Mal. Niemals.«

»Schön. Ich rufe dich dann zurück, wenn ...«

»Ich möchte, daß du mich nie verläßt.«

»Na, ich gehe ja nirgends hin«, meinte Gwen. »Vor allem nicht ohne Flugticket.«

»Sollte ich je etwas tun, was dir nicht gefällt, sagst du's mir, ja?«

»Ja. Jetzt leg schon ...«

»Auch wenn du meinst, es könnte mich verletzen?«

»Ja. Wir müssen Schluß machen.«

»Denn ich will nicht ...«

»Stoner, willst du, daß ich zu dir komme?«

»Natürlich will ich das.«

»Dann leg verdammt noch mal den Hörer auf!«

»Oh«, meinte Stoner mit einem leisen Lachen. »Ja. Klar.«

»Bis bald.«

»Okay.«

»Und ich reiße dir die Klamotten vom Leib, und du reißt mir die Klamotten vom Leib, und dann fallen wir übereinander her.«

»Um Himmels willen, Gwen! Es könnte jemand mithören!«

»Wer denn? Deine Freundin Billy?«

»Man kann nie wissen.«

Als sie den Hörer auflegte, warf sie einen raschen Blick auf das Bild über der Theke. Sie hätte schwören können, daß Billy ihr zuzwinkerte.